Nés à Minuit

C.C. Hunter

Nés à Minuit

Tome 4
Frémissements

Traduit de l'anglais (États-Unis)
par Marianne Roumy

Michel LAFON

Déjà parus

Nés à minuit, tome 1 : *Attirances*
Nés à minuit, tome 2 : *Soupçons*
Nés à minuit, tome 3 : *Illusions*

À paraître

Nés à minuit, tome 5

Titre original
Shadow Falls, Whispers at Moonrise

Première publication en langue originale par
St. Martin's Press, 2012.
Publié en accord avec St. Martin's Press, LLC.

7-13, boulevard Paul-Émile-Victor – Ile de la Jatte
92521 Neuilly-sur-Seine Cedex
www.lire-en-serie.com

Pour Rose Hilliard, mon éditrice, et Kim Lionetti, mon agent,
pour m'avoir aidée à atteindre mes objectifs en écriture.
Pour mon mari, pour avoir fait le dîner, la vaisselle
et les lessives, et m'avoir permis de tenir les délais
et de réaliser mes rêves.

Chapitre 1

Kylie Galen se tenait sur le perron devant le bureau de Shadow Falls ; la panique s'attaquait à sa santé mentale. Un coup de vent de fin août, toujours glacé par le fantôme de son père qui s'en allait, releva ses longues mèches blondes et les éparpilla sur son visage. Elle ne les dégagea pas. Et ne respira pas non plus. Elle resta plantée sur place, l'air coincé dans ses poumons, tout en regardant fixement à travers ses cheveux les arbres qui s'agitaient dans la brise.

Pourquoi fallait-il que la vie soit si dure ? La question ricocha dans sa tête comme une balle de ping-pong devenue folle. Puis la réponse lui vint naturellement.

Parce que tu n'es pas humaine du tout. Ces derniers mois, elle s'était efforcée d'identifier le type de sang non-humain qui coulait dans ses veines. Maintenant, elle savait.

Ou du moins, à en croire son cher père, elle était… un caméléon. Comme un lézard, comme ceux qu'elle voyait prendre le soleil dans son jardin. Bon d'accord, peut-être pas exactement, mais presque. Et dire qu'elle avait eu peur d'être un vampire ou un loup-garou, parce que ce serait un peu dur de s'habituer à boire du sang ou à se transformer les soirs de pleine lune ! Mais là, c'était… totalement énigmatique. Son père devait se tromper.

Son cœur lui martela la poitrine, comme s'il cherchait à s'échapper. Elle respira enfin. Inspira, puis expira. Ses pensées passèrent soudain de l'histoire du lézard aux autres mauvaises nouvelles.

Ces cinq dernières minutes, non pas une, ni deux, ni trois, mais quatre incroyables révélations lui avaient donné une sacrée claque. Et lui avaient ouvert les yeux.

Enfin, l'une d'elles ne pouvait pas être entièrement qualifiée de « mauvaise nouvelle » : Derek lui avait avoué qu'il était amoureux d'elle. Mais pas de « bonne » non plus, loin de là. Pas maintenant. Pas quand elle estimait que c'était fini. Pas quand elle avait passé ces dernières semaines à tâcher de se convaincre qu'ils étaient simplement amis.

Elle envisagea les quatre révélations, ignorant sur laquelle se concentrer en premier. Ou peut-être que son esprit savait, lui. *Je suis un foutu lézard !*

– Pour de vrai ? demanda-t-elle à voix haute.

Le vent du Texas vint lui voler ses paroles. Elle espérait qu'il les porterait jusqu'à son père – où que fût allé l'attendre le mort qui ne l'était pas totalement.

– Sérieux, papa ? Un lézard ?

Bien sûr, il ne répondit pas. Après deux mois à s'occuper d'un esprit ou d'un autre, son don de savoir communiquer avec les fantômes, et surtout ses limites, réussissaient encore à l'énerver.

– Merde !

Elle avança d'un autre pas vers la porte du bureau pour se confier à Holiday Brandon, la directrice, puis s'arrêta. Burnett James, le directeur, un vampire froid au toucher mais chaud à regarder, était avec cette dernière. Comme

Kylie ne les entendait plus se disputer, elle supposa qu'ils faisaient tout autre chose. Du style « se roulaient une pelle », « échangeaient de la salive » et « dansaient le tango des langues ». Pour reprendre les expressions de Della, sa vilaine coloc vampire. Ce qui signifiait sûrement que Kylie était de mauvaise humeur. Mais elle en avait le droit, non, après tout ce qui s'était passé ?

Serrant les poings, elle fixa la porte du bureau. Elle avait déjà interrompu par inadvertance le premier baiser de Burnett et Holiday, et elle ne tenait pas à recommencer avec le second. D'autant que Burnett avait menacé de démissionner de Shadow Falls. Holiday parviendrait sûrement à le faire changer d'avis, non ?

De plus, Kylie avait peut-être besoin de se calmer. De se détendre et de réfléchir avant de se ruer chez Holiday, énervée et de mauvaise humeur. Elle pensa alors à son tout dernier problème de fantôme. Comment l'esprit de quelqu'un qui était vivant pouvait-il lui apparaître ? C'était une farce ? Oui, sûrement.

Elle jeta un coup d'œil autour d'elle pour s'assurer que l'esprit de son père était vraiment parti. Le froid avait disparu.

Elle tourna les talons, dévala les marches et fit le tour de la terrasse jusqu'à l'arrière du bureau. Elle se mit à courir, souhaitant connaître le sentiment de liberté qu'elle éprouvait lorsqu'elle filait vite comme une non-humaine.

Le vent souleva la robe noire qu'elle avait mise pour les funérailles d'Ellie et fit danser l'ourlet sur ses cuisses. Ses pieds avançaient en rythme, les baskets qu'elle portait d'habitude ne lui manquaient pratiquement pas, mais une fois qu'elle arriva en lisière de la forêt, elle s'arrêta brusquement. Si brusquement que les talons de ses chaussures creusèrent de profondes ornières dans la terre.

Elle ne pouvait pas aller dans les bois. Elle n'avait pas d'escorte – la personne incontournable qui la suivait pour éviter le méchant Mario et ses potes, si jamais ils décidaient d'attaquer.

De réattaquer.

Jusque-là, les tentatives du vieil homme pour la tuer s'étaient révélées vaines, mais par deux fois, elles avaient provoqué la mort de quelqu'un d'autre.

La culpabilité palpita dans son cœur déjà serré. Puis la peur. Mario avait montré jusqu'où il était prêt à aller, qu'il pouvait être mauvais au point de tuer son propre petit-fils, juste sous ses yeux. Comment pouvait-on être malfaisant à ce point ?

Elle regarda fixement la rangée d'arbres et les feuilles qui dansaient dans la brise. C'était une tranche de vie tout à fait normale, qui aurait dû l'apaiser.

Mais les bois, ou plutôt ce qui était tapi à l'intérieur, la défiaient presque d'entrer. La narguaient pour qu'elle traverse l'épaisse rangée d'arbres. Déroutée par cette étrange sensation, elle tâcha de la repousser, mais celle-ci s'intensifia.

Elle inspira l'odeur verte de la forêt et, alors, elle sut.

Avec certitude.

Avec clarté.

Mario n'abandonnerait jamais. Tôt ou tard, elle devrait l'affronter de nouveau. Et ce ne serait ni serein, ni tranquille, ni paisible. Seul l'un d'entre eux s'en sortirait.

Tu ne seras pas seule. Les paroles résonnaient en elle, comme pour lui offrir la paix. En vain. Les ombres entre les arbres dansaient sur le sol, l'appelaient, lui faisaient signe. Pourquoi, elle l'ignorait.

L'appréhension lui serra la poitrine. Elle enfonça un peu plus ses talons dans la terre, et celui de sa chaussure droite se brisa – un petit craquement inquiétant qui ponctua le silence.

– Merde !

Elle regarda fixement ses pieds. Ce seul mot semblait avoir été extirpé du vide, ne laissant qu'un sinistre bourdonnement.

Alors, elle l'entendit.

Quelqu'un poussait un soupir rauque. Si ce bruit n'était qu'un murmure, elle savait que son propriétaire se tenait juste derrière elle. Tout près. Et comme aucun froid mortel ne l'entourait, elle comprit qu'il ne provenait pas du monde des esprits.

Le bruit reprit. Quelqu'un emplissait ses poumons d'air vivifiant. Bizarre qu'elle craignît désormais les vivants plus que les morts.

Son cœur s'arrêta brusquement dans un silence sourd. Un peu comme les sillons laissés dans la terre par ses talons de huit centimètres, sa peur croissante creusa des ornières profondes et douloureuses dans son courage, et elle frissonna.

Elle n'était pas prête. Si c'était Mario, elle n'était pas prête. Quel que soit le plan ou le destin qu'elle devait suivre, il lui fallait plus de temps.

Chapitre 2

– Tu… vas… bien ?

Pas la voix de Mario. Celle de Derek.

Le ton familier avait chassé sa panique initiale, mais seulement une seconde. *Je t'aime, Kylie.* L'aveu que le jeune homme lui avait fait moins d'un quart d'heure plus tôt ressurgit brusquement dans son cerveau, accompagné d'une nouvelle tempête affective, qui tournoya dans sa tête et son cœur. Derek l'aimait. Mais elle, que ressentait-elle ?

Elle se déplaça légèrement, et son talon droit se détacha, lui faisant perdre l'équilibre. Voilà comment était sa vie : comme si elle avait perdu un talon et que son seul choix était d'avancer en boitant.

– Qu'est-ce qui ne va pas ?

La voix du demi-Fae était teintée d'inquiétude.

Je vais bien. Les mots étaient perchés sur le bout de sa langue, mais Kylie les avala. Derek pouvait lire en elle. Lui mentir sur son état émotionnel ne servirait à rien. Alors, elle se tourna pour lui faire face.

– Que fais-tu ici sans escorte ? lui demanda-t-il. Tu n'es pas censée te balader toute seule, au cas où ce vampire bizarre reviendrait.

Lorsqu'elle croisa le regard de Derek, elle constata que l'anxiété faisait briller ses yeux. Elle savait que l'agitation qu'elle y décelait était également la sienne. Quand elle souffrait, lui aussi. Quand elle éprouvait de la joie, lui aussi. Quand elle redoutait quelque chose, lui aussi. Vu son état affectif de ces dernières minutes, il devait vivre un enfer.

Son torse se gonfla sous le T-shirt vert cendré. Il mit une main sur son ventre musclé, aspirant de l'air dans ses poumons. Ses cheveux châtain foncé étaient ébouriffés par le vent et sa frange collait à son front, où perlait de la sueur. L'espace d'une seconde, elle n'eut qu'une seule envie : tomber dans ses bras et laisser son contact apaisant chasser l'appréhension en elle.

– Est-ce… ce que j'ai dit ? demanda-t-il. Si oui… je le retire. Je n'ai pas voulu te déchirer.

On ne pouvait pas retirer une déclaration d'amour, pensa-t-elle. Pas si elle était sincère. Mais elle n'en dit rien.

– Ce n'est pas ce que tu as dit. (Puis elle s'aperçut que cela aussi était un mensonge. Cet aveu semait la pagaille dans ses sentiments.) Enfin, ce sont aussi d'autres choses.

– Lesquelles ? (Il haletait en parlant. Il la chercha du regard, et elle vit les mouchetures or s'éclairer dans ses iris.) Je sens que tu es terrifiée, et perdue, et…

– Mais je vais bien.

Elle remarqua de nouveau qu'il était à bout de souffle, comme s'il avait parcouru deux kilomètres à la course pour la rejoindre. *Était-ce le cas ?*

– Où étais-tu passé ?

Il aspira profondément une nouvelle bouffée d'oxygène.

– Dans mon bungalow.

Plus de deux kilomètres.

– Tu as ressenti mes émotions de si loin ?

– Oui.

Il fronça les sourcils, comme s'il espérait qu'elle ne lui en voudrait pas. Elle n'aimait pas qu'il puisse déchiffrer ses sentiments, mais elle ne lui en tenait pas rigueur. Il lui avait confié une fois que s'il pouvait arrêter de les lire, il le ferait. Elle le croyait.

– Tu n'avais pas dit que cela s'atténuait ? fit-elle. Cela continue-t-il à te rendre fou ?

Son épaule gauche se releva de quelques centimètres.

– C'est encore très fort, mais pas aussi puissant qu'avant ; je peux faire avec, maintenant que je…

Maintenant qu'il avait accepté de l'aimer. C'est ce qu'il lui avait raconté. C'est pour cela que leur lien était devenu si puissant. Sa poitrine s'alourdit de nouveau d'indécision. Tant mieux si l'un d'entre eux pouvait le supporter. Parce qu'elle, elle n'était pas sûre d'en être capable. Pas s'il l'aimait. Pas avec les révélations qu'on lui avait faites. Du moins pas en ce moment.

– Qu'est-ce qui ne va pas ?

Il se rapprocha. Si près qu'elle pouvait sentir l'odeur de sa peau – une odeur de terre, véritable, réelle.

La tentation de se ruer dans ses bras la submergea. Elle brûlait d'envie de ressentir le mouvement de sa poitrine qui montait et redescendait quand il respirait, de laisser ce qui appartenait au passé faire partie de l'avenir. Refermant ses poings serrés, elle passa devant lui en boitant avec son talon cassé, se posta devant un arbre et se laissa glisser par terre, plus fraîche que la chaleur de l'air. Les brins d'herbe lui chatouillèrent les jambes, mais elle les ignora.

Il n'attendit pas qu'elle l'invite et s'agenouilla à son côté. Pas assez près pour la toucher, mais suffisamment pour qu'elle en ressente l'envie.

– Donc, il n'y a pas que ça ? demanda-t-il.

Elle hocha la tête, et la décision de se confier à lui sembla déjà prise.

– Mon père m'est apparu. (Elle se mordit la lèvre.) Il m'a expliqué ce que j'étais.

Derek eut l'air perplexe.

– Je croyais que c'était ce que tu attendais ?

– Oui, mais… il a affirmé que j'étais un caméléon. Comme un lézard.

Ses sourcils s'arquèrent, puis il gloussa.

Elle n'apprécia pas sa candeur. Sa panique ressurgit, trois fois plus forte. Elle avait voulu découvrir ce qu'elle était afin que les autres l'acceptent, afin de s'intégrer, mais si, en fin de compte, elle était quelqu'un d'anormal ?

– Je déteste les lézards ! Ils sont exactement comme les serpents – des minuscules créatures aux yeux exorbités, qui rampent sur la terre et qui avalent des petites bestioles. (Elle contempla de nouveau le bois, imaginant une brigade de lézards lui rendre son regard.) J'ai vu une émission, un jour, qui montrait un lézard à longue langue qui s'enfilait une araignée au ralenti. C'était dégoûtant !

Derek secoua la tête, toute trace d'humour disparaissant de ses yeux.

– Je n'ai jamais entendu parler de lézards surnaturels. En es-tu certaine ?

– Je ne suis sûre de rien, voilà ce qui est flippant. Ne pas savoir. (Elle frissonna.) Sérieusement, il vaut mieux boire du sang qu'avoir une langue comme ça et manger des insectes.

– Peut-être qu'il s'est trompé. Tu as bien dit que les fantômes avaient du mal à communiquer, non ?

– Au début, oui, mais à présent, les propos de mon père sont tout à fait limpides.

Derek ne sembla pas convaincu.

– Mais d'après toi, qu'est-ce que c'est qu'un surnaturel caméléon ? Il change de couleur ?

Kylie laissa ses paroles faire le tour de son cerveau.

– C'est peut-être ça ?

– Tu peux changer de couleur ?

Le doute apparut sur son visage.

– Non, mais si ça se trouve, je peux modifier ma configuration. Comme mon grand-père et ma tante qui avaient l'air humain. Et moi aussi, à l'instant présent.

– Ou alors ton père fait une rechute et il est tout simplement confus. Parce que je n'ai jamais entendu parler de surnaturels qui savaient changer leur configuration cérébrale.

– Et moi ? fit-elle. Et mon grand-père et ma tante ?

Il haussa les épaules.

– Holiday a affirmé que c'était sûrement un sorcier qui avait jeté un sort sur ton grand-père et sur ta tante.

– Sur moi aussi ? demanda Kylie.

– Non, mais… d'accord, je n'ai pas la réponse. Et je sais que tu es contrariée. Mais tu m'as dit que ton vrai grand-père allait te rendre visite, non ? Je suis sûr qu'il t'expliquera tout.

– Oui.

Elle mordit sa lèvre inférieure.

Derek la dévisagea.

– Autre chose ne va pas, n'est-ce pas ?

Elle soupira.

– Quand j'ai demandé à mon père ce que ça signifiait, être un caméléon, il m'a répondu que nous le découvririons ensemble.

– Et pourquoi est-ce que tu n'es pas contente ?

Kylie enfonça une porte ouverte.

– Il est mort, et il est limité dans ses visites terrestres. Donc, ça signifie que je vais bientôt mourir ?

– Non, pas du tout, répliqua Derek.

Sa conviction rendit son ton plus grave.

Elle allait lui rétorquer qu'il ne pouvait pas en être sûr à cent pour cent, mais comme elle voulait le croire, elle se retint. Elle regarda fixement l'herbe et tâcha de s'apaiser, sachant que son grand-père viendrait dans deux jours, sachant qu'elle avait vendu la mèche. Et en effet, elle se sentait légèrement mieux.

– Tu en as parlé à Holiday ?

Il se pencha et son épaule heurta la sienne. Sa chaleur, son contact apaisant chassèrent une partie de son angoisse.

Elle secoua la tête.

– Pas encore. Burnett est avec elle dans son bureau.

Kylie n'avait toujours pas réfléchi à cette histoire de fantôme. Si l'esprit de quelqu'un apparaissait devant vous alors que cette personne n'était pas morte, qu'est-ce que cela signifiait ? Les réponses éventuelles firent peu à peu trembler son cœur.

– Je pense que cela a une certaine importance, dit-il.

– Je sais, mais…

– Il y a autre chose, n'est-ce pas ?

Elle leva les yeux. Lisait-il ses sentiments ou son esprit ?

– Problèmes de fantômes.

– Quel genre ?

De tous les résidents, Derek était le seul que le mot « fantôme » ne faisait pas fuir.

– Cette personne n'est pas morte.

– Donc ce n'est pas un fantôme.

Derek semblait perdu. Kylie se mordit la lèvre.

– Oui… enfin… au début, il avait complètement l'aspect d'un zombie – la peau qui pendille, des vers – puis il a changé. Et son visage s'est transformé en celui de quelqu'un que je connais.

– Comment est-ce possible ? s'enquit-il.

Elle marqua une pause.

– Je ne sais pas, c'est peut-être un tour.

– Ou pas. Tu ne crois pas que quelqu'un va mourir ?

Plus personne, avait-elle envie de hurler.

– Je ne sais pas.

Elle arracha quelques herbes.

– Qui est-ce ? demanda-t-il. Pas quelqu'un d'ici, n'est-ce pas ?

Un poids pesa sur la poitrine de Kylie. Elle ne voulait rien dire, de crainte que cela devienne réel.

– Je dois y réfléchir.

Derek blêmit.

– Oh, mince ! C'est moi ?

– Non.

Elle jeta les touffes d'herbe et les regarda tourbillonner dans le vent. Quand elle reposa les yeux sur lui, elle sentit qu'il lisait ses émotions, déchiffrait leur signification.

– Cette personne compte beaucoup pour toi. Lucas ?

Une voix grave et irritée se fit brusquement entendre.

– Quoi, Lucas ?

Kylie vit Lucas surgir entre les arbres. Ses yeux étaient d'un orange furieux. La culpabilité la fit tressaillir une seconde, puis elle la refoula. Elle ne faisait rien de mal.

– Rien, lâcha Derek, comme elle ne disait pas un mot. (Il se leva et avança d'un pas vers le bureau. Il marqua une pause et la regarda, puis jeta un œil sur Lucas.) Nous discutions, c'est tout. Ne joue pas les loups-garous avec elle.

Lucas gronda. Derek tourna les talons, visiblement insensible à la colère du garçon. Kylie arracha une autre poignée d'herbe.

– Je n'aime pas ça.

Lucas la fixa.

– Nous bavardions, c'est tout, expliqua-t-elle. Je lui parlais d'un esprit et… lui disais qu'il ressemblait à quelqu'un que j'aime, et il m'a demandé si c'était toi. Tu devrais être rassuré qu'il sache que tu comptes pour moi.

Lucas se renfrogna encore plus. Était-ce à cause de Derek ou parce qu'elle avait évoqué les fantômes ? L'incapacité de Lucas à accepter qu'elle collabore avec les esprits lui faisait de la peine.

– Il a des sentiments pour toi, répliqua-t-il.

– Nous bavardions, c'est tout.

– Ça me rend fou.

Ses yeux étincelaient d'un orange foncé.

– Qu'est-ce qui te rend fou ? Que je discute avec Derek ou que je parle de fantômes ?

– Les deux. (Il y avait une telle honnêteté dans sa voix qu'elle ne pouvait pas lui en vouloir.) Mais c'est surtout l'idée que tu passes du temps avec cette espèce de fée.

Qu'il insulte Derek la fit tressaillir. Puis, sans trop savoir quoi dire, elle se leva. Oubliant son talon manquant, elle faillit trébucher. Il la rattrapa par le coude.

Elle croisa son regard, toujours marqué par sa colère de loup-garou. Mais son contact était tendre et bienveillant, sans aucune trace de la fureur qu'elle avait lue dans ses yeux. Elle se souvint que certaines de ses réactions étaient instinctives ; on ne pouvait pas lui en vouloir. Une autre partie d'elle-même savait que cela n'excusait rien.

Elle soupira.

– Nous en avons déjà parlé. J'aide les esprits, Lucas. Cela ne changera probablement jamais.

– Oui, mais ils te fichent une sacrée trouille. Ils *me* fichent une sacrée trouille.

Kylie se tendit.

– Parce que tu crois que lorsque tu te transformes en loup, cela ne me fait pas peur ?

– Ce n'est pas la même chose, ce sont des fantômes, Kylie. Ce n'est pas… naturel.

– Parce que se métamorphoser en loup, ça l'est ? rétorqua-t-elle, sarcastique.

Il soupira.

– D'accord, de la part de quelqu'un qui a vécu sa vie en tant qu'humain, je comprends ce que tu veux dire. Et, même si je suis sûr que je n'aimerai jamais cette partie de toi qui communique avec les fantômes, je fais des efforts pour l'accepter. Mais admettre que tu passes du temps avec Derek n'est pas facile, car je sais que s'il en avait l'occasion, il te volerait à moi sans hésiter.

Elle ravala des émotions à vif et lui toucha le torse. Sa chaleur transperça sa chemise et imprégna sa paume.

– Je comprends ce que tu ressens. Parce que j'éprouve la même chose quand je te vois avec Fredericka. Et c'est bien pour cela que je ne peux pas te demander de la repousser.

Il posa sa main sur la sienne, et une douce supplication envahit son regard.

– Ce n'est pas pareil. Fredericka fait partie de ma meute.

Elle secoua la tête.

– Et Derek est un copain.

– Exactement. C'est ce qui change tout. Un ami, ce n'est pas la même chose que le membre d'une meute.

– Pour moi, c'est pareil. (Elle secoua de nouveau la tête.) Penses-y. Tu es loyal envers les membres de ta meute. Tu les défendrais sans hésiter. Tu as de l'affection pour eux. C'est ce que je ressens pour mes amis.

– C'est parce que tu n'es pas un loup-garou. Ou du moins, pas encore. (Il posa sa main libre sur sa taille et l'attira un peu plus contre lui.) Espérons que bientôt, cela deviendra évident pour toi.

Je ne serai jamais un loup-garou. Elle le regarda. Son regard ne trahissait plus sa colère, et elle décela de l'affection tout au fond de ses yeux bleus. Elle comptait pour lui. Elle en était sûre et certaine. Et peut-être que pour cette raison elle hésitait à lui dire ce qu'elle savait. Elle s'aperçut qu'elle n'avait eu aucun scrupule à le révéler à Derek. Pourquoi parvenait-elle à se confier à celui-ci et pas à Lucas ? Ennuyée, elle se força à dire :

– Je ne suis pas un loup-garou.

– Tu n'en sais rien. Le fait que tous tes sens se développent avant la pleine lune et que tu connaisses des sautes d'humeur doit bien avoir une signification.

Elle secoua la tête.

– Non. Je n'en suis pas un. Je le sais.

Il plissa les yeux de confusion.

– Tu… Comment ?

– Mon père est revenu me voir. Il m'a dit que j'étais un caméléon.

La perplexité envahit son regard.

Elle fronça les sourcils.

– Je ne sais pas au juste ce que cela signifie.

– C'est n'importe quoi ! (Il la relâcha.) Ça n'existe pas. Ce n'est pas parce qu'une espèce de fantôme a dit…

– Ce n'était pas « une espèce de fantôme ». C'était mon père.

– Et ton père est un fantôme.

Que ce soit délibéré ou pas, cela avait tout d'une insulte. Ses paroles et son comportement la piquèrent au vif. Elle ôta sa main de son torse chaud. Tout le chaos affectif qu'elle avait ressenti un peu plus tôt tourbillonna en elle.

– Je sais que c'est un fantôme, répliqua Kylie. Et j'aimerais qu'il ne soit pas mort. J'aimerais savoir ce qu'il entendait par là. J'aimerais que tu puisses m'accepter telle que je suis. Mais je ne peux pas changer le fait que mon père ait disparu juste avant ma naissance. Je n'y peux rien si je ne comprends pas ce qu'il voulait dire. D'ailleurs, je ne comprends pas un dixième de ce qui se passe dans ma vie en ce moment. Et j'ai le sentiment que tu ne pourras jamais m'accepter pour ce que je suis.

– Ce n'est pas vrai.

Le déni durcit son expression.

– Si.

Elle s'en alla en boitant.

Elle l'entendit la supplier de rester. Elle l'ignora. Puis elle s'arrêta et se pencha pour se déchausser. Quand elle se redressa, son regard fut attiré par la rangée d'arbres – par leurs feuilles qui s'agitaient, même sans vent. Elle ressentit de nouveau la sensation inexplicable qu'on l'invitait à y entrer. Aussi tentant cela fût-il, elle tourna les talons et s'éloigna de la forêt et de Lucas.

Quelque part, elle se dit que ce n'était pas bien.

Chapitre 3

Les pieds nus de Kylie filaient sur la terre à toute allure. Elle entendit le mélange de voix qui venait du réfectoire, où tout le monde s'était rassemblé après les funérailles d'Ellie. Ellie, morte à cause de Mario.

Une nouvelle vague de culpabilité la submergea. Elle accéléra encore. Elle ne voulait pas rejoindre le groupe. Elle… *avait besoin*… d'être seule.

Elle était presque arrivée devant son bungalow lorsqu'elle ressentit un courant d'air la croiser à toute allure. Un courant d'air de vampire. En chasse, peut-être.

Kylie se força à presser le pas et se prépara mentalement à se battre. Non pas qu'elle ait la moindre chance de remporter une bataille contre un vampire. Quelle que soit sa super force, elle ne lui servait qu'à aider autrui.

Une *protectrice*, l'appelaient les autres surnaturels. Mais comment pouvaient-ils la surnommer ainsi alors qu'elle n'avait pas protégé Ellie ? Même les dons de guérisseuse de Kylie avaient échoué. Comme c'était injuste qu'elle puisse ressusciter un oiseau, mais pas une amie… Elle en aurait payé le prix. Quelle que soit le morceau d'âme qu'elle eût été obligée de donner pour sauver Ellie.

Elle ressentit de nouveau, le courant d'air qui la croisa à toute allure. Cette fois, elle vit un rideau de cheveux bruns raides tourbillonner au vent. Un vampire, clairement.

Mais pas en chasse.

Della apparut à côté d'elle, courant elle aussi à tombeau ouvert. Mais c'était un vampire, elle avançait avec aisance, comme pour faire son jogging quotidien.

– Où est le problème ?

La chevelure foncée de Della, qui révélait ses origines asiatiques, volait derrière elle comme un drapeau.

– C'est *toi*, le problème. (Kylie s'arrêta dans un sursaut.) Je ne supporte pas que tu me croises à toute allure sans que je puisse deviner que c'est toi. Je me sens menacée. J'ai l'impression d'être une… proie.

– Zut alors, dit Della de sa voix trahissant sa mauvaise humeur habituelle. Excuse-moi de me faire du souci. Je t'ai entendue cavaler comme une dératée et j'ai cru que l'on te poursuivait.

– Désolée, personne ne me court après.

Le regard de Kylie se reposa brusquement sur les bois. *Ils me narguent juste pour me faire entrer dans la forêt, pour que je les affronte.* Mais qui était-ce et pour quelle raison ? Avant, elle avait cru que c'était Mario, mais si elle s'était trompée ?

– Que s'est-il passé ? demanda Della.

Kylie arracha ses yeux de la forêt.

– Rien.

Della inclina sa tête de côté, comme si elle écoutait le cœur de Kylie, cherchait des signes de mensonge. Elle roula des yeux.

– Menteuse, menteuse, ton nez s'allonge !

Kylie grommela.

– D'accord, je mens. Et Pinocchio ne m'arrive pas à la cheville !

– Waouh, tu es de charmante humeur ! Et à cause de quoi ?

– De toi.

Son ton mordant la fit tressaillir.

Della se fendit d'un grand sourire, comme si elle appréciait la colère de Kylie. Celle-ci se mit en route.

– Qui est censé t'escorter ? demanda-t-elle.

– Je ne sais pas.

Le regard de Kylie se posa brusquement sur le bois, et la sensation fut plus forte que jamais. Elle détala le long du chemin, repoussant ses limites. Elle ne s'arrêta pas avant d'être arrivée à son bungalow. Elle avait des crampes d'estomac à force de courir. Elle s'affala sur leur terrasse.

– Alors, que s'est-il passé ? demanda Della, qui n'avait même pas de mal à respirer et se laissa lourdement tomber à côté d'elle.

Quelque chose m'appelle dans les bois.

Ça paraissait fou. Kylie ne pouvait pas le dire. Elle regarda Della. Les yeux noirs légèrement en amande de sa coloc semblaient sincèrement inquiets, et cela lui donna l'impression d'être une garce.

– Désolée, je suis de sale humeur.

– Ce qui est tellement rare, rétorqua Della. J'adore !

Kylie roula des yeux et décida de jouer franc-jeu :

– As-tu déjà entendu parler des caméléons ?

– Oui.

– Vraiment ? Et que sais-tu sur eux ?

– Ce sont des lézards qui changent de couleur. Selon Chan, ils n'ont pas trop mauvais goût. À Hawaii, les vampires du coin vendent leur sang. Il est censé être aussi bon qu'un O négatif.

– Non.

Kylie remonta ses genoux et les serra.

– Non quoi ?

– Euh… les caméléons sont-ils une sorte de surnaturels ?

– Un lézard surnaturel ?

Della rit.

Kylie sursauta.

– Hé, dit son amie en s'affalant à son côté. Qu'est-ce qui ne va pas ?

Kylie ouvrit la porte du bungalow d'un coup et reposa les yeux sur sa coloc.

– Tout va mal.

– C'est à cause d'Ellie ?

La voix de Della révélait une émotion qu'elle cachait d'habitude.

Le cœur de Kylie se serra davantage.

– Oui, c'est à cause d'Ellie. Et c'est parce que je suis un lézard. C'est un tout, quoi.

– Tu es un lézard ?

Le sérieux disparut des yeux de Della, qui se fendit d'un grand sourire.

Kylie passa la porte à toute allure, puis se retourna d'un coup.

– Oui, tu es un vampire. Et moi, je suis un lézard, alors autant s'y faire, et maintenant !

Le sourire railleur de Della s'en alla.

– Tu as fumé la moquette ? Sérieux, pour moi, tu es un loup-garou. Ce nouveau comportement de râleuse est hyper révélateur !

– Parce que les vampires ne râlent jamais ?

Kylie roula des yeux.

– Non, nous sommes casse-pieds. Casse-pieds et râleurs, ce sont deux choses complètement différentes.

Della entra. Sa tentative de faire de l'humour était censée l'aider, pas lui faire du mal.

Mais Kylie n'était pas d'humeur.

– Je ne suis pas un loup-garou. (Les larmes lui piquèrent les yeux.) Si c'était le cas, alors Lucas serait heureux et tout irait pour le mieux dans le meilleur des mondes.

Della ouvrit la bouche en grand.

– Tu es sérieuse ? Qui t'a dit que tu étais un lézard ?

– Mon père.

Les yeux de Della s'écarquillèrent.

– Tu délires ?

– Pas du tout.

Della s'affala sur le canapé et passa la pièce en revue à toute allure.

– Est-il présent en ce moment ?

– Non.

– Ouf. (Elle se frappa les cuisses.) Peut-être qu'il avait fumé quelque chose ?

Kylie leva ses yeux remplis de larmes au ciel.

– Tu pourrais arrêter de balancer des vannes ?

Della prit un coussin qu'elle lui jeta dessus.

– Tu vois, c'est l'attitude de loup-garou qui ressort encore !

Kylie virevolta sur elle-même pour entrer dans sa chambre, mais avant qu'elle n'arrive à la porte, Della se planta d'un coup devant elle. Flippante, la vitesse d'un vampire !

– Très bien, dit-elle. Je vais essayer d'être sérieuse… mais c'est de la folie ! Je sais que tu ne veux pas le croire, mais on te fait sûrement une farce. Un lézard surnaturel, ça n'existe pas. Tu n'as qu'à lui demander.

– Demander à qui ?

La porte d'entrée du bungalow claqua lorsque Miranda entra. Ses cheveux blonds détachés étaient parsemés de rose, de vert et de noir. Kylie ignorait si son amie se servait de ses pouvoirs de Wiccan ou d'une coloration maison pour colorer sa chevelure.

Miranda fronça les sourcils.

– Pourquoi m'as-tu laissée en plan ? demanda-t-elle à Della.

Celle-ci fit la grimace.

– Désolée, Kylie est en pleine crise. Je ne peux jouer les Super Copines qu'avec une seule d'entre vous à la fois.

Miranda regarda Kylie.

– Quel genre de crise ?

D'habitude, la jeune fille partageait tout avec ses colocs. Mais à cet instant, elle regretta de ne pas avoir fermé sa bouche. Tout ce temps, elle avait voulu savoir ce qu'elle était et pensait que cela résoudrait tout, mais voilà qu'elle le savait et se sentait plus perdue que jamais.

– Une belle crise de reptile ! pouffa Della en flanquant sa main à sa bouche. (Puis elle lança un regard d'excuse à Kylie.) Oups !

– Quoi ? fit Miranda.

Della laissa tomber une main sur sa hanche.

– Explique à Kylie que les lézards surnaturels, ça n'existe pas.

– Perry peut se transformer en lézard. (Les yeux de Miranda brillaient de fierté.) Hier, il s'est changé en…

– Arrête, lâche-nous avec Perry ! (Della colla ses deux mains sur son ventre.) Promis, je vais gerber.

– Ce que tu peux être vache ! la rembarra Miranda.

– Je ne suis pas vache, j'en ai juste marre d'entendre des trucs sur Perry. « Les orteils de Perry sont si mimi ! Perry a la plus belle des taches de rousseur derrière l'oreille droite » et patati et patata…

– Tu es jalouse, c'est tout ! Parce que tu n'as pas de chéri, alors que Kylie et moi en avons un !

Avait. Kylie *avait* un copain. Elle ne savait pas trop ce qui allait advenir entre Lucas et elle, à présent. Ses supplications pour qu'elle ne s'enfuie pas résonnaient dans son cœur.

– Jalouse ? lui hurla Della. Arrête, je préfère encore

avaler mon propre cœur que devenir transie d'amour comme toi !

Miranda leva la main et agita le petit doigt – un signe sûr qu'une incantation allait jaillir de ses lèvres. Les yeux de Della brillèrent et elle montra ses canines.

– Arrêtez ! (Kylie laissa aller son regard de l'une à l'autre. Elle ne pouvait plus les supporter.) Oh, et puis non, continuez. Vous deux, vous menacez de vous entretuer depuis que je suis arrivée ici, et je n'en peux plus ! Alors, allez-y, tuez-vous et abrégez mes souffrances, que l'on en finisse !

Intérieurement, elle tressaillit de nouveau. Elle ne le pensait pas. Pas même maintenant, quand elle était furieuse, mais peut-être qu'un peu de psychologie inversée pourrait aider ces deux-là.

Miranda et Della regardèrent fixement Kylie, comme si elle avait perdu la tête, et elles avaient sûrement raison, mais c'était en partie leur faute. Leurs chamailleries constantes lui avaient fait péter les plombs.

– Allez, qu'attendez-vous ? Tuez-vous ! Et arrangez-vous pour que ce soit divertissant.

Elle croisa les bras et les foudroya du regard. Elle se mit à taper du pied droit, exactement comme sa mère quand elle allait piquer une colère.

Les yeux de Della retrouvèrent leur couleur noire et ses canines disparurent sous sa lèvre supérieure. Miranda baissa son petit doigt menaçant. Alors comme ça, la psychologie inversée avait marché. Ah ah ah ! Qui l'eût cru ?

– C'est quoi son problème ? demanda Miranda à Della, comme si Kylie était trop perturbée mentalement pour qu'elle s'adresse à elle.

– Aucun, répondit-elle, hyper rageuse. C'est vous qui en avez un !

Della jeta un coup d'œil à Miranda et haussa les épaules.

– Elle se prend pour un lézard.

– Un caméléon, la corrigea Kylie.

Miranda roula des yeux.

– La pauvre. Elle se comporte en loup-garou, oui !

Della gratifia Kylie d'un sourire moqueur.

– C'est bien ce que je lui ai dit. Mais tu crois qu'elle m'a écoutée ? Bien sûr que non.

– Je ne suis pas un loup-garou.

À présent, Kylie se fichait éperdument de ce qu'elle aurait voulu être.

– Si tu en es un, pas de souci, déclara Miranda. Nous avons fait le vœu de t'aimer, quoi que tu sois.

Kylie se laissa tomber dans un fauteuil, tandis que ses deux meilleures amies la fixaient, pleines de pitié et le regard mauvais. Elles la croyaient folle. Eh bien, peut-être *l'était-elle.* Elle imaginait que les bois l'appelaient et elle se prenait pour un reptile. Elle se laissa aller dans son fauteuil et contempla le plafond.

– Je suis un caméléon, déclara-t-elle, espérant que l'énoncer provoquerait une espèce de compréhension instinctive. Elle retint son souffle, attendit une révélation — une certitude interne qui la réconcilierait avec le monde.

Rien ne venait. Et rien ne l'inspirait. Ni le fait d'être un lézard, ni celui de voir un fantôme avec le visage de quelqu'un de vivant, ni son père qui laissait entendre qu'elle effectuerait bientôt un voyage dans l'au-delà, et surtout pas la déclaration d'amour de Derek.

Rien. Rien de rien. Elle grommela.

– Apporte-lui un Coca light, Della, suggéra Miranda. Peut-être que le sucre lui donnera de l'énergie.

– C'est du faux sucre, répondit Della.

– Je sais. Mais vous savez ce qu'on dit : « Fais comme si en attendant de pouvoir faire comme ça. »

– Hum, oubliez le Coca. Je vais me coucher.

Kylie se leva, se rendit dans sa chambre, et claqua la porte si fort qu'elle grinça sur ses gonds.

Derrière, elle les entendit s'écrier en chœur :

– Un loup-garou, y a pas photo !

*

* *

Elle ne s'était pas encore mise au lit qu'elle perçut un vacarme dans le séjour. Miranda et Della avaient-elles décidé d'en venir aux mains ? Culpabilisant de les y avoir encouragées, elle allait pour les arrêter, mais se calma en entendant des voix.

– Où est Kylie ?

La voix grave de Burnett traversa les murs au moment où son portable sonnait.

Elle le sortit de sa poche et ouvrit la porte d'un coup. Burnett se tenait sur le seuil, la main levée, prêt à frapper. La colère et un trait de culpabilité envahirent son visage.

– Quelque chose ne va pas ?

Le téléphone de Kylie vibrait dans sa paume.

– Tu vas bien ?

– Pourquoi ? Je ne devrais pas ?

S'était-il passé autre chose? À ce stade, plus rien ne l'étonnait.

Chapitre 4

– Tu es partie sans me prévenir, dit Burnett, la bouche pincée de reproche.

– Non, répondit Kylie.

Elle vit Della et Miranda derrière le jeune homme, inquiètes toutes les deux. Pas de doute, montrer son désaccord avec Burnett n'était pas judicieux.

– Tu étais dans le bureau, puis d'un seul coup tu as disparu ! aboya-t-il. J'étais censé être ton escorte !

– C'était il y a presque une heure, rétorqua-t-elle.

Venait-il seulement de s'apercevoir de son départ ?

La sonnerie du téléphone attira son attention et elle vérifia qui appelait. Le nom de Holiday s'afficha sur le tout petit écran, puis la directrice de la colo, le portable à l'oreille, entra dans le bungalow comme un ouragan.

– Tu l'as trouvée !

Le soulagement envahit les yeux de Holiday, qui croisa les bras sur son estomac et souffla comme si elle avait couru.

– Tu n'aurais pas dû partir sans me prévenir, reprit Burnett.

Holiday coupa son portable, faisant taire celui de Kylie. Celle-ci la regarda fixement, et repensa aux histoires de fantômes dont elle devait lui parler. Comment quelqu'un de vivant pouvait-il apparaître sous les traits d'un fantôme ?

– Tu étais sous ma responsabilité, lança Burnett, qui poursuivait sa diatribe.

Kylie lui jeta un coup d'œil en reposant son appareil sur la table. Elle aurait probablement dû se taire, mais sa mauvaise humeur prit le dessus.

– Tu n'as rien à me reprocher. Je t'ai informé que je partais. Pas une fois, mais deux. Vous étiez bien trop occupés à vous prendre la tête tous les deux pour m'entendre.

Lorsque ses paroles hostiles résonnèrent à ses oreilles, elle se dit que Della et Miranda n'avaient peut-être pas tout à fait tort quand elles affirmaient qu'elle était un loup-garou.

Holiday s'approcha :

– Nous ne nous disputions pas.

Ah bon, songea Kylie, qui remarqua que le T-shirt de la jeune femme était à l'envers. Que pouvaient-ils donc faire pour que son vêtement soit sens dessus dessous ? Toute la frustration de Kylie s'évapora, et elle sourit presque. Presque.

– Si, nous nous querellions, avoua Burnett, comme si d'un seul coup il se souvenait.

– Nous *discutions*, c'est tout, rectifia Holiday, qui le gratifia d'un regard qui voulait dire : *Ne me contredis pas.*

– Nous discutions avec passion, ajouta-t-il, avant de recevoir un autre coup d'œil acéré de la rouquine.

– Je dirais même, articula silencieusement Della, que je vous ai entendus depuis le réfectoire et je ne suis pas sûre que mon ouïe de vampire y soit pour quelque chose.

– Si, si, intervint Miranda. Parce que moi, je n'ai rien entendu. Mais bon, je devais probablement papoter avec Perry. (Son regard était perdu dans le vide.) J'adoooore discuter avec lui !

Della grommela.

– Cela dit, reprit Miranda, il n'y a rien de mieux qu'une bonne dispute. Donc, si quelqu'un voulait bien me mettre au courant, ça me ferait plaisir. (Elle se frotta les mains.) Rien que les parties croustillantes !

Burnett expira de frustration.

– Nous étions juste…

– Ce que nous faisions n'est pas capital, le coupa Holiday, s'empourprant.

– Donc, vous ne vous disputiez pas ? insista Miranda, intriguée.

Kylie faillit sourire de nouveau. Holiday avait raison. Ce qu'ils faisaient n'était pas important. Ce qui importait, c'était qu'ils se soient réconciliés. Ce qui comptait vraiment, c'était que son amie ait réussi à convaincre Burnett de ne pas démissionner. Shadow Falls avait besoin de lui.

Holiday avait besoin de lui.

Tout en Kylie lui disait que ces deux étaient faits l'un pour l'autre. Malheureusement, Holiday luttait contre l'idée que Burnett et elle deviennent un couple. Et si elle ne l'avait pas admis complètement, on se doutait bien que cela avait un rapport avec le fiancé vampire de Holiday qui lui avait brisé le cœur en rompant le jour de leur mariage. Kylie sentait également que celle-ci cachait autre chose. Être abandonnée devant l'autel était grave, bien sûr, mais elle avait le sentiment qu'il s'agissait d'un incident plus préjudiciable encore sur le plan affectif. Sinon, pourquoi aurait-elle rejeté l'amour de Burnett ?

Dieu savait que ce n'était pas facile pour un vampire d'accepter le rejet. Kylie lui avait dit qu'il fallait être patient ; Holiday ne pouvait pas continuer comme ça. Pas quand Burnett frôlait la perfection. Grand, ténébreux, suffisamment lunatique pour être fascinant, et le cœur bon. Bien sûr, en vampire qui se respecte, il ne passait pas sa vie à encourager tout un chacun comme Holiday. Mais il se souciait des autres.

Holiday avait-elle enfin entendu raison ?

– Vas-tu rester à Shadow Falls ? demanda Kylie, en retenant un souffle d'espoir.

Burnett jeta un coup d'œil à Holiday, et si ce n'était pas un sourire…

– Oui, je reste.

– *Yes* ! s'écrièrent Miranda et Della en se tapant dans la main et en effectuant une petite danse de victoire.

Un sentiment de légitimité envahit Kylie. Peut-être qu'aujourd'hui ne s'inscrirait pas dans l'histoire comme la pire journée de sa vie, en fin de compte.

Burnett, maussade comme à son habitude, ne semblait pas partager la joie de ses colocataires. Mais Kylie perçut le soulagement dans ses yeux.

– La prochaine fois que tu es sous ma responsabilité, ne t'en va pas sans mon autorisation.

Kylie opina, trop heureuse pour souligner que ce n'était pas sa faute.

– Même si tu dois me passer deux fois sur la tête pour attirer mon attention, poursuivit-il, endossant la plus grande partie de la responsabilité.

Le sourire de la jeune fille s'élargit. Burnett avait beau être sévère, il n'était pas injuste.

Elle le regarda se diriger vers la porte, et Holiday lui emboîta le pas. Une fois de plus, Kylie ne put s'empêcher de se demander jusqu'où ils étaient allés tous les deux. S'étaient-ils à moitié déshabillés lorsqu'ils s'étaient brusquement aperçus de son départ ?

Holiday reposa les yeux sur Kylie. Leurs regards se croisèrent et aucune ne baissa les yeux.

Rien que par ce regard rapide, Kylie comprit que Holiday, une empathique comme Derek, avait lu la tempête d'émotions qui jouaient à cache-cache dans sa tête. Et pas uniquement les joyeuses.

Kylie lui faisait rarement des cachotteries. Le lien qu'elles partageaient avait dépassé l'amitié. Holiday était sa famille – pas celle dans laquelle on naissait, mais celle qu'on avait la chance de pouvoir choisir.

– Je dois parler à Kylie.

La chaleur dans le ton de la directrice l'avait émue, et elle se demanda ce qu'elle deviendrait sans elle. Elle espérait ne jamais avoir à le savoir. Cette pensée la fit frissonner.

Burnett leur dit à tous au revoir du regard, puis tourna les talons.

Dès qu'il fut parti, Della se tourna vers Holiday :

– Peut-être que *toi* tu vas réussir à faire entendre raison à Kylie. Elle se prend pour un lézard.

Cinq minutes plus tard, Kylie et Holiday étaient assises sur le bord de la terrasse, leurs jambes nues se balançant dans le vide. La directrice s'était changée et avait troqué la robe noire qu'elle avait mise pour les funérailles d'Ellie contre un pantacourt en jean et le T-shirt jaune qu'elle portait à l'envers.

La robe noire de Kylie gonfla sur ses cuisses et atterrit juste au-dessus de ses genoux. Si elle tendait les pieds, ses orteils effleureraient l'herbe. D'habitude, elle aimait bien ce léger chatouillement, mais là, cela lui rappelait sa conversation avec Derek tout à l'heure à côté de l'arbre.

Chassant cette pensée, elle regarda fixement ses pieds. Holiday arborait des sandales, et ses ongles étaient vernis de rose clair.

– Que s'est-il passé ? demanda-t-elle, l'inquiétude rendant sa voix plus grave.

– Je ne sais pas par où commencer.

– Par cette histoire de lézard, non ? De quoi Della parle-t-elle ?

Kylie se mordit la lèvre.

– Avant d'entrer dans les détails, que s'est-il passé entre Burnett et toi ?

Holiday détourna le regard.

– Il reste.

– Ça, je suis au courant. (En souriant, elle lui donna un coup d'épaule.) Alors, c'était bien ?

La couleur fit briller les joues de Holiday.

– Ça me gêne d'en parler.

– Waouh, ça a dû être sacrément génial, alors ! la taquina Kylie.

Holiday se renfrogna, ce qui signifiait que, quoi qui se fût produit, cela n'avait pas changé grand-chose. Certains vêtements s'étaient peut-être envolés, mais pas les doutes de la jeune femme.

– Nous n'avons pas… (Elle se cacha le visage entre les mains.) Je suis perdue, d'accord ? J'ai besoin de Burnett à Shadow Falls. Il est fort dans tous les domaines où je ne le suis pas, et quand il ne l'est pas, c'est moi. Mais…

– Mais tu es terrorisée de reconnaître qu'il compte pour toi, la coupa Kylie, alors même que son instinct lui intimait de ne pas insister.

– Tu ne comprends pas.

– C'est parce que tu ne m'as pas tout dit, l'accusa Kylie, et elle eut de nouveau l'impression que Holiday gardait des sentiments enfouis en elle.

Elle soupira.

– C'est quelque chose que je dois résoudre toute seule. Nous sommes proches, certes, et j'apprécie que tu te soucies de moi. (Elle mit sa main sur celle de son amie.) Je sais que tu essaies seulement de m'aider, mais je dois y aller en solo sur ce coup-là. Et je te demande de l'accepter.

Kylie opina : elle devait respecter les désirs de son amie, même si cela ne lui plaisait pas.

– Maintenant, revenons-en à toi. (Elle lui donna un coup d'épaule.) Parle-moi.

Respirant profondément, Kylie lui raconta les visites de son père – aussi bien cette histoire de caméléon que le fait qu'ils tâcheraient de résoudre cela ensemble… *très vite.*

L'inquiétude et la confusion emplirent les yeux de la directrice.

– Bon, quand ton père affirme que vous essayerez *très bientôt* de trouver la clé ensemble, à mon avis, cela ne signifie pas ce que tu penses. Le temps n'a pas forcément la même signification dans le monde des esprits.

Kylie réfléchit à ce qu'elle venait de lui dire.

– Ce n'est pas que je ne te croie pas… c'est juste qu'il y a quelque chose dans sa façon de répéter « très bientôt ». Et il s'en réjouissait.

Holiday secoua la tête.

– Ton père t'aime. Et s'il savait que tu allais bientôt disparaître, il paniquerait. Et la dernière chose qu'il ferait serait de partager cette information avec toi.

Cela faisait mal de le formuler haut et fort, mais elle se lança :

– Si je devais mourir, je serais au courant.

– Ça ne marche pas comme ça. Il y a quelques personnes qui peuvent être au courant de leur mort et utilisent leur temps avec sagesse. Mais lorsqu'on commence à penser à la fin, la plupart arrêtent instinctivement de songer au lendemain. Vivre au jour le jour est magnifique – nous sommes trop nombreux à ne pas suffisamment le faire –, mais pour exister pleinement, nous devons vivre pour aujourd'hui et pour demain. Réfléchis, si tu savais que tu allais mourir dans six mois, te lancerais-tu dans un projet tout en ayant conscience que tu ne pourrais pas le terminer ? Irais-tu en classe pour apprendre à devenir médecin ?

Aurais-tu un enfant, en sachant que tu le laisserais seul trop vite ? On passe à côté de bien trop de choses, si l'on s'arrête de vivre pour penser au lendemain.

Le petit discours de Holiday renvoya Kylie à un autre problème. Celui du fantôme. Elle tâcha de trouver la meilleure approche possible.

– Maintenant, à propos du lézard, reprit Holiday, en emportant les pensées de son amie dans une nouvelle direction. Je n'ai jamais entendu parler d'un caméléon surnaturel. Et si j'ai tendance à te dire qu'il s'est trompé, je me demande…

– Quoi ?

– Je n'en suis pas sûre, je…

– Je sais. Tu ne fais que des spéculations, mais comme je sèche complètement, j'aimerais bien les entendre.

– J'allais t'en parler.

L'expression de Holiday lui indiqua qu'elle devait se montrer patiente.

Elle en avait assez. Et oui, elle était au courant que jeudi, Malcolm Summers, son grand-père, viendrait, et avec un peu d'espoir, il lui donnerait la clé. Mais en attendant, il faudrait encore passer quelques jours dans l'ignorance.

– Alors, dis-moi, je t'en prie.

Kylie adoucit son ton, parce qu'être impatiente pouvait se comprendre, mais pas aux dépens des autres.

Holiday inspira.

– Peut-être a-t-il prétendu que tu étais un caméléon car ta configuration n'était toujours pas arrivée à maturité. Elle change encore, comme un caméléon change de couleur.

– Mais il a affirmé que j'étais un caméléon comme s'il prétendait que j'étais un vampire ou une sorcière. Est-il possible qu'il existe un autre type de surnaturels que personne ne connaisse ?

Holiday marqua une pause.

– Mon instinct me dit que non. Tu trouves l'histoire des

surnaturels dans des livres aussi vieux que la Bible. Mais… j'avoue que je suis troublée. Apparemment, quelle que soit l'origine de cela, c'est probablement héréditaire, à cause du don de ton vrai grand-père et de ta grand-tante pour rendre leur configuration humaine. Mais même, c'est complètement bizarre. Je continue de croire que cela avait un rapport avec les Wiccans, mais…

– Ou… (Kylie réfléchit aux propos de Holiday.) Peut-être que c'est ce que cela veut dire, toute cette histoire de caméléon. J'en parlais justement avec Derek, tout à l'heure. Peut-être que ceux-ci peuvent modifier nos espèces. Comme un caméléon peut changer de couleur.

Holiday marqua une pause, comme si elle réfléchissait.

– Mais l'ADN ne marche pas comme cela. Tu ne peux pas avoir plus d'une séquence d'ADN. Ce n'est pas possible, parce que les surnaturels n'ont que l'ADN du parent dominant.

Kylie se mordit la lèvre.

– Alors, ce n'est peut-être pas l'espèce qui change vraiment, mais juste la configuration. Et en un sens, c'est logique, car un caméléon ne se transforme pas en rocher, il change simplement de couleur pour ressembler au rocher.

Le front de Holiday se plissa.

– Mais…

Elle secoua la tête.

– Mais quoi ?

Kylie voulait connaître le fond de sa pensée.

– Ça ne tient pas debout, c'est tout. Si ce don de dissimuler ta configuration existe vraiment, pourquoi les autres surnaturels ne sont-ils pas au courant ?

– Nous en avons probablement entendu parler, répondit Kylie. Peut-être est-ce précisément la raison pour laquelle ils ont testé ma grand-mère. Tu m'as dit une fois que tu étais au courant de ces examens. Quelqu'un t'a-t-il expliqué leur utilité ?

– Pas en détail. Juste qu'ils servaient à comprendre la génétique chez certains surnaturels. Mais qu'ils s'étaient mal passés.

– C'est un euphémisme ! marmonna Kylie. Ils ont tué des gens !

Tué ma grand-mère ? Cela la dépassait. Comment pouvait-on faire cela ? Prendre une vie ? D'ailleurs, comment Mario avait-il pu assassiner son propre petit-fils ? Ou Ellie, qui ne lui avait jamais fait de mal ? Ou n'importe qui d'autre ?

– Je sais. (Holiday soupira, comme si elle sentait le chagrin de son amie.) Raison pour laquelle je refuse de les laisser te tester. Je ne crois pas que l'URF soit mauvaise, Kylie. Simplement, je ne lui fais pas confiance pour limiter les risques avec toi dans le but de trouver des réponses. Quoi qu'il se passe, nous le découvrirons tôt ou tard.

En effet, Kylie l'espérait plus que tout. Parce que pour l'heure, cela ne voulait rien dire du tout. Elle reposa les yeux sur Holiday.

– Est-ce pour cela que tu ne peux pas faire confiance à Burnett ? Parce qu'il fait partie de l'URF ?

Holiday eut l'air perplexe.

– Je lui fais confiance.

Kylie arqua un sourcil d'incrédulité.

– Je lui fais confiance pour tout ce qui concerne Shadow Falls, avoua Holiday.

Mais pas affectivement. « Et n'est-ce pas triste ? » songea Kylie.

– Je ne l'aurais pas fait travailler ici si je pensais qu'il y avait le moindre risque qu'il te trahisse, toi, ou l'un de mes élèves.

– Je sais. Et moi aussi, je lui fais confiance. C'est vrai, toute cette histoire entre l'URF et ma grand-mère me fait peur, mais j'ai foi en Burnett.

Holiday croisa de nouveau le regard de l'adolescente.

– Je comprends qu'attendre des réponses soit difficile pour toi. Mais se raccrocher à l'espoir que ton grand-père viendra jeudi et que…

– Comment ça « se raccrocher à l'espoir » ? Il l'a promis à Burnett, non ? (En voyant la déception briller dans les yeux de Holiday, son cœur se serra.) Que s'est-il passé ?

– Burnett a essayé de le recontacter, et… le téléphone de ton grand-père était coupé. Mais si ça se trouve, cela ne veut rien dire.

– Ou alors, il a décidé de ne pas communiquer avec moi.

Un nœud se forma dans la gorge de Kylie.

– Ne te mets pas dans tous tes états, tant que nous ne savons rien.

Kylie cacha sa tête sur ses genoux, tâchant de ne pas pleurer. Son espoir de découvrir la vérité s'éloignait-il à présent ?

Holiday posa la main sur l'épaule de son amie. Le calme survint quand elle la toucha, mais si cela apaisa la panique de la jeune fille, cela ne changea rien. Elles restèrent assises ainsi plusieurs minutes, sans rien dire. Kylie réprima ses sanglots et Holiday fit ce qu'elle savait le mieux : lui offrir du réconfort affectif.

Une douce brise souffla dans un murmure, et pour une raison quelconque, l'esprit de Kylie passa d'un problème à un autre.

– Derek m'a raconté qu'il t'avait parlé de… certaines choses.

Holiday dégagea une mèche de la joue de son amie.

– Je suis désolée. J'imagine que c'est tombé comme un cheveu sur la soupe.

Kylie opina.

– Que suis-je censée faire de cette information ?

– Je ne crois pas que tu doives faire quoi que ce soit.

Kylie expira.

– Cela me rend folle et triste, et je commence à remettre des tas de choses en question. Et Lucas est jaloux de lui, et je ne lui en veux pas, parce que je ressens exactement la même chose pour Fredericka. Mais…

– Mais tu aimes Derek, finit Holiday à sa place.

– Oui. Simplement, je ne suis pas sûre d'éprouver pour lui ce que je ressens pour Lucas. C'est n'importe quoi, n'est-ce pas ?

– Pas du tout, lui assura Holiday. Tu comprendras toute seule.

– Vraiment ? (L'angoisse monta de nouveau en Kylie.) Tout dans ma vie est un immense point d'interrogation. J'en ai assez de ne *rien* savoir. Et il y a le fantôme…

Elle laissa les mots s'évanouir.

– Il te pose un problème ? demanda Holiday. Est-ce ta grand-mère ? L'as-tu interrogée sur les propos de ton père ?

– Non, ce n'est pas elle. (Que devrait-elle lui avouer, au juste ?) D'une part, l'esprit est arrivé en ressemblant à un zombie. Elle n'avait pratiquement pas de tête. J'ai insisté pour qu'elle y remédie. Mais ensuite… le visage qu'elle avait… c'est… celui de quelqu'un qui n'est pas mort.

Holiday se mordit la lèvre.

– Tu en es sûre ?

– Certaine.

Hyper sûre.

– Bien, poursuivit Holiday, ce pourrait être deux choses. La réponse la plus probable, c'est que tu as affaire à un fantôme en pleine crise d'identité.

– Sérieux ? Ils peuvent avoir une crise d'identité ?

– J'en ai peur. Si ça se trouve, ils ne savent même pas à quoi ils ressemblaient. Ou alors, cela ne leur plaît pas du tout, et ils collent la tête d'un autre sur leur corps de fantôme. La plupart du temps, ils utilisent la figure de celui qui communique avec l'esprit. Et voir son visage sur un fantôme… (Holiday frissonna.) Pas génial.

– J'imagine, répondit Kylie. Et sinon, qu'est-ce que ça pourrait être ?

– C'est rare, mais as-tu vu *Le Drôle de Noël de Scrooge ?*

– Oui.

La jeune fille se rappela l'intrigue.

– Avec le fantôme du futur.

Le souffle de Kylie s'entrecoupa.

– Cette personne pourrait-elle être sur le point de mourir ?

Bien sûr, cette pensée lui avait traversé l'esprit, comme celui de Derek, mais tant que Holiday ne l'avait pas formulée, cela ne semblait pas réel. Non, Kylie refusait de l'admettre. Elle avait beaucoup trop vu la mort, déjà.

– Cela fait-il partie des choses que je peux changer ? demanda-t-elle, paniquée.

– Probablement pas. (Holiday fronça les sourcils.) S'agit-il de quelqu'un que tu connais bien ?

Kylie ne répondit pas. Elle ne pouvait pas. Elle se rappelait seulement que Holiday avait déclaré que c'était rare.

– Est-ce quelqu'un de Shadow Falls ? s'enquit Miranda, qui surgit derrière elles.

Elle se retourna et vit leur coloc sur le pas de la porte.

– Désolée, fit celle-ci. Je ne voulais pas écouter. Mais est-ce quelqu'un d'ici ?

– Non, mentit Kylie.

– Oh ! tant mieux. (Miranda arqua les sourcils de façon théâtrale.) Ton téléphone bipe. (Elle le lui donna.) C'est ta maman. C'est genre la troisième fois qu'elle appelle en cinq minutes.

– Tu devrais la rappeler, dit Holiday. (Puis son portable se mit à sonner. Elle jeta un coup d'œil sur le numéro.) C'est Burnett.

Holiday et Kylie se levèrent en même temps. Kylie prit son téléphone des mains de Miranda alors que Holiday répondait au sien.

– Allô. (Holiday marqua une pause. La ride d'inquiétude apparut entre ses sourcils.) À quel sujet ? (Son ton avait fait hésiter Kylie à passer son coup de fil.) Discutons-en avant que tu t'en ailles. J'arrive tout de suite.

Elle raccrocha.

– Qu'est-ce qui ne va pas ? demanda Kylie.

– Je… je t'en parlerai quand j'en saurai plus.

Holiday tourna les talons, mais sa réponse lui fit craindre que cet appel eût un rapport avec elle.

– Ça sent le roussi, observa Miranda.

Super, songea Kylie. Que devrait-elle encore supporter ?

Chapitre 5

– Tu vas bien ?

Une heure plus tard, la voix de Holiday réveilla Kylie en sursaut. Après avoir tenté de rappeler sa mère à plusieurs reprises, et laissé de nombreux messages ; sa tête et son cœur avaient abandonné et elle avait décidé de se coucher.

Elle scruta son amie, perchée sur le bord de son lit. En s'asseyant, elle bâilla et dégagea des cheveux de sa figure.

– J'ai connu mieux.

– La vie peut être dure, parfois.

– À qui le dis-tu ! (Kylie se souvint du coup de fil de Burnett.) Tout va bien ? Que s'est-il passé ?

Holiday la regarda, le visage vide.

– Qui est Burnett ?

Le froid dans la pièce envoya des frissons dans la poitrine de Kylie. Elle cilla et se reconcentra sur les traits de la femme. Pas de doute. C'était Holiday.

– OK, laisse-moi clarifier les choses. Quand je t'ai

demandé de te trouver un visage, je voulais dire le tien, pas d'emprunter celui de quelqu'un d'autre.

L'esprit colla ses paumes sur ses joues, et ses yeux s'ouvrirent en grand.

– *Ce n'est pas le mien ?*

– Non ! C'est celui de quelqu'un que j'aime beaucoup, et ne le prends pas mal, mais ça ne me plaît pas que tu le portes.

– *Je suis totalement perdue.*

– Tu traverses une crise d'identité, lança Kylie, qui désirait y croire plus que tout.

– *Une crise d'identité*, répéta l'esprit.

– Oui, et tu dois arriver à comprendre qui tu es et ce que je peux t'apporter, car autrement, je ne peux pas t'aider.

– *C'est surtout le brouillard.*

Elle pinça les lèvres comme Holiday quand elle pensait très fort et, en effet, la ressemblance était vraiment troublante. Même le vert de ses yeux était exactement le même.

– *Tu as peut-être raison,* observa l'esprit. *Je me souviens avoir toujours eu l'impression de vivre dans l'ombre d'une autre.*

– Tant mieux, dit Kylie, le soulagement la faisant respirer plus bruyamment.

– *Tant mieux que j'aie vécu dans l'ombre d'une autre ?* (Le fantôme se renfrogna.) *Je ne vois pas ce qu'il y a de positif.*

– Non… que tu puisses avoir des souvenirs.

Et juste alors, l'adolescente se rappela autre chose, elle aussi. Un moyen simple et rapide de s'assurer que cet esprit n'était pas Holiday Brandon. Elle plissa les yeux et se concentra sur le front du fantôme.

La configuration fantasque, comme le visage, correspondait à cent pour cent à celle de Holiday. L'inquiétude monta en Kylie.

– Tu es une fée ?

L'esprit remonta un genou sur sa jambe, mit son coude dessus, puis laissa tomber son menton dans la paume de sa main. Ce geste ressemblait tellement à Holiday que le cœur de Kylie loupa un battement.

– *Ouaip.* (Elle se renfrogna et regarda fixement la jeune fille.) *Ouh là là ! et toi, qu'es-tu ?*

Elle hésita.

– Je suis un… caméléon.

L'esprit fit la grimace.

– *Un lézard ?*

Kylie fronça les sourcils, mais ce n'était pas pour elle qu'elle se faisait du souci.

– Te souviens-tu de ton nom ?

Elle retint son souffle.

L'esprit croisa son regard, et son front se plissa de doute. Puis elle se leva et se rendit devant la fenêtre. Elle regarda dehors en silence, puis finit par se retourner.

– *Quelqu'un te cherche.*

– Te souviens-tu de ton nom ? répéta Kylie.

Passant ses cheveux roux par-dessus son épaule, l'esprit les enroula en torsade. Exactement comme elle avait vu Holiday le faire un instant auparavant. Le fantôme jeta un coup d'œil derrière lui.

– *Ils veulent que tu viennes les voir.*

La poitrine de la jeune fille se serra un peu.

– Parlons de toi pour l'instant, dit-elle en prenant la décision de se concentrer sur un problème à la fois.

– *Mais tu es tellement plus intéressante. Il y a tout ce mystère autour de toi. Des tas de questions auxquelles répondre. Je peux sentir tes émotions, tu sais. C'est ce que font les êtres féeriques. Nous ressentons la même chose que les autres fées.*

– Je sais, fit Kylie, frustrée et effrayée par la véritable identité de l'esprit, mais elle chassa cette angoisse afin de pouvoir en savoir plus. Parce que si elle était Holiday, alors peut-être que Kylie pourrait faire quelque chose, changer quelque chose pour éviter…

– *Avant, je pouvais toucher les autres pour les réconforter, mais cela a disparu…*

– Pourquoi donc ?

Elle fronça les sourcils.

– *Je ne suis pas entièrement sûre. Je crois que j'ai mal agi.*

Les yeux vert vif du fantôme s'emplirent de larmes.

– *J'ai fait du mal autour de moi.*

Kylie ressentit la douleur de l'esprit, ses remords, mais elle ne pouvait pas nier que cet aveu lui accordait un peu de répit. Holiday ne ferait jamais rien de mal. Elle avait trop bon cœur. Se souciait trop des autres.

– Peut-être que tu ne l'as pas fait exprès, dit Kylie, qui désirait l'aider.

Elle enveloppa ses mains autour d'elle en guise de protection contre le froid glacial qui accompagnait les êtres spirituels.

– *Je ne sais pas. Je crois que j'étais en colère.*

L'esprit regarda fixement le mur, comme perdu dans ses pensées, puis il toucha sa gorge.

Kylie remarqua les contusions visiblement douloureuses autour du cou du fantôme.

– Que t'est-il arrivé ? demanda-t-elle.

Un nœud se forma dans sa gorge à l'idée qu'on l'ait étranglée.

La femme reposa les yeux sur Kylie, ils étaient toujours brillants d'émotion.

– *Je suis morte.*

La jeune fille opina.

– Je sais. (Elle attendit une seconde.) Que s'est-il passé ?

L'esprit secoua la tête.

– *C'est comme les miettes d'un cauchemar. Mais cela a un rapport avec la raison de ma présence, j'imagine. J'aurais dû m'en aller depuis le temps… nous autres… surnaturels… ne restons pas.* (Elle baissa les yeux, et son image se mit à disparaître.) *Je dois comprendre tout cela toute seule. Je crois que c'est important.*

– Je ferai tout ce que je peux pour t'aider, dit Kylie, qui revoyait Holiday déclarer la même chose à propos des très rares non-humains qui traînaient encore dans les parages, même morts. Si tu peux me donner ton nom, je pourrai peut-être trouver dans l'ordinateur quelque chose qui nous sera utile.

L'esprit s'approcha de la fenêtre et toucha le carreau. Une couche de givre se forma sur la vitre et troubla la vue au-dehors.

– *Tu ferais mieux d'essayer de régler tes propres problèmes toi aussi.*

– Je m'y efforce, répondit Kylie, qui revit la personnalité de Holiday dans l'esprit, et qui n'apprécia pas. Comment t'appelles-tu ? insista-t-elle.

La silhouette de l'esprit disparut au même rythme que la glace sur la vitre. Puis elle parla :

– *Je crois que c'est Hannah ou Holly, quelque chose comme ça.*

– Non, dit Kylie, dont la propre voix n'était qu'un murmure.

Puis elle attrapa une barrette et releva ses cheveux, déterminée à rendre visite à Holiday, sans même savoir ce qu'elle lui dirait – ou pas. Elle avait juste besoin de la voir vivante.

Elle sortit de sa chambre et trouva le séjour du bungalow vide. Elle se dirigea vers la porte et s'arrêta. Qui était censé l'escorter ? Mais en vérité, cela lui était égal. Elle se rendait juste au bureau, seulement elle avait déjà eu des soucis avec Burnett à cause de ces histoires d'escorte, et elle ne tenait pas à en rajouter.

– Della ? cria-t-elle.

Pas de réponse. Y avait-il un problème ?

– Salut !

Miranda sortit de sa chambre une seconde plus tard.

– Della avait un rendez-vous avec Burnett. C'est moi, ton escorte, annonça-t-elle avec fierté.

Kylie hocha la tête.

– Bien, allons au bureau.
– Pourquoi ?
– Parce que je veux parler à Holiday.
– À quel sujet ?
– Au sujet de quelque chose.
– De mauvais poil, hein ? lança Miranda en faisant la grimace comme si elle venait d'avaler quelque chose de vraiment dégoûtant.

Kylie allait réagir, mais elle se reprit. Il était compréhensible qu'elle soit de mauvaise humeur, mais cela ne lui donnait pas le droit de la passer sur ses amies.

– Je suis désolée. C'est vrai, je suis grognon aujourd'hui. Mais il se passe juste beaucoup de merdouilles dans ma vie en ce moment.

– Je sais, répondit Miranda sur un ton d'excuse. Les funérailles nous ont tous mis de mauvais poil. Et ensuite, ta crise de lézard ; je serais de super mauvaise humeur si quelqu'un m'affirmait que j'étais un reptile. Raison pour laquelle je n'ai pas levé le petit doigt sur toi une seule fois.

– Et j'apprécie, observa Kylie, puis elle réalisa ce que son amie venait de dire. De quoi Burnett voulait-il parler à Della ?

– Aucune idée.
– Était-elle énervée ?

Kylie ne put s'empêcher de songer que cela avait un rapport avec ce qui embêtait tant Holiday quand elle s'entretenait avec Burnett un peu plus tôt. Et elle n'avait pas oublié qu'à ce moment-là, elle avait eu l'impression que c'était à cause d'elle.

– Pas vraiment. Entre nous, je crois que Della a un faible pour Burnett. Elle rayonne lorsque celui-ci lui demande de faire quelque chose.

– Non, c'est faux. Elle sait qu'il craque complètement pour Holiday.

– Alors, pourquoi ne sort-elle pas avec Steve ? Elle est

jalouse, car nous avons des petits copains, mais elle ne lui court pas après. Et ces derniers temps, j'ai remarqué la même chose que toi. Le métamorphe est sans cesse en train de la mater. Il est raide dingue d'elle.

Kylie se dirigea vers la porte.

– Steve la laisse indifférente parce qu'elle aime encore Lee.

– Oui, j'imagine que cela pourrait être ça, aussi. (Elles empruntèrent le chemin en direction du bureau.) Tu sais, je pourrais lui jeter un sort.

– À Steve ?

– Non, à Lee. Je pourrais carrément lui donner des verrues. Et en plus, à un endroit où cela lui ficherait *vraiment* la trouille. Si tu vois ce que je veux dire.

Kylie secoua la tête.

– Je ne crois pas que Della soit d'accord.

– Elle pourrait, si elle était d'humeur.

– Je ne m'y risquerais même pas, parce que si elle n'était pas disposée, cela pourrait vraiment lui prendre la tête.

– Oui, j'imagine. (Elles continuèrent sur le chemin.) Est-ce vrai que je parle sans arrêt de Perry ?

Kylie regarda Miranda.

– Oui, mais ce n'est pas aussi casse-pieds que Della l'insinue. Je parie que moi, je parle tout le temps de Lucas.

Elle se souvint qu'elle l'avait évité aujourd'hui. Lui en voudrait-il ? Et en avait-il le droit ?

– En réalité, non. Mais avant, c'était de Derek.

Kylie fronça les sourcils. Elle n'aimait pas du tout ce que cela impliquait.

– Tiens, cela me fait penser qu'il est passé te voir quand tu dormais.

– Derek ?

– Non, Lucas.

Gênée d'avoir mal compris, Kylie se mordit la lèvre.

– Pourquoi ne m'a-t-il pas réveillée ? Et vous, les filles, pourquoi ne m'avez-vous pas réveillée ?

– Il nous l'a demandé. Il a jeté un coup d'œil sur toi, et nous a juste priées de te dire qu'il était passé. En fait, c'était plutôt mimi. Il est resté sur le pas de la porte à te regarder pendant plusieurs minutes. Il avait l'air triste. Ou nunuche. Genre, fou amoureux de toi. Della agitait la main sous son nez, comme pour dire qu'il émettait toutes sortes de phéromones.

Miranda se fendit d'un grand sourire.

Kylie avait tellement mal au cœur qu'elle ne parvint pas à le lui rendre. Elle le sentit vrillée par la culpabilité, parce qu'elle parlait plus de Derek que de Lucas, qu'elle avait évité tout à l'heure quand il avait essayé de communiquer avec elle. À ce moment-là, elle avait trouvé cela légitime mais avec du recul son point de vue était toujours différent. Était-elle trop dure envers Lucas ?

Probablement, s'avoua-t-elle. Ces derniers temps, elle s'était montrée ronchon. D'où la raison pour laquelle Miranda et Della l'accusaient d'être un loup-garou. Et il fallait qu'elle y remédie.

Elle prit une décision. Après avoir parlé à Holiday, elle irait s'excuser auprès de Lucas pour l'avoir laissé en plan. Elle accéléra le pas. Les arbres des deux côtés du chemin semblaient se rapprocher de plus en plus. Et elle la ressentit de nouveau – la sensation que quelqu'un l'appelait. Lui tendait un piège pour la faire entrer dans les bois. Elle s'arrêta et contempla la rangée d'arbres.

Ils veulent que tu viennes les voir. Elle entendait l'esprit chuchoter dans sa tête.

Qui était là-bas ? Était-ce Mario ?

D'un seul coup, elle n'en fut plus si sûre. Cela ne semblait plus maléfique… mais… Elle ne se savait pas quoi, franchement, sauf que ce n'était pas complètement mauvais. Cela l'effrayait tout de même, au point qu'elle eut le souffle court et qu'un frisson grimpa le long de sa colonne vertébrale pour venir lui chatouiller le cou.

– Quoi ? fit Miranda, une once de peur dans la voix. Ton aura est en train de passer par toutes sortes de couleurs étranges.

– Rien, mentit Kylie.

Elle se retourna et rejoignit le bureau en courant. Tandis que ses pieds martelaient le sol, des petits nuages de poussière s'élevèrent. Elle les chassa d'un battement de paupières et vit alors la lune – à moitié pleine, mais brillante. Et on aurait dit qu'elle venait d'apparaître dans le ciel.

Lever de lune, songea-t-elle. Elle sentit de nouveau les murmures résonner dans sa tête. Des murmures qu'elle ne parvenait pas à comprendre, qui l'attiraient et l'effrayaient à la fois.

– Est-ce un fantôme ? demanda Miranda. (Ses pieds martelèrent le chemin alors que ses cheveux multicolores dansaient dans le vent.) Alors ?

– Non, répondit Kylie, qui réussit à parler sans haleter.

– Alors, peux-tu ralentir ? Parce que je ne suis pas comme Della et toi. Je pourrais bien jeter un sort et peut-être courir plus vite, mais cela prendrait du temps. Et la dernière fois que j'ai essayé, je me suis transformée en antilope.

– Nous y sommes presque, dit Kylie, mais quand elle se souvint qu'elle détestait devoir faire tous ces efforts pour suivre Della, elle ralentit le rythme. D'un seul coup, un souffle d'air les devança. La première pensée de Kylie fut que c'était un vampire, mais Perry, dans sa forme d'immense oiseau préhistorique, se posa alors devant elles.

Miranda, qui soufflait et haletait, poussa tout de même des cris de plaisir. Perry déploya son aile droite qu'il enveloppa autour de la petite sorcière, l'attira contre son torse et l'étreignit affectueusement en oiseau. Puis il roucoula, comme une colombe. Même si c'était nunuche, et même si elle était de mauvaise humeur, Kylie sentit sa poitrine se serrer. Et le sourire tendre qu'elle remarqua chez Miranda fut la cerise sur le gâteau. L'amour était une chose merveilleuse. Kylie désirait le connaître. Entièrement. Un dévouement complet. Tous ces sentiments nunuches et fous.

Des images de Derek et Lucas envahirent sa tête. Oh non, serait-elle amoureuse des deux ? Était-ce même possible ?

Perry relâcha Miranda et recula d'un pas. Des étincelles se mirent à tomber partout autour de lui, comme de la neige iridescente. En quelques secondes, Perry l'humain apparut. Ses cheveux blond sable collaient à son front comme s'il avait transpiré. Ses yeux étaient bleu clair. Il portait un jean noir et un T-shirt qui arborait l'inscription : « EN QUOI VEUX-TU QUE JE ME TRANSFORME ? »

– Je venais justement te chercher, dit Perry, qui laissa aller son regard de Miranda à Kylie.

– Moi ? fit Kylie. Pourquoi ?

Il haussa les épaules.

– On me l'a demandé. Ordonné.

– Qui ? Qui t'a demandé de venir me chercher ?

– Burnett et Holiday. Je ne reçois d'ordres de personne d'autre. Sauf, peut-être, de Miranda.

Il gratifia la jeune fille d'un grand sourire.

– Quelque chose ne va pas ? s'enquit Kylie.

Il reposa les yeux sur elle.

– Je ne sais pas. Mais ta mère a débarqué et elle est furax. Fait vivre un enfer à Holiday.

– Maman est là ? fit l'adolescente, confuse.

Perry hocha la tête.

– Désolé.

Kylie partit d'un pas vif. D'inquiétude, ses pieds soulevèrent un nuage de poussière dans son sillage.

Chapitre 6

Kylie fila aussitôt dans le bureau de Holiday. Sa mère, debout devant la directrice, faisait une espèce de déclaration. Celle-ci, assise à sa table, l'écoutait. Burnett, stoïque, n'en perdait pas une miette. La jeune fille lui adressa à peine un regard. Elle se concentra sur sa mère, qui se retourna d'un coup sec, et…

Kylie se retrouva ensevelie dans une étreinte rapide, mais désespérée. Par-dessus l'épaule de sa maman, le regard interrogateur de l'adolescente se posa d'un coup sur Holiday, qui se leva. Sa mère recula.

L'adolescente continua à fixer Holiday. Le souvenir très bref de l'esprit lui serra le cœur. Comment pouvaient-elles se ressembler à ce point sans être la même personne ? Kylie se força à s'occuper d'une seule chose à la fois. Alors, elle se recentra sur sa mère. L'expression sur son visage lui ficha une trouille bleue. Elle avait la même le jour de la mort de sa grand-mère.

– Que se passe-t-il ? demanda Kylie, qui chercha des réponses dans sa tête, puis retint son souffle quand elle en trouva une : Papa va mal?

Elle avait beau être toujours en colère contre son beau-père, ne pas lui avoir pardonné son infidélité avec sa jeune stagiaire, elle l'aimait encore. Elle n'en avait jamais été plus sûre qu'à cet instant. Alors même qu'elle imaginait le pire – que sa mère, par exemple, lui annonçait qu'il avait eu un accident. Que cet homme ne la serrerait plus jamais dans ses bras ou ne partirait plus jamais en expédition en tête à tête avec elle.

– Papa va bien, c'est toi qui vas mal. (Le regard de sa mère se posa derrière la jeune fille, puis sur elle.) Pourquoi ne m'as-tu pas dit que tu étais souffrante ?

– Je ne suis pas malade.

– Tu avais des migraines. Et ces cauchemars, tu te souviens ? Holiday parlait sur un ton que Kylie ne comprenait pas.

Les yeux de sa mère se fixèrent de nouveau derrière elle et Kylie se retourna. Un homme qu'elle ne connaissait pas était assis sur le canapé.

– Je ne... comprends pas, lança-t-elle, et elle reposa les yeux sur la jeune femme.

– C'était dans mes dossiers, expliqua Holiday, sur ce ton plein de sous-entendus. Je l'ai inscrit dans les fichiers et les administrateurs ont songé qu'il faudrait contacter ta mère. Pour voir si tu avais peut-être besoin de passer des examens.

Kylie continua à la regarder fixement.

– Ils m'ont appelée pour me demander ma permission. Ma belle, es-tu d'accord ?

Me faire passer des examens ? Les administrateurs ?

Oh ! non alors ! Les pièces s'assemblèrent peu à peu. Ce n'étaient pas les administrateurs, mais l'URF. Elle essayait d'obtenir l'autorisation de sa mère pour la soumettre à des tests.

– Je vais bien, répondit Kylie. Je n'en ai pas besoin.

La peur la parcourut. Ses yeux se posèrent brusquement sur Burnett. Il la regardait droit dans les yeux. Pas de culpabilité. Et elle sentit qu'il n'avait rien à voir là-dedans. Elle se rappela le coup de fil, et comprit que cela devait avoir un rapport. Son regard se reposa sur l'homme sur le canapé. Faisait-il partie de l'URF ? S'agissait-il de l'abruti qui voulait se servir d'elle comme d'un rat de laboratoire, de la même façon qu'ils l'avaient fait avec sa grand-mère ?

– Qui êtes-vous ? demanda-t-elle sans réfléchir.

Puis elle plissa les yeux et vérifia sa configuration. Elle cilla et recommença lorsqu'il lui apparut humain.

– C'est John, expliqua sa mère. Nous dînions ensemble quand j'ai eu le message de M. Edwards disant que tu t'étais évanouie.

– John ?

Mais qui était donc John ? Kylie regarda sa maman. Et celle-ci avait bien l'air coupable !

– C'est le client avec qui j'ai déjeuné l'autre jour, tu te rappelles ? Je t'ai parlé de lui.

Oui, elle se souvenait. C'était le type qui allait gâcher toutes les chances de réconciliation entre sa mère et son beau-père.

– Comme je l'ai expliqué, poursuivit Holiday, votre fille ne s'est pas vraiment évanouie. Je crois que j'ai un peu exagéré dans mes rapports. Et on les a mal interprétés.

L'émotion palpita dans la poitrine de Kylie comme un oiseau pris au piège. Holiday lui jeta un coup d'œil, et Kylie eut le sentiment que la directrice essayait de lui communiquer quelque chose. Mais zut, elle ne savait pas lire dans l'esprit des gens. Ni même déchiffrer les sentiments.

– Kylie n'avait-elle pas de terreurs nocturnes chez vous ? demanda Holiday.

D'un seul coup, l'adolescente crut comprendre où elle voulait en venir.

– Oui, ce n'étaient que des angoisses, maman. Je ne me suis pas évanouie. Tu te souviens dans quel état j'étais après ? Je ne suis pas malade. Je n'ai pas besoin d'examens. De plus, tu m'en as déjà fait passer, tu te rappelles ?

– Mais je pensais que tu n'en avais plus !

– Je n'en ai eu que quelques-unes. Et je vais bien. Regarde-moi, ça va. (Elle tendit les bras, cherchant mentalement une façon de le prouver.) « Je peux toucher mes pieds, je peux toucher mon nez avec ma langue. »

C'était un petit texte que sa mère et elle récitaient quand on leur demandait si elles allaient bien.

– Mais pourquoi M. Edwards voudrait-il que tu subisses des tests ?

Holiday s'avança dans sa chaise.

– Oh, ne l'écoutez pas. Il est juste trop prudent. (Elle sourit, faisant de son mieux pour avoir l'air convaincante.) Mais si vous souhaitez programmer un rendez-vous avec votre généraliste pour qu'il examine Kylie, et pour avoir l'esprit tranquille, je comprendrais parfaitement. En fait, nous n'avons rien contre les médecins ici, mais j'ose espérer que vous vous entendez bien avec lui.

– D'après vous, devrais-je le faire ? demanda-t-elle à Holiday, avec son air de mère inquiète.

– En réalité, non, je ne crois pas, Kylie va bien. Avec des angoisses nocturnes qui ne se sont produites que deux fois, je dirai même qu'elle va très bien.

– Oui, insista Kylie. Je vais bien, promis, s'il te plaît, maman, je ne veux pas repasser tous ces examens, je t'en prie !

La femme effleura la joue de sa fille.

– Sais-tu comme j'ai eu peur ? Oh ! Seigneur ! (Elle reposa les yeux sur Holiday.) Vous devriez envisager de parler sérieusement avec M. Edwards. Je vous jure, à écouter son message, on croirait vraiment que ma fille a de graves problèmes.

– Je suis désolée de t'avoir causé une telle frayeur.

Kylie regarda John.

L'homme se leva, s'avança et posa sa main sur l'épaule de sa mère. Kylie eut le désir très étrange d'enlever cette main d'une tape et de lui dire qu'il n'avait pas le droit de la toucher.

– Bonjour Kylie, lança John.

Elle contempla son sourire suave, ses yeux noisette et ses cheveux chocolat assortis coiffés à la perfection. Elle aurait tellement voulu trouver quelque chose de déplaisant chez ce type, mais rien. Il n'était pas laid. Il n'était pas non plus canon-dans-le-genre-homme-mûr comme Burnett, peut-être parce qu'il était un tantinet plus âgé, mais il était très classe.

– J'aurais préféré que notre première rencontre ait lieu dans d'autres circonstances, poursuivit-il, mais j'espérais faire ta connaissance. Ta mère m'a tellement parlé de toi !

C'est marrant, songea Kylie, sa mère ne lui avait pas beaucoup parlé de lui. En fait, elle avait évoqué leur déjeuner et le fait qu'il pourrait bien la rappeler, mais elle avait omis de lui raconter qu'il l'avait bel et bien fait. Sûrement car elle se doutait que Kylie était partagée à ce sujet. Ahhh, mais pour l'instant, elle ne l'était pas tant que ça.

Elle ne l'aimait pas, point. Toutefois, parce qu'elle n'avait aucune raison de le montrer – hormis son instinct et peut-être son envie que sa mère et son beau-père se réconcilient –, elle allait devoir faire de la lèche. Être gentille. Comment avait dit Miranda, déjà ? « Faire comme si en attendant de pouvoir faire comme ça. » Pourrait-elle apprendre à aimer ce type ?

– Enchantée, répondit Kylie, en collant une expression chaleureuse sur son visage.

Mais elle craignait qu'il devine que c'était de la comédie.

– Tout le plaisir est pour moi, rétorqua-t-il.

Kylie se contenta de sourire. Pour le coup, il avait entièrement raison.

La demi-heure suivante, Kylie la passa dans la salle de réunion du bureau avec sa mère et John-le-Mièvre, en prétendant que tout allait pour le mieux dans le meilleur des mondes. Une expression que Nana, décédée il y a trois mois, aurait employée.

Curieux que la jeune fille semblât faire appel à elle en ce moment. Elle serait ravie qu'elle vienne lui rendre visite. *Tu es là, Nana ?* demanda-t-elle dans sa tête pendant que John déblatérait sur ses années passées en Angleterre.

Elle ne répondit pas. Mais Kylie eut la sensation très étrange qu'elle était tout près.

– J'ai toujours souhaité voir l'Angleterre, déclara sa mère, qui buvait chacune des paroles de l'homme.

– Nous pourrons y remédier, répondit John, enthousiaste. J'ai un voyage prévu le mois prochain. Et si tu prenais des congés pour m'accompagner ?

– Vraiment ? fit sa mère.

Et tant pis si Kylie pensait exactement la même chose ! *Vraiment* ? Cet homme voulait que sa maman parte en Angleterre avec lui. Elle ne le connaissait même pas. Et il espérait qu'elle partage une chambre d'hôtel avec lui ? Jamais de la vie !

– Le planning de maman est plutôt surchargé. Elle ne pourra pas venir, répondit Kylie, qui refusa l'invitation à la place de sa mère, avant de se rendre compte qu'elle n'avait pas son mot à dire dans cette histoire.

Sa mère en resta bouche bée, et gratifia sa fille d'un regard noir, du style : « Comme c'est grossier de ta part ! »

– Eh bien, j'ai beaucoup de travail, certes, mais je m'arrangerai pour prendre quelques jours de congé.

Elle reposa les yeux sur sa fille, histoire de l'avertir de ne plus s'en mêler.

– Super ! lança John, qui feignit de ne pas avoir perçu la tension silencieuse.

– Super ! répéta Kylie, le sourire si crispé qu'elle pensait que ses lèvres ne bougeaient pas.

– En parlant de planning, ajouta sa mère en consultant sa montre, nous devrions y aller. Il y a presque deux heures de route. Eh oui, demain, j'ai beaucoup de travail.

Elle l'étreignit rapidement. Et pour sa mère-handicapée-des-câlins, c'était une prouesse. Lorsque Kylie se détacha, elle articula silencieusement : « Désolée. » Et elle l'était. Elle ne voulait pas lui faire de mal, même si elle n'aimait pas ce type.

Sur le visage de sa mère se lisait une compréhension absolue. Ce qui ne fit que décupler le malaise de Kylie.

Se penchant de nouveau, elle murmura : « Je t'aime. »

– Moi aussi, répondit Kylie, qui se laissa aller à une autre étreinte et, cette fois, elle la serra encore plus fort et un peu plus longtemps.

Quand elle les raccompagna dehors et passa devant le bureau de Burnett, elle vit son bon mètre quatre-vingts assis à son bureau. Il faisait semblant d'être plongé dans de la paperasserie, mais ses oreilles supersoniques avaient sûrement dû fonctionner tout du long. Et très bien, parce qu'elle n'avait rien à cacher, mais dès que sa maman et le type flippant seraient partis, Burnett avait intérêt à arrêter d'écouter. Il lui devait des d'explications.

Elle avait appris que l'URF voulait lui faire passer des tests, mais jamais elle n'aurait cru qu'elle n'hésiterait pas à contacter sa mère. Et si elle allait aussi loin, quelle serait la prochaine étape ? Le refus maternel qu'elle subisse des examens mettrait-il un terme à tout cela ? Sans trop savoir pourquoi, Kylie en doutait.

Lorsque Kylie revint un peu plus tard, Holiday et Burnett l'attendaient sur la terrasse du bungalow.

– Et maintenant ? demanda-t-elle.

Burnett fronça les sourcils et les conduisit dans le bureau de Holiday.

– Je l'ignore, je suis stupéfait qu'ils aient osé faire cela. Ils m'ont convoqué et ont parlé de te faire changer d'avis. Je leur ai dit que tu avais déjà refusé. Certains ont déclaré que tu n'avais pas l'âge légal, et ont proposé de passer par ta mère. Je leur ai fait remarquer qu'elle n'était pas une surnaturelle, et que cela risquait de soulever trop de questions. Je croyais que je les avais convaincus que ce n'était pas la marche à suivre. Mais quand je suis revenu, Holiday était au téléphone avec ta mère. Ils ont dû l'appeler aussitôt que j'ai quitté le bureau.

Holiday s'assit sur le canapé. Kylie la rejoignit. Lorsqu'elle attrapa ses cheveux et en fit une torsade, Kylie se rappela la raison pour laquelle elle était passée la voir. Ses yeux se posèrent sur le cou de Holiday, et elle se souvint des vilains bleus du fantôme. De la peur pour son amie enserra sa poitrine.

– Heureusement pour nous, ta mère est venue directement, sans téléphoner à l'URF. (Elle croisa le regard de la jeune fille.) Ça ira, dit-elle, lisant manifestement son inquiétude.

– Je l'espère.

Kylie se laissa retomber contre le canapé.

– Tu es encore bouleversée à cause de tout à l'heure, déclara Holiday.

– Que s'est-il passé ? demanda Burnett en se rapprochant.

– Je n'ai pas eu l'occasion de t'en parler…

Holiday lui expliqua que le père de Kylie lui avait appris qu'elle était un caméléon.

Celle-ci attendit que l'incrédulité apparaisse sur le visage du vampire, ou à entendre la réponse *tu es un lézard* que tout le monde lui avait servie. Comme Burnett ne faisait ni l'un ni l'autre, la méfiance s'installa.

– Que sais-tu ? s'enquit-elle.

Il se rembrunit.

– Le mot « caméléon » figurait sur les documents que j'ai trouvés parlant du test responsable de la mort de ta grand-mère.

– Que disaient-ils ? Précisaient-ils comment je peux avoir une configuration humaine tout en étant surnaturelle ? demanda Kylie, contrariée qu'il lui ait caché quelque chose.

Kylie vit Holiday se renfrogner à son tour.

Burnett laissa aller son regard entre les deux amies, et l'inquiétude accentua sa mine maussade.

– Ils n'ont rien expliqué du tout. Un médecin a employé le mot « caméléon » dans ses notes. Cela ne voulait rien dire, en fait, je me suis même demandé si ce n'était pas une faute de frappe. Je n'avais pas les documents originaux. Juste les notes qu'un docteur a prises tout en se référant aux autres papiers.

– Mais au moins, cela le prouve, observa Kylie.

– Prouve quoi ? demanda Burnett.

Elle laissa aller son regard de Burnett à Holiday.

– Que c'est cela, être un caméléon. Avoir une configuration qui montre que l'on est une chose alors qu'on ne l'est pas. En gros, nous savons que je ne suis pas humaine du tout. (Elle désigna son front.) Et pourtant, la mienne indique le contraire. Bien sûr, cela ne me dit rien de rien sur ce que je suis vraiment.

– Je ne pense pas que nous ayons apporté une preuve quelconque, annonça Burnett. Oui, ces deux choses-là ont sûrement la même signification. Seulement, nous n'avons pas évalué ce qu'elles signifient. Pas encore.

L'expression de Holiday montra qu'elle était d'accord avec lui.

– Je réfléchissais… commença-t-elle, peut-être… que tes problèmes de configuration sont liés au fait que tu sois une protectrice. Je ne crois pas qu'il ait jamais existé de protectrice en partie humaine à laquelle nous puissions te comparer.

– Je n'avais pas pensé à cela, rétorqua Burnett. C'est possible.

– Mais toute cette histoire de caméléon ? s'enquit Kylie.

– Je ne sais pas, répondit Holiday. Je dis simplement que cela pourrait expliquer tes problèmes de configuration.

L'esprit de Kylie passa en revue leurs propos à toute allure. Plus elle y réfléchissait, moins ça se tenait.

– Je veux lire ces dossiers.

– Je suis sûre qu'entre-temps ils ont déjà caché les nouveaux documents que j'avais réussi à récupérer.

– Ils ont tué ma grand-mère et ils s'en sont tirés, et à présent, ils essaient de faire la même chose avec moi.

– Les responsables sont soit partis, soit à la retraite. (Elle se renfrogna encore plus.) Je sais de quoi ça a l'air et je conçois que tu refuses de passer des examens, mais je ne crois pas qu'ils mettraient intentionnellement ta vie en jeu.

– Nous ne sommes sûrs de rien.

La fermeté dans le ton de Holiday fit penser à Kylie au ton de sa mère en mode maternel.

– Ce qui est précisément la raison pour laquelle j'ai fait ce que j'ai fait, dit-il. Pour laquelle je vais, en gros, contre le serment qui me lie à l'URF. Je suis de ton côté. Que puis-je faire d'autre pour te le prouver ?

– Je vous en prie, les supplia Kylie, je ne veux pas que vous vous querelliez à cause de moi !

– Tu n'as rien à prouver du tout, rétorqua Holiday, qui rougit de culpabilité. Je suis désolée. Je m'emporte – par égard pour toi, Kylie.

– Je sais, c'est pareil pour moi. (Burnett jeta un coup d'œil sur la jeune fille.) Et nous ne nous disputions pas. (Il se tourna vers Holiday et se concentra sur elle une seconde.) Cette fois, nous ne faisions que discuter, exact ?

– Exact.

Un petit sourire se dessina sur les lèvres de la jeune femme quand elle croisa son regard.

Kylie sourit elle aussi, alors même que l'émotion envahissait sa poitrine. Quelle chance de les avoir à ses côtés ! Mais son sourire ne dura qu'une seconde.

– Que vont-ils faire, maintenant ?

Burnett expira.

– Il y a des risques pour qu'ils essaient encore de te faire changer d'avis. De te convaincre que c'est pour notre plus grand bien. Ils en étaient là, quand je suis parti.

– Et si je leur disais que j'étais au courant pour ma grand-mère ? Les menaçais de tout révéler s'ils ne me fichent pas la paix ?

Burnett s'était chargé de déplacer le corps de la vieille dame au cas où un membre de l'URF déciderait de dissimuler les preuves. Selon lui, cela donnerait à Kylie un moyen de pression contre eux si jamais quelqu'un essayait de la forcer à faire quelque chose qu'elle ne voulait pas.

– Moi, je dirais simplement non, et s'ils insistaient, je ressortirais les restes de ta grand-mère.

Il se tendit, et l'inquiétude étincela dans ses yeux. La même émotion se refléta dans ceux de Holiday.

– Que se passera-t-il s'ils découvrent que c'est toi qui as fait déplacer le corps ? demanda Kylie.

– Ils ne le sauront pas. J'ai pris mes précautions, avoua-t-il catégoriquement.

Peut-être un peu trop – comme si l'affirmer avec conviction pouvait rendre les choses possibles.

– Ils vont te soupçonner parce que tu travailles ici. Parce que tu es proche de moi, dit Kylie.

– Peut-être, mais ils devront le prouver. Et je n'ai laissé aucune preuve qu'ils puissent trouver.

Elle espérait que ce fût le cas. Elle jeta un nouveau coup d'œil sur Holiday et se rappela le fantôme.

Holiday mit sa main sur celle de la jeune fille.

– Autre chose ne va pas ?

– Non. Juste cela.

– Tu es sûre ?

– Parce que ça ne suffit pas ? demanda Kylie dont les yeux se posèrent sur la fenêtre.

Elle constata que le ciel crépusculaire noircissait, mais parvint tout de même à distinguer les cimes des arbres qui se balançaient tout doucement.

Son regard se reposa soudain sur Holiday – et elle ressentit alors le besoin de tout révéler.

– J'ai l'impression que l'on m'appelle. (Elle montra la fenêtre.) Dehors, quelque chose m'appelle. Mais je ne sais pas quoi.

Holiday eut l'air perdue.

– Comme quand les cascades te font signe ?

– Oui, acquiesça Kylie.

Sauf que cette fois, c'était bien plus fort.

– Alors, allons-y, suggéra Holiday en se penchant vers elle. Crois-tu que demain, ça ira ?

Kylie voulut lui dire qu'elle n'était pas sûre que les chutes d'eau l'appellent, mais elle ne savait pas comment s'y prendre. Elle se contenta donc de hocher la tête.

– Je vous accompagnerai, lança Burnett.

– À l'intérieur des cascades ? fit Holiday en reposant les yeux sur lui.

– Si tu penses que je dois le faire, alors je le ferai.

– L'idée d'aller aux chutes d'eau ne te dérange pas ?

Il haussa les épaules.

– Ce ne sera pas la première fois.

Holiday regarda Kylie, puis Burnett.

– Je sais. Et je trouve cela déconcertant. Il est totalement impossible de forcer la plupart des surnaturels à y entrer.

Un petit sourire plissa les coins de ses yeux.

– Comme je te l'ai expliqué, je suis exceptionnel.

Holiday soupira.

– Mais les cascades…

– Ne me posent aucun problème. (Il l'interrompit et se concentra sur Kylie.) Et si je t'accompagnais à ton bungalow ? Della est en mission d'escorte. Je lui ai dit que je te raccompagnerais.

Le changement de sujet de Burnett était manifestement un stratagème délibéré pour éviter de parler des cascades. Que cachait-il donc ? La même question semblait également faire briller les yeux de Holiday.

– Elle n'a pas dîné, observa celle-ci.

– Tout ce que je veux, c'est un sandwich, et nous en avons au bungalow.

Holiday serra longuement Kylie dans ses bras, et son contact l'apaisa.

Les effets de l'étreinte persistèrent jusqu'à ce que Burnett et elle se mettent à descendre le sentier enténébré et qu'il demande :

– Et si tu m'expliquais pourquoi tu as menti à Holiday ?

Chapitre 7

– Je n'ai pas menti.

Dès que ces mots sortirent de sa bouche, Kylie se souvint que si, elle avait raconté des histoires à Holiday quand celle-ci lui avait demandé si autre chose n'allait pas. Zut alors, elle aurait dû se rappeler que Burnett pouvait entendre son cœur battre la chamade quand elle mentait.

Elle continua d'avancer. Il la regarda, sourcils arqués, incrédule.

– Essaie encore.

Kylie se renfrogna.

– C'est un problème de fantôme. Je m'efforce juste de le résoudre toute seule.

Jamais de la vie elle ne pourrait lui parler de l'esprit qui ressemblait à Holiday. Burnett péterait un plomb. Ou pas. Peut-être n'avait-il pas aussi peur d'eux qu'il le faisait croire.

– Que me caches-tu à propos des cascades ? demanda-t-elle.

Son sourcil arqué se baissa.

– Rien du tout.

– Tu peux entrer dans les chutes d'eau alors que les autres ne le peuvent pas.

– Cela me déconcerte aussi, avoua-t-il. Même si je ne m'y sens pas très à l'aise.

– Tu n'as pas eu l'impression que l'on t'appelait ?

Il hésita.

– Peut-être que si, un peu.

Ils firent quelques pas en silence.

– Pourquoi n'avoir rien dit à Holiday ? s'enquit Kylie.

Il la regarda d'un air rusé.

– Peut-être que j'essaie de trouver la solution tout seul.

Il employa les mêmes mots qu'elle.

– OK.

Elle leva les yeux au ciel.

Quelques minutes plus tard, il reprit la parole.

– Je pensais que tu pouvais parler de tes histoires de fantômes à Holiday.

– Je peux, oui. Mais je préférerais me débrouiller toute seule, si c'est possible.

C'était la vérité, de fait elle ne s'inquiétait pas du sens caché de ses propos, qu'il avait perçu.

Il hocha la tête. Alors qu'ils s'approchaient du bungalow, Kylie se souvint qu'elle voulait voir Lucas.

– Lucas peut-il te relayer ce soir et me servir d'escorte ? J'aimerais lui parler de quelque chose.

Burnett eut l'air d'y réfléchir. L'espace d'une seconde, il sembla sur le point de refuser.

– D'accord, mais n'allez pas dans les bois.

Sa réponse la fit s'interroger.

– Est-ce que l'alarme fonctionne ?

– Oui, mais sous certaines conditions météo, on pourrait entrer dans la forêt sans se faire prendre.

Elle hocha la tête.

– As-tu vu quelqu'un ?

– Non.

Il s'arrêta.

– Tu en es sûre ?

– Oui. Parfois… les bois me font juste un peu peur.

– Alors, écoute tes frayeurs et évite-les.

– C'est bien ce que j'ai l'intention de faire

Kylie contempla la rangée d'arbres et l'obscurité au-delà. Elle ne ressentait rien. Peut-être que ce qu'elle avait éprouvé plus tôt était le fruit de son imagination débordante.

Elle remarqua son bungalow tapi dans les bosquets. Les lumières étaient allumées et une teinte dorée s'échappait des fenêtres. Elle vit l'ombre de Della et se souvint…

– Pourquoi avais-tu rendez-vous avec Della tout à l'heure ?

– Des trucs de l'URF, c'est tout.

Il resta délibérément vague.

– Quelque chose ne va pas ?

Il secoua la tête.

– Non.

– Vas-tu lui demander de faire quelque chose pour l'URF ?

– C'est possible, pourquoi ?

Kylie se renfrogna.

– Étant donné que celle-ci me cause beaucoup de souci, le fait que tu entraînes mes amies là-dedans ne me fait pas sauter au plafond.

Il s'arrêta, mit les mains dans ses poches et secoua la tête, l'air contrarié.

– L'URF est une organisation censée prêter main-forte aux surnaturels comme la police aide les humains. Il a beau y avoir des ripoux et même des groupes de flics qui font des sales trucs, ce n'est pas pour cela que nous n'accordons plus notre confiance à l'organisation dans son ensemble.

– Je pourrais le faire, s'ils ont assassiné ma grand-mère, dit-elle honnêtement.

Il se durcit.

– Je ne suis pas d'accord avec tout ce que fait l'URF, mais sans elle, ce serait le chaos dans le monde. Les races seraient montées les unes contre les autres, se tueraient et se mutileraient. Les humains seraient considérés comme une source d'alimentation.

Sa description la fit frissonner.

– Si tu ne peux pas faire confiance à l'URF, au moins, fais-moi confiance là-dessus. Le bien qu'elle fait compense largement le mal.

– Je vais tâcher de voir les choses ainsi.

Mais elle ne lui promit rien. Elle ne le pouvait pas.

– Tu aurais pu l'appeler, lança Della en descendant le sentier enténébré vers le bungalow de Lucas, une heure environ après le retour de Kylie. Celle-ci avait le sentiment que Della était un peu embêtée qu'elle préfère passer la soirée avec Lucas et non avec elle. D'autant plus que Miranda s'était enfuie avec Perry. Mais la culpabilité que Kylie éprouvait parce qu'elle avait évité Lucas un peu plus tôt rendait impératif son besoin de le voir.

– Je voulais que ce soit moi qui prenne l'initiative.

Kylie remarqua la lune d'un blanc argenté vif, un peu plus qu'une demi-lune, haut dans le ciel. La nuit était belle. La température était tombée en dessous de 26 °C, et c'était presque agréable.

– Pourquoi ? Qu'as-tu fait de mal ?

– Je me suis énervée et je suis partie plus tôt que prévu.

– Était-ce pour cela qu'il avait le regard aussi nunuche lorsqu'il est venu te voir pendant que tu dormais ? demanda-t-elle.

– J'imagine. (Kylie contempla longuement la rangée d'arbres et ne ressentit rien, ce qui était plutôt positif. Puis elle reposa les yeux sur Della.) De quoi Burnett voulait-il te parler ?

– De rien, vraiment.

Kylie la regarda.

– Tu sais, quand tu as une amie depuis longtemps, tu n'as pas besoin de devoir écouter les battements de son cœur pour deviner qu'elle ment.

Della fit la grimace.

– Oui, mais je croyais que ce serait plus poli que de te dire d'aller te faire voir.

Kylie fronça les sourcils.

– Tu vas travailler pour l'URF ?

– Comment l'as-tu deviné ?

– Il a déjà fait faire des trucs à Derek et à Lucas. Ça semblait juste logique. Même si cela ne me plaît pas.

Elle revit Burnett déclarer que l'URF n'était pas que négative, et tâcha de changer son point de vue, mais elle ne parvenait pas à lui faire entièrement confiance.

– En fait, je crois que ce serait cool de travailler pour elle, expliqua Della. Cela pourrait me donner une raison de casser des gueules de temps en temps.

– Lui fais-tu confiance ?

– À Burnett, oui, dit Della, et elle scruta Kylie. Pas toi ?

– Bien sûr que si. (Elle n'avait pas raconté à Della et à Miranda que Burnett avait déplacé le corps de sa grand-mère. C'était simplement quelque chose dont elle ne pouvait parler à personne.) Ils sont allés voir ma mère pour lui demander l'autorisation de me tester.

– Oh mince, je revois Miranda dire que ta maman était là, mais j'avais totalement oublié. Qu'a-t-elle dit ? Ouille, ouille, ouille, lui ont-ils raconté que tu étais une surnaturelle ? Je suis sûre que cela l'a fait complètement fait flipper !

– Non, juste qu'ils s'inquiétaient parce que j'avais des migraines, que je m'évanouissais, et ils lui ont conseillé de me faire passer des examens. Holiday a expliqué que ce n'étaient que des terreurs nocturnes, et elle le lui a déconseillé.

– Oh non, et comment Burnett a-t-il réagi ?

– Il n'est pas non plus pour que je passe des tests.

– Bien, fit Della. C'est vrai, je n'aimerais pas que l'on fouille dans ma tête. Pas après avoir entendu ce qui est arrivé à ta grand-mère. (Elle s'arrêta et regarda Kylie.) Tu ne veux pas que je bosse pour lui à cause de cela ?

Kylie eut le sentiment que son amie allait réellement laisser passer sa chance de travailler pour l'URF à cause de son opinion – même si cette éventualité l'enthousiasmait véritablement. Elle sentit monter en elle de la gratitude pour le dévouement de Della.

– Non, dit Kylie. Mais… je tiens vraiment à ce que tu fasses attention.

– Je ferai attention. (Della se frotta les mains.) Je suis ravie que tu aies trouvé toute seule. Je mourais d'envie d'en parler à quelqu'un. Ça va être cool !

Elles arrivèrent devant le bungalow de Lucas. Les lumières étaient allumées. Kylie frappa à la porte tandis que son amie attendait près des marches de la terrasse. Steve, le métamorphe qui avait un grand faible pour Della, vint ouvrir. Avec tout ce qui se passait, Kylie avait oublié que c'était le coloc de Lucas. Et Della aussi, réalisa-t-elle, en entendant le souffle rapide du vampire.

– Salut, dit Steve.

– Lucas est là ? demanda Kylie.

Son regard se posa derrière la jeune fille et il changea d'expression. Elle comprit qu'il avait vu Della.

– Euh… oui… enfin non. Il est parti avec Fredericka il y a quelques minutes.

– Ah.

Kylie tâcha de ne pas montrer que cette nouvelle la perturbait et tourna les talons.

Steve l'appela.

– Il va probablement rentrer bientôt.

Elle se retourna.

– Ça te dérange si on l'attend un peu ?

– Non. (Ses yeux s'illuminèrent quand il regarda Della.) Entrez, si vous voulez.

Della s'éclaircit la gorge comme pour dire : « Jamais de la vie ! »

– Et si l'on restait juste assis ici, sur la terrasse ? demanda Kylie. Il fait bon ce soir.

– Oui.

Il sortit. Ses cheveux bruns pendillaient sur son front. Même dans le noir, elle parvint à deviner que ses yeux sombres s'illuminaient d'intérêt quand ils se posaient sur Della.

Lorsqu'elle se retourna, celle-ci n'avait pas l'air ravie ravie, mais elle la rejoignit d'un pas nonchalant.

– Il vaudrait mieux ne pas traîner.

Elle s'affala lourdement sur les marches.

– Juste un peu.

Kylie s'installa à côté de Della-la-mécontente, Steve à l'autre bout de la terrasse. Personne ne pipa mot.

– Il paraît que certains nouveaux profs sont venus dîner ce soir, commença Kylie.

Elle lança une conversation dans l'espoir de ne pas sombrer dans une angoisse existentielle car Lucas errait dans les bois avec Fredericka.

– Oui, dit Steve. La prof d'anglais, Ava Kane, a l'air cool. Elle est mi-sorcière, mi-métamorphe.

– Pourquoi tu ne reconnais pas que tu l'aimes bien parce qu'elle a de gros seins ? fit Della.

Même dans le noir, Kylie le vit rougir.

– Je… je ne nierai pas qu'elle est jolie, mais ce n'était pas mon propos.

Kylie donna un coup pied à Della.

– Aïe ! (Celle-ci la foudroya du regard.) Pourquoi tu fais ça ?

– Quand les cours sont-ils censés commencer ? s'enquit Kylie, et personne ne réagit – Steve, probablement de crainte de s'attirer de nouveaux problèmes, et Della, trop occupée à frotter sa cheville endolorie.

Le garçon finit par se lancer :

– Lundi prochain, je pense.

– D'autres enseignants étaient-ils présents ? demanda Kylie en regardant Della pour que celle-ci réagisse.

– Oui, répondit-elle. Un certain Hayden Yates. Il est mi-vampire, mi-fée. Je crois qu'il va enseigner les sciences. Il a l'air pas mal.

– Et ? demanda Steve d'un ton plus grave, même si ce n'était qu'un murmure.

– Et quoi ? fit Della.

Il raidit ses épaules. Qui, Kylie dut l'admettre, étaient vraiment très larges. Ce type était mignon. Pourquoi son amie ne se montrait-elle pas au moins gentille ?

– Pourquoi tu aimes bien M. Yates ? s'enquit le garçon. À cause de son corps sexy, ou tu veux faire croire que c'est sa tête qui t'intéresse ?

Zut, songea Kylie. Ces deux-là étaient aussi casse-pieds que Della et Miranda. Ou que Burnett et Holiday.

Della lui lança un regard noir, puis se tourna vers son amie.

– Je m'en vais.

Gênée, Kylie regarda Steve.

– Merci. Peux-tu dire à Lucas que je suis passée ?

– Tu pourrais aller à sa rencontre. Je crois qu'ils descendaient jusqu'à la clairière en longeant le ruisseau.

– Oh, fit Kylie, et elle détala derrière Della.

La poitrine de la jeune fille se pinça de jalousie quand elle se rappela sa promenade près du ruisseau avec Lucas. Elle était tellement obsédée par ce sentiment qu'elle ne s'était pas rendu compte qu'elles se dirigeaient dans la mauvaise direction.

– Où allons-nous ? demanda-t-elle.

Della lui jeta un regard noir.

– Au ruisseau, andouille ! Et surtout, ne fais pas celle qui ne veut pas savoir ce qu'il fabrique là-bas avec ce loup-garou ! Si c'était mon mec, je l'attraperais par le cou et je lui donnerais une sacrée leçon, à ce loup, qu'il n'oublierait jamais ! Il pleurnicherait comme un chiot pour que je le laisse partir !

Kylie continua à suivre Della tout en pesant le pour et le contre : devait-elle continuer ou rebrousser chemin ? Si elle se rendait au ruisseau, Lucas s'imaginerait-il qu'elle était venue par jalousie ? Mais si elle n'y allait pas et que Steve lui apprenait qu'elle le cherchait, penserait-il qu'elle était rentrée à son bungalow parce qu'elle était jalouse ?

Bref, la seule chose qui ressortait de ce débat intérieur, c'était qu'elle ne voulait pas montrer sa jalousie à Lucas.

Même si elle l'était.

Mais cela signifiait-il qu'elle avait tort ?

Ou Lucas avait-il tort ? De s'être enfui dans la nuit pour passer un peu de temps avec Fredericka près de la crique ? Et à présent, était-il en train de se rouler dans l'herbe avec Fredericka, et de l'embrasser comme Kylie quand il l'avait emmenée jusqu'au ruisseau ?

Ou était-ce aussi innocent que lorsqu'on l'avait surprise derrière le bureau avec Derek ?

Kylie leva les yeux sur la lune. Son éclat était très vif, et elle sentit cette piqûre étrange sur sa peau. Exactement la même que celle qu'elle ressentait les jours de pleine lune.

Elle inspira profondément et se dit qu'elle se faisait des idées.

– Arrête d'essayer de te convaincre de ne pas y aller, lança Della.

– Comment le sais-tu ?

– Je peux le voir sur ton visage. Et parce que tu n'avancerais pas moins vite si tu étais une tortue avec des béquilles !

– Je n'ai simplement pas envie de passer pour une petite copine psychopathe.

– S'il est en train de lui faire des câlins – ou pire encore –, alors oui, il mérite bien que tu aies l'air d'une psychopathe. Zut alors, je me joindrais à toi, et toutes les deux nous le psychopathiserions à fond !

– Je le vois mal faire cela.

Comme si le formuler aidait à le croire.

– C'était pareil pour Derek, soupira Della, comme si elle regrettait ses paroles. Sans vouloir me montrer irrespectueuse envers Ellie ni rien, j'avais tout de même raison.

La poitrine de Kylie se serra en entendant le nom d'Ellie.

– Ce n'était pas la même chose.

– Ah bon ? fit Della. (Une grosse branche basse fut catapultée vers elles et Kylie l'arrêta avec son bras sans aucun problème.) Je pense que cela s'ajoute au fait que tous les garçons sont des minables. Peut-être que nous n'étions même pas censées nous accoupler avec eux.

– Derek et moi n'étions pas ensemble.

– Peut-être que tu ne l'avais pas dit. Mais dans ton cœur, si, vous sortiez ensemble.

Kylie se souvint des propos de Miranda, qu'elle parlait plus de Derek que de Lucas. D'un seul coup, elle refusa d'évoquer sa vie amoureuse merdique. Pourquoi ne pas parler de celle de Della, tout aussi pourrie ? La voilà, la diversion idéale !

– Et toi, tu aurais pu être plus sympa avec Steve !

Della virevolta d'un coup, la hargne transpirant de la posture de son corps.

– J'ai été sympa.

– Non, faux. Tu l'as accusé d'aimer les seins de la nouvelle prof.

Della se remit en route.

– Si tu l'avais vu en train de la mater, c'était la honte !

– On dirait bien que tu es jalouse ; ce qui signifie que ce type te plaît, fit remarquer Kylie.

Della accéléra le pas, sa cadence reflétant son humeur.

– Il ne me plaît pas. Mais je reconnais qu'il a un joli cul.

– Et tu as dit que tu tâcherais de te rendre plus accessible à son joli petit cul, lui rappela Kylie.

– J'ai essayé. Ça n'a pas marché. J'imagine que son derrière n'est pas si mignon que ça.

Une autre branche les attaqua et, à la minute où Kylie l'arrêta avec sa paume, elle se souvint. Elle s'arrêta et contempla le ciel entre les arbres. Quelques étoiles étincelèrent en retour, comme si elles se moquaient d'elle.

– Mince, marmonna-t-elle.

– Quoi ?

Della regarda par-dessus son épaule.

Kylie jeta un œil autour d'elle. La lune projetait un éclat argent entre les arbres, et des ombres dansaient par terre.

– Je viens de me souvenir.

– De quoi ?

– Je ne suis pas censée aller dans les bois.

Kylie respira l'odeur verdoyante des arbres et de la terre humide. Puis elle chercha en elle cette sensation d'être appelée, attirée, comme cela s'était passé un peu plus tôt. Elle n'y était pas. Ou peut-être que toutes ces sensations étaient simplement liées à son imagination débordante. Oh oui, elle voulait le croire.

Quoi qu'il en soit, elle avait désobéi aux ordres de Burnett. Pas délibérément, certes, mais il ne trouverait sûrement pas cette excuse acceptable.

– Nous devrions rentrer.

– Mais nous y sommes presque. Et moi, le super vampire, je t'accompagne ! Il ne se passera rien. Et n'as-tu pas envie de savoir si Lucas et Fredericka font crac-crac ?

Kylie attrapa une autre branche qui l'attaquait.

– Si Burnett l'apprenait, ça l'énerverait.

– Alors, nous ne lui dirons rien. Crois-moi, tout ira bien.

Pensant que c'était une erreur, Kylie continua tout de même à avancer avec Della. Les criquets vivaient leur vie, et un oiseau chantonnait de temps en temps. En bruit de fond, Kylie percevait même les animaux sauvages dans le parc. En temps normal, lorsque la nuit chantait, cela voulait dire que tout allait bien. C'était dans le calme que les créatures sortaient des ténèbres. Que le mal semblait faire son apparition.

En respirant l'air nocturne, elle continua à avancer, sauta par-dessus quelques buissons épineux et esquiva les branches basses.

– Mince ! siffla Della.

Et elle s'arrêta brusquement.

– Que se passe-t-il ? s'enquit Kylie, et la forêt devint alors silencieuse.

Pas d'un silence de mort comme celui qui accompagnait les fantômes, mais comme en cas de menace.

– La prochaine fois que je te demande de me faire confiance, abstiens-toi, dit Della en regardant par-dessus son épaule. (Ses yeux étaient vert vif et ses canines dépassaient.) Nous avons de la compagnie.

Chapitre 8

– Courons ! dit Kylie, dont la voix n'était qu'un murmure.

Son cœur qui martelait sa poitrine faisait plus de bruit.

– Quand les créatures cavalent, c'est que quelque chose les pourchasse, répondit Della. Je préférerais être celle qui poursuit.

– Petite futée, fit une voix grave.

Et, à elle seule, cette voix fit naître des frissons le long de la colonne vertébrale de Kylie.

Trois silhouettes silencieuses sortirent de l'ombre. L'unique bruit qui passait à travers les fourrés était le sifflement de Della. Kylie se planta à côté de son amie, au cas où elles attaqueraient. Son esprit envisageait toujours de courir. Une bonne option. Mais d'abord, elle devait convaincre Della.

Le léger bruit de brindilles qui craquaient sous les pas résonna derrière elle. Elles étaient cernées.

Le moment était venu de trouver une nouvelle option.

Même avec uniquement la demi-lune pour éclairer le chemin, Kylie put vérifier le cerveau des trois hommes qui leur faisaient front, des loups-garous. Les bords de leurs configurations étaient foncés, comme si leurs intentions n'étaient pas bon enfant. Cela ne pouvait vouloir dire qu'une seule chose : des escrocs.

Le plus corpulent, au milieu, se rapprocha. Della siffla plus fort. Kylie sentit son sang pétiller du besoin de protéger la petite vampire. Della avait beau se prendre pour une dure à cuire, elle ne faisait pas le poids. Mais c'était bien le cadet des soucis des escrocs.

– Je vous demanderai gentiment de partir, les intima Kylie, qui ignorait d'où provenait son courage, mais il était là, et autant s'en servir. Vous êtes sur une propriété privée. Celle de Shadow Falls.

Elle se tenait les épaules en arrière, menton levé.

Sachant qu'ils pouvaient sentir la peur, elle tâcha de ne pas laisser pousser la graine de cette émotion.

Kylie vit Della prête à attaquer, et elle lui toucha le coude, dans l'espoir de la convaincre d'attendre. Peut-être arriveraient-elles à les décourager.

– Partez immédiatement, sinon je vous arrache la gorge, lança Della à l'homme en face d'elle.

Ce n'était pas le genre de discours auquel Kylie pensait.

– Nous ne sommes pas venus vous faire du mal, déclara le type du milieu à Kylie, puis il gratifia Della d'un sourire narquois, comme s'il se moquait de sa menace. Mais si vous nous provoquez, cela pourrait changer.

Celle-ci siffla plus fort.

– Alors, partez.

Kylie posa son regard sur lui. Elle eut le sentiment que celui qui parlait était le chef. Il n'avait pas l'air vieux, mais des détails comme le gris sur sa tempe et les rides fines autour de ses yeux bleu foncé lui indiquèrent qu'il était plus âgé qu'elle ne l'avait d'abord supposé. Attiré par son regard, son esprit tâcha de l'identifier. Elle sentit qu'il la fixait, faisait la même chose avec elle, puis ses yeux se plissèrent quand il lut sa configuration.

Aussi brusquement qu'une lumière qui vacille, elle comprit qui il était. Elle sentit que lui aussi la reconnaissait. Ce noyau de peur qui subsistait en elle s'intensifia. Cet homme n'estimait pas la vie. Il l'avait déjà montré à Kylie une fois.

Il avança d'un autre pas. Della tâcha de se poster devant lui d'un bond, mais son amie lui attrapa le bras.

– Laisse-moi gérer cela.

Le pétillement dans le sang de Kylie – celui qui survenait en même temps que son besoin de protéger – se renforça.

– Je ne suis pas là pour vous blesser, insista-t-il.

– Alors, pars, ordonna Kylie.

– Oui, fourre ta queue entre tes jambes et file, lui intima Della.

Un grognement menaçant résonna derrière elles. Della se retourna brusquement, se détacha de son amie d'un coup brusque, les yeux étincelant encore plus. La peur s'enroula de nouveau autour du cœur de Kylie. Elle n'avait pas peur pour elle-même, mais redoutait ce qui allait se passer. Son sang pétilla de nouveau dans ses veines. Elle resta concentrée sur Della. Si quelqu'un osait mettre la main sur elle, cela tournerait mal.

– Du calme, dit le chef, et Kylie sentit qu'il s'adressait autant à elle qu'à ses hommes. Je suis juste venu parler à mon fils.

– Alors, vas-y, résonna une nouvelle voix dans les arbres. Mais tes gardes et toi-même, reculez immédiatement.

C'était celle de Lucas, grave et menaçante, sur la droite de Kylie. Quand elle se retourna, elle constata que ses yeux étincelaient d'un orange foncé. Elle le regarda lever très légèrement la tête pour inspirer.

Elle s'aperçut alors qu'elle avait perdu son combat pour essayer de cacher sa panique. Si Lucas l'avait sentie, les autres aussi, sûrement. Mais elle se demanda s'ils avaient compris qu'elle n'avait pas eu peur de la bagarre. Elle avait redouté le chaos émotionnel que cela aurait créé. Tuer le père de son petit copain, il y avait mieux pour la suite de leur histoire.

– J'ai dit : « Reculez », ordonna Lucas.

Comme les trois hommes n'en faisaient rien, Della reprit la parole.

– Vous l'avez entendu, espèce d'imbéciles, reculez.

Lucas se retrouva brusquement au côté de Kylie. Son avant-bras chaud effleura son épaule, ne laissant aucun doute sur sa loyauté envers elle, avant même son propre père. Cette idée lui réchauffa le cœur, bien qu'il battît très fort de panique.

D'autres loups-garous qui faisaient partie de la colo sortirent de derrière les arbres. Ils n'avaient pas l'air agressifs, mais leur présence montrait à elle seule leur fidélité envers Lucas.

– Il semblerait que je ne sois pas le seul à être accompagné de mes gardes, observa M. Parker.

– Si j'ai besoin d'eux, ils me soutiendront, rétorqua Lucas.

Un grondement bas vint de l'un des loups-garous qui flanquaient le père de Lucas. M. Parker lui jeta un rapide coup d'œil.

– Il n'y aura pas d'ennuis ce soir.

Bien que toujours méfiante, dans une tension si forte que respirer devenait difficile, Kylie perçut l'autorité dans le ton de cet homme et comprit que ses gardes ne le défieraient pas. La montée d'adrénaline qui faisait rage dans ses veines se calma.

Will, un autre résident et l'un des amis de Lucas s'approcha. Quelque part, elle sentit confusément que Lucas n'était pas seul avec Fredericka. Une culpabilité infime d'avoir douté de lui l'envahit.

Comme si penser à celle-ci la faisait apparaître, Fredericka surgit de derrière les arbres dans la petite clairière.

– Monsieur Parker, lança cette dernière d'un ton léger, brisant la tension extrême. Quel plaisir de vous revoir !

La louve regarda Kylie d'un air moqueur, comme si elle tenait à ce que celle-ci sache qu'elle était une amie du père de Lucas.

– Tout le plaisir est pour moi, répliqua l'homme avec indifférence.

Il ne fit pas du tout attention à elle. Il n'avait pas cessé d'étudier la configuration de Kylie. Elle était légèrement inquiète que cette dernière soit en train de faire quelque chose de bizarre.

– Alors comme ça, les rumeurs disent vrai, observa-t-il, l'air perplexe.

– Lesquelles ? fit Kylie.

– Je comprends à présent pourquoi vous intriguez mon fils. Dommage que vous ne soyez pas comme nous.

Son insinuation l'attrista. Comme si son histoire avec Lucas était maudite.

– Ça suffit, dit Lucas. Je pense…

– Vous êtes un drôle d'oiseau, Kylie Galen.

M. Parker fronça les sourcils comme pour voir sa configuration de plus près.

Elle releva légèrement le menton. Pas un oiseau, songea-t-elle. Un caméléon. Et un sentiment de fierté inexplicable emplit sa poitrine. Pour la première fois, elle reconnut que si elle ignorait totalement ce qu'impliquait être un caméléon, le peu qu'elle en savait avait de la valeur.

Lucas se tourna vers Della.

– Toutes les deux, vous retournez au bungalow. (Son regard s'attarda sur Kylie.) Je te vois plus tard.

Du ressentiment à l'idée qu'il lui demande de s'en aller s'agita en Kylie, mais la logique intervint, et elle comprit que son intention venait de son besoin de la protéger, pas de la contrôler. Puis elle s'aperçut que si elle n'appréciait pas son ton autoritaire… Elle jeta un coup d'œil sur Della.

– Je préférerais t'aider à envoyer balader ces gars, grommela cette dernière.

Kylie prit la parole :

– Nous ferions mieux d'y aller.

Della fronça les sourcils, mais son expression indiquait qu'elle ferait des concessions.

– Très bien. Je n'avais pas envie de traîner avec ces sales types, de toute façon.

Elle regarda les intrus en grognant.

L'un des gardes de M. Parker avança d'un pas défensif, et Kylie et Lucas firent de même. Ce pas montrait à lui seul qu'aucun des deux ne le laisserait toucher Della. Kylie ne manqua pas la mine renfrognée de Lucas, comme pour dire qu'il ne voulait pas qu'elle endosse son rôle de protectrice. Mais elle était ce qu'elle était. Une protectrice. Une protectrice caméléon.

Della leur jeta un regard mauvais : elle n'avait pas besoin de leur protection.

– Partez, s'il vous plaît, insista Lucas.

Kylie fit signe à Della de la suivre.

Quand elle tourna les talons, Kylie ne put résister et regarda derrière elle. Elle vit Lucas sur la défensive, comme si son père faisait ressortir le pire en lui. Ses pensées se portèrent alors sur son père et son beau-père. Aucun ne la poussait à se mettre sur la défensive. Certes, son beau-père avait commis de terribles erreurs, et Kylie essayait encore de lui pardonner mais, au fond d'elle, elle savait qu'il l'aimait. Et quant à Daniel, son géniteur, il tenait tellement à elle qu'il n'avait même pas laissé sa mort les séparer.

Kylie sentit que Lucas n'avait jamais ressenti d'affection de la part de son père. Elle avait mal pour lui, et le besoin de le défendre échauffa son sang.

Mais le défendre contre quoi ? Qu'est-ce qui avait amené M. Parker au camp ? Quelque chose lui disait que ce n'était pas uniquement pour serrer Lucas dans ses bras. Sa grand-mère avait-elle un problème ? Sa demi-sœur ?

Quel dommage que tu ne sois pas l'une de nous. Ses paroles résonnaient dans sa tête et dans son cœur. Et s'il était là à cause d'elle ? Pour protester parce qu'elle… intriguait Lucas ?

– Ça va vraiment énerver Burnett, souffla Della, dont le pas pressé reflétait le ton furieux.

Kylie se mordit la lèvre d'inquiétude avant d'exprimer ses pensées.

– Raison pour laquelle tu ne lui diras rien.

Della regarda Kylie. Les yeux du vampire étincelaient encore de colère.

– Ce sont des escrocs.

– Mais c'est le père de Lucas.

Et l'idée que celui-ci doive se frotter à Burnett après avoir déjà eu affaire à son paternel lui semblait injuste.

– C'est contraire au règlement.

– Exactement comme quand Chan est venu te voir, lui rappela Kylie. Et comme Chan, M. Parker n'a fait de mal à personne. Il voulait juste parler à son fils.

Della laissa échapper un soupir de contrariété.

– Tu sais, je n'aime pas du tout quand tu fais cela.

– Quand je fais quoi ?

– Quand tu fais appel à la logique, que tu me mets le nez dedans et qu'en fait tu as raison.

– Je ne te mets pas le nez dedans.

– Peut-être pas, mais tout de même, ça ne me plaît pas.

Elles marchèrent quelques minutes en silence.

– Merci de ne rien dire, dit Kylie, qui savait que Della avait cela en tête.

Elles traversèrent la végétation dense avec pour seul

compagnon le chant nocturne qui murmurait à travers les arbres. Enfin, Kylie prit la parole :

– Lucas n'était pas seul avec Fredericka.

– Oui, j'avais bien compris, répondit Della. Mais...

– Mais quoi ?

– Je ne sais pas. J'estime que je t'ai plus ou moins encouragée à sortir avec Lucas, et j'ai peut-être eu tort, en fait.

– Tort ? (Kylie attrapa sa copine par le bras.) Tu insinues que tu as eu tort de m'y pousser ? Ou que moi je n'aurais pas dû lui courir après ?

Della fronça les sourcils.

– Les deux.

– Mais pourquoi dis-tu une chose pareille ? demanda Kylie, blessée que son amie puisse faire ce genre de déclaration – d'autant que c'était déjà le désordre dans son cœur.

– Ce n'est pas que je n'aime pas Lucas, je l'aime bien. Mais c'est un loup-garou, et toi manifestement pas. Je reconnais qu'avant, je pensais que tu en étais un. Mais ce soir, nous étions entourées de loups-garous, et je peux t'affirmer à cent pour cent que tu n'en es pas un. Et après ce qu'a déclaré sa grand-mère, et maintenant son père, je crains que sa famille et sa meute se mettent entre vous.

– Il m'a assuré qu'il se moquait bien de ce qu'ils pensaient.

Et elle le croyait. Vraiment.

La tristesse envahit les yeux de Della, et Kylie sentit cette émotion résonner en elle.

Della soupira.

– C'est aussi ce que Lee disait. Et regarde ce qui nous est arrivé.

Ce n'est pas la même chose.

Pendant qu'elle attendait Lucas sur la terrasse, Kylie réfléchissait aux propos de Della et à sa journée d'enfer.

Elle avait parlé à sa mère, qui avait besoin d'être rassurée sur sa santé. Elle avait parlé à Holiday, qui en avait besoin aussi. Puis son téléphone sonna encore : Derek, cette fois, désirait lui aussi la même chose.

– Hé, je voulais juste prendre des nouvelles.

C'était drôle, vraiment, qu'elle le connaisse si bien. Elle devinait ce qu'il ressentait sans qu'il ait même besoin de le dire ; de fait, elle comprit pourquoi il l'appelait. À l'évidence, il avait perçu certaines de ses émotions.

– Je vais bien.

– Si tu as besoin de parler ou autre, je suis là.

Il paraissait tellement mélancolique qu'elle sentit son cœur se serrer.

– Je sais. Et j'apprécie.

– As-tu résolu toute cette histoire de fantôme ?

– Pas encore, avoua Kylie, dont le ton trahissait une partie de son trouble.

– En as-tu parlé à Holiday ? demanda-t-il, l'air sincèrement inquiet.

– Un peu, répondit-elle, mais... sans entrer dans les détails.

– Oh ! merde !

– Quoi ?

– C'est son identité, n'est-ce pas ? C'est le visage que le fantôme a volé. C'est Holiday.

Kylie ferma les yeux.

– Oui, mais je t'en prie, ne dis rien. J'essaie de comprendre cela toute seule avant d'en parler à Holiday.

– Est-elle en danger ? Cela signifie-t-il... quelque chose ?

– De façon détournée, je l'ai interrogée et elle m'a répondu que c'était peu probable. Mais....

– Mais quoi ?

– C'est flippant, reconnut Kylie. De la voir en fantôme alors qu'elle n'est pas morte.

– Oh oui, c'est flippant. Et tu ne devrais pas essayer de résoudre cela toute seule. Je suis là. Je ne sais pas comment t'aider, mais quelle que soit la solution, je le ferai.

– Merci.

Elle s'adossa au mur du bungalow ; et juste alors, une vague de froid la frappa. Un froid mortel.

– Et je n'attends rien en retour, dit-il. J'accepte que nous soyons simplement amis.

– Merci. (L'esprit ressemblant à Holiday se tenait au-dessus d'elle et la regardait d'un air renfrogné.) Je devrais y aller.

– Quelque chose ne va pas ? s'enquit Derek.

Et elle ne put s'empêcher de se demander s'il pouvait ressentir ses sentiments en ce moment-même.

– J'ai… de la visite, voilà tout.

– Lucas ?

Son ton traduisait parfaitement ce que le loup-garou lui inspirait.

– Non, le fantôme.

– Bon, je te laisse. Mais Kylie…

– Oui ?

Elle se leva parce qu'elle n'aimait pas que l'esprit la regarde de haut.

– Je suis là, si tu as besoin de moi.

Il avait l'air si sincère.

– Je sais, dit-elle, sentant les mots vibrer dans sa poitrine.

Elle raccrocha et croisa le regard vert de la femme.

– *Je crois que tu devrais le choisir,* déclara l'esprit.

– Qu'est-ce que tu racontes ?

– *Entre lui et le loup-garou. Je l'aime bien. C'est une fée.*

Kylie ravala sa contrariété.

– C'est à moi de décider, non ?

– *Rien qu'un petit conseil,* reprit l'esprit.

Kylie l'examina attentivement.

– As-tu découvert quelque chose ?

– *Pas vraiment, mais je me souviens de certaines choses.*

– Lesquelles ?

– *Des choses effrayantes.*

– Peux-tu m'en parler ?

L'esprit la scruta avec la même expression préoccupée que Holiday.

– *Je ne crois pas que tu doives l'entendre, tu es… trop jeune.*

Kylie leva les yeux au ciel.

– Tu es venue ici pour que je t'aide. Je ne peux rien faire si tu ne me dis pas tout.

Elle cilla.

– *Je ne sais pas si c'est vrai.*

– Qu'est-ce qui n'est pas vrai ?

– *Que je suis venue te voir pour que tu m'aides.* (Elle resta silencieuse pendant un long moment.) *Je crois que je suis venue te voir pour que tu aides quelqu'un d'autre.*

– Qui ?

– *Je ne sais pas exactement. Mais je le sens.*

– Que sens-tu ?

– *Le danger est juste là.*

Ses yeux se teintèrent d'inquiétude.

– Est-ce que je peux empêcher cela de se produire ?

Elle pencha la tête de côté et réfléchit à la question.

– *Je le pense. C'est pour cela que je suis venue. Pour que tu puisses l'arrêter.*

Le cœur de Kylie s'emplit d'espoir. Si elle ne pouvait rien faire pour elle, l'esprit l'aurait certainement su, n'est-ce pas ? Donc, même s'il s'agissait de Holiday, peut-être que Kylie pourrait la sauver. Peut-être que la personne que le fantôme était censé aider, c'était elle, et qu'elle ne l'avait simplement pas compris.

– As-tu retrouvé ton nom ?

Elle secoua la tête.

– *J'en arrive toujours à la même chose. Je pense que c'est Hannah.*

– S’il te plaît, dis-moi ce que tu sais. Si ça se trouve, c’est important.

Elle secoua la tête.

– *Je ne suis pas prête à en parler. Et ce n’est pas un tout. Ce sont des… flashes.*

– Pourquoi n’es-tu pas prête à en parler ?

L’esprit se retourna et regarda fixement vers les bois, comme s’il avait entendu quelque chose.

Kylie suivit son regard. Elle ne vit personne, mais étrangement, la sensation qu’elle avait eue plus tôt était revenue. Il y avait quelqu’un. Qui l’appelait.

– *Qui es-tu ? Que veux-tu ?* Elle posa la question dans sa tête.

– *Ils veulent te parler,* expliqua le fantôme.

– Qui ? s’enquit Kylie. Et tu as dit « ils », comment sais-tu qu’ils sont plusieurs ?

– *Je le sais, c’est tout. Mais si je ne connais pas mon propre nom, comment pourrais-je connaître le leur ?*

– Les as-tu vus ? Sais-tu ce qu’ils me veulent ?

Elle secoua la tête.

– *Je les sens, c’est tout. Ils t’appellent.*

– Veulent-ils me faire du mal ? demanda-t-elle.

– *Je n’en suis pas sûre. Ils n’ont pas l’air méchant.*

– Moi aussi, je trouve qu’ils n’ont pas l’air méchant.

Ou peut-être désirait-elle simplement le croire. Elle commença à descendre les marches. Elle était presque arrivée dans le bois lorsque quelqu’un lui prit le bras – quelqu’un de chaud, quelqu’un de vivant.

Chapitre 9

Kylie se retourna si brusquement que son cœur exécuta un saut périlleux jusqu'à sa gorge.

– Où vas-tu ? demanda Lucas.

– Nulle part. (Elle ravala sa panique.) Je t'attendais, et j'ai cru entendre quelque chose.

Ce n'était pas complètement un mensonge. Elle l'avait perçu avec son cœur.

Il l'attira contre lui.

– Maintenant, il faut que tu retournes dans ton bungalow, pas que tu ailles dans les bois. Même les normaux sont au courant, à force de regarder ces films d'horreur débiles.

Elle leva les yeux au ciel.

– Je serais rentrée si j'avais cru que c'était quelque chose de mauvais.

– Mais parfois, tu ne le sais pas.

Il glissa sa main autour de sa taille.

Elle était d'accord avec lui et avait probablement besoin qu'on le lui rappelle également.

Pourtant, se souvenir de quoi que ce soit devenait plus difficile alors qu'il était tout près d'elle. Si près qu'elle le sentait respirer. Le doux contact de sa paume réchauffa sa peau sous ses vêtements. La tendresse et la chaleur, à leur tour, provoquèrent des frissons en elle.

Il baissa la tête et la regarda dans les yeux.

– As-tu la moindre idée de ce que je ressentirais s'il t'arrivait quelque chose ?

– Probablement la même chose que s'il t'arrivait quelque chose, à toi, répondit-elle. Que désirait ton père ?

Il fronça les sourcils.

– C'est Clara, ma demi-sœur. Elle a encore fugué. Elle lui a raconté qu'elle venait ici, mais il pense qu'elle est retournée voir son petit copain.

– Je suis désolée. Que comptes-tu faire ?

– Je ne sais pas. (Il soupira.) Je lui ai déjà couru après deux fois. Elle a dit qu'elle voulait venir. Mais peut-être a-t-elle menti. Si je l'amène ici contre sa volonté, qu'est-ce qui va l'empêcher de s'enfuir ?

– Son petit ami est-il si nul que cela ?

Il grimaça.

– C'est un escroc et il fait partie d'un gang.

– Et cela le rend automatiquement mauvais ?

Elle avait appris que les surnaturels n'étaient pas tous déclarés, et que pour certains d'entre eux, ceux qui ne l'étaient pas devenaient de fait des escrocs, mais que les surnaturels non enregistrés n'étaient pas tous mauvais pour autant. Della ne considérait pas Chan comme quelqu'un de mauvais. Et Kylie décida de croire que son grand-père et sa grand-tante ne l'étaient pas non plus.

– Les gangs sont-ils tous malfaisants ?

Visiblement, sa question le fit réfléchir.

– Pas nécessairement, mais même les gangs qui ne sont pas complètement moralement contestables font en général quelque chose d'illégal.

– Comme se droguer ?

– Entre autres, oui.

Kylie se souvint combien elle s'était sentie mal pour Lucas quand elle l'avait vu sur la défensive face à son père. Elle se rappela qu'il l'avait défendue contre sa propre famille. Elle souffrait pour lui.

– Si ta demi-sœur ressemble un minimum à son demi-frère, elle fera ce qu'il faut.

Elle se leva sur la pointe des pieds et colla ses lèvres sur les siennes.

Il était tard. Il faisait nuit. Mais le moment était idéal. Ce qui était censé être un baiser rapide dura et devint plus. Bien plus. Il se fit plus pressant, et elle se colla à lui. Elle sentit son corps se rapprocher du sien.

Elle entendit le ronronnement que produisait le loup-garou quand il se trouvait tout près d'une partenaire. Elle était quasi hypnotisée par ce grondement, tentée et séduite par tout ce qui pourrait suivre.

Il était tellement séduisant, appétissant. Elle désirait plus. Elle voulait ressentir plus. Connaître plus. Vivre plus.

Puis la magie s'arrêta lorsqu'il s'écarta. Il effleura sa joue, et si ses yeux bleus étaient emplis de la chaleur de la passion, elle comprit que sa tête était ailleurs, préoccupée.

– Je suis désolé que mon père t'ait fait peur.

Elle réprima le désir de lui demander de l'embrasser de nouveau.

– C'est bon, dit-elle, et elle tâcha de cacher sa déception.

– Non, ce n'est pas bon.

Il lui prit la main et l'emmena vers la terrasse.

– Il a tout de suite expliqué qu'il n'était pas venu nous faire du mal, déclara-t-elle dans le but d'apaiser Lucas. De rendre les choses plus simples.

– Et à ta place, je ne le croirais pas, répondit-il.

Un frémissement de peur s'installa dans sa poitrine. Ils s'assirent sur la terrasse, adossés au bungalow.

Il passa le pouce sur ses lèvres.

– Je ne veux pas que mon père s'approche de toi.

Elle regarda Lucas dans les yeux. Il avait l'air grave.

– Il t'a fait du mal ?

Le besoin de le protéger fit couler son sang plus vite.

– Pas moi, je suis son fils. Mais il considère tous les autres comme une proie rêvée.

– S'il est si mauvais que cela, pourquoi vas-tu là-bas ? Pourquoi vouloir te frotter à lui ?

– Pour Clara, surtout. Mais … en ce moment, j'ai besoin de lui.

– Pourquoi ?

– Son approbation m'aidera beaucoup à intégrer le conseil des loups-garous.

Le conseil dont il ne pourrait faire partie s'il l'épousait. Cette idée fit naître une vague d'appréhension en elle, et elle se souvint des propos de Della : que ça ne pourrait pas marcher entre eux à cause de sa famille et de sa meute. Elle chassa cette pensée et tâcha de comprendre.

– Mais si c'est son approbation qu'ils recherchent, pourquoi tellement tenir à entrer dans ce conseil ?

Il ferma les yeux une seconde, comme s'il avait du mal à l'expliquer.

– Si je parviens à intégrer le conseil, alors je pourrai changer la donne.

Kylie revit la grand-mère de Lucas lui raconter combien celui-ci désirait modifier la vision qu'avait le monde des enfants élevés par des escrocs.

– Mais en attendant, je dois le convaincre que je vois les choses comme lui.

– Lesquelles ?

Il secoua lentement la tête.

– Des choses dont, à mon avis, tu ne devrais même pas être au courant.

Kylie fronça les sourcils : elle n'aimait pas être bannie de son univers, même si elle ignorait si elle souhaitait en faire partie. Elle était sûre que Fredericka savait tout.

– Mais je dois vraiment le savoir. Je veux faire partie de ta vie. Je ne tiens pas à en être exclue.

Je refuse que ta meute ou ta famille nous sépare.

Ses yeux se plissèrent.

– Je ne t'exclus pas. Je préfère juste que tu ne connaisses que ce Lucas-là.

Elle digéra ses paroles.

– Il ne peut y avoir qu'un seul Lucas.

– Il y en a un seul. Un vrai. Mais je dois entrer dans le jeu de mon père et du conseil. Je dois le convaincre que je suis de son côté.

Elle secoua la tête.

– Je ne comprends pas.

– Et je ne te demande pas de comprendre.

Elle lâcha son bras.

– Ce n'est pas juste. Tu aimerais que je te fasse des cachotteries ?

Une moue se dessina sur ses lèvres.

– Tu m'en fais bien, toi. Sur tes fantômes. (Ses yeux étincelèrent d'irritation.) Des choses dont tu parles à Derek et pas à moi. Et tu as raison, ça ne me plaît pas.

Elle réfléchit à ses propos, il avait raison.

– Je te cache des choses uniquement parce que tu ne veux pas les connaître. Elles te rendent fou.

Il hocha la tête et la résignation envahit son regard, mais elle comprit que, émotionnellement, cela lui coûtait.

– Et crois-moi, ce que je garde pour moi, ce sont des choses que tu n'aimerais pas savoir non plus.

Elle le regarda au fond des yeux ; elle détestait cette conversation, mais uniquement parce qu'il comptait beaucoup pour elle.

– Garder des secrets ne peut pas être sain. Cela peut séparer deux personnes. Et si l'on se disait tout ?

– Parfois, ce que l'on ignore nous protège. Cela ne peut pas nous faire de mal de ne pas savoir. (Il colla son front au sien.) Je te le promets, Kylie Galen, je ferai tout ce que j'ai à faire, mais je ne laisserai rien te blesser.

Elle fronça les sourcils.

– Que veux-tu dire par « tout ce que tu as à faire » ?

– Ça, justement. Je ne laisserai pas ce qui se passe dans ma vie embrouillée te faire du mal.

Ses paroles l'effrayèrent. Mais cette peur était plus pour lui que pour elle.

– Je ne suis pas une petite fille fragile. Je ne suis plus la même gamine que celle que tu espionnais par la fenêtre.

La taquinerie dans son regard était chaude et sexy.

– Oh, j'ai remarqué !

– Je ne plaisante pas.

– Je sais, mais tu restes ma petite chérie et je veux te protéger.

Elle leva les yeux au ciel, excédée.

– C'est moi, la protectrice. C'est mon boulot, insista Kylie.

– Je sais, tu es géniale et tu peux accomplir des trucs géniaux. Et tu m'as déjà sauvé la vie. Mais en tant que protectrice, ce que tu ne peux pas faire, c'est te protéger toi-même. Alors s'il te plaît, ne me mets pas de bâtons dans les roues.

Le lendemain matin, Kylie se réveilla avant le soleil. La seule chose dont elle avait conscience, c'était que Socks dormait sur son ventre, son nez de mouffette pointu reposant entre ses seins. Elle leva la tête et regarda fixement ce petit bonhomme. Il ouvrit un œil de fouine, puis un autre, et posa des yeux adorateurs sur elle. Le genre de regard dont seul un animal familier peut vous gratifier.

Le genre de regard qui dit amour et résignation absolus.

Le silence dans la pièce était assourdissant. Sans trop savoir ce qui l'avait réveillée, elle sortit le bras de sous sa mince couverture pour prendre la température. Pas de froid. Pas de fantômes.

Puis elle l'entendit.

– Minou, minou, criait Miranda depuis la porte de la chambre légèrement entrouverte. Viens, Socks ! Tu ne veux pas que je te retransforme en chaton ?

Socks se leva d'un bond, sauta par terre et fila se cacher sous le lit. Kylie ne savait pas s'il était embêté parce que son amie essayait constamment de le transformer, ou si, peut-être, il ne désirait pas redevenir comme avant. Étant donné que Kylie avait beaucoup changé ces derniers mois, elle ne pouvait pas en vouloir à son animal. Ces changements, c'était effrayant.

Miranda poussa un peu plus la porte de la chambre.

– Allez, ne complique pas les choses.

Kylie s'appuya sur le coude et bâilla.

– Je crois qu'il est terrorisé.

Miranda avança un peu plus.

– J'ai trouvé la solution. Je dois juste l'emmener dehors aux premières lueurs du jour.

– Hummmm.

Kylie se leva, posa ses pieds nus sur le sol de bois froid. Trop froid ? Elle balaya de nouveau la pièce du regard à la recherche de fantômes. Pas un seul. Elle avait droit à une zone « sans fantôme ».

– Désolée de t'avoir réveillée. Je pensais l'emmener discrètement sans me faire remarquer.

Miranda semblait bien réveillée et de bonne humeur, elle se laissa tomber lourdement sur le lit et rebondit un peu sur le matelas.

– Pas grave. Je l'étais presque de toute façon, mentit Kylie.

En vérité, sa nuit avait été pratiquement blanche. Après le départ de Lucas, Della s'était retirée dans sa chambre. Miranda n'étant pas rentrée, Kylie avait pris Socks et était allée se coucher. Pas pour dormir. C'eût été trop facile. Elle avait cherché le sommeil pendant des heures, jonglé avec ses problèmes comme avec des balles sans en résoudre un seul.

Toutefois, elle dut reconnaître qu'elle s'était faite à l'idée d'être un caméléon. Et se réjouissait de ne plus avoir qu'un jour à attendre avant jeudi, quand son grand-père lui rendrait visite.

Ou du moins priait-elle pour qu'il vienne la voir.

En repensant à ses difficultés à s'endormir, cela lui rappela que la dernière fois qu'elle avait consulté l'heure, il était trois heures, et que Miranda n'était toujours pas rentrée.

– Alors, tu me racontes ? demanda Kylie.

– Quoi ?

Le sourire de Miranda se fit taquin. Kylie scruta son amie de plus près. Elle portait les mêmes vêtements que ceux qu'elle avait mis pour son rendez-vous de la veille au soir. L'avait-elle réveillée pour essayer de retransformer Socks en chaton ou avait-elle besoin de parler à quelqu'un ? Mais elle s'en moquait. Elle avait réveillé Miranda et Della de nombreuses nuits, principalement à cause de ses rêves et visions flippantes – mais si elle avait eu simplement besoin de parler, elle savait qu'elles seraient là pour elle.

– À quelle heure êtes-vous rentrée au juste, jeune fille ? demanda Kylie d'un ton malicieux.

– Tôt, je le jure, gloussa Miranda. Tôt ce matin.

– Des détails, je veux des détails !

Kylie se frotta les mains d'impatience, imitant son amie.

– Du calme, du calme ! s'écria Miranda. (Puis elle soupira.) Nous n'avons pas… tu sais. Mais nous avons… enfin, tu sais quoi.

Kylie laissa la devinette errer dans son cerveau hébété par le sommeil et secoua la tête.

– Je crois que j'ai compris le premier « tu sais », mais pas le deuxième.

Sentant toujours le froid sur la plante de ses pieds, elle remonta ses jambes sur le matelas. La présence de Miranda suffisait à elle seule à illuminer la pièce.

– Nous nous sommes embrassés, câlinés, expliqua Miranda, dont le grand sourire s'élargit, puis cette expression mièvre reflétant ses sentiments amoureux envahit son visage. Nous nous sommes endormis dans les bras l'un de l'autre près du plan d'eau. Il m'a gardée contre lui toute la nuit. Et je crois que je suis amoureuse pour de vrai. Je sais que ma place, c'est là. Dans ses bras.

Kylie se souvint de toutes ces fois où elle s'était endormie dans les bras de Lucas. « Génial », ce mot était loin de décrire cet instant. Mais quand elle s'était réveillée, était-elle sûre et certaine que c'était lui, l'homme de sa vie ? Dans ses souvenirs, elle n'avait jamais ressenti cela.

Puis, s'apercevant que c'était le moment de Miranda, elle mit sa complaisance envers elle-même de côté.

– Eh bien, je suis ravie pour toi.

Et c'était vrai. Kylie était aux anges. Bien qu'un tantinet envieuse.

– Je sais, répondit Miranda, dont le sourire s'évanouit. Je ne crois pas que Della ressentira la même chose.

– Bien sûr que si. Elle a juste du mal à le montrer, c'est tout. Tu te souviens quand elle n'arrêtait pas de t'encourager à te réconcilier avec Perry, alors que tu étais furieuse contre lui ?

– J'imagine, fit Miranda, pas convaincue. C'est vrai, j'ai l'impression de ne pas pouvoir parler de lui en sa présence. Je suppose qu'elle souffre à cause de Lee et je ne veux pas lui faire de la peine ; mais j'aimerais aussi pouvoir raconter ce qui se passe dans ma vie. Et pour l'instant, ce qui compte, c'est Perry et rien d'autre. Sérieux, je n'ai pas envie de marcher sur des œufs quand elle est là.

– Et moi, je trouve que tu te fais bien trop de souci. Crois-moi, dans un jour ou deux, les choses reviendront à la normale, et vous vous menacerez l'une l'autre de vous arracher les yeux pour une raison qui n'a rien à voir avec Perry.

Miranda soupira.

– On dirait que l'on se dispute tout le temps.

– Pas tout le temps, rectifia Kylie. *Presque* tout le temps.

Miranda haussa les épaules.

– Bref. Peux-tu m'aider à trouver Socks pour que je puisse vérifier si j'ai bien compris l'incantation ? Perry m'a écouté m'entraîner pendant une heure. Je veux arranger cela. (Elle fronça les sourcils.) J'ai l'impression de devenir cinglée.

– Tu n'es pas cinglée, la rassura Kylie en regardant par terre. Viens ici, Socks, viens ici, minou !

Miranda retomba sur le matelas.

— Oh que si, surtout quand mes sœurs wiccans se moquent de moi. Je suis nulle comme sorcière.

– Elles te taquinent à propos de Socks ? demanda Kylie.

– Oui, mais je ne leur en veux pas. Je me suis plantée.

– Qu'elles aillent se faire voir ! Tu devrais leur jeter un sort de dyslexie et on verra bien comment elles le vivront !

– Elles ne le font pas exprès.

– Mais cela te blesse.

De la colère pour son amie serra la poitrine de Kylie. Elle détestait ceux qui rabaissaient les autres pour se faire mousser.

Miranda reprit la parole :

– Mais elles me taquinent, c'est tout. (Elle s'agenouilla et tapa des doigts sur le sol.) Viens, minou, minou !

Les propos de la sorcière semblèrent engloutis par les

ténèbres dans les coins de la pièce. Kylie posa les pieds par terre et frotta son talon sur le bord de son lit.

Elle attendait que Socks fonce sur sa cheville. Mais la seule chose qu'elle ressentit fut un froid glacial qui s'échappait de sous le lit, porteur d'un mauvais pressentiment.

Elle regarda Miranda.

– Et si tu t'en allais et que… je… je te l'amène ? Il sortira sûrement dès que tu seras partie.

Pour une raison quelconque, la chambre sembla s'obscurcir. Kylie espérait que seul Socks allait sortir de sous ce lit.

Miranda se mit debout.

– Je ne sais pas pourquoi il ne m'aime pas, marmonna-t-elle, et elle tourna les talons.

Kylie se leva prudemment et fixa le cache-sommier.

– Socks ? Mon chaton ?

Aucune petite mouffette ne sortit de sous le lit en trottinant. Aucun doux miaulement ne se fit entendre pour l'informer qu'il allait bien.

Elle respira un bon coup, et se mit à genoux, immobile, pour regarder sous le volant du cache-sommier. Elle réprima la tentation de souffler dessus. Pour une raison étrange, elle voulait voir quelque chose bouger, l'immobilité du tissu lui semblait suspecte. Rien ne lui semblait normal.

Elle attrapa le tissu en coton pour regarder dessous, priant pour ne trouver qu'une mouffette terrorisée. Les doigts de Kylie s'approchaient du cache-sommier lorsqu'un bruit – un gémissement ou un cri étranglé – se fit doucement entendre sous le lit. Elle ôta sa main d'un coup sec, le souffle coupé. Cela ne ressemblait pas du tout à Socks.

Un froid glacial, surnaturel, serpenta de sous le lit. De la vapeur s'éleva en volutes du cache-sommier. Une peur violente et brute envahit sa poitrine. Elle jeta un œil sur la porte. Espérait pouvoir partir. Savait qu'elle ne pouvait pas. L'instinct lui dit que Socks n'était pas seul sous ce lit.

Toujours à quatre pattes, elle recula un genou. Combien de fois, enfant, avait-elle eu peur des monstres sous son lit ? Combien de fois sa maman lui avait-elle promis que ceux-là n'existaient pas ? Le gémissement se fit de nouveau entendre.

Sa mère avait tort. Un monstre, ou autre chose, tout aussi flippant, était caché pile sous le lit de Kylie.

Elle ne pouvait pas lui en vouloir de lui avoir menti. Maman ne savait pas.

Mais Kylie, si.

Mais peu importait. Ne souhaitant pas abandonner son animal domestique, essayant de calmer son cœur qui martelait sa poitrine, elle tendit la main vers le cache-sommier. Juste avant que ses deux doigts n'attrapent le tissu en coton, une main surgit brusquement.

Son propre hurlement s'évanouit dans l'obscurité, tandis que la main froide et mortelle empoignait le bras de Kylie et tirait d'un coup sec.

Elle lutta pour sa liberté, griffa les doigts, tordit son bras, tout ce qui pouvait la délivrer. Rien ne fonctionna.

– À l'aide ! hurla-t-elle, mais personne ne répondit.

L'emprise sur son poignet se resserra, et la main continua de tirer. La dernière chose qu'elle vit fut le volant du cache-sommier qui glissait sur son visage alors qu'elle sombrait dans l'oubli. Sa dernière pensée, avant que son esprit ne s'engourdisse, fut qu'elle allait enfin rencontrer le monstre qui vivait sous son lit.

Chapitre 10

Kylie était allongée sur le dos, enveloppée d'obscurité. Noire et profonde. *Juste une vision ; ce n'est pas réel. Pas réel.*

Quelque chose, à droite et à gauche, appuyait très fort sur ses avant-bras. C'était réel. Elle essaya de bouger, en vain. La peur monta en elle. Elle goûta à son amertume sur sa langue.

Désorientée, elle tâcha de comprendre. Inspirant, elle sentit la terre. Mouillée et humide. Elle n'était pas sous le lit. Où était-elle ? Une réponse survint, et elle la regretta. Elle était enterrée. Un nouveau hurlement emplit sa gorge, mais la logique lui dit que ce n'était pas réel. *Juste une vision.*

Mais venant de qui ? Et quoi ? Holiday ?

Le bruit de sa respiration semblait si fort qu'immédiatement Kylie comprit qu'elle n'était pas seule. Ce n'était pas une autre respiration. Elle était la seule à respirer. Pourtant, l'étreinte sur son poignet ne s'était pas desserrée. La personne qui l'avait entraînée là-dessous n'était pas partie ;

quelqu'un était toujours accroché à elle, comme si la vie même de cette personne en dépendait. Malheureusement, Kylie comprit qu'il était trop tard. Qu'elle seule était en vie.

– Qu'est-ce que je fais là ?

Elle tenta de bouger de nouveau, mais se sentit limitée.

Aucune réponse.

Elle cilla, et sa vision s'adapta progressivement à l'obscurité. Elle reconnut le motif du bois ancien à quelques centimètres de son visage.

Elle tâcha de libérer son poignet de l'emprise, mais celle-ci ne fit que se resserrer.

– *Oh merde, qu'avez-vous fait, les gars ?*

Une voix familière retentit dans le noir.

Holiday.

– Je suis ici, cria Kylie.

Seulement, cette fois, rien ne sortit de sa bouche. Elle ne pouvait pas parler.

– *Cara M. a dit qu'elle pourrait nous tirer de là,* répondit une autre femme.

Des pas résonnèrent au-dessus. Le panneau de bois craqua. De la poussière et de la terre atterrirent sur le visage de Kylie. Elle les chassa de ses yeux d'un battement de cils, et tâcha de retenir son souffle pour ne pas s'étrangler.

– *Il s'en va,* murmura quelqu'un.

Kylie cilla, et quand elle ouvrit les yeux, tout avait changé. Elle se tenait dans un vieux bungalow délabré et contemplait des lattes de bois fissurées qui grinçaient sous ses pieds. Puis, comme si le sol disparaissait, elle distingua ce qui se trouvait en dessous.

Trois cadavres en décomposition gisaient, épaule contre épaule. Un hurlement sortit de ses lèvres. Elle essaya de courir, mais ses pieds étaient paralysés. Elle voulut détourner le regard, en vain.

Un des corps était celui d'une brune, probablement d'une vingtaine d'années, en robe de chambre. Le second, celui d'une blonde du même âge environ, qui portait une tenue de serveuse et un badge qui disait « CARA M. », et la troisième… Oh non ! Holiday.

Des larmes emplirent ses yeux. Kylie hurla plus fort quand elle s'aperçut qu'elle était de nouveau allongée sur le dos. L'obscurité l'engloutit. La panique s'amplifia quand elle sentit quelque chose bouger à son côté. L'adrénaline déferla dans ses veines. Elle se leva d'un bond et se cogna la tête si fort que son cerveau fut ébranlé. Elle s'écroula sur le dos.

– Où es-tu passée ?

Une voix résonna autour d'elle. Une voix qu'elle connaissait. Celle de Della.

– Enfoiré ! (La lumière emplit brusquement la vision de Kylie.) Que fais-tu là-dessous ?

Elle haleta, ravala son hurlement et s'aperçut qu'elle était allongée par terre, sur le sol de la chambre, un Socks frissonnant collé à son côté.

– Tu es juste trop bizarre !

Della, mi-énervée, mi-endormie, se tenait au-dessus d'elle, et brandissait le lit bien haut. Oui, le lit entier. Structure et matelas. Le soulevait comme si ce n'était qu'un bout de polystyrène.

Socks laissa échapper un miaulement pathétique.

Craignant que son amie ne laisse retomber le lit, Kylie attrapa la petite mouffette à la va-vite et se leva d'un bond. Ses genoux flageolaient, l'animal tremblotait dans ses bras. Elle jeta un œil par terre, priant pour que ce soit le sol de sa chambre et non une tombe.

Pas de tombe. Pas de filles mortes. Pas de Holiday morte.

Kylie inspira. Autant elle désirait effacer ce souvenir macabre de son cerveau, autant elle n'y parvenait pas. Quelque chose dans la vision pourrait l'aider. À comprendre, afin que cela ne se produise pas. À sauver la vie de Holiday.

– Mais qu'est-ce qui se passe ? demanda de nouveau Della. Ou vaut-il mieux que je ne sache pas ?

– Désolée, mauvais rêve.

La voix de Kylie tremblait.

Della relâcha le lit. Il se fracassa par terre dans un grand bruit.

– Y a-t-il un fantôme ?

Della jeta un œil autour d'elle, à l'évidence elle ne croyait pas à l'excuse de son amie.

Kylie mit une seconde pour sentir la température.

– Non, dit-elle honnêtement.

Della la scruta, son expression s'adoucit.

– Tu vas bien ?

Elle opina et la regarda froncer de nouveau les sourcils.

– Et tu ne comptes pas m'expliquer ce qui se passe ?

Kylie secoua la tête. Elle préférait que son amie ne le sache pas.

– Alors, bonne nuit !

La petite vamp sortit de la pièce en coup de vent, aussi vite qu'elle y était entrée.

Kylie inspira. Expira. S'efforça de calmer son cœur qui battait la chamade.

Elle essaya de voir l'aspect positif. D'être allongée dans une tombe, en compagnie de trois cadavres en décomposition.

Pas facile.

Toutefois, elle avait au moins un début de commencement. Mais cela l'aiderait-elle ? Oh oui, il le fallait, n'est-ce pas ?

Elle serra Socks plus fort, le rassura et tâcha de trouver du réconfort dans le fait d'avoir dans ses bras quelque chose d'aussi effrayé qu'elle. Cela aurait pu marcher si le coup frappé fort à sa fenêtre n'avait pas fait valser son cœur contre sa cage thoracique. Kylie bondit littéralement à travers la pièce.

Un autre hurlement monta dans sa poitrine, mais avant qu'elle ne le pousse, elle remarqua Miranda qui les espionnait, la main collée à la vitre.

– Tu viens ? cria-t-elle d'une voix perçante. Nous allons louper le point du jour.

Le froid envahit la pièce. Et l'esprit aussi. Kylie jeta un coup d'œil sur le fantôme qui ressemblait trait pour trait à Holiday.

– *Je suis vraiment désolée. Elle n'aurait pas dû le faire.*

La jeune fille tâcha de ne pas se représenter Holiday, ou plutôt, son sosie, telle qu'elle était apparue dans la tombe.

– Tout va bien, dit-elle, et elle était sincère.

Elle pourrait le faire. Si fréquenter des morts pouvait sauver Holiday, elle était prête à le faire. Zut alors, elle danserait même avec des cadavres, si cela lui permettait de sauver son amie.

– Je dois connaître certaines choses, déclara Kylie. Tu dois me montrer des trucs pour que je sache comment te donner un coup de main.

– Quoi ? demanda Miranda.

Kylie l'ignora.

L'esprit secoua la tête.

– *Je te l'ai dit, ce n'est pas moi que tu dois aider, à mon avis.*

Cela ne ressemblait-il pas à Holiday ? songea Kylie. D'être trop sacrément têtue pour accepter de l'aide. Même sous la forme de fantôme.

– Le seul coup de main dont j'ai besoin, c'est pour faire sortir Socks, cria Miranda depuis la fenêtre.

– *Tu devrais y aller,* déclara Holiday. *Ce petit bonhomme aimerait bien redevenir un chat !*

Kylie regarda Miranda, puis de nouveau l'esprit.

– Comment sais-tu ce qu'il veut ?

– *C'est l'un de mes dons, je peux communiquer avec les animaux.*

– Non, tu ne peux pas, répondit Kylie.

Ou du moins Holiday ne le pouvait pas. Les surnaturels, quand ils mouraient, pouvaient-ils changer de don ? Kylie ne le pensait pas. Cela signifiait-il que ce n'était pas elle ? Et si tel était le cas, alors qui était-elle ?

– Très bien, tu veux qu'il reste une mouffette, dit Miranda de son ton irrité.

Socks choisit cet instant pour mettre sa patte sur ses yeux et Kylie grogna.

Quelques minutes plus tard, Kylie sortit du bungalow, Socks collé contre sa poitrine. Il faisait toujours nuit et le silence régnait, comme si le monde ne s'était pas encore réveillé. Contrairement à elle, les autres n'étaient pas tirés de leur sommeil par des sorcières ou des visions de morts.

Il flottait un froid glacial matinal, l'un des premiers signes que l'été n'était plus le bienvenu et que l'automne attendait, tout près, pour prendre sa place.

Quand elle avança encore, elle le sentit. L'appel intérieur. Son regard se porta brusquement sur la lisière des bois. Son cœur s'accéléra et la tentation de se rapprocher murmura son nom, comme un vieil ami.

Kylie fit un pas, réagit presque à ce désir ardent inexplicable, mais la voix de Miranda la fit reculer.

– Pourquoi as-tu mis autant de temps ?

– J'ai dû le tirer de sous le lit, répondit Kylie, qui n'était pas d'humeur à faire cela ; mais elle se rappela l'angoisse dans le ton de son amie quand elles avaient discuté un peu plus tôt des autres sorcières qui lui en faisaient voir de toutes les couleurs depuis la fameuse gaffe.

Comme les premières lueurs du jour ne duraient que quelques minutes, c'était un prix infime à payer pour faire plaisir à Miranda. Ensuite, elle pourrait ressasser ce qu'elle avait appris du rêve. Il y avait bien quelque chose dedans qui devait l'aider à déchiffrer ses visions.

Miranda, son petit sac noir d'herbes magiques à la main, conduisit Kylie derrière le bungalow.

– Je ne l'ai pas maltraité. Je ne comprends pas pourquoi il ne m'aime pas.

– Je sais.

Mais après un mois à suivre la mouffette partout et à essayer divers sortilèges, elle avait convaincu Socks de se méfier d'elle. À sa place, Kylie serait devenue tout aussi méfiante.

Miranda leva les yeux sur le ciel oriental et vit la lumière.

– C'est l'heure, déclara-t-elle. (Elle exécuta une petite danse de la joie.) Repose-le.

Kylie caressa doucement la fourrure noir et blanc de Socks. Aussi fou cela puisse-t-il paraître, son côté mouffette lui manquerait sûrement. Savourant le spectacle une dernière fois, elle le posa par terre et recula, laissant suffisamment de place pour que Miranda accomplisse son tour de magie. Naturellement, Socks lui emboîta le pas : il ne voulait pas qu'elle l'abandonne.

– Reste ici, dit-elle en faisant signe à son amie de commencer.

Celle-ci se mit à psalmodier. Quelque chose sur la lumière et sur notre véritable soi. Socks fit de nouveau mine d'avancer. Miranda fit signe à Kylie de l'attraper. Celle-ci parla doucement à la mouffette, qui s'arrêta. Puis, fouillant dans son sac, Miranda sortit une pincée d'une substance semblable à de l'herbe. Elle la jeta en l'air au-dessus de Socks ; quelques morceaux éclatèrent et grésillèrent en retombant en pluie autour de lui.

Kylie retint son souffle, attendant de voir son animal adoré se transformer en félin. Mais rien. La petite bête au dos rayé de blanc conserva sa forme de mouffette.

Miranda contempla le ciel en fronçant les sourcils, et se remit à psalmodier. Elle jeta d'autres herbes en l'air. Cette fois, Socks se dressa et donna des coups de patte sur les étincelles.

Et pourtant, en dépit du grésillement des herbes, il resta la même mouffette noir et blanc. Miranda regarda le ciel, désespérée, et entama une nouvelle mélopée.

Elle souleva son sac noir et le secoua tout simplement au-dessus de la tête de l'animal.

Socks remarqua la ficelle qui pendillait et sauta pour l'attraper. Quand Miranda reprit le sac, la petite bête fit mine de s'en aller.

– Arrête-le !

La frustration claire et puissante résonna dans la voix de la sorcière.

Kylie s'agenouilla et fit signe au petit bonhomme de revenir. Ses yeux noirs de fouine, confus, se portèrent sur sa maîtresse. De l'empathie pour l'animal envahit sa poitrine.

Miranda se remit à psalmodier.

Socks réessaya de s'échapper.

Miranda insista pour que Kylie l'arrête de nouveau.

Cela continua pendant plusieurs minutes jusqu'à ce que celle-ci lève la main.

– Cela ne va pas marcher.

– Il le faut, rétorqua Miranda. Il ne reste plus que quelques minutes de premier soleil. Garde-le avec toi.

Comme si Socks avait tout compris, il fila entre les jambes de cette dernière.

– Non, dit-elle.

Kylie rattrapa l'animal confus.

– Je crois qu'il en a eu assez, fit-elle de sa voix la plus compatissante.

– Mais c'est toujours une mouffette. Mets-le par terre. Je peux le faire. Je *dois* le faire.

Kylie comprenait qu'elle ait besoin de faire ses preuves, mais…

– Et si on réessayait demain ?

– Une dernière psalmodie ! Très vite, s'il te plaît ! Tout ce qu'il doit faire, c'est ne pas bouger.

À contrecœur, elle reposa Socks, et Miranda se remit à réciter un sortilège compliqué.

Lorsqu'elle s'arrêta alors que Socks était toujours une mouffette, Kylie gratifia Miranda d'un air compatissant.

– C'est bon, nous essayerons une autre fois, lança Kylie, qui commençait à perdre patience.

– Attends, j'ai oublié de bénir la lumière et le vent, reprit Miranda, qui marqua une pause comme pour essayer de se rappeler les paroles.

Kylie tendit la main, le petit doigt en l'air, et marmonna :

– Et si tu agitais tout simplement le petit doigt sur lui en disant : « Qu'il se retransforme en chat ! » ?

Les bouts d'herbe qui restaient par terre montèrent en flèche. Ils crépitèrent, éclatèrent et se mirent à virevolter autour de l'animal, comme une minitornade. Socks, soulevé sur ses pattes arrière, tâcha de les attraper.

Puis, comme par magie – et *c'était* bel et bien de la magie –, Socks la mouffette disparut et Socks le félin apparut.

Miranda, bouche bée, regarda Kylie.

– Comment as-tu fait ?

Le regard de Kylie se reposa sur son chaton, qui continuait à donner des coups de patte sur les herbes étincelantes qui flottaient autour de lui.

– Je n'ai rien fait !

Elle fixa Miranda.

– Oh mon Dieu ! cria la sorcière d'une voix perçante.

Quelqu'un les croisa à toute allure, telle une masse confuse.

– Et maintenant, que se passe-t-il ?

Della s'arrêta en cahotant à côté de Miranda.

– C'est une sorcière. (Miranda désigna Kylie.) Tu es une sorcière ?

Kylie secoua la tête. Elle était un caméléon.

– Je n'ai rien fait. C'était toi. Juste… une réaction à retardement.

– Non, tu es une sorcière. Pour l'instant, en tout cas.

Della roula des yeux.

– Et puis quoi encore ?

– Je te le dis, je n'ai rien fait, insista Kylie.

Et elle n'avait rien fait. Si ?

Della la regarda en plissant les yeux.

– Enfoirée ! s'écria-t-elle.

Miranda se frappa deux fois le front.

– Ta configuration indique que tu es une sorcière.

– Qu'est-ce qui ne va pas ? fit une voix grave derrière Kylie.

Celle-ci se retourna : Derek, échevelé comme s'il était sorti de son lit à la hâte, les rejoignait en courant.

– C'est une sorcière, annonça Miranda d'une voix grinçante.

– Non, répondit Kylie.

Elle virevolta et regarda fixement Socks, toujours sous sa forme de félin. Son père lui avait confié qu'elle était un caméléon. Il ne pouvait pas se tromper, n'est-ce pas ? Bien sûr, elle n'avait pas voulu être un lézard, tout d'abord, mais elle s'y était faite. De plus, pourquoi lui mentirait-il ?

Du coin de l'œil, elle vit Derek se planter devant elle. Son front se plissa.

– Ce n'est pas vrai, n'est-ce pas ?

Kylie attendit qu'il le nie.

Le doute l'envahit. Daniel avait-il menti ? Sa grand-mère avait-elle les idées confuses quand elle avait déclaré à son père qu'ils étaient des caméléons ? Mais pourquoi Burnett en aurait-il entendu parler s'ils n'existaient pas ? Pourquoi fallait-il que sa vie soit aussi difficile ?

– Allez, dis-moi ! insista Kylie. Suis-je une sorcière ?

Chapitre 11

– C'est vrai, acquiesça Derek. Ta configuration indique que tu es une sorcière.

Miranda croisa les bras sur sa poitrine.

– Ça ne te plaît pas ?

Elle eut l'air vexé.

– Bien sûr que non ! s'exclama Della, toujours en colère qu'elles l'aient réveillée. C'est super gonflant. Tu passes ta vie à jeter des herbes dans tous les sens, et ton seul moyen de voler, c'est sur un balai.

– Ce n'est pas gonflant ! Et je ne vole pas sur un balai ! C'est vrai, quoi, il a suffi d'une sorcière et voilà ! Nous sommes toutes des clichés, à présent !

Les yeux de Miranda se plissèrent de colère.

– Reconnais-le, insista Della, si tu avais le pouvoir de te transformer, tu serais un vampire.

Miranda secoua violemment la tête.

– Qui aurait envie d'être une sale garce glaciale qui a des crocs et qui suce le sang ?

Kylie les regarda fixement toutes les deux se disputer, se balancer des insultes si vite qu'elle n'arrivait même pas à les suivre. Puis, trop embrouillée pour intervenir, elle attrapa Socks avant qu'il ne s'aventure dans les bois.

Son regard se reposa sur les arbres. La forêt continuait à l'appeler. Que se passait-il donc ?

Elle avait la tête qui tournait quand elle retourna à son bungalow. Derek lui emboîta le pas. Sa chemise déboutonnée voletait au vent et révélait ses tablettes de chocolat. Mais elle ne les remarqua pas. Bon d'accord, elle les remarqua, mais cela ne voulait rien dire. Sauf qu'elle était une femme et qu'elle trouvait les hommes torse nu séduisants.

– Tu es paumée, observa Derek.

– Ouaip.

Elle ne ralentit pas. Elle ne pouvait pas. Elle était trop embêtée qu'il soit aussi craquant. Trop embêtée que ces fichus bois l'appellent comme une vieille amie, pour venir jouer avec eux. Elle n'avait pas de vieux amis. Personne qui surgissait dans les bois.

– Tu te sens trahie, reprit-il.

– Ouaip. Enfin, plus ou moins.

Elle continua en direction du bungalow en serrant son chaton contre sa poitrine. Elle était triste, et des larmes lui piquaient les yeux.

– Et tu es terrorisée.

– Trois sur trois, répondit-elle.

Pourtant, tout ce qu'elle ressentait pour l'instant, c'était…

– De la frustration, finit Derek à sa place.

Elle s'arrêta et le regarda droit dans les yeux.

– Tu n'es pas obligé de me dire ce que j'éprouve. Je le sais.

– Et tu es de mauvais poil, ajouta-t-il en souriant.

Comme elle ne lui rendait pas la monnaie de sa pièce, son humour disparut.

– Désolé. Je veux juste… comprendre.

– Tu le sais très bien. Que te faut-il de plus ?

Elle gravit les marches de la terrasse quatre à quatre, Socks fourré sous son bras, et ouvrit la porte si fort qu'elle heurta le mur avec fracas. Le chaton tressaillit. Derek lui emboîta le pas à l'intérieur.

– Je connais tes émotions, mais je ne peux qu'en deviner les raisons.

Elle s'affala sur le canapé et posa Socks sur ses genoux.

– Écoute, je suis de très mauvaise humeur en ce moment et je te suggère de t'en aller.

Derek se laissa tomber à côté d'elle. Il ignora ses propos et continua :

– Par exemple, je sais que tu as peur ; mais de quoi ? Es-tu frustrée, car tu es une sorcière ou parce que tes deux meilleures amies n'arrêtent pas de se prendre la tête ? Et par qui te sens-tu trahie ? Par moi ? Par…

– Non, répondit-elle avant qu'il n'évoque Ellie, et elle dut également faire avec ces émotions. Ce n'est pas toi.

Ou peut-être que si, un peu, songea-t-elle, se rappelant la réflexion de Miranda sur le fait qu'elle parlait tout le temps de Derek.

– Est-ce à propos de Lucas ? demanda-t-il. Tu peux me le dire si c'est le cas. Je veux t'aider, et si pour cela je dois écouter les problèmes que tu as avec lui, alors je le ferai.

Elle rapprocha Socks.

– Ce n'est pas Lucas.

Puis elle se souvint de leur rencontre de la veille au soir, lorsque Lucas avait admis lui faire des cachotteries.

Une longue pause s'ensuivit. Derek se pencha, son épaule toucha la sienne, et ses dons de guérisseur de sentiments la submergèrent, comme un souffle d'air frais bienvenu. Kylie ne doutait pas que ce contact fût délibéré, qu'il ait eu l'intention de l'aider.

Elle regarda fixement Socks, puis Derek, et tâcha de ralentir sa surcharge émotionnelle. De ne pas se comporter en garce.

– Dis-moi de quoi tu as peur. Je veux te donner un coup de main. (Il fixa son front.) Est-ce le fait d'être une sorcière qui t'effraie ?

– Je ne suis pas une sorcière, répondit-elle avant de pouvoir s'en empêcher.

Même avec le calme chaud qui l'envahissait, elle sentit sa contrariété s'amplifier. Puis elle se rappela la transformation magique de Socks. En était-elle responsable ?

– Du moins, je ne le crois pas. Ce n'est pas que je ne veuille pas en être une, c'est… Pourquoi mon père me dirait-il que je suis un caméléon si ce n'était pas vrai ? Je vois mal ma grand-mère inventer tout cela. Et pourquoi Burnett aurait-il entendu parler de cette espèce si elles n'existait pas ?

– Burnett est au courant ? s'enquit Derek.

Elle opina.

– Rien de concret, il l'a juste lu dans certains comptes-rendus. (Elle se toucha le front. Qu'est-ce que tout cela signifiait ?) Est-ce que ma configuration montre vraiment que je suis une sorcière ?

Il hocha la tête, comme s'il avait peur de la décevoir, puis demanda :

– Que se passe-t-il ? Je me suis réveillé ce matin après un horrible cauchemar. Je n'arrivais pas à m'en souvenir, mais le fait est que tu avais des problèmes. Quand j'ai été assez éveillé, j'ai compris que tu avais peut-être des soucis, et que j'avais simplement rêvé ce que je lisais en toi. Puis j'ai ressenti toutes ces autres émotions de ta part. Cela concerne-t-il le fantôme ? Celui de Holiday ?

La vision qu'elle avait eue surgit dans sa tête comme la bande-annonce d'un mauvais film. Elle ferma les yeux, tâchant de l'arrêter, et chercha quoi raconter à Derek. Le lui dire ou pas ?

– J'ai eu une vision, avoua-t-elle enfin.

Elle avait besoin de se confier à quelqu'un, besoin de repasser lentement tout ce qu'elle avait appris de cette image.

– Il y avait trois cadavres.

– Trois ? Donc, c'est comme un tueur en série ?

Socks bougea et enfouit sa tête dans le creux de son bras, presque comme s'il comprenait les propos de Derek. Kylie caressa sa douce fourrure noire de félin. Félin. Avait-elle fait cela ? L'avait-elle transformé en chat ?

– Je crois.

Elle se mordit la lèvre et chassa ces interrogations afin de se concentrer sur ce qui était capital.

– Holiday, ou celle qui lui ressemble, en faisait partie. (Elle se souvint que toutes les choses sur lesquelles son instinct insistait devaient être importantes.) Elles étaient enterrées sous une espèce de vieux bungalow. (Sa poitrine se serra.) Voir Holiday comme cela, c'était… dur.

– J'imagine, répondit Derek. Tu ne m'as pas dit que les visions étaient comme des puzzles qui te permettaient de comprendre des choses ?

Elle hocha la tête.

– Mais ce n'était pas celle qui ressemblait à Holiday qui m'a fait venir dans la vision. C'était l'une des autres filles. Je crois qu'elle désire qu'on les retrouve, pour qu'elles puissent quitter leur tombeau de fortune ; je ne suis donc toujours pas sûre que cette vision puisse m'aider. Ou peut-être que si. Je ne sais pas. (Sa poitrine se serra.) Pourquoi ne peuvent-elles pas dire simplement ce dont elles ont besoin ?

– Si tu m'en parlais, je pourrais sûrement trouver une solution avec toi.

Elle regarda Derek.

– Comment ?

– J'ai travaillé pour un détective privé. Je sais plus ou moins comment dénicher des informations. Je suis plutôt doué dans ce domaine.

Kylie gratta Socks sous le menton tout en essayant de mettre la main sur quelque chose qui puisse les aider à comprendre la vision.

– L'une des filles portait un uniforme de serveuse. Comme celui d'un restaurant, quelque chose comme cela. J'ignore pourquoi, mais cet uniforme m'était familier. Et elle avait un badge : « Cara M. » Les autres l'appelaient même Cara M., pas uniquement Cara, comme si elles ne la connaissaient pas vraiment, mais qu'elles la surnommaient ainsi à cause de son badge.

– C'est bien, dit Derek. Tu devrais dresser une liste de tous les petits restaurants où tu es allée récemment. Je ferai des recherches en ligne pour voir si je peux trouver à quoi leur uniforme ressemble.

Alors que dans sa tête, Kylie tâchait de se figurer tous les autres détails qui pouvaient l'aider, elle se rappela la visite du fantôme juste avant qu'elle ne sorte pour mener Socks à Miranda.

– Qu'est-ce qui te laisse perplexe ? s'enquit-il, percevant ses émotions.

Kylie regarda son animal – elle avait toujours du mal à croire qu'il ne soit plus une mouffette – sauter du canapé.

– L'esprit m'a dit que Socks désirait qu'on le retransforme en chat. Quand je lui ai demandé comment elle le savait, elle m'a expliqué qu'elle pouvait communiquer avec les animaux.

– Holiday ne peut pas. (Les yeux de Derek s'écarquillèrent.) Attends, elle ne peut pas, mais elle connaît quelqu'un… qui lui est proche, une vraie fée, et qui, pour tout te dire, possède une partie de ce don.

– En es-tu sûr ? demanda Kylie.

– Elle l'a évoqué au cours de l'une de nos séances de thérapie.

– A-t-elle précisé de qui il s'agissait ?

– Non, mais… j'ai eu le sentiment que c'était quelqu'un de proche. Et que cette personne lui a fait du mal, parce que j'ai senti ses émotions lorsqu'elle a parlé d'elle. Puis elle a changé de sujet.

Kylie opina. Holiday savait très bien changer de sujet quand cela devenait personnel.

– Donc, si cette personne était une intime, ça expliquerait parfaitement pourquoi elle prend l'apparence de Holiday sous la forme de fantôme.

Kylie y réfléchit un instant, quelque peu soulagée. Et elle ressentit pour la première fois de l'espoir : Holiday n'était pas en danger.

Elle soupira. Le soleil de début de matinée avait dû s'élever plus haut dans le ciel, parce qu'elle observa les premiers rayons dorés se déverser par la fenêtre et projeter des ombres sur le sol de bois.

– Alors, comment allons-nous découvrir l'identité de cette personne ?

– Je peux aborder le sujet une fois de plus au cours de notre prochaine séance. Cet après-midi. Comme je te l'ai dit, elle ne voulait pas en parler, mais je peux arriver à le glisser dans la conversation.

Les paroles de Derek éloignèrent Kylie du problème en question.

– Tu suis une thérapie avec Holiday ?

Il se rembrunit.

– Pas dans le sens « c'est le bazar dans ma tête ». Nous discutons juste… comme vous le faites toutes les deux.

– Je n'insinuais pas que ce n'est pas bien. Simplement, j'ignorais que vous vous voyiez régulièrement.

– Si, depuis mon arrivée ici.

– Je savais que tu le faisais au début, pas que tu continuais.

– J'ai arrêté pendant un moment. Mais depuis que je suis revenu… je la revois.

Avant que Kylie ne puisse s'en empêcher, la question sortit toute seule :

– Parlez-vous de moi ?

– Parfois, avoua-t-il, l'air coupable.

Elle faillit lui demander des détails, mais la sagesse prit le dessus. Elle n'avait pas besoin de savoir. Surtout si cela concernait ses sentiments envers elle. Moins elle en saurait sur son amour pour elle, mieux elle se porterait.

Son regard, par sa propre volonté, se posa sur son torse nu. Se réprimandant, elle descendit du canapé.

– Je crois que je vais aller tout de suite parler à Holiday de cette histoire de sorcière.

– Comptes-tu évoquer ta vision ?

Elle y songea, mais son cœur lui dit que non. Le message arriva avec une telle certitude qu'elle se demanda si elle ne venait pas de recevoir un conseil divin.

– Pas encore. Si je ne trouve rien dans un jour ou deux, je pense que oui.

Il hocha la tête.

– J'essaierai de dénicher ce que je peux un peu plus tard. (Il se leva.) Allons-y.

Le soleil qui entrait à flots par la fenêtre toucha sa poitrine, rendant sa peau nue encore plus dorée.

– C'est bon, bafouilla-t-elle. Tu n'es pas forcé de me suivre.

La déception étincela dans les yeux verts de Derek.

– Si. Je suis ton escorte jusqu'à la fin du petit déjeuner.

Oh super. Son regard glissa de nouveau sur sa chemise ouverte. Serait-elle obligée de regarder, ou d'essayer de ne pas regarder son torse toute la matinée ?

– Alors, boutonne au moins ta chemise.

Cela sortit avant même qu'elle ne s'en rende compte.

La déception disparut de ses yeux, remplacée par une étincelle sexy. Celle-ci mit en valeur les mouchetures or dans ses iris, qu'elle admirait tant.

– Pourquoi ? demanda-t-il. Cela te gêne ?

Elle le foudroya du regard.

– N'essaie même pas ! (Puis, pour se faire un peu mieux comprendre, elle le menaça du petit doigt.) Si ça se trouve, j'ai des pouvoirs auxquels tu ne voudrais pas te frotter. Et comme je ne sais pas comment m'en servir, je pourrais vraiment faire n'importe quoi, pas exprès, bien sûr.

Il leva les mains en geste de soumission totale.

– OK, je n'essaierai pas. Promis.

Mais le sourire sexy ne quitta pas ses lèvres pendant qu'il boutonnait sa chemise.

Génial, songea Kylie. Il allait probablement lire ses émotions et supposer qu'elle le trouvait encore séduisant. Ce qui était le cas, mais pas comme il le pensait. D'accord, c'était bien comme il le pensait, mais cela ne voulait rien dire. Ou du moins, elle tâcha de s'en convaincre, lorsqu'elle fila en direction de la porte d'entrée.

Derek la suivit de près.

Quand ils passèrent devant ses deux colocs qui continuaient à s'envoyer des menaces à la figure, Kylie ne regarda même pas en arrière. Si elles comptaient vraiment s'entretuer, elles l'auraient déjà fait, non ?

– Pas de panique, lança Holiday une fois que Kylie fut entrée.

Elle désigna son front, et expliqua qu'elle avait sûrement sorti une espèce de formule magique et retransformé Socks en chat.

– Ce n'est jamais bon de paniquer.

Mais elle ne put s'empêcher de regarder fixement la configuration de Kylie.

D'accord, ce n'était pas bien de s'affoler, mais Kylie discerna justement de la panique dans son regard. Enfin, peut-être n'était-ce pas tant cela qu'un esprit totalement embrouillé. Elle partageait sans aucun doute la même expression. Bien que la sienne fût *sûrement* de la panique. Et pas du tout parce qu'elle s'était transformée en sorcière. C'était davantage lié au fait qu'elle voyait Holiday, et des images de la vision qui s'affichaient à présent comme des petites cartes d'apprentissage dans sa tête. Une vision qu'elle ne devait absolument pas partager avec la directrice de la colo – Kylie le sentait encore.

– OK, que s'est-il passé au juste ? demanda-t-elle.

– Exactement ce que j'ai dit. (Kylie s'affala sur la chaise de l'autre côté de son bureau.) Miranda essayait de le transformer avec toutes ses incantations compliquées, mais sans succès. Je me faisais du souci pour Socks, il ne voulait pas être là. Alors, j'ai pointé mon petit doigt sur lui et j'ai sorti une phrase du style « Et si tu disais simplement : "Transforme-toi en chat !" ? » Et c'est ce qui est arrivé.

Holiday hocha la tête et continua de regarder fixement la configuration de Kylie, comme si elle s'attendait qu'elle change.

– Suis-je vraiment une sorcière ?

Le front de la fée se plissa.

– Oui. Mais hier tu étais une humaine… et avant, tu avais… une configuration que personne ne pouvait reconnaître.

– Donc, tu penses que cela disparaîtra ?

Holiday eut l'air contrit avant même de prendre la parole :

– Je n'en suis pas certaine, mais… il y a de très fortes chances que tu sois une sorcière. À condition que tu aies de véritables pouvoirs.

– Mais eux aussi pourraient s'en aller, soupira Kylie.

– Mais… si tu as les pouvoirs, alors tu as indubitablement l'ADN d'une sorcière. Contrairement à une configuration, l'ADN est permanent, expliqua Holiday, mais elle ne semblait sûre de rien. Mais bon, les sorcières ne courent pas aussi vite que toi, et n'ont pas non plus d'ouïe supersonique. La plupart n'auraient pas le genre de dons de guérison que tu as non plus. Et très peu pratiquent l'effraction de rêves. (Holiday réfléchissait désormais à voix haute, plus qu'elle ne parlait à Kylie.) Bien sûr, tout cela pourrait être lié au fait que tu sois une protectrice, ou dû au mélange hybride. Certains hybrides ont…

– Et communiquer avec les fantômes ? Les sorcières savent-elles le faire ? demanda Kylie.

– Certaines oui, mais pas toutes. (Holiday se toucha le menton, comme si elle était complètement médusée.) Mais ce qui est vraiment étrange, c'est que tu as l'air d'en être une à cent pour cent en ce moment. Mais j'imagine que le fait que tu sois une protectrice pourrait… avoir une incidence là-dessus.

Elle s'affala sur sa chaise, comme si elle séchait.

– As-tu tâché de voir si tu pouvais faire autre chose ?

– Faire quoi ? demanda Kylie.

– De la magie ?

– Non, répondit-elle. Et si je faisais tout foirer ? Comme Miranda ? Je pourrais transformer quelqu'un en kangourou, ou pire.

– J'en doute. Et si tu essayais juste de déplacer quelque chose ?

Holiday poussa un presse-papiers en cuir en forme de cœur, rempli de sable, vers le bord de son bureau.

– Je ne sais pas. (Kylie se mordit la lèvre.) C'est hyper flippant.

– Pas vraiment. Tente le coup. (Elle fit une drôle de tête.) Et sois prête à te baisser, au cas où.

– Merci, cela me rassure.

Holiday se fendit d'un grand sourire.

– Essaie.

La jeune fille inspira profondément. Puis, en désignant le cœur rouge du petit doigt, elle dit :

– Bouge.

Rien ne se produisit. Kylie souffla et sourit.

– Tu vois, je ne suis pas une sorcière.

Puis, le presse-papiers se mit à gigoter… ou à battre. Du moins, c'était ce qu'il semblait faire. Battre, pomper comme un vrai cœur.

– Merde ! s'écria Kylie, et soit il y avait un écho dans la salle, soit Holiday bredouillait le même mot. Est-ce moi qui l'ai fait vivre ?

Holiday ne répondit pas ; elle était trop occupée à regarder ce cœur qui battait. Puis la chose s'éleva en flottant et traversa la pièce à toute allure.

– Baisse-toi ! hurla Holiday.

Kylie se jeta par terre au moment où le presse-papiers passait devant elle à toute vitesse.

Malheureusement, Burnett entra à ce moment-là.

Le cœur le heurta de plein fouet.

Chapitre 12

Le presse-papiers en forme de cœur était rempli de sable et recouvert de cuir. Il le frappa en plein dans la poitrine. Choqué, il essaya de l'attraper, mais le manqua. L'objet rebondit sur son torse carré et viril, et repartit à toute allure. Il s'arrêta en plein milieu de la pièce, plana comme rempli d'hélium, puis redémarra en flèche à une vitesse incroyable, de nouveau en direction de Burnett. Et comme la première fois, il ne le loupa pas.

Mais ce coup-là fut pire… bien pire.

Pile dans l'entrejambe. Ou, comme dirait Della, « pile dans les coucougnettes ».

– Qu'est-ce qui se passe, nom de Dieu ? grommela-t-il.

Il se plia de douleur. Le cœur s'éloigna. Il le rattrapa en plein vol, et le serra jusqu'à ce qu'il éclate. Malheureusement, quand le sable explosa de son poing serré, il retrouva sa forme de cœur et réussit à planer dans l'air.

– Miranda est là ? grommela Burnett, toujours plié en deux.

Kylie comprit que la pauvre sorcière qu'il cherchait, c'était elle, leva la main et dit : « Stop. » Comme rien ne se passait, elle se souvint de tendre le petit doigt : « Stop ! »

Le sable tomba par terre et s'éparpilla… euh… comme du sable.

Holiday s'installa confortablement dans son fauteuil, trop stupéfaite pour parler.

Burnett, le poing toujours collé sur la cuisse, se dressa sur toute sa hauteur.

– Mince ! finit par marmonner Holiday.

– Mince, répéta-t-il en écho.

Kylie laissa errer son regard d'une Holiday choquée au vampire blessé. Elle songea que son emportement était lié à sa douleur, mais pas du tout : il regardait fixement son front.

– Intéressant, observa Holiday.

– Étrange, fit Burnett à la suite, sans jamais quitter le front de l'adolescente des yeux.

– Charmant ! marmonna Kylie.

Leur expression abasourdie laissait prévoir ce qui allait se passer au petit déjeuner : Kylie serait à coup sûr l'attraction de service !

– Tu es une sorcière, lança Burnett, incrédule.

– Il semblerait, oui, acquiesça Holiday.

– Non, je suis un caméléon.

Et chaque fois qu'elle le répétait, elle le croyait un peu plus. Peu importait qu'elle puisse inverser les incantations et rendre leur forme normale aux animaux, ou qu'elle ait fait voler à travers la pièce un cœur qui avait émasculé un vampire. Son père lui avait affirmé qu'elle était un caméléon, et elle le croyait.

– Peut-être que caméléon, ça veut dire autre chose, suggéra Holiday. Peut-être que cela a un rapport avec le fait que tu sois une protectrice. D'ailleurs, tous tes autres dons pourraient être eux aussi liés à cela.

Le téléphone de la directrice sonna. Comme si elle avait besoin d'une interruption, elle regarda le numéro de l'appelant. Levant les yeux, elle croisa le regard de Kylie avec compassion.

– Quoi, maintenant ? rugit celle-ci.

– C'est… Tom Galen, ton beau-père.

Génial, songea la jeune fille. Un coup de fil si matinal ne pouvait rien présager de bon. Alors, quel nouveau désastre voulait-il ajouter aux autres ?

– Tout va bien ? demanda Derek en poussant la porte du bureau. J'ai entendu du bruit, marmonna-t-il.

– Non, répondit Kylie juste avant que Holiday ne décroche. Pour l'instant, je ne vois rien qui aille bien.

Après le petit déjeuner, Kylie et Miranda sortirent du réfectoire pour retourner au bungalow. Della avait une sorte de rendez-vous avec Burnett. Kylie les avait suppliés de la laisser sécher la session « Une heure pour faire connaissance » en raison de son début de journée pourri. De plus, elle était censée se rendre aux cascades avec Holiday et Burnett dès que ce dernier aurait parlé à Della.

– Elles t'aiment bien. Elles sont simplement surprises, expliqua Miranda, qui s'excusa au nom de tout le groupe des sorcières, qui n'avaient fait que regarder béatement le front de son amie pendant le petit déjeuner. C'est vrai, nous imaginions toutes que tu étais un loup-garou ou un vampire, mais personne n'avait jamais pensé qu'en fin de compte, tu puisses être des nôtres.

– Sérieux, vous aviez parié sur ce que j'étais ? fit Kylie.

– Quelques sorcières, oui. (Elle fronça les sourcils.) Désolée, si cela peut te rassurer, j'ai perdu cinq livres.

Kylie secoua la tête d'incrédulité. Il n'y avait pas que les filles ou les garçons wiccans qui réagissaient. Tous ceux qui prenaient le petit déjeuner à Shadow Falls ce matin avaient ignoré leurs œufs baveux et leur bacon cru et n'avaient d'yeux que pour sa configuration cérébrale de sorcière, qui venait de faire son apparition. Ou du moins était-ce le cas jusqu'à ce que Della essaie de l'aider !

Le vampire avait pris son élan sur cinq bons mètres pour atterrir sur la table avec un grand bruit, ses tennis noires à moitié dans les plateaux. Puis, inquiète pour Kylie, Della avait annoncé que celle-ci venait de murmurer une malédiction et que quiconque regardait son front bouche bée serait transformé en oie flatulente.

C'était bien sûr un beau mensonge. Depuis que Kylie avait fait valser le presse-papiers à travers la salle, elle avait veillé de très près à ne pas bouger le petit doigt. Ce qui était une véritable prouesse quand on essayait de manger des œufs baveux à la fourchette. Quoi qu'il en soit, ses deux auriculaires étaient en congé, le temps qu'elle tire au clair cette histoire de sorcière.

Kylie s'arrêta devant le bureau et hésita à entrer et demander à Holiday si elle avait été en contact avec son beau-père. Tous les deux jouaient à chat au téléphone. La jeune fille voulait également vérifier si Burnett avait eu des nouvelles de Malcolm Summers, son véritable grand-père.

Il avait promis à Burnett qu'il serait là demain, mais quelles chances restait-il à présent, alors qu'il avait coupé son portable et disparu de la surface de la terre ? Kylie craignait que ce fût à cause du lien de Burnett avec l'URF. Mais bon, peut-être se moquait-il simplement d'elle. Ce n'était même pas comme s'il avait connu son propre fils – son père.

Cette pensée lui fit mal, puis elle se rendit compte que cela ne voulait rien dire. Si cela avait été vrai, pourquoi sa tante et lui seraient-ils venus au camp en se faisant passer pour les parents adoptifs de son père ? Qu'ils soient arrivés déguisés en humains laissait entendre qu'il y avait quelqu'un à qui ils ne faisaient pas confiance à Shadow

Falls. Et que ce quelqu'un devait être Burnett, en raison de ses liens avec l'URF.

– Tu ne trouves pas Della géniale ? fit Miranda. C'est une sacrée enquiquineuse, mais lorsqu'il s'agit de nous protéger, elle met les pieds dans le plat… (Elle gloussa.) Je parie qu'elle a piétiné au moins six plateaux de petits déjeuners ce matin.

– Je sais, elle est super.

Même si ce plan se retournait contre elle.

– Sans blague… Une oie flatulente ? Où va-t-elle donc chercher ces idées ?

– Je préférerais ne pas savoir, marmonna Kylie.

Franchement, elle n'était même pas sûre de connaître la définition de « flatulente ». Quoi qu'il en soit, bouleversée, elle décida de mettre cela sur le compte de l'expérience. Non seulement elle avait une définition à vérifier ; mais elle avait tiré une autre leçon d'importance : attirer les regards n'était pas pire que lorsque l'on vous ignorait. Non, pas un seul ne prit le risque de la regarder, même rapidement, après la mise en garde de Della. Flatulent, ça ne devait vraiment pas être cool !

– C'est tout de même cool que tu sois une sorcière comme moi !

Miranda se frotta les mains de jubilation.

Kylie aurait tellement voulu partager son optimisme.

– Je n'arrive toujours pas à y croire. Que même Holiday y adhère à moitié, déclara Kylie, je m'en moque. Tu sais bien que cela pourrait changer, n'est-ce pas ? J'étais totalement humaine, et maintenant je ne le suis plus.

Et son père lui disait qu'elle était un caméléon. Elle le croyait.

– Mais c'est la première fois que tu as révélé une véritable configuration surnaturelle, donc c'est sûrement vrai. (La sorcière agita les fesses en petite danse de victoire.) Tu n'es pas folle de joie ?

Pour faire plaisir à Miranda, Kylie colla un sourire sur son visage, mais la réflexion de son amie se répercuta dans sa tête et lui fit penser à un certain loup-garou.

– Je me demande pourquoi Lucas n'était pas au petit déjeuner, dit-elle à voix haute.

Non pas qu'elle fût si impatiente que cela de lui annoncer la nouvelle.

– Je ne sais pas, rétorqua Miranda, qui arborait toujours son sourire de pub pour dentifrice. (Puis il s'évanouit.) Tu crains qu'il soit contrarié que tu ne sois pas un loup-garou ?

– Non, répondit Kylie, qui ne savait pas si c'était un véritable mensonge.

Elle n'avait pas peur qu'il soit déçu, simplement qu'il soit accablé. Ce qui fit vibrer ses cordes sensibles, et un nœud se forma dans sa gorge.

– Existerait-il une brouille légendaire entre les loups-garous et les sorcières ? s'enquit Kylie.

– Rien dont je sois au courant, répliqua Miranda. En tout cas, généralement, les loups n'aiment aucune autre race que la leur. Mais ils ne détestent pas les sorcières autant que les vampires.

Kylie supposa qu'elle devait être ravie de ne pas s'être métamorphosée en vampire.

Mais bon, elle avait le sentiment que seule une éventuelle transformation en loup-garou lui permettrait de se faire accepter par la meute et la famille de Lucas. Leur histoire survivrait-elle aux préjugés ?

– Veux-tu que nous allions essayer quelques formules magiques au bungalow ?

– Oh que non ! Je n'ai pas envie de bousiller quoi que ce soit !

– Mais non, la rassura Miranda. Je serai avec toi. Je veillerai à ce que tu ne fiches rien en l'air.

Bien sûr, parce que toi, tu n'as jamais rien fait foirer. Les mots sortirent d'un coup de la tête de Kylie pour venir se poser sur le bout de sa langue, mais elle parvint à les ravaler. Ce n'était pas parce qu'elle souffrait que cela lui donnait le droit de blesser les autres.

– Tu es nerveuse, voilà tout. Tu dois me faire confiance. (Le sourire radieux de Miranda s'élargit encore plus.) Nous autres, sorcières, devons nous serrer les coudes.

– Désolée, dit Kylie. J'ai déjà réussi à viser Burnett pile dans les coucougnettes avec un presse-papiers... J'arrête là les dégâts.

– Sérieux ? Tu as fait ça ?

Miranda s'étrangla de rire, ce qui fit se renfrogner le groupe de loups-garous qu'elles croisèrent.

Kylie remarqua Will et cria :

– Will ?

Le jeune loup brun aux yeux noisette se retourna, l'air ennuyé. Était-ce malpoli de crier le nom d'un loup-garou ? Ou étaient-ce des raisons plus personnelles ? Tous les membres de la meute de Lucas allaient-ils se mettre à la snober ?

– Oui ?

Son ton reflétait son expression.

Kylie s'éloigna de quelques pas de Miranda. Elle se planta devant Will et tâcha de ne pas se laisser intimider par son mécontentement.

– Lucas n'était pas au petit déjeuner. Je me demandais si tu savais où il se trouvait.

Will jeta un coup d'œil vers les bois, comme s'il voulait gagner du temps. Même si Kylie ne pouvait pas lire dans sa tête, on aurait pu croire qu'il cherchait à lui mentir. Pourquoi ?

– Quelque chose ne va pas ? s'enquit-elle.

Il fit signe aux autres loups-garous d'avancer. Puis il attendit qu'ils ne puissent plus l'entendre avant de prendre la parole.

Cela devait bien vouloir dire que quelque chose n'allait pas, n'est-ce pas ?

– Le conseil a convoqué Lucas, finit-il par lâcher.

– Est-ce grave ? A-t-il des problèmes ?

– Je… ne sais pas. C'est entre le conseil et lui.

L'inquiétude titilla Kylie.

– Sais-tu quand il reviendra ?

– Non. (Il gratta le chemin rocheux du bout du pied, puis jeta de nouveau un œil sur les bois.) Je suis désolé, ajouta-t-il, et quelque chose dans le ton sur lequel il s'excusa, la sincérité dans ses yeux, indiqua à Kylie qu'il le pensait.

Mais pourquoi ? Pour quelle raison s'excusait-il ?

– Que me caches-tu ? demanda-t-elle. S'il te plaît, dis-le-moi.

– Si tu as des questions, tu devrais interroger Lucas, pas moi.

– Donc il se passe quelque chose ?

Elle se rapprocha, son cœur martelant ses côtes. Sans prévenir, son regard se posa sur les bois, et elle le sentit de nouveau. Comme si les arbres criaient son nom. Mais son cœur étant focalisé sur Lucas, elle se concentra sur le problème du jour et sur Will :

– C'est à cause de moi ?

Le mécontentement de Will devint plus perceptible dans son expression renfrognée.

– Je ne sais pas, il faut que je file.

Il s'en alla. Elle le regarda partir en silence, et eut le pressentiment qu'il se tramait quelque chose.

Will disparut sur le chemin. Le cœur de Kylie resta concentré sur Lucas, son regard se reposa sur les bois, où les arbres s'agitaient lentement dans la douce brise. C'était un sentiment très étrange, comme quand on a très soif et que l'on voit un verre d'eau. Ce sentiment, cet appel intérieur, était même plus fort que celui des cascades.

Que se passait-il donc ?

Miranda s'éclaircit la gorge. Et Kylie jeta un œil sur sa coloc.

– Tu vas bien ? demanda Miranda en s'approchant d'elle.

Kylie leva les yeux au ciel.

– Pourquoi tout le monde me pose-t-il la question, alors que ça se voit que non ?

– Sûrement parce que l'on prend nos rêves pour la réalité ? répondit Miranda en lui donnant un coup d'épaule et en lui adressant un sourire compatissant. Ne t'inquiète pas, si Lucas t'aime suffisamment, tout s'arrangera. C'est ce qui s'est passé pour Perry et moi.

Kylie inspira. Puis expira. Elle se remit en route, résistant délibérément à la tentation de s'envoler d'un bond à travers bois. De découvrir de qui il s'agissait et pourquoi l'on cherchait tant à attirer son attention.

Elles marchèrent encore cinq minutes sans se parler. Kylie se concentra sur le rythme de ses propres pas qui créait une sensation de calme. Mais un hurlement de panique absolue mit aussitôt un terme à sa tranquillité.

Kylie s'arrêta si vite qu'elle faillit trébucher et attrapa le coude de Miranda pour ne pas tomber. Le bruit provenait de l'endroit même où elle se sentait attirée. Les bois. Tout au fond.

– Que se passe-t-il ? demanda Miranda.

Kylie la regarda.

– Tu n'entends pas ?

Miranda inclina la tête.

– Quoi ?

Kylie fit un pas ou deux vers la forêt, et tâcha d'identifier la voix de la personne qui hurlait. Le bruit aigu lui indiqua qu'il s'agissait d'une femme, mais pas d'une voix qu'elle connaissait. Rien de rien.

Peu importait. Elle le sentit. Le pétillement familier. Le crépitement éloquent qui se produisait dans son sang quand elle passait en mode « protectrice ».

Son souffle se coinça dans sa gorge. Tout en elle disait que quelqu'un avait besoin d'elle. Elle n'avait pas d'autre choix que de répondre à cette demande d'aide. Elle se précipita vers les bois.

– Kylie ! hurla Miranda. Ne cours pas !

Juste avant de pénétrer dans le fourré d'arbres, Kylie cria à son amie d'aller chercher de l'aide.

Et vite !

Chapitre 13

Kylie courait comme une dératée.

Rien ne la ralentissait. Rien ne pouvait la ralentir.

Pas les sous-bois épais.

Pas les voûtes de branches.

Pas même la clôture barbelée de deux mètres de haut qui lui indiquait qu'elle sortait de la propriété de Shadow Falls. *Ne t'avise pas de quitter Shadow Falls.* Elle entendit l'avertissement de Burnett dans sa tête, mais l'ignora et suivit les hurlements.

Elle ignora même la peur de se diriger droit dans un piège que pourraient lui avoir tendu Mario et ses amis. Peu importait. Elle était une protectrice. Elle devait protéger.

Après plusieurs minutes à courir en fonctionnant uniquement à l'adrénaline, le souffle lourd, elle sentit le hurlement et le hurleur se rapprocher. Puis elle le vit.

Pas le hurleur.

Mais le brouillard, le nuage épais et bas qui se rapprochait des sous-bois comme s'il engloutissait le sol. Il avançait de telle sorte que la force qui le créait n'était pas la seule mère Nature, mais plutôt un pouvoir surnaturel.

Qui fonçait à tombeau ouvert.

La logique lui intima de détaler, mais les hurlements s'intensifièrent et l'instinct continua de la faire progresser... pile dans la gueule du brouillard. Un mouvement sur sa gauche attira son attention. Une fille courait pour échapper à la brume épaisse. Ses longs cheveux bruns s'agitaient autour de sa tête, rappelant à Kylie une image de Méduse qu'elle avait vue dans un livre de mythologie grecque.

À plusieurs mètres, l'adolescente croisa son regard. Le soulagement étincela dans les yeux de la coureuse. Le doute, dans ceux de Kylie.

Cela était-il réel, cette fille l'était-elle, ou était-ce une autre vision ? Courait-elle pour sauver sa peau ou fuyait-elle une mort qui était déjà venue la chercher ?

Les questions se télescopaient dans la tête de Kylie, pendant que ses pieds martelaient le sol. Plus vite, se dit-elle, quand elle vit la brume aux talons de la fille.

– Accélère ! cria-t-elle.

Morte ou vive, aider l'inconnue était capital. Les pas rapides de la fille résonnèrent à travers les arbres, jusqu'à lui permettre d'échapper à la gueule du brouillard.

Puis, comme au ralenti, elle trébucha, perdit l'équilibre et heurta le sol. Durement.

Le bruit sourd de sa chute fut répercuté par les arbres.

Kylie, horrifiée, regarda la brume s'approcher. Elle sentit le besoin d'atteindre la fille avant l'étrange brouillard. Le pétillement dans son sang lui donna de la force.

S'arrêtant brusquement près du corps immobile, elle prit la fille inconsciente dans ses bras. Elle ne pesait presque rien. Lorsque Kylie leva les yeux, le brouillard était pratiquement sur elle. Marchant à l'instinct, et peut-être à la panique, elle détala comme une flèche.

Elle n'avait pas parcouru trois cents mètres que le sentiment d'être attirée dans un piège la frappa. *Viens nous voir, viens nous voir !* Le vent, les arbres, tout murmurait le même message.

Elle s'arrêta, le souffle court. Elle se retourna brusquement.

– Que voulez-vous ? Qui êtes-vous ?

Son cœur s'écrasa contre sa cage thoracique. Tenant tendrement la fille dans ses bras, Kylie regarda fixement la brume.

L'épais nuage gris, qui planait sur six mètres, palpitait comme s'il avait un cœur à l'intérieur. L'air s'agitait tout autour, comme s'il respirait.

Ce fut à ce moment-là qu'elle se figea parce que… bon sang, le brouillard n'était pas censé respirer ! Le brouillard n'était pas censé être vivant !

Avant que Kylie ne puisse réagir, l'espèce de nuage se sépara en deux masses distinctes. Si elle ne percevait pas de présence maléfique, elle ne pouvait pas plus nier la peur qui piquait sa colonne vertébrale que son propre besoin d'oxygène. Une partie de son instinct lui hurlait de courir, une autre de rester.

Le brouillard recula de quelques mètres, comme s'il sentait la terreur de Kylie.

Alors, elle attendit.

Elle observa.

Elle écouta.

Écouta son nom que l'on appelait.

Kylie. Kylie.

Écouta les mots portés par le vent, murmurés délicatement comme une brise qui secouait les feuilles. *Nous ne te voulons aucun mal.*

– Qui êtes-vous ? cria Kylie.

La fille bougea dans ses bras. Le poids qui lui avait paru sans vie s'agitait désormais, vivant. Baissant les yeux, elle vit du sang sur son front. Le besoin de l'aider pulsa dans ses veines. Elle examina de nouveau le brouillard. Les deux masses différentes avaient pris des formes. Humaines.

N'y va pas.

Son instinct lui intima de mettre la fille en sécurité. Affronter l'inconnu seule était une chose. L'affronter avec quelqu'un qui saignait dans ses bras en était une autre.

– Je dois y aller, répondit Kylie, et elle tourna les talons.

Plus que quelques mètres à parcourir.

Reste.

Il y avait quelque chose dans cette voix. Une voix d'homme. Elle jeta un œil par-dessus son épaule, son souffle coincé dans sa poitrine.

Son grand-père ? N'était-ce pas lui ? Ensuite, elle vit la femme et la reconnut : sa grand-tante. Des larmes emplirent ses yeux.

Elle allait tourner les talons, mais l'adolescente hurla dans ses bras. Elle baissa les yeux. Ceux de la fille s'ouvrirent d'un coup. Ses iris bleu foncé la fixèrent, confus, et un sentiment de déjà-vu traversa Kylie comme un éclair.

Mais elle n'eut pas le temps de réfléchir. Le sang qui suintait du visage de la fille coula encore plus vite. Son instinct de la mettre en sécurité fit crépiter le sien. L'inconnue était-elle grièvement blessée ?

– Lâche-moi ! ordonna-t-elle dans un grognement bas, et elle tâcha de se libérer en gigotant. Lâche-moi ! hurla-t-elle de nouveau.

Et cette fois, elle se débattit. Sa force indiqua que ce n'était pas un être humain. Sans les pouvoirs de protection de Kylie, elle aurait gagné aisément sa liberté, mais pas maintenant.

– Dans une minute.

Kylie prit la fuite – tenant l'inconnue aux yeux bleus qui se tortillait dans ses bras, tout contre elle. *Je suis désolée.* Kylie dit cela dans sa tête et pria pour que ceux qu'elle venait de quitter puissent l'entendre. Elle n'avait pas d'autre choix que de partir. Son besoin de protéger était plus fort que sa propre quête.

Serrant l'inconnue qui hurlait, Kylie enjamba la clôture barbelée d'un bond. Une fois dans l'enceinte de Shadow Falls, le silence dans les bois sembla dominer les protestations de la fille. Sans prévenir, elle sentit un, deux, puis trois coups de vent la croiser à toute vitesse.

Puis Burnett, Della et un gros oiseau – Perry – se matérialisèrent à son côté, avançant tous les trois à leur rythme.

Kylie cessa de courir. Les autres aussi. De minuscules bulles étincelantes apparurent tout près de Perry lorsqu'il reprit sa forme humaine.

Tous les trois regardèrent fixement Kylie, ou plutôt la fille qui hurlait dans ses bras.

– Qui est-elle ? demanda Burnett.

– Je sais pas. (Kylie, le souffle court, se concentrait sur son grand-père et sa grand-tante.) Elle s'échappait de...

– C'est un loup-garou, l'interrompit Della. Je l'ai senti dès que nous l'avons croisée.

La fille cessa de se débattre. Sa voix devint plus grave, et elle croisa le regard de Kylie.

– Lâche-moi immédiatement ! Sinon, tu le regretteras toute ta vie. (Elle leva la tête, foudroya Della du regard, puis Burnett.) Vous le regretterez tous !

Burnett s'adressa directement au colis de Kylie.

– Donne-moi ta parole que tu ne vas pas t'enfuir.

Elle lui jeta un regard mauvais.

– Si tu fais cela, je te rattraperai et je serai très, très énervé.

– À condition que vous soyez assez rapide, lança-t-elle d'un ton sarcastique.

– Oh oui, il l'est, dit Perry pour ajouter son grain de sel. À quinze ans, il a poursuivi un métamorphe sous sa forme d'antilope et l'a ratatiné. Il ne restait pas assez de morceaux de cet animal pour en confectionner un tapis.

– Très bien, lâcha l'inconnue. Je ne m'enfuirai pas.

Della s'approcha et regarda fixement Perry.

– Tu connaissais Burnett quand il avait quinze ans et qu'il pourchassait les antilopes ?

Relâchant la fille, le regard de Kylie entra en collision avec celui du chasseur d'antilopes en personne. Son expression la prépara à la suite.

– Je pensais que j'avais été clair. Interdiction pour toi de pénétrer dans les bois.

Kylie opina, mais elle refusa qu'il la réprimande pour avoir fait ce qui, pour elle, était aussi naturel que de respirer.

– Quelqu'un était en danger.

– *Tu* t'es mise en danger toute seule. (Son regard se reposa sur la fille.) Que fuyais-tu ?

– Le brouillard. (Elle essuya le sang qui suintait de son front.) Il me poursuivait.

– Le brouillard te pourchassait ? railla Della. Tu fumes quoi, la moquette ?

– Elle dit la vérité.

Kylie faillit leur parler de son grand-père, mais quelque chose lui conseilla de tourner sept fois sa langue dans sa bouche…

– Qui es-tu ? demanda Burnett à l'inconnue.

– Et *vous*, qui êtes-vous ? répliqua-t-elle.

– Il n'y a qu'un loup-garou pour se comporter comme ça, marmonna Della.

Perry s'esclaffa, puis désigna la fille d'un geste de la main.

– Tu saignes. C'est dangereux de saigner devant des vampires.

– Ne t'inquiète pas, rétorqua Della. Le sang de loup-garou, c'est mauvais.

L'inconnue lui adressa un regard glacial. Kylie eut de nouveau le sentiment de la connaître.

Burnett prit ensuite la parole.

– Burnett James, directeur du camp de Shadow Falls, et tu te trouves sur une propriété privée.

– Vous êtes… Burnett ?

Pour la première fois, la fille manqua légèrement d'assurance.

– Elle n'est pas entrée par effraction, dit Kylie. C'est moi qui l'ai amenée ici.

L'adolescente la regarda d'un air surpris.

– Je n'ai pas besoin que tu me défendes.

– Je ne te défendais pas du tout.

La posture du corps de Burnett se durcit, mais son air renfrogné visa Kylie.

– Tu es sortie de Shadow Falls ?

– Je l'ai entendue hurler.

L'inconnue, qui saignait, fronça les sourcils, tâchant de lire la configuration de Kylie. Était-elle encore une sorcière ? Ou sa configuration affichait-elle autre chose de bizarre ?

– Tu… (Elle secoua la tête.) Tu es une sorcière. Comment as-tu pu…

Eh bien, voilà qui répond à ma question, songea Kylie.

La fille reposa ses yeux bleus sur Burnett. Et juste alors, Kylie sut qui elle était. La couleur des yeux, sa façon d'incliner la tête, même le langage de son corps, tout cela fit mouche.

– Je suis…

– La sœur de Lucas, termina Kylie.

– Oui. (Elle se concentra de nouveau sur elle.) Je suis Clara Parker, et toi, qui es-tu ?

– Kylie Galen.

De surprise, elle écarquilla les yeux.

– Mais tu es une sorcière ? Je croyais… (Elle marqua

une pause.) Et tu cours, et tu as de la force comme si tu étais… soit un loup-garou, soit un vamp.

Ce dernier mot sortit comme une insulte.

Della grommela. L'air renfrogné de Burnett s'accentua.

La contrariété liée à toute cette histoire de sorcière refit surface d'un coup.

– Je ne suis qu'une œuvre d'art qui évolue. Vous n'avez qu'à m'appeler le monstre de service de Shadow Falls.

– Tu n'es pas un monstre, marmonna Perry. C'est moi le monstre résident, déclara-t-il avec orgueil.

Clara continua à regarder fixement Kylie, puis :

– Pourquoi ce brouillard me poursuivait-il ? L'as-tu fait apparaître avec ta magie ?

– Non, je n'y suis pour rien.

Burnett se concentra sur Clara.

– Ta famille se fait du souci pour toi.

Clara leva les yeux au ciel.

– Elle s'en fait beaucoup trop. Je lui ai dit que je venais ici.

– On t'attendait il y a deux jours, la réprimanda Burnett. Et juste pour info, si tu as l'intention de séjourner à Shadow Falls, nous n'apprécions pas les changements de programme hors des procédures habituelles.

Clara leva le menton, comme si elle se moquait du directeur. Se souvenant qu'il s'agissait de la sœur de Lucas, Kylie intervint :

– Je suis sûre qu'elle s'adaptera. Lucas lui expliquera.

– Où est mon frère ?

– Le conseil a demandé à le voir, répondit Burnett.

Kylie le regarda et se demanda si Lucas lui en avait parlé. Si oui, pourquoi ne lui avait-il rien dit, à elle ?

– Y a-t-il un problème entre le conseil et lui ? demanda Clara à Burnett.

Kylie se rappela le comportement étrange de Will tout à l'heure, lorsqu'elle lui avait posé la même question.

– Pas à ma connaissance. (Burnett resta stoïque quelques instants, puis s'adressa à Clara.) Es-tu gravement blessée ?

– Juste une égratignure, répondit-elle.

– Elle s'est évanouie, expliqua Kylie.

– Faux, rétorqua-t-elle, comme si cela risquait de la faire passer pour quelqu'un de faible.

Kylie se remit en route vers la clairière. Ils marchèrent tous en rythme avec elle. Les bruits du bois redevinrent normaux, mais elle s'en rendit à peine compte. Son esprit était préoccupé par ce qu'elle avait vu la dernière fois qu'elle s'était retournée, et elle se demanda si cela valait la peine d'en parler à Burnett. Jetant un bref coup d'œil par-dessus son épaule, elle essaya d'écouter avec son cœur, pour vérifier si elle entendait toujours l'appel de son grand-père et de sa grand-tante. Étaient-ils encore là ? Ou étaient-ils partis ?

Elle ne le ressentait plus avec la même puissance, mais encore un peu, tout de même.

– Perry. (Burnett prit la parole.) Della et toi, allez devant, et veillez à ce que Clara passe voir Holiday au bureau. (Le ton sans concession de Burnett se répercuta sur les arbres et créa une nouvelle vague de silence.) Kylie, j'aimerais te parler une minute.

Son ton ne laissait pas le moindre doute : cette minute serait tout sauf agréable.

Kylie s'arrêta. Perry gratifia la jeune fille d'un air purement compatissant.

– Elle essayait juste d'aider ! lança le métamorphe.

Della prit la parole :

– Et il ne s'est rien passé. Tout est bien qui finit bien, non ? Tu ne peux pas te mettre en colère, alors que…

– Allez-y, ordonna Burnett.

Della grommela, et Perry jeta un autre coup d'œil d'empathie à Kylie. Elle les aimait tous les deux pour leur envie d'intervenir, mais elle pouvait gérer cela toute seule. Elle l'espérait, du moins.

– À plus, lança Kylie à Perry.

Celui-ci semblait prêt à argumenter.

Quand ils tournèrent les talons, Kylie inspira une bonne bouffée d'air qui sentait le bois. Burnett se posta près d'elle. Ils observèrent les trois autres partir avant eux. Clara jeta un œil derrière elle. Son regard exprimait davantage de la curiosité que de l'inquiétude.

– Aura-t-elle des problèmes ? voulut savoir Clara.

Sa voix s'adoucissait à mesure que la distance augmentait entre elles.

– Disons que je n'aimerais pas être à sa place, répondit Perry.

– Et la raison de ses problèmes, c'est ton petit cul de loup, ajouta Della, piquée au vif.

– Je ne lui ai pas demandé de m'aider, répliqua Clara.

Kylie attendit avant de s'adresser à Burnett.

– On ne devrait pas me réprimander pour avoir fait quelque chose que j'étais censée faire.

– Tu aurais pu te faire tuer. Ça aurait pu être un piège pour t'éloigner de Shadow Falls.

– Ce n'en était pas un. Clara imaginait qu'elle était en danger. J'ai ressenti sa peur et j'ai réagi.

– Elle se croyait en danger ? répéta-t-il, profitant du lapsus de Kylie. Serais-tu en train de dire qu'elle ne l'était pas ?

Comme Kylie marquait une pause, Burnett poursuivit :

– Que fuyiez-vous au juste, toutes les deux ?

Un besoin de dire la vérité monta en elle, mais un autre – celui d'avoir des réponses – lui fit garder le silence.

– Je l'ai expliqué tout à l'heure. C'était le brouillard, répondit Kylie, sûre et certaine que sa réponse ne passerait pas pour un mensonge.

Ses paroles sonnaient vrai.

Mais pas entièrement.

– As-tu senti qu'il était mauvais ?

– J'étais morte de peur, avoua-t-elle de nouveau.

Un frisson descendit le long de sa colonne vertébrale. Pas de peur, mais à cause du froid qui survenait quand les morts s'approchaient. Elle jeta un œil autour d'elle ; tâcha de ne pas montrer qu'ils avaient de la compagnie. Le fantôme, le sosie de Holiday, les regardait d'un air interrogateur, caché derrière un arbre.

– Mais… ? la pressa Burnett, qui comprit qu'elle n'en avait pas terminé.

– Mais je n'ai pas senti qu'il était mauvais.

Un semblant de culpabilité surgit, mais si elle avouait à Burnett que son grand-père et sa grand-tante avaient tenté de la voir sans autorisation, comment réagirait-il ?

– J'essaie de te protéger. Je ne peux pas le faire si tu ne respectes pas mes règles.

– En temps normal, je les respecte.

Le froid s'intensifia, et elle garda les yeux rivés là où s'était trouvé le fantôme. Il avait disparu. En un éclair, le sosie de Holiday se retrouva au côté de Burnett, et le regarda comme si elle le reconnaissait. À cette idée, un frisson de peur la parcourut.

– Une seule règle non respectée, et ce serait trop tard.

Kylie se mordit les lèvres, luttant contre le froid.

– Je suis désolée. (*De te faire de la peine, pas d'être partie.*) J'ai entendu le hurlement et j'ai ressenti cet appel à l'aide.

– La prochaine fois, avant d'y répondre, contacte-moi.

– J'essayerai.

Elle frissonna, en dépit de sa tentative de ne pas trembloter.

– Je pense que tu pourrais faire mieux qu'essayer, répliqua-t-il, puis il leva les yeux, comme s'il interrogeait une puissance supérieure. Explique-moi pourquoi je voulais m'impliquer dans Shadow Falls.

– Je peux répondre, dit Kylie, qui culpabilisait de le mettre en colère. Parce que sous tes apparences bourrues, tu prends soin de nous. Et tu es amoureux de l'autre personne qui dirige cet endroit.

Kylie jeta un œil à l'esprit, en se demandant si elle allait réagir à ses propos.

Le fantôme écarquilla les yeux.

– *Veux-tu dire que…*

Burnett fronça les sourcils, mais il n'essaya pas de le nier.

Kylie aurait été ravie qu'il assume ses sentiments pour Holiday, si le fantôme n'avait pas été en train de la fixer… comme si cet aveu d'amour l'avait touché.

L'esprit la regarda.

– *Il est amoureux de la directrice ?*

La panique imprégnait son ton. L'esprit savait-il qu'il avait l'apparence de Holiday ?

– *Comment t'appelles-tu ?* demanda Kylie dans sa tête.

– *Je te l'ai dit*, répondit le fantôme.

– Je ne m'y habituerai jamais, lança Burnett en se mettant en route.

– T'habituer à quoi ?

Kylie le rattrapa, son attention rivée sur l'esprit qui marchait à côté du vampire, et qui le fixait d'un air surpris.

– Aux fantômes, lâcha-t-il, comme si ces mots lui coûtaient.

Kylie s'arrêta et l'attrapa par le coude.

– Tu arrives à les sentir ? demanda-t-elle.

Généralement, il fallait que l'esprit soit coincé dans une petite pièce pour que celui qui ne savait pas communiquer avec les fantômes parvienne à ressentir leur présence.

– Non, dit-il.

Kylie le fixa.

– Bien. Alors, peut-être que je les sens un peu. C'est sûrement à cause de cette expression que vous avez, Holiday et toi, quand ils sont dans le coin, avoua-t-il. (Il regarda autour de lui.) Est-elle partie ?

– Comment as-tu deviné que c'était une femme ? demanda Kylie, qui s'aperçut que l'esprit était parti.

Sa mâchoire se serra.

– J'ai pu la sentir, dit-il comme si c'était un péché.

– Vraiment ? Je pensais que… je ne pensais pas que les vampires savaient communiquer avec les fantômes.

– Moi non plus.

Et cela n'eut pas l'air de lui faire plaisir. Il se remit en route, mais plus vite cette fois, son pas reflétant son humeur. Kylie réussit à le suivre, mais tout juste.

– Holiday est-elle au courant ?

– De quoi ?

Il ne regarda même pas Kylie.

– Que tu sais détecter la présence d'un fantôme ? Elle était curieuse de comprendre pourquoi tu pouvais aller dans les cascades et…

– Non, elle ne sait pas, répondit-il. Et ne dis rien. Je lui en parlerai plus tard.

Il serra sa mâchoire d'inquiétude.

Ils marchèrent une seconde en silence.

– Je ne voulais pas créer d'histoires en poursuivant Clara. J'ai juste réagi à mon instinct.

– Parfois, même notre instinct peut être dénaturé, ajouta-t-il.

Elle se demanda s'il faisait allusion à son aptitude à sentir et à ressentir les fantômes, ainsi qu'à ses instincts de protection à elle.

– Je tâcherai de faire mieux la prochaine fois.

– Merci, répondit-il, comme s'il le lui concédait.

Ils continuèrent à avancer. Le vent agitait les arbres.

– Peux-tu m'en dire plus ?

– À propos des fantômes ?

– Non, du brouillard. J'aimerais oublier les fantômes.

Kylie se rappela son ressenti la première fois qu'elle avait appris qu'elle pouvait voir les morts. Elle pouvait comprendre ce qu'il éprouvait. Parfois, elle souhaitait même oublier ce don.

– As-tu senti que c'était Mario ?

– Non.

Elle lui exposa toutes les informations, en veillant à ne rien omettre, sauf la fin. Il interrogerait sûrement Clara plus tard. Mais Kylie était presque certaine que celle-ci n'avait rien vu qui puisse trahir son secret.

– Ça devait encore être Mario et sa bande.

Burnett serra les poings en marchant.

Kylie hésita à lui répondre, sachant que si elle faisait une gaffe et mentait, il le devinerait. Mais elle ne voulait pas non plus qu'il s'inquiète trop.

– Souviens-toi, j'ai déclaré que je n'avais rien ressenti de mauvais.

– Ce doit être eux. (Il la fixa dans les yeux, un regard sévère et fixe.) Interdiction de t'aventurer dans les bois, avec ou sans escorte. Tu comprends ?

Elle hocha la tête. Elle comprenait, mais ne dit pas qu'elle consentirait.

– Un sorcier ou une sorcière doit se cacher derrière tout cela. (Ses sourcils se froncèrent.) Tu ne crois pas que tu as provoqué ce brouillard accidentellement, n'est-ce pas ?

– Non, insista Kylie.

– Tu es sûre ? Avec l'autre incident…

– C'était différent.

À ce souvenir, ses joues s'échauffèrent.

Ils ralentirent. Les arbres et les sous-bois semblèrent absorber le bruit de leurs pas. Les pensées de Kylie se reposèrent sur Clara, puis sur son frère.

– Puis-je te demander quelque chose ? s'enquit-elle.

– Si je te répondais non, cela t'arrêterait-il ?

– Probablement pas.

Elle réfléchit à comment poser la question.

– Si cela concerne quoi que ce soit au sujet de Holiday

et moi, on m'a ordonné de ne parler qu'en présence de mon avocat.

Elle se fendit d'un grand sourire.

– Ne t'inquiète pas, le T-shirt à l'envers l'autre jour m'a indiqué pratiquement tout ce que je voulais savoir sur elle et toi.

Le vampire à l'air sévère sourit de nouveau à moitié. Puis son sourire s'évanouit.

– Ce n'est pas non plus à propos des fantômes, n'est-ce pas ?

– Non, c'est… lorsqu'un conseil convoque quelqu'un, est-ce une mauvaise nouvelle ?

– Tu parles de Lucas ? demanda-t-il.

Elle hocha la tête.

Il poussa une branche de son chemin, et la retint pour qu'elle ne blesse pas Kylie.

– C'est possible, mais pas toujours.

– Sais-tu ce qu'ils lui veulent ?

Elle repoussa une autre branche.

– Non, je ne sais pas.

Il avait l'air tout à fait honnête.

– Es-tu inquiet ? demanda Kylie.

Il hésita.

– Oui.

– Pourquoi ?

– Je respecte le besoin de Lucas de faire partie du conseil pour pouvoir aider à résoudre les divergences qui existent entre les loups-garous et l'URF. Mais je ne tiens pas à ce que celle-ci exerce une influence trop grande sur Lucas.

– Tu ne lui fais pas confiance ?

– Si je ne croyais pas en lui, il ne serait pas là. Mes problèmes viennent du fait que le conseil des loups et l'URF ont des différends. En général, la communauté des loups est moins docile quand il s'agit de travailler selon les règles de l'URF. Cela est dû à la mentalité de la meute.

– Mais cela ne pourrait-il pas être lié au fait que l'URF les prenait pour des citoyens de seconde zone ?

– Cela a changé. Mais je suis sûr que cela joue un grand rôle dans leur comportement, et je peux t'assurer que l'URF traite toutes les situations de loups-garous en gardant ce fait à l'esprit. Toutefois, les préjugés viennent des deux côtés. L'une des raisons pour lesquelles on les a considérés comme des parias, c'était parce qu'ils voyaient les autres de la même façon.

– Donc c'est un peu la théorie « qui de l'œuf ou de la poule est arrivé le premier ? », fit Kylie.

– Peu importe, j'imagine.

Quand ils arrivèrent à la clairière, Burnett la regarda.

– Je vais te raccompagner à ton bungalow. Si Della ou Miranda ne sont pas là, j'affecterai quelqu'un d'autre à ton escorte. Holiday et moi te rejoindrons vite pour aller aux cascades. Mais tant que je n'aurai pas élucidé cette histoire de brouillard, interdiction de quitter le bungalow sans que je sache où tu te trouves et avec qui.

Son ton et ses nouvelles exigences la firent légèrement tressaillir. Il devait sûrement exagérer.

– Ça te dérange si je retourne au bureau avec toi ? demanda Kylie. J'aimerais prendre des nouvelles de Clara.

Il hésita, puis hocha la tête. Et ils redescendirent le chemin jusqu'au bureau. Kylie jeta un dernier coup d'œil sur les bois, sans rien ressentir. Étaient-ils déjà partis ?

Son instinct lui dit que oui. La question était : reviendraient-ils ? Et si c'était le cas, trouverait-elle le moyen d'aller les voir ?

Avant que Kylie ne monte sur la terrasse, elle entendit Lucas :

– Tu ne peux pas continuer comme cela !

Sa voix portait.

Elle ne savait pas si c'était son ouïe sensible ou s'il parlait fort. Étant donné que les loups-garous étaient très discrets, elle se dit que ce devait être la première solution.

– Qu'ai-je fait ? demanda Clara. Je les ai prévenus que je viendrais ici et c'est ce que j'ai fait.

– Où es-tu allée ? Voir Jacob ?

Le ton de Lucas était tendu.

– S'il y a bien quelqu'un capable de comprendre mon besoin de fréquenter qui j'ai envie, j'aurais cru que ce serait toi.

– Ça peut paraître étrange, mais je pense que papa a raison à son sujet.

– Vraiment, tu comptes aussi le laisser choisir ta compagne de vie ? N'était-ce pas à ce sujet que vous vous disputiez l'autre jour ? Tes sentiments envers Kylie ?

Celle-ci reprit son souffle. Lucas s'était querellé avec son père à cause d'elle ?

– Nous parlons de toi, la rembarra Lucas.

– Je suis là, c'est l'essentiel, non ? N'est-ce pas ce que tu veux ?

– Ce que je veux, c'est que tu cesses de jouer, Clara. J'essaie de t'aider.

– De jouer ? Arrête, c'est toi le plus grand joueur de tous les temps ! Tu joues avec le conseil, avec papa, avec ta mère et avec mamie. Tu joues même avec Fredericka. Je parie que tu joues aussi avec ta petite sorcière chérie !

– Je ne joue pas et je n'ai pas de sorcière.

Kylie hésita alors qu'ils se rapprochaient du bungalow, et au regard que Burnett lui adressa, elle supposa que lui aussi entendait la conversation.

– Je peux encore te raccompagner chez toi, suggéra-t-il.

Et à son ton, Kylie sentit qu'il comprenait que ce devait être dur pour elle. Son inquiétude aurait dû lui paraître touchante, mais elle n'apprécia pas de savoir que tout le monde était au courant de ses affaires. Elle préférait que sa vie privée le reste.

– Tôt ou tard, il faudra bien que je l'affronte… déclara Kylie en détournant le regard.

Mais même elle dut reconnaître que « tard » était vraiment plus tentant. Pourtant, elle carra les épaules et continua à avancer, le ventre noué en repensant à la réponse de Lucas : « Qu'il n'avait pas de sorcière. »

Chapitre 14

Lorsque Kylie et Burnett gravirent les marches du bureau, elle regretta brusquement d'être venue.

Derrière la porte, Clara continuait à se disputer avec son frère.

– Je suis sûre que c'est elle qui a envoyé le brouillard à ma poursuite. Elle a fait semblant de me sauver, mais peut-être que la sorcière était juste…

– Qui est-ce que tu accuses d'avoir envoyé le brouillard à tes trousses ? fit Lucas.

– Kylie ! répondit Clara d'un ton rageur.

– Kylie n'est pas une sorcière, répliqua Lucas.

Burnett poussa la porte du bureau. Clara et Lucas, dans l'entrée, se retournèrent d'un coup. Kylie se prépara à sa réaction.

– Pour l'instant, c'est ce que je suis.

Elle décida de jouer cartes sur table et s'inquiéta de la tournure que prendrait le jeu.

– Tu es quoi, pour l'instant ? demanda Lucas, qui ignorait que la jeune fille avait entendu leur conversation.

– Une sorcière, répondit-elle.

Lucas regarda fixement son front. Choc, confusion et déception étincelèrent dans ses yeux.

– Quoi ? Les sorcières ne sont pas rapides. Elles ne peuvent pas courir… comme toi.

– Moi non plus, je n'ai rien compris du tout, ajouta Clara. C'est quand je me suis dit qu'elle avait sûrement jeté un sort, et que, dans ce cas, elle était peut-être à l'origine de tout cela.

– Je n'ai pas créé le brouillard, leur assura Kylie.

Clara s'en prenait-elle déjà à elle ?

– Alors, comment as-tu deviné où j'étais ? Et ne mens pas encore en racontant que tu m'as entendue. Je n'étais pas assez près pour que tu perçoives mes hurlements.

Cette accusation lui fit mal, mais elle tâcha de ne pas la prendre trop à cœur. Clara avait des raisons d'être méfiante. Les sorcières n'étaient pas censées pouvoir courir comme l'éclair, ni avoir une ouïe supersonique. Ce qui confirmait sa conviction intime : elle n'en était pas une.

Mais si sa grand-tante et son grand-père pouvaient se transformer en brouillard, cela signifiait-il qu'ils étaient des Wiccans ? Les métamorphes ne pouvaient pas se transformer en brouillard, n'est-ce pas? Le doute s'insinua dans sa tête.

– Kylie n'est pas une sorcière comme les autres, lança Burnett, qui prit sa défense.

Lucas jeta un coup d'œil sur Clara, Burnett, puis de nouveau sur Kylie. Les excuses remplacèrent l'incrédulité et la stupéfaction dans ses yeux.

Il continua à la regarder fixement, mais s'adressa à sa demi-sœur :

– Si Kylie prétend qu'elle ne l'a pas fait, c'est qu'elle ne l'a pas fait.

– Tu préfères la croire, elle, plutôt que moi ? Maintenant, je comprends pourquoi notre père est inquiet. (Le ton de Clara était lourd d'accusation.) Comment peux-tu te faire passer pour notre leader, alors que tu prends la défense d'une sorcière contre les tiens, contre ton propre sang ?

La mâchoire de Lucas se serra.

– Ma certitude n'est pas liée à ses propos. Kylie possède une ouïe supersonique. Elle pourrait entendre tes hurlements à des kilomètres à la ronde.

– Les sorcières n'ont pas…

– Comme Burnett l'a fait remarquer, je ne suis pas une sorcière comme les autres.

Kylie regarda Lucas. Pourquoi n'aurait-il pas pu déclarer simplement qu'il la croyait ? La loyauté d'un loup-garou envers sa meute était-elle restrictive au point que sa confiance en elle manquait de crédibilité ?

Sentant le regard fixe de Clara, elle poursuivit :

– Apparemment, mon cerveau a la mauvaise habitude de montrer des configurations différentes.

– Alors, il y a vraiment quelque chose qui cloche chez toi, observa Clara, dont le ton rendit les paroles encore plus insultantes.

Kylie attendit que Lucas corrige sa sœur. Quand son regard trouva le sien, elle put jurer voir des excuses étinceler dans ses yeux, mais il garda le silence.

Et elle comprit pourquoi. Parce que cela reviendrait à la faire passer avant Clara. Comme Kylie n'était pas un loup-garou, elle n'était pas censée avoir de l'importance aux yeux de Lucas. Ou, du moins, pas autant que l'un des siens. Cette prise de conscience fit naître en elle une vague de douleur qui lui noua le ventre. Elle se dit qu'elle n'avait pas besoin qu'il la défende, qu'elle savait qu'elle comptait pour lui, alors pourquoi cela importait-il qu'il garde le silence ?

– Ma tête va très bien, merci, rétorqua Kylie.

Elle croisa le regard de Clara, puis jeta un bref coup d'œil sur Lucas. Ouaip, sa tête irait très bien, merci, c'était plutôt son cœur qui l'inquiétait en ce moment. Parce que si cela n'aurait pas dû avoir d'importance, cela en avait.

Beaucoup.

– Pourquoi tu n'as pas eu peur de ce que tu as vu ? demanda Clara.

Comme elle ne comprenait pas trop ce que celle-ci insinuait, elle marqua une pause. En avait-elle vu plus que ce que Kylie savait ?

– Qui a dit que je n'avais pas peur ?

– Kylie est une protectrice, intervint Burnett.

Les yeux de Clara s'écarquillèrent.

– Sans déc' ?

Le regard fixe de la jeune fille la mettant mal à l'aise, Kylie eut brusquement envie de s'enfuir.

– Je devrais y aller.

Elle tourna les talons.

Burnett l'attrapa délicatement par le bras, et aussi fou que cela puisse paraître, elle ressentit de l'empathie dans la froideur de son toucher. Il se pencha et murmura :

– Pas tant que tu n'as pas d'escorte.

– Je suis là. (Holiday passa la porte.) Je me suis dit que je passerais en vitesse dire deux mots à Lucas et à sa sœur.

Ses yeux verts se posèrent sur Kylie, comme si elle devinait la tempête affective qui couvait en elle. Holiday lui fit signe de la suivre à l'extérieur.

Burnett regarda son amie :

– Ne la lâche pas d'une semelle. Si ça se trouve, le danger est encore là.

– Que s'est-il passé au juste ?

L'appréhension envahit ses yeux verts.

– Nous en discuterons plus tard, dit Burnett. Je dois parler à Clara tant que tout est encore frais.

Kylie sortit, le cœur brisé par le comportement de Lucas et morte d'inquiétude à cause des souvenirs de Clara. Pourtant, un seul regard sur Holiday, et elle pensa à sa vision et à la mort éventuelle de son amie. Mince alors, si ça se trouvait, Clara avait raison. Peut-être que quelque chose n'allait pas dans sa tête. Peut-être que tout le stress accumulé avait fini par la rendre maboule.

Devenir une sorcière était-il le premier signe de démence ? Ou cela entrait-il simplement dans le processus d'un caméléon ?

Kylie suivit Holiday dans le réfectoire pour prendre un sandwich. Le déjeuner était terminé : de fait, elles avaient la salle pour elles seules. Elles ne dirent pas grand-chose et ce malaise ne sonnait pas juste. Quand elles sortirent de la cantine, le regard de l'adolescente se porta sur les bois, pour vérifier si cette sensation avait disparu, ou si elle sentait son grand-père et sa grand-tante l'appeler. Mais elle ne ressentit rien.

Holiday toucha les épaules de Kylie.

– Parle-moi.

Kylie absorba le calme que son amie lui prodiguait et se tourna vers elle :

– Je déteste les préjugés, annonça-t-elle.

Elle savait qu'elle ne pouvait discuter avec la directrice que d'un seul des problèmes à l'ordre du jour, Lucas. Si elle lui disait qui se trouvait dans le bois tout à l'heure, celle-ci le répéterait aussitôt à Burnett. Et tous les deux refuseraient de laisser Kylie aller les voir si jamais ils revenaient. Mais elle devait le faire, n'est-ce pas ?

– Je les déteste, moi aussi, déclara Holiday, comme si elle devinait précisément à quels préjugés son amie faisait allusion. S'il y avait une seule chose que je puisse changer dans le monde, ce serait bien ça.

Serrant le poing, Kylie lutta contre la déception que lui avait inspirée la position de Lucas vis-à-vis de Clara.

– On pourrait penser que, pour avoir été elle-même la cible de préjugés, la société des loups-garous trouverait cela injuste.

– Je crois que…

– Pourrais-je, s'il te plaît, avoir une minute en tête à tête avec Kylie ? demanda Lucas, qui surgit derrière elles.

En entendant sa voix grave, elle sentit une nouvelle vague de douleur lui submerger la poitrine. Elle ne voyait rien ni personne qui aurait pu l'empêcher de le défendre, si elle s'était trouvée dans l'autre camp. Et pourtant…

Kylie et Holiday se retournèrent en même temps. La directrice la consulta du regard, comme pour savoir si c'était ce qu'elle désirait. Elle opina.

– Très bien, mais n'allez pas trop loin, lança Holiday en remontant sur la terrasse et en s'asseyant dans un rocking-chair.

Lucas prit Kylie par la main et l'emmena derrière le bureau. Il ne dit rien, elle non plus. Il s'arrêta près de l'arbre, leur arbre, et se tourna vers elle. Pas un seul mot ne quitta ses lèvres ; il se contenta de la fixer.

Que n'aurait-elle pas donné pour pouvoir lire ses pensées ! À quoi songeait-il ? Était-il en colère parce qu'elle était une sorcière ? S'en voulait-il de ne pas avoir pris sa défense ? Se rendait-il compte que leur histoire était sans issue ?

– Merci d'avoir sauvé ma sœur, commença-t-il. Je suis désolé qu'elle se montre aussi ingrate.

Kylie hocha la tête.

Il se baissa et colla son front contre le sien. Tout ce qu'elle pouvait voir, c'étaient ses yeux, leur couleur bleue, les longs cils foncés tout autour.

– Je t'ai fait du mal, dit-il d'une voix plus grave.

Elle ne nia pas.

Elle continua à le fixer, et il ne cilla pas. La douleur qui se reflétait dans ses iris bleu foncé lui coupa le souffle.

Il ferma les yeux et inspira avant de parler.

– T'est-il déjà arrivé de savoir ce qu'il fallait faire, mais sans pouvoir le faire ?

Elle recula de quelques centimètres.

– Ça dépend. Quelle est la chose à faire ?

Elle posa la question avec crainte. Mais c'était la réponse qui l'effrayait. Parce que, tout au fond, elle le sentait. Elle l'avait senti depuis que la grand-mère de Lucas lui avait parlé. Trop d'obstacles se dressaient entre Lucas et elle pour que cela puisse fonctionner entre eux.

– Je devrais te laisser partir, déclara-t-il. Je devrais mettre un terme à tout cela. À nous deux. Parce que tant que rien n'aura changé, tout le monde sera contre nous. Et pourtant…

Il baissa très légèrement la tête, et ses lèvres trouvèrent les siennes.

Ce petit baiser fit naître une émotion très forte en elle. Et même si elle pensait ne plus avoir de place pour d'autres sentiments, elle les sentit naître. Sa peine était sienne. Sa peur était sienne. Elle ferma les yeux, réprima la douleur qu'émettait son cœur, et savoura simplement son contact.

Il recula et passa son pouce sur ses lèvres :

– Et pourtant, comment pourrais-je te laisser partir, alors que c'est toi qui me fais avancer ? Alors que tu es la raison pour laquelle je veux changer ?

Il caressa son menton du doigt, un contact si doux qu'il faillit lui faire monter les larmes aux yeux.

– Je t'en supplie, sois patiente avec moi. Fais-moi confiance quand je te dis que tu as une place ici. (Il lui prit la main et la posa sur sa poitrine.) Je dois adopter un certain comportement, sinon cela arrivera aux oreilles de mon père et du conseil, mais ce n'est pas ce que je ressens. (Il marqua une pause.) Je t'en prie, ne me laisse pas tomber, Kylie Galen.

Elle sentait battre le cœur du garçon. Elle le sentait aussi se briser en même temps que le sien.

– Je n'abandonne pas facilement.

C'était la vérité. Si elle avait été du genre à capituler, elle ne serait pas restée à Shadow Falls.

Il la prit dans ses bras, s'adossa à l'arbre et l'attira tout contre lui. Ils demeurèrent ainsi très longtemps. Sans parler. Sans rien se promettre. Et Kylie ne put s'empêcher de se demander si c'était parce qu'ils savaient tous deux instinctivement que ces promesses ne pourraient pas tenir.

Il finit par s'écarter.

– Je devrais aller aider Clara à s'installer.

Kylie relâcha son étreinte autour de sa taille. Mais elle n'en avait pas envie. Elle n'avait pas envie de le rendre à Clara, ni à Fredericka, ni à son père. Aussi égoïste cela fût-il, elle le voulait pour elle toute seule. Ou peut-être n'était-ce pas qu'elle ne veuille pas le partager. Simplement, pas avec des gens qui essayaient de les séparer.

– Tu m'accompagnes ? proposa-t-il.

Pas sûr que Clara soit ravie, songea Kylie.

– Je vais vous laisser un peu tranquilles tous les deux.

– Merci, répondit-il, comme s'il avait espéré qu'elle refuse. (Il sourit, mais sous ce sourire se cachait une pointe de déception.) Alors comme ça, tu es une sorcière. Je ne l'aurais jamais cru.

– Pour l'instant, oui.

Il eut l'air confus.

– Tu penses que cela changera ?

– Oui, peut-être. (Que croyait-elle ?) De cette étrange configuration, je me suis transformée en humaine.

– Exact. (Il la regarda fixement.) Mais c'est une véritable configuration surnaturelle.

L'attention de Lucas se porta brusquement par-dessus son épaule et il grogna. Derek contournait le bureau.

Le regard vert de Derek croisa le sien. Il n'y avait aucune contrition dans ses yeux pour les interrompre. Même sa posture semblait dire qu'il avait le droit d'être là.

– Il faut que je te voie, Kylie. C'est important.

– À quel sujet ? demanda Lucas.

Derek ne prit pas la peine de le regarder. Les yeux de l'être féerique ne quittaient pas Kylie et, tout en répondant à la question, il lui lança :

– C'est au sujet de ton fantôme.

– Depuis quand es-tu expert en fantômes ? s'enquit Lucas.

Derek dévisagea le loup-garou pour la première fois.

– Depuis que j'ai découvert que Kylie avait besoin d'aide dans ce domaine.

Le sous-entendu était clair : il la soutenait, lui. Pas Lucas.

Ce dernier l'entendit aussi. Ses yeux se plissèrent et devinrent orange clair.

Avant que les problèmes ne commencent, elle posa une main dans son dos.

– Va aider Clara.

Il n'eut pas l'air enchanté, mais son expression indiqua qu'il n'avait pas l'intention de faire des histoires.

Pourtant, ce qu'il fit ensuite la surprit. Il l'embrassa passionnément sur les lèvres. Apparemment, ce baiser consistait davantage à marquer son territoire qu'à lui faire plaisir, mais elle ne lui en voulait pas.

Une fois ou deux, elle aurait adoré l'embrasser comme cela devant Fredericka.

– Que se passe-t-il ? demanda Kylie à Derek dès que Lucas fut hors de portée de voix.

Derek regarda fixement le loup-garou partir, puis reposa les yeux sur elle.

– Tu es déçue ? Qu'est-ce qui t'attriste ? s'enquit-il, lisant ses sentiments sans se tromper.

– Rien.

Elle refusait d'en parler avec Derek.

– C'est Lucas ?

– Laisse tomber, insista-t-elle. Je sors avec lui.

Mais pour combien de temps ? La question traversa sa tête dans un murmure.

Une moue boudeuse se dessina sur ses lèvres.

– Je sais, j'ai tout fait foirer et je ne me suis pas rendu compte que je t'aimais avant qu'il ne soit trop tard.

Elle leva la main.

– Ne dis pas…

Il entrelaça ses doigts aux siens. Le contact de sa paume lui procura une douce chaleur, une sensation de calme et de tendresse. Elle eut la tentation de prolonger cet instant, mais ses sentiments étaient complètement en vrac et elle retira sa main. Il était son ami. Rien de plus.

– C'est bon. (Il mit sa main dans sa poche.) J'avoue que c'est de ma faute. Et tu n'es pas obligée de me dire que tu m'aimes. (Son regard croisa le sien.) Mais je peux lire en toi, Kylie, et tu ne veux pas le reconnaître, mais toi aussi, tu tiens à moi.

– Arrête. Je tiens à toi comme un ami.

– Non. (Il continua à la fixer.) C'est plus que cela. Mais ne t'inquiète pas, je sais que Lucas compte aussi beaucoup pour toi, et c'est la croix que je dois porter pour t'avoir poussée dans ses bras. Et tant que tu es heureuse, je peux l'accepter. Mais si tu ne l'es pas…

– Je t'en prie, arrête. (Kylie avait envie de chanter « la la la » et de se boucher les oreilles. Et si cela n'avait pas été aussi puéril, elle l'aurait fait. Au lieu de cela, elle lui rappela ce qui les préoccupait véritablement.) N'as-tu pas dit que tu avais des informations sur mon fantôme ?

Il fourra ses deux mains dans les poches.

– Si. Une bonne nouvelle, du moins, c'est ce que je pense. Mais dans un sens, elle pourrait aussi être mauvaise.

– Quoi ?

Elle espérait que c'était davantage une bonne nouvelle qu'une mauvaise. Une bonne nouvelle, elle ne demandait pas mieux.

– Je ne crois pas que ton fantôme soit Holiday.

– Mais… comment… qu'est-ce qui te fait dire cela ?

– J'ai effectué des recherches sur Internet. Aussi simple que cela. (Il hésita.) J'ai découvert que Holiday a une vraie jumelle. Elle s'appelle Hannah.

Je crois que je m'appelle Hannah ou Holly, quelque chose comme ça.

Les paroles de l'esprit résonnèrent dans la tête de Kylie.

– Une jumelle ? Pourquoi n'en a-t-elle jamais parlé ?

Derek haussa les épaules.

– Ça paraît un peu bizarre, non ? C'est vrai, c'est le genre de choses dont on parle.

– Oui.

Kylie ne pouvait pas nier qu'elle était blessée que Holiday n'ait pas eu envie de se confier à elle alors qu'elles partageaient tout.

– Penses-tu toujours que ce fantôme vient du futur ? demanda Derek.

Elle y réfléchit.

– Non, elle est morte.

Comme les autres filles dans la tombe qu'elle avait vues dans sa vision. Et alors, l'angoisse qu'elle éprouvait à l'idée que Holiday ne lui fasse pas confiance disparut, et le cœur de Kylie s'emplit de compassion. Elle ne pouvait pas imaginer perdre une sœur, encore moins sa jumelle. Était-ce pour cela que son amie n'en avait jamais parlé ? Le chagrin lié à la mort de sa jumelle l'avait-il empêchée d'évoquer sa sœur ?

Derek laissa échapper un profond soupir.

– OK, autre chose de bizarre. Je n'ai pas trouvé un seul avis de décès à son propos. Aucun. Voilà pourquoi ça pourrait être une mauvaise nouvelle.

– Qu'est-ce que tu insinues ?

Il fronça les sourcils.

– Peut-être que Holiday ignore qu'elle est morte.

Un nœud de chagrin se forma dans la gorge de Kylie.

– Ce sera donc à moi de le lui annoncer.

– Si tu veux, je pourrais m'en charger, suggéra Derek. Ou nous pourrions le faire ensemble.

Une inquiétude sincère envahit son visage. Elle appréciait sa proposition, plus qu'il ne le saurait jamais, mais elle ne pouvait pas le laisser faire. Elle redoutait être porteuse de mauvaises nouvelles, mais Hannah était passée voir Kylie et, de ce fait, ce serait à elle de le dire à Holiday.

Puis elle se souvint des propos de Hannah. *Je crois que je suis venue te voir pour que tu aides quelqu'un.*

Que devait faire Kylie pour Hannah, au juste ? Annoncer sa mort à Holiday suffirait-il ou avait-elle besoin d'autre chose ?

Derek lui caressa le bras.

– As-tu dressé une liste de tous les restaurants où tu t'es rendue ces derniers temps ?

– Restaurants ? fit Kylie, qui ne voyait pas trop de quoi il parlait.

Qui ne voyait pas trop comment un simple contact pouvait paraître si malencontreux.

– Tu as affirmé que l'une des filles dans ta vision portait une tenue de serveuse qui te semblait familière.

– Oui, enfin je m'en souviens, mais je n'ai pas eu le temps d'y réfléchir.

Elle inspira profondément.

– Je m'en occuperai dès que je retournerai à mon bungalow. Je te l'enverrai par e-mail.

– Envoie-moi la description de l'uniforme, et des filles également, dit-il.

– Salut !

Le son de la voix de Holiday fit doubler de volume le nœud dans la gorge de Kylie. Elle se tourna vers elle, et un abîme d'empathie et de douleur s'ouvrit dans son cœur. Et pourtant, elle fut extrêmement soulagée de savoir que la morte n'était pas son amie.

Ses yeux verts s'adoucirent.

– Il se passe quelque chose ?

Rien à faire, Kylie ne voyait pas comment le lui annoncer.

– Non, mentit-elle, mais pour une bonne raison.

La dernière chose qu'elle souhaitait faire, c'était lâcher la nouvelle comme ça, étourdiment. Puis elle comprit : et si elle parlait d'abord à Hannah ? Peut-être fallait-il qu'elle sache exactement ce dont Hannah avait besoin avant d'aller de l'avant.

Holiday hocha la tête, mais l'incrédulité étincelait dans ses yeux.

– Burnett a été convoqué au bureau de l'URF et il a insisté pour que nous reportions notre escapade aux cascades jusqu'à son retour. J'espérais que tu pourrais m'aider à installer deux ou trois choses au réfectoire. Nous organisons une réception de bienvenue pour les nouveaux enseignants en fin d'après-midi.

– Bien sûr, acquiesça Kylie, et elle croisa brièvement les yeux de Derek.

– Bonne chance, articula-t-il silencieusement, avant de la toucher pour lui envoyer un courant de calme.

– Merci, lui murmura-t-elle avant de partir rejoindre Holiday.

Elles firent quelques pas, et Holiday regarda Kylie avec méfiance.

– Des problèmes de garçons ? demanda-t-elle à voix basse.

– Oui, répondit la jeune fille, et ce n'était même pas un mensonge.

Si elle souffrait pour Holiday, les paroles de Derek résonnaient dans sa tête, où elles laissaient bien des doutes. *Je peux lire en toi, Kylie. Et je sais que tu ne veux pas le reconnaître, mais je compte aussi pour toi.*

Et le pire, c'est qu'il avait raison.

Chapitre 15

– Si tu veux en parler, je suis là, dit Holiday quand elles firent le tour du bureau.

– Je sais.

Kylie contempla brièvement les bois, mais la sensation qu'on l'appelait n'était pas revenue.

Holiday la regarda et fronça les sourcils.

– Est-ce que tu vas vraiment bien ? Je respecte ta vie privée, mais en ce moment, je trouve… que tu t'es un peu renfermée. Et je m'inquiète. Parce que… d'habitude… tu me fais confiance.

Elle posa la main sur le bras de Kylie. La chaleur et l'inquiétude affluèrent de nouveau.

D'habitude, je n'ai pas affaire à un fantôme qui te ressemble, et qui, en l'occurrence, n'est autre que ta sœur, et j'ignore même si tu es au courant de sa mort.

– Je n'avais pas l'intention de me renfermer, répondit Kylie. C'est simplement que… entre Lucas et Derek, et mon grand-père qui change d'avis, l'URF qui essaie de me faire passer des tests expérimentaux, et ma mère qui sort avec un homme… Je suis un peu déboussolée.

– Et à juste titre, acquiesça Holiday.

Évoquer les rendez-vous galants de sa mère lui fit penser à son beau-père.

– Oh, j'ai failli oublier. As-tu réussi à joindre mon beau-père pour savoir ce qu'il voulait ?

– Oui, il a téléphoné il y a un moment. Il a appris que l'URF avait dit que tu avais besoin d'examens médicaux et il s'inquiétait.

– L'URF l'a aussi appelé ? s'enquit Kylie, prête à paniquer parce que l'organisme n'avait pas abandonné sa mission de la traiter comme son petit rat de labo perso.

Si ça se trouvait, on lui ferait passer le même test que celui qui avait tué sa grand-mère.

– Non, et j'ai posé la question parce que cela m'effrayait moi aussi, répondit Holiday, indiquant à Kylie qu'elle pouvait lire ses émotions avec une grande précision. Il a dit qu'il avait parlé à ta mère.

– Ma mère ? Vraiment ? (Un sourire inattendu s'étala sur ses lèvres.) Alors comme ça, ils se reparlent ? C'est la meilleure nouvelle de la journée ! Si ça se trouve, elle va plaquer l'abruti qui veut l'emmener en Angleterre et donner une seconde chance à mon beau-père.

– Peut-être, répondit Holiday, qui hésitait à lui donner trop d'espoir.

Kylie se souvint que son amie avait elle aussi été confrontée au divorce de ses parents.

– Combien de temps ça prend ?

– Combien de temps prend quoi ? demanda Holiday.

– Combien de temps avant qu'on arrête de regretter qu'ils ne soient plus ensemble ? Et pendant combien de temps encore leur demande-t-on d'arrêter les disputes et de recommencer comme avant ?

– Si je le savais… (Holiday soupira et la gratifia d'un sourire compatissant.) J'attends encore. J'imagine que lorsque l'on grandit avec eux, on croit tout simplement qu'ils resteront ensemble. Mais d'autre part, j'ai conscience d'être arrivée à un stade où je sais pertinemment que mes parents vivent probablement mieux séparés. Quoi qu'il en soit, il y a encore des moments où je me souviens comment c'était quand nous formions une famille… et je regrette que les choses soient différentes aujourd'hui. La triste vérité, c'est que nous changeons. Parents. Frères et sœurs. Et lorsque cela se produit, on s'éloigne, et…

– Mais ceux que nous aimons ne devraient pas changer.

L'esprit de Kylie passa du divorce de ses parents à Derek, puis à son problème de fantôme. Et brusquement, elle comprit que la tournure que prenait cette conversation pourrait constituer l'ouverture dont elle avait besoin pour interroger Holiday sur sa sœur.

– As-tu vécu tout ça toute seule ?

– Seule ?

Elle eut l'air perdue.

– Je veux dire : as-tu des frères et sœurs ?

Elle détournait les yeux, de sorte que Kylie ne pût pas voir son expression, mais si le tressaillement brusque dans les épaules de la jeune femme était un signe, elle avait touché un point sensible. Pourquoi ? De quoi Holiday était-elle si peu disposée à parler ? Hannah et elle s'étaient-elles éloignées ?

Une autre seconde passa et Kylie hésita, ne sachant que faire. Devrait-elle la pousser à répondre, ou laisser simplement passer l'occasion ? Après tout, ce n'était pas uniquement le fait de vouloir que Holiday lui fasse confiance, mais d'aider Hannah à passer de l'autre côté. Une fois qu'elle aurait résolu toute cette histoire de fantôme, peut-être pourrait-elle alors se concentrer davantage sur la résolution de ses propres problèmes.

– Malheureusement, dit Holiday en mettant un terme à ce silence gênant, les frères et sœurs ne sont pas toujours d'une grande aide dans ce genre d'histoire. (Elle attrapa son téléphone.) Je viens de me rappeler que je dois passer un autre coup de fil. Peux-tu aller au réfectoire ? J'ai demandé à Miranda et à Della de m'aider, elles aussi. Della prendra le relais, elle va t'escorter. J'ai deux bannières à accrocher et des ballons à gonfler. Ils sont au fond de la cantine, et je voulais installer quelques tables pour les amuse-gueules. Je devrais vous rejoindre dans quelques minutes. Espérons que Burnett sera rentré et que nous pourrons faire un petit tour rapide aux cascades avant la cérémonie.

– Bien sûr, répondit Kylie, déçue.

Elle sentit que Holiday fuyait ses questions.

Cette dernière arqua un sourcil, saisissant visiblement le mécontentement de Kylie, et secoua la tête.

– Je regrette tout de même que tu ne m'aies pas parlé.

Et moi aussi, je regrette que tu ne m'aies pas parlé.

– Je vais bien.

Kylie regarda Holiday se diriger vers le bureau, et quand elle se retourna, Della se tenait à son côté.

– À votre service, mademoiselle la sorcière, lança Della, tout sourire, en fixant le front de son amie. Toutefois, je ne nierai pas que je suis déçue. C'est vrai… comme tu appréciais le goût du sang, je me suis dit que tu serais au moins à moitié vampire.

Kylie leva les yeux au ciel et désigna son front.

– Je n'arrête pas de vous le répéter, les filles, je ne crois pas que ce soit définitif.

– Ça m'en a tout l'air.

Elle regarda de nouveau dans la direction des bois et regretta de ne pas ressentir encore la présence de son grand-père. De ne pas pouvoir le voir en tête à tête, et obtenir enfin les réponses dont elle avait besoin. Mais elle ne ressentit rien. Ne ressentit pas qu'il l'appelait, lui demandait de le rejoindre.

Elle reposa les yeux sur Della.

– Et qu'est-ce que j'étais la semaine dernière ? Un humain, non ? Et combien de temps ? Quelques semaines ?

Della fit la grimace.

– OK, je comprends ce que tu veux dire. Mais c'est la première véritable configuration surnaturelle que tu présentes.

– Oui, et je parie que ce ne sera pas la dernière. Disons que je crois que j'ai des configurations cérébrales capricieuses. Elles ne sont jamais pareilles. Elles vont et viennent.

– Zut alors ! Miranda a raison. Tu n'as vraiment pas envie d'être une sorcière, pas vrai ?

Kylie laissa échapper un soupir agacé.

– Ce n'est pas ça du tout. C'est juste que l'on m'a dit…

– Que tu étais un caméléon. (Della grimaça de compassion. Ce qui ne lui ressemblait pas.) Écoute, pas de rancune, mais je te considérerai en priorité comme une sorcière avant de te prendre pour un lézard. Et si je peux ajouter une petite chose, si tu continues ton laïus sur le mode « je ne suis pas une sorcière », tu vas vraiment finir par blesser Miranda. Elle est déjà bouleversée. Et tu sais comment elle est, quand elle se met dans tous ses états.

Kylie ferma les yeux et soupira.

– Je ne voulais pas lui faire de mal. Et si je n'avais pas eu ce message de papa disant que j'étais un caméléon, je serais folle de joie d'être une sorcière.

Si l'embarras ne s'était pas trouvé en tête des sentiments de Kylie, il aurait cédé le pas à la surprise. Depuis quand Della et elle avaient-elles changé de rôle ? D'habitude, c'était Kylie qui accusait Della de faire du mal aux autres…

– Écoute, commença-t-elle, tâchant de se justifier. Sorcière et fée étaient mes premiers choix, mais…

– Tu ne voulais pas être un vampire ? s'étonna Della, vexée.

Oh mince, voilà qu'elle avait blessé Della ! Rien ne se passait bien ce jour-là.

– Écoute, reprit Kylie, dont l'énervement commençait à monter, je n'ai pas dit cela, juste que…

– C'est d'être froide qui t'embête, pas vrai ? insista Della, plus blessée que furieuse.

Et Kylie supposa qu'elle devrait lui en être reconnaissante. Une Della blessée, c'était difficile, mais une Della blessée et furieuse, ça devenait ingérable.

– Non, ce n'est pas être froide, c'est…

– Ça ne peut pas être le sang, vu que tu aimais bien en boire.

– C'est vrai, mais je n'aime pas forcément l'idée de devoir le boire, ni de manger des frites qui ont un goût de fesses de crapaud, parce que c'est exactement ainsi que tu l'as décrit. Mais si je suis un vampire, alors tant mieux. (Comme Della ne changeait pas d'expression, Kylie ajouta :) Sincèrement, ce serait cool de pouvoir voler comme vous autres.

– C'est super cool, acquiesça Della, qui se radoucit.

– De toute façon, reprit Kylie, je serais ravie d'être ce que je suis, quoi que ce soit. Je m'en moque à présent. Mais pour l'instant, j'ai foi en mon père, et il a déclaré que j'étais un caméléon. Est-ce que quelqu'un y comprend quelque chose ?

– Non, répondit Della d'un air détaché. Désolée, mais toute cette histoire de lézard me dépasse. Tu devrais peut-être te dire qu'en fin de compte, tu es comme nous. Une surnaturelle ordinaire.

Kylie avait la tête qui tournait. Déjà, *ordinaire* et *surnaturelle* n'allaient pas dans la même phrase, mais…

– Quand ai-je jamais été normale ? demanda-t-elle. Quand tout ce qui a un rapport avec moi, mes dons et mes pouvoirs, et mes configurations cérébrales qui changent constamment, a-t-il été normal ?

Della ouvrit la bouche, pour riposter sans aucun doute, puis la referma. Cette pause dura une seconde entière. Ce qui, pour elle, était long.

– D'accord, tu as encore marqué un point, mais…

– Pas de « mais », rétorqua Kylie, soit je suis un phénomène, soit peut-être, juste peut-être, un autre type de surnaturel. Quelque chose dont très peu de gens ont entendu parler.

Della fit la moue comme si elle réfléchissait.

– Et ce serait hypercool, non ? D'être quelque chose de très rare. Bien sûr, tu es déjà super rare, dans la mesure où tu es une protectrice. Hé… c'est sûrement pour cela que ta configuration est devenue folle tout au début. Parce que tu es une protectrice. Et tu es la première protectrice en partie humaine qui existe. Ce qui, comme je l'ai dit, est cool.

– Non, je ne suis pas la première. Mon père était un protecteur. (Kylie marqua une pause.) Et ce n'est pas aussi cool que tu le penses. (Après une seconde, elle ajouta :) Holiday a insinué que cela aurait pu faire faire des choses stupides à ma configuration, mais…

– Mais tu veux être un lézard, déclara Della.

Kylie se contenta de lever les yeux au ciel et jeta un nouveau coup d'œil sur la forêt. Elle ne ressentait toujours rien, mais peut-être que si elle se tenait parmi les arbres et s'entourait de feuillage, elle pourrait le percevoir. Si ça se trouvait, son grand-père et sa grand-tante l'attendaient. Et ses réponses l'attendaient dans les bois.

– Peut-on aller se balader vite fait ?

– Je croyais que nous étions supposées aider Miranda et Holiday à aménager le réfectoire.

– Une petite promenade.

– Où ? demanda Della.

Kylie lui désigna les bois.

– Oh que non ! Burnett a été très, très, très clair à ce sujet. Tu n'es pas censée te rendre là-bas. Il me ferait couper la tête ! Après m'avoir passé un sacré savon.

Kylie regarda autour d'elle pour vérifier s'il y avait quelqu'un à portée de voix. À super portée de voix. Elle ne vit pas un chat.

Elle baissa tout de même la tête et murmura :

– Je sais qui est là-bas et il faut que je leur parle

– Quoi ? Qui est là-bas ?

Le bruit d'une porte qui se fermait emplit l'air chaud.

– Alors comme ça, vous laissez tout le boulot à Miranda ?

La voix de Holiday retentit juste derrière elles.

Kylie se retourna et la vit descendre les marches du bureau.

– J'arrive.

Della se pencha :

– Ne laisse pas cette histoire en suspens.

– Plus tard, lança Kylie, comme Holiday les rejoignait.

– Plus tard quoi ? s'enquit celle-ci.

La culpabilité s'agita dans la poitrine de Kylie, mais elle s'obligea à mentir.

– Plus tard, je lui parlerai de tous mes problèmes de cœur.

Elle se força à sourire.

– Oui, ses problèmes de cœur, répéta Della, comme pour valider le mensonge de sa copine. Deux garçons qui se disputent son amour.

Della braqua les yeux sur elle, et le message dans son regard était clair : elle la pressait de terminer leur conversation sur les bois le plus vite possible.

– Des sacrés malheurs, ça oui ! ajouta Della d'un ton théâtral.

Mais quelque part, dans la voix de son amie, Kylie reconnut autre chose. Un peu d'envie.

Holiday gloussa. À l'expression de la directrice, Kylie comprit qu'elle avait elle aussi perçu les sentiments de Della. Et cela provoqua de l'inquiétude chez elle. Que pouvait-elle ressentir, au juste, de ses « problèmes de garçons » ? Et pendant combien de temps encore pourrait-elle lui cacher des choses ? Assez longtemps, pria-t-elle, pour savoir comment s'y prendre.

Holiday haussa les épaules.

– À ce que j'entends, elle n'est pas la seule à avoir ce type de souci.

– Exact, dit Della avec impertinence. Burnett et toi, vous remplissez l'air de phéromones.

La vamp agita une main devant son nez.

Holiday fronça les sourcils.

– Je ne parlais pas de moi.

Elle gratifia Della d'un regard entendu.

– Moi ? dit celle-ci, totalement confuse. Je n'ai pas de copain, alors comment pourrais-je avoir des problèmes de mecs ?

– Tu pourrais en avoir un si tu le désirais, marmonna Kylie, et cette remarque lui valut un coup de coude brutal de Della dans les côtes.

Holiday se fendit d'un grand sourire.

– D'après la rumeur, tu as été à l'origine de frictions près du lac.

– Quelles frictions ? fit Della.

– Entre Steve et Chris, expliqua la directrice, et elle agita les sourcils.

Faites confiance à Holiday pour savoir dire aux gens ce qu'ils avaient besoin d'entendre.

Sauf dans le cas de Kylie. Celle-ci avait besoin d'en savoir plus sur la sœur de Holiday, mais pousser son amie à parler d'elle sans lâcher étourdiment que celle-ci était morte semblait impossible. Mais si Kylie n'avait pas vite des nouvelles de Hannah ou si Holiday ne se mettait pas à parler, alors laisser échapper l'information deviendrait peut-être sa seule option.

– Non. (Della secoua la tête, envoyant valser ses cheveux bruns mi-longs.) Ce n'était pas à cause de moi. Tu as mal entendu.

Holiday sourit à moitié, puis haussa les épaules.

– Si tu le dis. (Elle marqua une pause, puis se fendit d'un grand sourire, comme si elle connaissait un secret.) Venez, allons donner forme à la cantine pour la réception.

Elle passa un bras sur les épaules de chacune et se mit en route vers le réfectoire.

Elles avaient dû faire trois pas, lorsque Della s'arrêta brusquement.

– Vraiment ? demanda-t-elle à Holiday. C'était à cause de moi ? Chris et Steve s'étaient énervés à cause de moi ?

– Je t'ai dit que Steve t'aimait bien.

Le choc de Della faillit faire glousser Kylie.

Mais elle ne l'écoutait pas.

– Tu ne te fiches pas de moi ? poursuivit Della, qui se concentrait sur Holiday, la tête légèrement inclinée, comme pour voir si elle mentait.

– Je le jure. (Holiday était tout sourire.) Mon cœur ne mentirait pas.

– Ils se battaient…

– J'ai parlé de « frictions », la corrigea Holiday.

– Ils se fritaient pour moi ? (Elle gloussa, puis s'arrêta comme pour digérer cette information.) Non, pas moi. Ça doit être une erreur.

Mais ses yeux s'illuminèrent d'une étincelle de confiance en elle.

Kylie fit un large sourire – même si elle ressentait le poids de tous ses problèmes, voir Della rayonner d'une fierté liée aux garçons était agréable… et tellement légitime. Il ne lui avait pas échappé que Della se sentait exclue, car Miranda et elle-même avaient chacune un petit copain ; mais elle n'avait pas compris que cela avait sérieusement entamé la confiance de la petite vamp jusqu'à maintenant. Et après son chagrin d'amour avec Lee, Della méritait de se sentir « digne de friction ».

Non pas que tout conflit fût bienvenu. Celui entre Lucas et Derek ne pouvait assurément pas être catalogué de positif. Mais pour l'instant, Kylie désirait simplement penser à Della.

Cinq minutes plus tard, Kylie se rendit compte que Della avait raison. Miranda était en colère. La petite sorcière lui adressa à peine la parole pendant qu'elles préparaient le réfectoire. Bien sûr, elle poussa des cris lorsque Della lui parla de la tension entre Chris et Steve. Se sentant comme la cinquième roue du carrosse, Kylie finit par aller trouver Miranda et s'excusa pour… eh bien, elle ne savait pas trop, mais elle prononça les mots magiques : « Je suis désolée », et lui demanda si elle accepterait de répéter quelques formules avec elle plus tard.

Les yeux de Miranda s'illuminèrent.

– Je serais enchantée ! Décide simplement laquelle tu aimerais essayer. Et tu peux me faire confiance, je ne me tromperai pas !

L'expression de contentement absolu sur le petit visage de la sorcière indiquait que le problème de Miranda était davantage lié au refus initial de Kylie d'être aidée. Que son amie ne veuille pas être une sorcière l'avait vexée.

Pendant qu'elle disposait les tables, le portable de Kylie sonna : elle avait reçu un texto. De Lucas.

« Toujours avec Clara. Tu me manques. Je vais sûrement être occupé un moment, le temps de présenter Clara à la meute. Je ne viendrai pas à la réception. Je passerai te voir ce soir avant que tu te couches. Merci de ta compréhension. »

Kylie regarda fixement son téléphone et comprit qu'elle fréquenterait bien moins Lucas à présent que Clara était là. Elle soupira et tâcha de se dire que oui, elle comprenait. Que, bien sûr, il devrait prendre du temps avec sa sœur. Mais entre sa meute et maintenant Clara, elle se demandait où était sa place.

Ou *si* elle en avait une.

Un quart d'heure plus tard, elle remarqua que Della lui jetait de fréquents coups d'œil. Elle savait que la vamp rongeait son frein pour la voir seule et terminer leur conversation sur ce qui se trouvait dans les bois. Mais, franchement, Kylie hésitait à tout lui raconter. Cela signifiait qu'elle devrait aussi dire la vérité à Miranda. Elle leur faisait confiance pour garder le secret, mais… simplement elle ne voulait attirer de problèmes à personne. Mais bon, étant donné qu'elle n'allait jamais nulle part sans escorte ces jours-ci, elle serait bien obligée de faire confiance à quelqu'un. Et elle faisait plus confiance à ses deux colocs qu'à n'importe qui d'autre à Shadow Falls.

Elles avaient presque fini de préparer la salle pour la soirée que le téléphone de Holiday sonna. Elle s'éloigna pour répondre.

Della la rejoignit si rapidement qu'elle faillit faire tomber Miranda en la bousculant.

– Parle-moi, et vite, bredouilla Della à Kylie.

– Parler de quoi ? fit Miranda en se frottant l'épaule et en dévisageant la vamp d'un air renfrogné.

– Chuuut ! (Elle leva le doigt pour la faire taire et regarda Kylie avec insistance.) Parle.

– Ne t'avise pas de me dire de me taire ! lança Miranda d'un ton cinglant.

Kylie soupira et toucha le bras de Miranda dans l'espoir de la calmer, puis elle répondit à la question de Della.

– C'est mon grand-père et ma grand-tante. Le brouillard, c'était eux.

– Ils étaient… le brouillard ? fit Miranda.

Sa mauvaise humeur envers Della s'évapora en même temps que sa bouche s'ouvrait grande.

Comme Kylie opinait, elle poursuivit :

– Alors, cela prouve bien que tu es une sorcière, parce qu'il faut en être une sacrément douée pour réussir cela !

– Attends. Pourquoi feraient-ils cela ? demanda Della.

Kylie fronça les sourcils et regarda de nouveau Holiday à l'autre bout du réfectoire. Elle constata que le regard de la directrice ne cessait de se poser sur elle, et elle songea que le coup de fil devait la concerner.

Encore.

Super. De quoi s'agissait-il, cette fois ?

– La Terre à Kylie, lança Miranda d'un ton sec.

Celle-ci reposa les yeux sur ses deux colocs.

– Je ne suis pas sûre que cela prouve quoi que ce soit à ce stade.

– Mais pourquoi auraient-ils pourchassé la sœur de Lucas ? demanda Della.

– Je ne sais pas. (Et brusquement, Kylie comprit.) Pour me faire entrer dans le bois. Ils m'appellent depuis quelques jours, mais je me suis dit que… que c'était peut-être Mario et ses amis, et je n'y suis pas allée. Mais je suis sûre que si mon grand-père savait que je pensais que quelqu'un était en danger, je…

– Sont-ils seulement au courant que tu es une protectrice ? demanda Miranda.

– Je l'ignore. (Mille pensées traversèrent son esprit.) Je sais que Burnett lui a parlé, mais pas ce qu'il lui a dit.

– Je n'y crois pas une seconde, fit Della. Si ça se trouve, c'est Mario qui prend l'apparence de ton grand-père et de ta grand-tante. Ou c'est juste un truc pour te mettre la main dessus.

– Je ne pense pas, rétorqua Kylie. Et pour l'instant, je dois suivre mon instinct. Il se passe trop de choses dans ma vie en ce moment, et ce serait bien de trouver des réponses.

– Quoi d'autre ? demanda Della, qui fronça les sourcils d'inquiétude.

Kylie hésita.

– Des problèmes de fantômes.

– Ce qui signifie que nous ne te serons d'aucun secours, répliqua Della.

Exactement ce que Kylie pensait, elle aussi. Quand il s'agissait de problèmes de fantômes, soit c'était Holiday, soit elle était toute seule. Elle se rappela Derek, qui lui avait assuré qu'il était prêt à l'aider, même s'il y avait de fortes chances pour qu'il ressente la même chose au sujet des esprits que les autres surnaturels.

Della reprit la parole.

– Mais je croyais que ton grand-père était censé venir te rendre visite demain. Pourquoi se transforment-ils en brouillard et viennent-ils te voir en cachette, s'ils pouvaient simplement passer te voir demain ? Et comment as-tu su que le brouillard, c'était eux ?

– Il était censé venir, répondit Kylie. Mais depuis, il a coupé son téléphone et n'a plus du tout contacté Burnett. Et juste au moment où je suis partie, le brouillard a pris une forme humaine, et… (Elle ne savait pas trop comment formuler les choses.) J'ai reconnu mon grand-père et ma grand-tante. J'en suis sûre.

L'expression de Della se durcit.

– Mais si tu te trompes, et si nous allons dans les bois et qu'il se passe quelque chose…

– Aller dans les bois ? lâcha étourdiment Miranda. Oh non alors ! Burnett le lui a interdit. Elle ne doit pas du tout s'en approcher.

– Je sais, rétorqua Kylie. Mais si je souhaite des réponses sur ce que je suis, je devrai aller voir mon grand-père, et à mon avis, il refusera d'entrer dans le camp, tant qu'il est infesté de membres de l'URF. Et après ce que l'URF a fait à ma grand-mère, je ne peux pas dire que je lui en veuille de ne pas leur faire confiance. Mince alors, même Holiday s'en méfie.

Miranda se mordit la lèvre inférieure.

– Mais si tu te trompes…

– Je ne crois pas. (Et juste alors, Kylie comprit qu'elle ne pouvait pas mettre ses deux meilleures amies en danger. La culpabilité qu'elle entretenait encore à propos d'Ellie gonfla sa poitrine.) Mais au cas où, j'y vais toute seule.

– Pas question ! s'écria Della.

– Tout ce que je souhaite, c'est me balader un peu dans les bois. Vous, les filles, vous resterez en lisière. Si je ne ressens rien, je ressortirai immédiatement.

– Et si tu ressens quelque chose ? demanda Miranda.

– Alors, je saurai que c'est eux et j'irai les voir.

– Oh que non, pas toute seule ! déclara Della. Tu es une protectrice. Au cas où tu aurais oublié, cela signifie que tu ne peux pas te protéger toi-même.

– Della a raison, observa Miranda. Si tu y vas, nous t'accompagnons. Nous y allons toutes.

– Je pense que personne ne devrait y aller ! dit Della.

Holiday se dirigeait vers elles, et sachant que la fée déchiffrerait leur humeur, Kylie regarda ses deux meilleures copines.

– Pensez à des choses joyeuses. Vite. Avant que Holiday ne lise…

Elle se tut, car celle-ci s'approchait.

– Que se passe-t-il ? demanda-t-elle.

– Rien, répondirent les trois amies en même temps.

Kylie sourit et tâcha de se représenter Lucas, afin d'instiller de la joie, mais l'image de Derek et de sa loyauté indéfectible pour résoudre ses problèmes de fantômes lui apparut d'un coup. Et au lieu d'être heureuse, elle fut envahie par une autre angoisse.

Holiday arqua un sourcil d'incrédulité, mais passa visiblement outre et dit :

– C'était Burnett. Il ne reviendra pas avant la soirée et a insisté pour que nous remettions notre petite escapade aux cascades à demain. Cela te convient-il ?

– Ça me va, répondit Kylie.

Et cela lui convenait. Peut-être qu'elle pourrait à présent entreprendre cette balade dans les bois pour obtenir des réponses – à condition qu'ils soient encore là. Il fallait juste qu'elle trouve comment procéder sans que Della et Miranda ne pètent un câble.

Chapitre 16

Kylie, au bord du chemin, ignorait Della et Miranda qui se chamaillaient pour savoir qui l'accompagnerait dans les bois et qui resterait à l'entrée. Elles étaient loin de se douter qu'aucune des deux ne viendrait.

Elle ne pouvait pas les mettre en danger. Même s'il n'y en avait pas, si jamais Burnett l'apprenait, il leur ferait vivre un enfer. Et l'enfer selon Burnett, c'était très dangereux. D'une façon ou d'une autre, Kylie devrait se débrouiller pour s'esquiver, et toute seule.

De plus, elle n'était même pas sûre que sa grand-tante et son grand-père y soient encore. Peut-être qu'en allant dans les bois, elle le saurait, mais pas avant. Elle ferma tout de même les yeux et écouta avec son cœur. Comme elle n'éprouvait pas le moindre désir d'entrer, elle parla dans sa tête :

– *Êtes-vous encore là ?*

– *Je suis là.*

Les mots résonnèrent juste à l'instant où Kylie ressentait le froid. Sans reconnaître la voix, elle ouvrit les yeux d'un coup. Debout, devant elle, se trouvait une blonde d'une vingtaine d'années, en tenue de serveuse avec un badge qui indiquait « CARA M. » Le cœur de Kylie battit plus vite lorsqu'elle s'aperçut que c'était l'une des filles de la vision, celle où elle était enterrée avec la sœur de Holiday.

Le souffle de Kylie se transforma en vapeur froide.

– Zut ! s'écria Della.

– Zut quoi ? demanda Miranda.

– Kylie a de la compagnie, expliqua-t-elle. Il y a toujours une espèce de brume blanche qui s'échappe de ses lèvres quand elle papote avec les morts.

– Oh ! (Miranda recula d'un pas et regarda Kylie fixement.) Mince alors, son aura recommence à faire des trucs de fou ! C'est hyperflippant ! Je suis tellement contente de ne pas être à sa place !

Tâchant de s'isoler de ses colocs, Kylie se concentra sur Cara M. Elle revit Derek lui demander de lui décrire l'uniforme, alors elle y chercha des détails. Elle prit une photo mentale – le col en V, les carreaux en bas de la jupe – pour pouvoir le lui décrire plus tard. Mais pourquoi ne pas l'interroger simplement ?

– Où travaillais-tu ? s'enquit Kylie.

– Dans la boutique vaudoue de ma tante, expliqua Miranda. Il s'y passait des trucs déments.

– Elle ne te parle pas, la rembarra Della.

– Désolée, dit Miranda en haussant les épaules. C'est tellement flippant !

– Connais-tu le nom du restaurant ? demanda Kylie en continuant à fixer l'esprit.

– *Je… ne… sais… pas*, répondit Cara M. *Mais peux-tu s'il te plaît nous faire sortir d'ici ?*

Kylie se renfrogna.

– D'accord, mais je dois savoir où tu es.

– *Mais tu le sais bien. L'autre fille t'y a emmenée. Tu ne te souviens pas ?*

Comment pourrait-elle oublier ?

– Je vous ai vues, les filles, et vous étiez sous une espèce d'immeuble, sous une sorte de plancher, mais j'ignore où cela se trouve. Dans quelle ville êtes-vous ? Y a-t-il une adresse ? Est-ce près d'ici ?

– *Oui, tout près. Il n'a pas fallu beaucoup de temps pour y aller.*

Kylie songea à ce qu'elle avait dit, puis demanda :

– Mais comment es-tu arrivée là ? Euh… y es-tu allée à pied… ou spirituellement ?

Kylie n'avait pas réfléchi à la façon dont les esprits voyageaient, et elle s'aperçut qu'elle connaissait très peu de choses sur toute cette histoire de communication avec les fantômes.

– *Je ne sais pas. Mais je peux te ramener là-bas si tu le désires.*

– Non, lâcha Kylie.

L'idée de se retrouver de nouveau piégée dans la tombe lui était insupportable. Elle respira un bon coup et se souvint de parler dans sa tête.

– *Peux-tu dire à Hannah que j'ai besoin de la voir ?*

– *Qui est Hannah ?*

– *Une des filles qui est avec toi. La rousse.*

Kylie sentait que Della et Miranda continuaient de la fixer et leur tourna délibérément le dos pour ne pas être dérangée.

– *Alors comme ça, elle s'appelle Hannah ? Comment connais-tu son nom ? Elle ne porte pas de badge.* (L'esprit jeta un œil sur le sien, sur son uniforme.) *Sais-tu comment je m'appelle ? On me surnomme Cara M., mais je ne me rappelle pas avoir été elle. Ma vie est comme un album photo flou que j'ai regardé un jour, et je revois de vagues images sur les pages, mais ils les tournent toujours trop vite pour que je puisse reconnaître quelque chose.*

– *Cela arrive souvent, après la mort,* lui assura Kylie, qui revoyait Holiday lui affirmer que plus la mort était spectaculaire, moins l'esprit gardait de souvenirs.

Penser à ce que ces filles avaient très probablement vécu fit naître une véritable douleur dans les membres de Kylie. Le besoin de les aider lui serra le cœur. Comme faire tout ce qui leur permettrait d'avancer.

– *Est-ce que j'aurai des souvenirs, un jour ?* demanda Cara M.

Sa question survint avec une telle tristesse que l'émotion envahit Kylie.

– *Je ne suis pas une experte, mais d'après ce que j'ai vu, les choses viennent généralement à toi. Les esprits traînent en général pour une raison, et une fois que l'on s'est intéressé à eux, ils conservent certains souvenirs, puis disparaissent.*

Cara eut l'air de réfléchir aux propos de la jeune fille, et hocha la tête.

– *Je pense que la raison, c'est pour que nous puissions avoir nos propres tombes. Je n'ai jamais aimé les colocataires. Et on est vraiment à l'étroit dans cette tombe.*

Malheureusement, Kylie se souvenait parfaitement de la promiscuité. Elle frissonna, sentit ses épaules collées de chaque côté contre les corps des mortes. Chassant cette pensée, elle se concentra sur la conversation et non pas sur l'horreur de ce qui était arrivé.

– *J'essaie de vous faire sortir, les filles.*

Mais quelque chose dit à Kylie que si le seul besoin de Cara M. était de s'échapper de cette tombe de fortune, Hannah, elle, voulait autre chose. Mais elle espérait qu'en résolvant le problème de Hannah, elle pourrait les aider toutes les trois.

Cara M. semblait perdue dans ses pensées.

– *Ce sera agréable, quand je passerai de l'autre côté ?*

Kylie réfléchit, puis opta pour la vérité :

– *Je n'y suis jamais allée, mais il paraît que oui.*

L'esprit regarda autour de lui, puis remonta lentement en flottant, de deux ou trois mètres. Elle plana, fit apparaître un gros tourbillon de brouillard autour d'elle, ce qui rappela à Kylie un film d'horreur. Au bout de quelques secondes, elle baissa les yeux sur elle, des yeux qui semblaient perdus, blessés.

– *C'est sympa, ici aussi.*

Elle redescendit tout doucement.

– *Je crois reconnaître cet endroit. Sommes-nous près des os de dinosaure ?*

L'espoir s'agita dans la poitrine serrée de Kylie.

– *Alors comme ça tu connais ce lieu ? As-tu vécu dans le coin ?*

– *Je… crois, oui. Je vois une image de quelqu'un qui nage dans un lac. Il y avait beaucoup de rires. Ça devait être sympa.*

– *Oui, il y a un lac. Peux-tu voir autre chose ? Là où tu travaillais ? La ville ?*

L'esprit fronça les sourcils.

– *Je ne peux pas.*

Des cernes plus foncés apparurent sous ses yeux. Des cernes qui lui donnèrent un air plus triste et, quelque part, plus mort.

– *Je t'en prie, fais-nous sortir d'ici.*

Elle disparut peu à peu.

– *Attends ! Peux-tu dire à Hannah qu'il faut que je la voie ?*

– *Je peux. Mais je ne sais pas si elle viendra. Elle est énervée.*

– *À cause de quoi ?*

La mémoire revenait-elle aussi à Hannah ? Le froid se volatilisa.

Le fantôme s'évanouit complètement, et la chaleur du Texas remplaça le froid glacial, laissant la jeune fille avec encore plus d'interrogations qu'auparavant.

– Le fantôme est parti ? s'enquit Miranda.

– Oui, soupira Kylie.

– On y va ? reprit-elle.

– Où ? fit Kylie, confuse.

– Dans les bois, andouille !

– Oh non, répondit Kylie.

– Merci, mon Dieu ! marmonna Della et toutes les trois prirent la direction du bungalow. Kylie regarda une dernière fois derrière elle et se demanda si, un jour, elle trouverait toutes les réponses à ses questions. En un sens, sa vie était aussi mystérieuse qu'un fantôme.

Il leur restait une heure avant de retourner à la cafétéria pour la réception. Tout en marchant, Della et Miranda jacassaient sur leurs préparatifs pour la petite fête d'accueil. Il était évident que Della tenait à se pomponner pour impressionner Chris *et* Steve. Miranda, quant à elle, voulait plaire à Perry.

Kylie s'efforça de se glisser dans l'ambiance « on se fait belles » avec elles, mais son enthousiasme fut de courte durée. Lucas ne serait même pas là, alors à quoi bon essayer d'en mettre plein la vue ? Une vision de Derek surgit dans sa tête, et elle la repoussa en culpabilisant.

Tâcher de ne pas penser à Derek rappela à Kylie qu'elle lui avait promis de lui envoyer par e-mail la description de la tenue de serveuse. Alors qu'elle se dirigeait vers l'ordinateur, son esprit passa en revue les informations qu'elle avait recueillies sur les vêtements de Cara M.

Elle ouvrit sa messagerie et trouva toute une flopée de messages, quelques-uns de sa mère, deux de son beau-père et un de Sara. Puis des spams et d'autres provenant d'adresses qu'elle ne connaissait pas.

Ignorant les messages reçus, elle en ouvrit un nouveau, tapa le nom de Derek et se mit à rédiger une description de la tenue de serveuse. Elle se rappela tout ce qu'elle avait appris sur Cara M., et se surprit à regretter de n'avoir personne avec qui en parler. Mais si, elle avait quelqu'un – la personne à qui elle écrivait ce mail. Derek.

Les rires de Miranda et Della fusèrent de la chambre de Della. Pourquoi les entendre rigoler la faisait-elle se sentir si seule ?

La réponse bouillonna dans sa tête : parce qu'elles étaient toutes contentes à l'idée de vivre une histoire d'amour, de se pomponner pour impressionner les garçons. Pour l'instant, le concept de romance donnait à Kylie l'impression d'être tout embrouillée. Comme si Lucas s'éloignait et que Derek se rapprochait en douce. Et rien de tout cela ne lui paraissait normal.

Mais elle se sentait tout de même seule.

Se souvenant de l'e-mail de sa mère, Kylie composa son numéro. Il y eut quatre sonneries avant qu'elle ne décroche.

– Salut, maman.

– Salut ma belle, répondit sa mère, et entendre sa voix la rendit nostalgique de son chez-elle. Tout va bien ?

– Ça va. Pourquoi vas-tu toujours t'imaginer quand je te téléphone que quelque chose ne va pas ?

– Pas toujours. Parfois seulement. Et là, c'est le cas. Je dois être devin ! Alors arrête de faire comme si tout allait bien et dis-moi ce qui se passe.

Mince alors, si ça se trouvait, elle était aussi une surnaturelle !

– Rien. Je viens juste de recevoir ton e-mail et j'ai décidé de t'appeler. Tu répètes tout le temps que je ne le fais pas assez souvent.

– Exact. (Sa mère marqua une pause.) Qu'y a-t-il, ma belle ?

Capitulant, parce que mentir n'avait pas du tout l'air de marcher, Kylie répondit :

– Un jour sans, c'est tout.

– Tu sais que si tu changes d'avis, si tu ne veux plus rester là-bas pour l'année scolaire, et si tu préfères rentrer à la maison, je pourrai te réinscrire à l'école ici et…

– Je ne vais pas changer d'avis, maman. J'adore ce camp. J'ai bien le droit de passer une sale journée, non ?

– Oui, tout comme moi j'ai le droit de me faire du souci quand tu passes une mauvaise journée.

– Eh bien, ne t'angoisse pas trop.

Elle entendit brusquement un bruit de fond.

– Où es-tu ? s'enquit Kylie.

– Sortie dîner tôt.

– Seule ? demanda la jeune fille, qui espérait que sa mère ne soit pas avec John-le-Mièvre, qui voulait l'emmener de force en Angleterre et la mettre dans son lit.

Dès que cette pensée fit surface, elle s'efforça de la chasser.

– Hum, non. (Sa mère lui répondit sur un ton coupable.) Pas seule.

– Avec John ?

Kylie tâcha de dissimuler la déception dans sa voix, mais elle se dit qu'elle n'y était pas parvenue.

Le silence dura encore quelques secondes.

– C'est juste une réponse par oui ou par non, maman. Tu ne devrais pas mettre autant de temps !

Kylie s'aperçut qu'elle était exactement comme sa mère. Mais zut alors, elle était sûre que celle-ci avait utilisé la même repartie un jour ou l'autre avec elle.

– Euh… oui.

Kylie ferma les yeux. Comme si son cerveau était sur pilote automatique, la question sortit toute seule :

– Tu ne couches pas avec lui, hein ?

Et avant même que le dernier mot de sa phrase n'ait quitté ses lèvres, elle savait qu'elle allait le regretter.

Oh oui, le regretter dix mille fois. Elle se sentit rougir.

Sa mère reprit son souffle et se mit à tousser.

– Euh…

Quinte de toux.

– Allô, Kylie ? (Une voix d'homme prit le relais.) Je crois que ta maman s'est étranglée en buvant son vin.

Du vin ? Elle sirotait du vin en plein milieu de l'après-midi ? Avait-il l'intention de la saouler pour parvenir à ses fins ?

– Kylie ? Tu es là ?

– Oui.

Elle l'entendit réclamer son portable à John. Elle l'imagina paniquer qu'elle ose lui demander s'ils couchaient ensemble. La question qu'elle venait de poser figurerait sûrement sur la liste de ses moments les plus gênants.

– Kylie ? (Sa mère avait dû reprendre le téléphone de force.) Il… on en parlera plus tard.

Sa voix était aiguë, comme dans un dessin animé.

– Oui. À plus.

Elle raccrocha et regarda fixement l'appareil.

OK, leçon tirée. Non seulement sa mère était incapable de prononcer le mot « sexe », mais en plus elle ne pouvait pas en entendre parler. Cela signifiait-il qu'elle ne faisait rien ? Waouh, Kylie l'espérait. Leçon numéro deux, parler de sexe avec sa mère lui donnait la nausée. Pouvait-elle raisonnablement souffrir du même mal qu'elle ?

Elle reposa le téléphone près de l'ordinateur, chassa de son esprit l'idée que sa mère couche avec un homme, se concentra de nouveau sur son écran et tâcha de ne pas écouter ses colocs rigoler – sûrement en rapport avec le sexe, aussi. En grommelant, elle laissa tomber sa tête sur la table, sentit le sang lui monter aux joues, espérant que le froid du bois en chasserait la chaleur.

Son portable se remit à sonner : elle avait un message. Elle se rassit et regarda le texto. Son cœur fit un bond quand elle vit qu'il provenait de Derek.

Il disait : « Tout va bien ? Que se passe-t-il ? »

Kylie ferma les yeux. Pouvait-il ressentir tout ce qu'elle éprouvait en ce moment ? Elle laissa retomber sa tête sur la table, si fort qu'elle se fit sûrement un bleu sur le front. Elle respira profondément et lui répondit.

« Bien. Suis en train de t'envoyer la description de la tenue de serveuse par mail. Tu vas à la petite fête ? »

Elle retint son souffle en attendant sa réponse.

« J'y serai. Et toi ? »

Oh mon Dieu, prenait-il cette question comme une invitation à sortir avec lui ?

« Oui, salut. »

La culpabilité s'installa. Au moins, elle remplaça la honte d'avoir demandé à sa mère si elle couchait avec son copain.

Kylie fixa son téléphone. Pourquoi y avait-il quelque chose qui clochait dans le fait d'écrire des textos à Derek ? Elle ne devrait pas ressentir cela. Ils étaient… juste amis. Zut alors, Fredericka fréquentait Lucas cinq fois plus que Kylie. Dix fois plus que Kylie ne voyait Derek. Et Fredericka et Lucas avaient été amants.

Essayant de faire disparaître ce sentiment, elle termina l'e-mail et cliqua sur « envoyer ».

– Kylie ? cria Miranda sur le pas de la porte de la chambre de Della. Est-ce que tu l'as fait ?

Kylie regarda par-dessus son épaule et tâcha de se concentrer sur la voix enjouée de son amie. Franchement, un peu de bonne humeur ne lui ferait pas de mal. Ces jours-ci, on aurait dit qu'elle n'avait fait que ruminer ses problèmes.

– Fait quoi ? demanda-t-elle à une Miranda rayonnante.

– Rembourré ton soutien-gorge. Tu l'as fait ?

Kylie se mordit la lèvre et se fendit d'un grand sourire quand le souvenir envahit sa tête.

– Sara m'en a persuadée en sixième, mais je me suis dégonflée, je me suis cachée derrière une benne à ordures et je me suis débarrassée des mouchoirs en papier avant que nous n'arrivions à l'école. Elle était blême quand elle m'a vue ; elle avait des super nichons et pas moi.

Miranda gloussa, et Kylie entendit Della qui riait aussi dans sa chambre.

Miranda baissa les yeux sur sa poitrine.

– J'ai avoué que j'avais fait cela longtemps avant d'en avoir pour de vrai. Della jure qu'elle ne l'a jamais fait, mais je suis sûre qu'elle raconte n'importe quoi.

– Je ne mens pas, répliqua Della, qui sortit de sa chambre cinq minutes. Je l'aurais peut-être fait si je n'avais pas vu Tillie McCoy se cogner dans un casier avec ses bonnets D, puis redescendre le couloir avec un sein carré sans se rendre compte qu'elle avait fichu en l'air son rembourrage. (Della tendit sa main devant sa poitrine.) Sans déc', elle avait un sein qui arrivait là, et un autre tout écrasé là. Ce qui est fou, c'est que les garçons ne parvenaient pas à les quitter des yeux. Ils se moquaient bien qu'il y en ait un carré.

Kylie gloussa, mais ce qu'elle ressentait réellement, c'était de la gêne pour la dénommée Tillie qu'elle n'avait jamais rencontrée.

– Ce doit être horrible.

– Ça l'était, répondit Della. Je crois que les ventes de mouchoirs en papier ont baissé en ville à cause de cela. Sérieusement, le lendemain, toutes les élèves de cinquième avaient perdu quelques bonnets de soutien-gorge, et les garçons ont déprimé pendant un mois. Ce jour-là, j'ai décidé de faire partie du comité des tout riquiqui, et croyez-moi, il y avait pire !

Elles rirent de nouveau.

– Vous savez que les garçons rembourrent, eux aussi ? observa Miranda.

– Rembourrent quoi ? demanda Kylie.

Della désigna sa zone pelvienne.

– Sérieux ? fit Kylie.

– Sérieux, répondirent les autres en chœur.

– Avec des chaussettes, ajouta Della.

– Pourquoi ? s'enquit Kylie. Ce n'est pas comme si... on... regardait par là.

– C'est ce qu'ils croient, dit Della. Il faut nous faire une raison, ils sont obsédés par le sexe. Les filles, par les histoires d'amour.

– Parfois, je suis obsédée par le sexe, reconnut Miranda. Enfin, j'y pense, quoi. Cela fait-il de moi une traînée pour autant ?

Elles rirent plus fort, Miranda aussi. Puis Kylie secoua la tête, essayant d'oublier l'image du mec avec une chaussette dans son pantalon.

– Nous y pensons toutes, mais… c'est tellement… fou !

Della fixa Miranda d'un air renfrogné, et colla ses mains sur ses tempes comme si elle avait brusquement la migraine.

– C'est malin ! Pourquoi a-t-il fallu que tu mettes cette histoire sur le tapis? Maintenant, je serai tentée de regarder la braguette des garçons ce soir, pour vérifier s'il y a des renflements suspects.

– C'est clair, gloussa Miranda. C'est comme un accident sur le bord de la route. On ne veut pas voir, mais on ne peut pas s'en empêcher de toute façon.

Elle donna un coup sur son menton avec le dos de sa main et pencha la tête en arrière.

– Nous allons devoir garder nos yeux au-dessus de la ceinture toute la soirée, interdiction de regarder en dessous !

Elles rirent toutes encore plus fort.

L'avantage, c'est que le rire envahit le cœur de Kylie et apaisa sa sensation de danger imminent. Et de cela, elle leur était reconnaissante.

Le réfectoire sentait les cupcakes, que Holiday avait fait préparer par les cuisiniers pour l'occasion. Un groupe de résidents traînait près des amuse-gueules, sûrement pour souhaiter la bienvenue aux nouveaux enseignants et aux quelques étudiants qui venaient d'arriver à Shadow Falls.

Kylie avait remarqué un ou deux visages inconnus ces derniers jours, mais n'avait pas encore fait leur connaissance. Elle devait le reconnaître : faire des rencontres n'était pas son fort. Mais vu que la première année scolaire commençait à Shadow Falls la semaine suivante, elle s'y mettrait bien assez tôt.

Debout à côté de Miranda, elle se rendit compte que la cantine n'était pas aussi bondée qu'elle l'aurait cru. Sûrement parce que la présence à cette réception n'était pas obligatoire. Quoi qu'il en soit, plus de la moitié des résidents étaient présents. Kylie constata ensuite qu'aucun loup-garou n'était venu. À l'évidence, ils étaient partis faire leur truc à eux dans leur coin. Comme d'habitude.

Un autre balayage de la pièce, et Kylie remarqua que Derek n'était pas arrivé non plus. Elle se demanda s'il cherchait encore sur le Net un restaurant où Cara M. aurait pu travailler avant de se faire tuer. Qu'il l'aide à résoudre son problème de fantôme fit naître dans sa poitrine quelque chose de chaud et d'effrayant à la fois.

Effrayant parce qu'elle ne parvenait pas à définir précisément cette chaleur. Ils étaient simplement amis, se dit-elle de nouveau. Et plus elle se le répétait, plus elle avait du mal à le croire.

Helen fit un signe de la main à Kylie depuis l'autre bout de la salle. Elle avait passé son bras autour de Jonathon. Kylie admirait cette relation que tous les deux avaient forgée. Elle était douce et romantique. Elle se fendit d'un large sourire et lui fit un geste en retour. Elle avait beau savoir que ses problèmes étaient encore là, elle se sentait… plus légère, et ce grand sourire était vrai, lui aussi.

Hallucinant, comme un bon fou rire entre filles pouvait vous mettre de belle humeur. Même si elle devait vraiment se faire violence pour ne pas regarder sous la ceinture des garçons afin de détecter les porteurs de chaussettes. Et rien que le fait d'y penser donna envie de glousser à Kylie.

Malheureusement, Miranda remarqua que celle-ci se retenait et, comme si elle en devinait la raison, la sorcière s'étrangla de rire. Puis, croisant le regard de Kylie, elle colla sa main sous son menton et articula les mots : « Lève la tête ! »

Della, à l'autre bout de la salle, laissa échapper un rire à son tour.

– Qu'y a-t-il de si drôle ?

Burnett vint rejoindre Miranda.

– Rien, répondit Kylie, puis elle craignit que celle-ci lui avoue la vérité.

Miranda était une championne quand il fallait dire ce qu'il ne fallait pas au mauvais moment.

Croisant le regard de Burnett, Kylie se souvint qu'il savait détecter un mensonge et ajouta rapidement :

– Rien que je ne puisse partager sans…

– Rougir ? demanda-t-il, en laissant aller son regard entre elle et Miranda, qui rosit, gênée. La couleur était presque assortie à ses cheveux.

De crainte que Burnett ne souhaite qu'elle développe, elle lança :

– Des conversations de nanas.

Il leva une main.

– Tu n'es pas obligée de t'expliquer. Je ne parle pas le langage des filles et chaque fois que j'ai essayé, je l'ai regretté.

Il faillit sourire, et son expression s'adoucit d'un semblant d'inquiétude quand il croisa le regard de Kylie.

– Désolé de ne pas être rentré à temps pour aller aux cascades.

– C'est bon, répondit Kylie. Elle était peut-être parano, mais elle demanda : Ce que tu devais faire à l'URF, cela n'avait pas de rapport avec moi ?

– Non, l'assura-t-il, honnête.

Elle opina, puis posa une deuxième question, bien qu'elle fût quasi sûre de connaître la réponse.

– Pas de nouvelles de mon grand-père ?

Il secoua la tête.

– Je suis désolé. (Il soupira.) Avec tout ce qui s'est passé récemment, je suis bien content que tu n'aies pas le moral dans les chaussettes.

Chaussettes. Ce mot courut dans l'esprit de Kylie. Miranda pouffa de nouveau et tourna la tête. Kylie dut se mordre l'intérieur de la joue. Puis le gloussement de Della retentit depuis l'autre bout de la salle.

Le front plissé, Burnett la regarda, et elle repassa rapidement en mode vampire, effaçant toute trace d'humour de son visage. Il secoua la tête et se reconcentra sur Kylie.

– Si tu pouvais arrêter de rire bêtement ; les nouveaux professeurs sont tous impatients de faire ta connaissance.

– Moi ? fit Kylie.

La réflexion de Burnett fit disparaître son sourire. Elle dirigea les yeux sur le côté de la salle où les enseignants s'étaient rassemblés. En effet, ils la regardaient avec attention.

– Pourquoi voudraient-ils me rencontrer ?

Sa phobie « je ne veux pas sortir du lot » surgit de sa pauvre tête.

– Ils ont entendu parler de toi, expliqua Burnett comme si cela était évident.

Kylie imaginait sans mal ce que les autres résidents leur avaient dit. Alors, une pensée encore pire la frappa.

– De moi ? Mais par qui ? Depuis qu'ils sont arrivés, c'est ça ? *C'est bien ça ?*

Cette interrogation eut l'air de mettre Burnett mal à l'aise. Il jeta un œil autour de lui comme s'il cherchait une échappatoire, ou peut-être Holiday, pour répondre à sa place. Comme il ne la trouvait pas, il reposa les yeux sur Kylie :

– Je… eh bien… les nouvelles vont vite. Les gens parlent.

– Les gens ? Tu veux dire, en dehors du camp ? On parle de moi à l'extérieur de Shadow Falls ?

Il parut au pied du mur, mais hocha la tête.

– Rien que les surnaturels.

Rien que les surnaturels ?

– Alors comme ça, tout le monde des surnaturels me connaît ?

Cette idée donna envie à Kylie de trouver un trou dans lequel se terrer. Ce n'était déjà pas facile de savoir que les résidents étaient toujours en « état d'alerte Kylie » et attendaient de voir ce que son cerveau farfelu allait faire. Mais se dire que, partout, on parlait d'elle, la mettait hyper mal à l'aise.

– Peut-être pas *tout* le monde surnaturel, se reprit-il, comme pour essayer de la rassurer.

Puis il hésita et reconsidéra la sagesse de sa réponse.

– En fait, je ne pourrais pas dire si tout le monde…

– Oh que si, ajouta Miranda. Ma mère m'a appris que l'on parlait de toi au conseil des sorcières la semaine dernière en Italie. Et on ne savait même pas que tu en étais une à ce moment-là. Imagine donc ce que l'on raconte, à présent !

Kylie n'en avait pas envie. Sa poitrine lui sembla brusquement vide.

– On parlait de moi en Italie ? Tu ne me l'as pas dit ! (Elle se mordit la lèvre.) Je suis un tel phénomène que…

– C'est pour cela que je l'ai gardé pour moi, dit Miranda. Je savais que cela te ferait tout bizarre. Et tu n'es pas un phénomène, ajouta-t-elle. Tu es une protectrice. Et c'est énorme. D'un grand intérêt médiatique, comme une catastrophe naturelle. En fait non, je voulais dire, dans le sens positif du terme, comme une bonne nouvelle.

Cela n'avait rien d'une bonne nouvelle, non. Plutôt d'une catastrophe. Même pas naturelle.

– Une protectrice, c'est quelqu'un dont on parle. Mais Miranda a raison, ce n'est pas une mauvaise nouvelle. (Burnett regarda Kylie et, à l'évidence, il lut ses pulsations irrégulières et lui montra le groupe d'enseignants.) Ils veulent juste te dire bonjour, pas t'interroger.

Dire bonjour à la catastrophe naturelle du camp, alias l'attraction de service. Le cœur de Kylie battit la chamade.

– Pas la peine d'en faire un drame, lança Burnett.

Bien. Pour elle, si, c'en était un. Surtout lorsqu'elle leva les yeux et constata que les trois professeurs la dévisageaient, bouche bée. Deux d'entre eux agitaient même les sourcils pour vérifier sa configuration. Et cela avait encouragé plusieurs résidents à les imiter. Elle les entendait presque penser : *Hé, vous voulez rire ? Regardez encore une fois le cerveau de Kylie !*

Elle entendit quelqu'un dire qu'elle était encore une sorcière. Kylie supposa qu'elle devrait s'estimer heureuse d'avoir une configuration à vérifier – et non l'une de ces configurations changeantes de dingue qui faisaient flipper tout le monde. Mais même, cela ne diminua pas son angoisse. Elle ne supportait pas d'être sous les projecteurs.

Burnett, troublé par le dilemme affectif de Kylie, se rapprocha et murmura :

– Si tu ne tiens vraiment pas à les rencontrer…

– Non… c'est bon.

C'était de la folie de ne pas les saluer. Et elle se sentait bête de laisser ses doutes refaire surface. Ce n'était pas qu'elle détestât complètement faire de nouvelles rencontres, simplement elle n'aimait pas rencontrer des gens qui avaient déjà une idée préconçue à son propos. Et évidemment, elle n'appréciait pas de savoir qu'en Italie, on parlait d'elle. En italien, sûrement, comme ça elle n'y comprendrait rien…

Elle se tint bien droite et colla un sourire sur son visage, espérant ainsi avoir moins l'air d'un monstre. C'était toutefois le même sourire faux qu'elle arborait quand sa mère l'emmenait là où elle ne voulait pas aller – du genre de ces journées mère-fille au travail, ou à l'un de ces déjeuners de bienfaisance guindés. Qu'avait-elle dit déjà à propos de ce sourire ? Ah, oui : *On dirait que tu viens d'avaler un moustique !*

Ouaip, elle avait tout de l'attraction de service, c'était clair.

Chapitre 17

Kylie, qui retenait pratiquement son souffle, résista pendant que Burnett la présentait aux trois autres professeurs. D'abord, il y avait Hayden Yates, alias M. Yates pour les étudiants, qui la gratifia d'un signe de tête et d'un regard plus que gênant. Le nouveau professeur de sciences, mi-vampire, mi-fée, lui serra la main une seconde de plus que nécessaire.

Étant donné que son côté fée dominait, elle fut surprise de ne pas ressentir de chaleur de sa part, de nature à modifier les émotions. Et bien qu'il ne lui paraisse pas être un pervers, quelque chose en lui faisait froid dans le dos. Elle ne savait pas ce que c'était, mais cela ne lui plut pas. Étrange, dans la mesure où, d'habitude, Kylie ne tirait pas de conclusions à la hâte sur les gens – à l'exception du nouveau copain de sa mère, bien sûr. Mais c'était un cas à part, puisque ce type voulait salir les draps avec sa mère, et ce n'était pas bien.

Ava Kane, alias Mme Kane, portait le titre de professeur d'anglais. Elle était mi-fée, mi-métamorphe, ce dernier étant son trait dominant. Elle avait l'air gentil, mais sa façon d'agiter les sourcils sans cesse, d'essayer de déceler quelque chose de différent dans la configuration de Kylie, mit celle-ci mal à l'aise. Que pensait-elle trouver au juste ?

Collin Warren, mi-fée, mi-humain, était le professeur d'histoire, un géologue qui passait pour le discret de service. Étrange, pour quelqu'un qui avait du sang de fée, parce qu'en général ils semblaient avoir un certain charme naturel, mais toutes les demi-fées n'avaient pas dû hériter de ce talent. Kylie avait entendu dire que, à de rares occasions, certaines alliances surnaturelles et humaines avaient tendance à être plus humaines que surnaturelles, alors peut-être était-ce le cas de M. Warren.

Néanmoins, il sourit, dit les choses qu'il fallait – « Enchanté » –, mais Kylie devina que se trouver sous les projecteurs le mettait aussi mal à l'aise qu'elle. Ce qui la poussa à se demander pourquoi il avait souhaité devenir professeur.

Une fois que tout le monde connut le nom de tout le monde, Kylie attendit, toujours sourire aux lèvres, que quelque chose vienne interrompre ce moment gênant. Burnett intervint enfin :

– Bien, je suis ravi que vous ayez tous fait connaissance.

Kylie se retourna d'un coup, elle n'avait qu'une seule envie : s'échapper. Mais un pas en avant, et elle se retrouva entourée de six ou sept ados qu'elle n'avait jamais vus. De nouveaux élèves, manifestement. Leurs regards directs et la curiosité flagrante dans leurs yeux lui coupa de nouveau le souffle. C'était une chose de se faire mater par les plus anciens, mais par les nouveaux… son cœur battit la chamade et ses paumes se mirent à la démanger. Dans quelques minutes, elle aurait une crise d'urticaire, à coup sûr.

Son sourire « j'ai avalé un moustique » tomba à plat. Et ce moustique bourdonna dans son ventre. Elle ne savait pas si elle pourrait encore supporter de nouvelles présentations gênantes.

– C'est vrai qu'au tout début, tu n'avais même pas de configuration ? demanda une des filles, une sorcière.

D'un seul coup, un bras tomba sur ses épaules. Avant de regarder son propriétaire, elle reconnut le contact chaud de Derek.

– Je suis désolé, mais vous allez devoir faire la connaissance de Kylie plus tard. Il faut que je vous la vole !

– Petit veinard ! lança un nouveau vampire.

– Oui, je sais, répondit Derek, possessif.

Il lui fit traverser le cercle des nouveaux venus. Avec assurance et détermination. Celle de l'éloigner de tous ces curieux au plus vite… Elle appréciait tellement sa présence. Elle s'appuya sur lui et l'entendit soupirer.

– Reste là, murmura-t-il. Je vais te sortir d'ici.

Il jeta un œil par-dessus son épaule et elle suivit son regard, en direction de Burnett. Le vampire hocha la tête, comme s'il l'autorisait à l'emmener.

Elle retint son souffle jusqu'à ce qu'ils quittent le bâtiment.

L'étreinte de Derek se resserra, comme pour lui montrer qu'il ne voulait pas la laisser partir. Si elle détestait le reconnaître, une infime partie d'elle ne tenait pas non plus à le lâcher. Mais sachant qu'il fallait s'y résoudre, elle s'éloigna de lui. Puis elle croisa ses yeux verts.

– Je suis désolée, dit-elle.

– De quoi ?

De tout. De ressentir des choses que je ne devrais pas.

– D'avoir besoin que l'on vienne à mon secours. C'est fou, je devrais être capable de me débrouiller toute seule. C'est juste que l'on me regarde comme si j'étais…

– Exceptionnelle ?

Il se fendit d'un grand sourire.

– Non, un monstre.

Il secoua la tête.

– Non, ils ne pensent pas cela. Ils sont curieux. Et ce vampire était raide dingue de toi. Mais je comprends que ce soit encore difficile.

– Peut-être que lorsque je serai sûre de ce que je suis, ce ne sera plus aussi dur.

Mais elle le savait, pas vrai ? Elle était un caméléon. Se mettait-elle à douter de son héritage comme tout le monde ?

Derek arqua un sourcil.

– Tu ne crois toujours pas que tu es une sorcière ?

– Pas complètement.

Il hocha la tête.

– Eh bien, tout cela devrait être tiré au clair demain, non ? Quand ton grand-père viendra.

Elle se souvint alors qu'elle n'avait pas raconté à Derek que son grand-père avait coupé son téléphone, ni que sa grand-tante et lui se transformaient en brouillard. Elle allait vider son cœur lorsqu'elle ressentit une brusque sensation de froid.

La traînée de condensation se matérialisa peu à peu à côté de Derek. La silhouette féminine bien familière qui prit forme indiqua à Kylie que c'était Hannah. Mais la jeune fille retint son souffle en constatant que l'esprit avait retrouvé son apparence de zombie. La robe beige qu'elle portait était en lambeaux et tachée de boue. Ses cheveux pendillaient sans vie sur ses épaules. Une partie de ses pommettes dépassait de sa peau flasque en putréfaction. Et des vers grouillaient dans ses oreilles.

Dégoûtant. Instinctivement, Kylie recula d'un pas.

– *Pas encore.*

La panique emplit les yeux morts de Hannah.

– Quoi ?

Kylie se força à ne pas faire machine arrière. Mais les vers dégringolaient à toute allure.

– Euh ?

Derek se rapprocha et l'un d'eux tomba sur sa poitrine. Kylie le chassa d'un geste et secoua la tête.

– Oh.

Ses yeux s'écarquillèrent de compréhension. Il recula d'un petit pas, pas de peur, mais comme s'il lui faisait de la place.

Kylie se concentra de nouveau sur Hannah. Mais le regard de l'esprit resta rivé derrière elle. Elle entendit la porte du réfectoire s'ouvrir, suivie du bruit de la foule. Hannah continua à regarder par-dessus l'épaule de Kylie. Puis, brusquement, elle eut l'air encore plus paniquée.

– *Non*, marmonna-t-elle, et ses mains, davantage des os que de la peau, attrapèrent les épaules de Kylie.

Les vers volèrent dans tous les sens.

– *Pas encore ! Pas encore !*

Le contact de l'esprit envoya des vagues de secousses glacées à travers la jeune fille, qui oublia jusqu'à la présence des vers. La douleur traversa chaque terminaison nerveuse, et tout son corps se raidit, comme paralysé.

– Tout va bien ? s'enquit Derek.

L'élancement dans le corps de Kylie bloquait l'air dans ses poumons. Elle voulait hurler. Mais elle avait l'impression qu'on la tenait par la gorge. Des taches noires se mirent à se former devant ses yeux. Elle sentit ses genoux se plier peu à peu. Derek la toucha et, juste alors, la douleur et les étourdissements disparurent. Cillant, elle constata que Hannah était encore là, debout à côté de lui.

Kylie respira, puis se força à parler :

– Pas encore, quoi ?

Hannah ne réagit pas, ne la regarda même pas. Derek, si, et il semblait inquiet.

– Écoute, je dois savoir ce que tu veux que je fasse pour toi. S'il te plaît, réponds-moi.

Mais l'esprit, dont les yeux morts et effrayés restaient rivés derrière l'épaule de Kylie, se volatilisa.

Derek effleura le bras de Kylie de la main.

– Tu vas bien ?

Celle-ci opina, savourant la chaleur de son contact, puis elle se retourna pour voir qui était sorti du réfectoire, en se demandant si c'était cela qui avait fait fuir Hannah. Burnett, les enseignants et deux nouveaux élèves se tenaient près de la porte.

– C'était Hannah ? murmura Derek.

– Oui, acquiesça Kylie, qui essayait encore de deviner ce que la sœur de Holiday entendait par *pas encore.*

– Tu es sûre que ça va ? s'enquit-il.

Elle se toucha la gorge.

– Oui. Simplement, je ne comprends pas ce qu'elle veut de moi.

– Je l'ignore, mais si cela peut t'aider, je crois savoir où Cara M. travaillait.

– Où ?

– Quand tu m'as dit qu'elle bossait peut-être dans le coin, j'ai cherché sur Google tous les cafés et restaurants des alentours. J'ai déniché des photos et ce vieil article de presse sur un certain Cookie's Café, juste à la sortie de Fallen. Y es-tu déjà allée ?

– Non… Attends. Si, ma mère m'a emmenée dans ce restaurant qui était, en réalité, une maison ancienne. C'est sûrement comme cela que j'ai reconnu la tenue.

– C'est ça. Elle a été construite début 1800.

Il sourit, fier d'avoir trouvé la réponse à une partie de l'énigme, au moins.

Kylie aussi faillit sourire, mais ensuite, elle comprit. Et maintenant ? Même si tout ce qu'il lui restait à faire, c'était de mettre la main sur les cadavres, en quoi le fait de savoir où travaillait l'une de mortes allait-il l'aider ? En temps normal, elle pouvait en parler à Holiday, mais pas tant qu'elle ignorait au juste ce qui se passait. Ce serait d'une cruauté insoutenable que de dire à Holiday que sa sœur était morte alors que, peut-être, Kylie interprétait mal ces visions.

Puis une autre prise de conscience la submergea. Elle devrait aller parler à la police. Mais elle ne voyait pas du tout comment expliquer tout cela. En gros, c'était à elle de tâcher de résoudre les meurtres.

Pas encore. Pas encore. Les paroles de Hannah résonnèrent dans sa tête. Qu'essayait-elle de dire ?

Oh, bon sang de bon sang ! Kylie n'avait pas la moindre idée de la suite. Elle n'était pas détective. Elle n'aimait même pas regarder les séries policières à la télé. Elle jeta un œil sur Derek.

– Que faire maintenant ?

– J'ai appelé le resto, juste pour demander si une certaine Cara M. y travaillait. Mais c'est un truc touristique et il n'est ouvert que le week-end.

Ce qu'elle devait entreprendre là lui donnait le vertige.

– Oh non, sur ce coup-là, je suis larguée.

– Ne t'inquiète pas, dit Derek. Je vais t'aider. Et en plus, nous avons jusqu'à samedi pour nous décider.

Elle le regarda avec une grande reconnaissance.

– Comment te remercier ?

Il lui adressa un sourire rayonnant, du pur sex-appeal, les mouchetures or s'illuminant dans ses yeux.

– J'ai deux ou trois idées à ce sujet.

Elle se rembrunit.

Il leva une main.

– C'est bon. Encore un petit sourire, et cela suffira.

Le jeudi matin, Kylie se réveilla lorsque Socks lui donna un coup de nez sur le menton. Tout en chassant le brouillard du sommeil d'un battement de cils, elle caressa la fourrure douce du chat. Le soleil se déversait par la fenêtre, et elle observa la clarté du jour et les ombres qui tremblotaient au plafond se disputer la place – une guerre, si l'on peut dire, entre lumière et obscurité.

Pendant que la bataille se déroulait, elle constata que son humeur connaissait le même conflit. Sa vie semblait être une mêlée de tant de problèmes, et pourtant de tant de possibilités. Elle avait perdu Derek, mais gagné Lucas. Elle avait perdu le lien avec son beau-père, mais trouvé Daniel. Elle avait perdu son côté humain, mais était devenue une surnaturelle.

Et aujourd'hui, elle était censée rencontrer son grand-père et découvrir ce que tout cela signifiait, mais elle n'y croyait pas. Une moue titilla ses lèvres, et le côté obscur de son humeur tâcha de prendre le dessus.

Non, elle ne le laisserait pas gagner. Elle ferma les yeux et s'efforça d'avoir des pensées positives. Mais son esprit se porta sur Hannah, et le fait que Kylie ne pourrait plus cacher longtemps à Holiday que sa sœur était morte. Rien que d'envisager les conséquences de cette conversation entama sa belle humeur.

Puis son cœur lui rappela que Lucas n'était pas passé la voir la nuit dernière, bien qu'il le lui ait promis. Cela rendait les choses officielles, non ? Le côté obscur, la mauvaise humeur, avait gagné. Jetant un œil au plafond, elle ne put s'empêcher de constater qu'en effet, il restait plus d'ombre que de lumière.

Pour une raison idiote, elle revit Nana lui conseiller de vivre son enfance à fond, parce qu'elle serait adulte bien assez tôt. Était-ce cela, l'âge adulte ? Se réveiller tous les matins en sachant qu'il y aurait du bon et du mauvais ? Faire ce que l'on avait à faire, même si l'on n'en avait pas envie ?

Puis elle se souvint d'un autre conseil de Nana. *N'oublie pas, ma belle, parfois nous ne pouvons pas changer les événements, seulement la façon dont nous laissons ces choses nous toucher.*

Plus facile à dire qu'à faire, Nana, songea Kylie en soupirant d'une bonne dose de frustration, et une douce odeur de fleur lui chatouilla les sens. En tournant la tête, elle vit une rose sur sa table de nuit. Le souvenir de Lucas qui avait dévalisé la roseraie de sa grand-mère mit sa mauvaise humeur sur temps mort. Puis, avisant le petit mot sous la fleur, elle s'assit et attrapa le papier.

« Kylie, désolé, j'étais en retard. Il est arrivé quelque chose et j'ai dû aller rendre visite à mon père. Tu dormais comme un bébé quand je suis passé. Ce que tu peux être belle quand tu dors ! Si Della ne m'avait pas entendu ouvrir ta fenêtre, passer la tête et fait un doigt d'honneur pour l'avoir réveillée – elle est impayable ! – je t'aurais rejointe au lit rien que pour te sentir tout près de moi.

Tu ne peux pas savoir comme j'aimerais. Te sentir tout contre moi. Toi tout entière.

Fais de beaux rêves,

Lucas. »

Kylie mit la rose sous son nez. La douce odeur la fit sourire. Peut-être que la mauvaise humeur ne sortirait pas victorieuse, en fin de compte.

*
* *

Kylie reconsidéra son attitude positive quand, quelques heures plus tard, elle chassa les insectes qui grouillaient autour d'elle, en pénétrant dans les bois en compagnie de Holiday et de Burnett. Mais les petites bêtes n'étaient pas à l'origine de l'altération de son humeur. C'était plutôt un certain loup-garou brun aux yeux bleus.

Kylie aurait dû être enthousiaste à l'idée de se rendre aux cascades. Elle se sentait toujours mieux après une visite là-bas. Mais pour l'heure, elle n'en avait pas envie. Elle voulait être en colère.

Attendez. Non, elle *l'était* déjà.

En colère contre le loup-garou qui lui avait laissé une rose et un petit mot.

Son agacement parce que Lucas n'était pas venu hier soir était retombé. Elle avait tâché d'omettre le fait qu'il lui avait pratiquement avoué qu'il était obligé de lui cacher des choses. Si cela ne lui plaisait pas, elle avait même accepté que Fredericka, son ex, serait toujours là, pas loin de lui, alors que Kylie n'était pas assez proche pour pouvoir le toucher. Elle s'était habituée au fait que sa grand-mère, son père et même toute sa meute étaient opposés à leur couple.

Elle avait mis beaucoup de choses de côté, en avait surmonté et accepté d'autres. Et maintenant, elle avait compris que cela commençait peut-être à faire beaucoup trop : en plus de l'avoir pratiquement évitée la veille et de ne pas être venu le soir, il l'avait à peine calculée ce matin à la cafétéria.

Un autre moustique la frôla en bourdonnant. Elle donna un grand coup et envoya l'insecte dans un arbre, la tête la première.

Lucas n'aurait-il pas pu prendre le petit déjeuner avec elle ? Elle ne lui en aurait même pas voulu s'il avait amené Clara. Mais non, tout ce qu'elle avait eu, c'était un sourire, et même celui-ci lui avait paru délibérément bref. Puis il avait rejoint la table des loups, avec tous ses amis, sa meute, des personnes qui passaient clairement avant elle, et qui passeraient toujours avant elle.

Hier soir, il était venu dans sa chambre bien après minuit, quand elle dormait. Il lui avait laissé une rose et un mot doux, et ce matin, elle n'avait eu droit qu'à un sourire pourri. Que devait-elle en penser ?

Elle n'en savait rien de rien. De qui se moquait-il ? Elle savait parfaitement ce qu'il fallait en penser. Elle n'était pas assez bien pour lui, parce qu'elle n'était pas un loup-garou.

Cela faisait mal. Très mal. Puis, comme pour empirer la situation, lorsque Derek s'était installé à côté d'elle, Lucas avait eu l'audace de lui envoyer un texto pour lui dire qu'il n'appréciait pas.

Bien. Il n'aimait pas que Derek se soit assis à côté d'elle, mais c'était lui qui avait décidé de la snober, elle. Son petit derrière sexy était même pris en sandwich entre Fredericka et l'une des nouvelles louves-garous, qui se pâmait totalement pour lui, au point que même Fredericka était mécontente.

D'accord, Kylie entendait Lucas lui répéter que Fredericka ne comptait plus pour lui. Et même, qu'il n'avait pas demandé à la nouvelle de venir s'asseoir à son côté, et qu'il devait se montrer loyal envers sa meute. Et peut-être avait-elle tort d'être en colère, ou peut-être n'était-ce pas de la colère, mais juste de la lassitude de jouer les seconds rôles.

C'était nul de jouer les seconds rôles.

Un autre moustique mordit la poussière lorsqu'elle le chassa de sa joue.

– Tu devrais ralentir, observa Burnett en avançant à son côté à longues enjambées.

Kylie lui jeta un coup d'œil. Il la scruta brièvement, puis reposa les yeux sur le terrain, comme s'il s'attendait à voir quelque chose leur sauter dessus. Il était nerveux depuis qu'ils étaient entrés dans le bois ; mais la jeune fille n'y prêtait pas vraiment attention, son cœur était trop occupé à jouer les seconds rôles pour se soucier du taux de caféine que Burnett avait ingurgité.

– Sérieusement, ralentis, répéta-t-il.

– Pourquoi ? demanda-t-elle.

Il jeta de nouveau un bref coup d'œil par-dessus son épaule.

– Aussi merveilleuses soient les fées, elles sont lentes.

Kylie soupira. Elle ne s'était pas rendu compte qu'elle avançait à toute allure. À une allure inhumaine. Une allure de non-sorcière, aussi. Ce qui signifiait qu'elle n'en était pas vraiment une, n'est-ce pas ? Elle regarda derrière elle et vit Holiday qui fournissait de grands efforts pour garder le rythme.

– Désolée.

Kylie ralentit et constata que Burnett ne cessait de jeter des coups d'œil autour de lui, comme s'il s'attendait que quelque chose leur saute dessus. S'était-il passé quelque chose ? Et si oui, cela avait-il un rapport avec elle ?

Les pas de Holiday résonnèrent à côté d'elle. Elle laissa aller son regard du vampire nerveux à la directrice.

– Merci d'aller moins vite, lança celle-ci, légèrement essoufflée.

En moins d'une minute, Burnett fut à la traîne derrière elles, hors de portée de voix. Sûrement parce que Holiday avait insisté. Il était évident qu'elle voulait parler avec Kylie, et elle n'aimait pas savoir qu'il écoutait.

Les odeurs verdoyantes de la forêt emplirent les sens de Kylie. Pour la première fois depuis qu'elle était entrée dans le bois, elle repensa à son grand-père et à la brume. Elle tâcha aussitôt d'écouter avec son cœur pour voir si elle ressentait cette même sensation d'appel. Rien. Puis elle se demanda si, quelque part, tout l'épisode du brouillard expliquait la nervosité de Burnett. Ou pire, avaient-ils essayé de revenir et déclenché les alarmes ? Lui en parlerait-il même si c'était le cas ?

Sûrement pas.

Elle reposa les yeux sur lui. De quoi le vampire était-il au courant ?

Se rapprochant de Holiday, elle dit :

– Peux-tu me dire quelque chose, en toute honnêteté ?

Les pas de Holiday produisirent des bruits d'écrabouillement sur la terre humide, comme si la question de Kylie ajoutait du poids à sa démarche.

– Je ne te mens pas.

– Si, par omission. Ne pas être franc sur un sujet, cela revient à mentir.

Holiday disait très peu de choses sur elle-même. Autant Kylie se confiait à elle, autant se rendre compte que ce n'était pas à double sens lui faisait du mal.

– Je ne te cache rien délibérément.

La vérité dans son ton resta en suspens dans l'air humide. Elles avancèrent en silence pendant quelques minutes.

– Que veux-tu savoir ? demanda Holiday.

Kylie refoula l'agacement que celle-ci lui inspirait; elle avait conscience que sa colère envers Lucas influait sur son comportement.

– Qu'est-ce qui se passe avec Burnett ? Il est sur le qui-vive. A-t-il… appris quelque chose qui me concerne ? A-t-il du nouveau au sujet de mon grand-père ? Aujourd'hui, il était censé passer me voir et… je ne crois pas qu'il y ait la moindre chance qu'il vienne. Et personne n'en parle, comme si cela ne s'était jamais passé.

Holiday se rembrunit.

– Comme nous ne pensions pas que cela se produirait, nous avons décidé d'en minimiser l'importance. Mais Burnett et moi en avons discuté tout à l'heure, et non, il n'a eu aucune nouvelle de ton grand-père. Mais je suis d'accord avec toi… je le trouve aussi sur la défensive. Je lui ai demandé. Il m'a répondu qu'il se sentait nerveux.

À son ton, Holiday avait l'air d'insinuer qu'elle n'en croyait pas un mot.

Et Kylie non plus. Il se passait quelque chose. Mais quoi ?

Alors qu'elles continuaient sur le chemin rocheux, un froid anormal semblait accompagner chaque rafale de vent. Quelqu'un, un mort, était tout près. Elle jeta un autre coup d'œil sur Burnett par-dessus son épaule, et se rappela leur conversation sur les fantômes.

Ce problème l'ennuyait-il ?

Holiday ralentit et regarda attentivement derrière elle, inquiète. Elle laissa échapper un léger soupir, et la contrariété remplaça l'inquiétude sur son visage. Pas n'importe quel type de contrariété, plutôt de celles qui venaient du sexe opposé.

Cette humeur avait dû être contagieuse, car Kylie se demanda si les hommes n'avaient pas été inventés uniquement pour rendre les femmes folles.

Quelques minutes plus tard, Holiday prit la parole :

– Maintenant, à ton tour. Que t'arrive-t-il ? Et ne me réponds pas « rien », parce que la colère filtre de toi comme un robinet qui fuit.

Kylie se rembrunit, trop furieuse pour nier ses sentiments.

– Lucas, voilà ce qui se passe.

– Des problèmes de garçons, alors?

– Des catastrophes, plutôt. Je ne suis pas sûre de pouvoir le faire.

– Faire quoi ?

L'inquiétude résonna dans la voix de Holiday.

– Lucas.

Holiday grimaça et arqua un sourcil.

– Pas « me le faire » dans le sens… se déshabiller, expliqua Kylie, qui se rendit compte de ce qu'elle venait de dire et qui songea que c'était la cause de l'expression bizarre de Holiday.

– J'entends par là, être le cadet de ses soucis. Être traitée comme si j'étais un cheveu sur la soupe dans sa vie. Avoir l'impression que tous ceux qu'il connaît et qui comptent pour lui ne me trouvent pas assez bien pour lui, parce que je ne suis pas un loup-garou.

La compassion envahit les yeux de Holiday.

– Si cela peut t'aider, je ne crois pas que Lucas partage les vieilles croyances des loups-garous. La plupart des jeunes loups ne sont pas d'accord avec elles, mais il y a une pression de la part des anciens, dans leur société, de les suivre quoi qu'il en soit.

– Je sais, dit Kylie. Et je sais aussi que la seule raison pour laquelle il se plie à ces règles stupides, c'est parce qu'il a besoin de l'aval de son père pour intégrer le conseil et pouvoir changer les choses. Mais lorsqu'il refuse de me sourire, même une seconde, cela fait mal ! fit-elle, bouillonnant de rage. Je suppose que ressentir ce genre de choses cela fait de moi une crétine égoïste.

Ses paroles résonnèrent en elle et la culpabilité se mit à bourdonner dans sa poitrine.

– Non. (Holiday braqua ses yeux verts sur son amie quand elles tournèrent sur le sentier.) Cela ne fait pas de toi une égoïste. Juste quelqu'un de normal. Nul n'a envie qu'on lui donne l'impression de ne pas être assez bien.

– Mais j'ai tout de même la sensation d'être une pauvre égoïste ! déclara Kylie. (Le bruit des cascades se mit à résonner dans ses oreilles et, même à distance, elle sentit son humeur se calmer.) Ou alors je me trouve égoïste quand je ne suis pas furieuse.

Holiday se pencha vers elle et effleura son épaule avec la sienne.

– Ce que tu ressens est légitime. Ne culpabilise pas. Bien sûr, si Lucas fait ces choix, c'est pour une raison. Cela fait partie de sa quête, et nous devons tous payer le prix pour suivre notre propre chemin. Mais… ce n'est pas toujours juste de demander aux autres de payer ce prix.

Elle reposa les yeux sur Burnett.

Kylie sentit que les paroles de Holiday avaient une importance personnelle. Ces derniers jours, elle trouvait que la relation entre Burnett et Holiday avait fait un pas en arrière. Et ce n'était pas lui qui faisait machine arrière.

– Il serait prêt à payer le prix, à mon avis, observa Kylie.

Holiday fronça les sourcils.

– Je parlais de Lucas et de toi.

– Bien sûr, répondit Kylie.

Mais tu pensais à Burnett et à toi.

Elles quittèrent le chemin et pénétrèrent dans l'alcôve d'arbres épais, achevant leur expédition jusqu'aux cascades. L'odeur humide de terre mouillée imprégnait l'air, l'eau qui tombait participait à la symphonie des bruits du bois, et l'ambiance sereine s'intensifia.

La colère de Kylie, ses frustrations, tout cela paraissait s'alléger à chacun de ses pas. Et quand elles arrivèrent, c'était... surréaliste. Chaque fois, elle semblait avoir oublié comme cela était bon. Au bord du ruisseau, elles contemplèrent à travers l'air brumeux le jet d'eau qui tombait en cascade.

Kylie entendit Holiday respirer d'un souffle calme et profond, comme le sien.

– Qu'a donc cet endroit ? demanda-t-elle.

– De la magie, de la puissance. (Holiday se baissa pour enlever ses chaussures, et Kylie fit de même.) Dans les années soixante, un docteur surnaturel en botanique est même venu ici pour prouver que tout cela pouvait s'expliquer par la présence de composants chimiques dans une sorte de flore. Une espèce de drogue naturelle.

– Mais comment cela pourrait-il être possible alors que tout le monde ne vit pas la même chose ? demanda Kylie en défaisant ses lacets.

– Ahhh, mais ceux qui ne sont pas les bienvenus ici ressentent le contraire en général, une sensation très déplaisante qui les pousse à s'enfuir. Raison pour laquelle le scientifique croyait qu'il s'agissait d'une réaction chimique. En d'autres termes, les rares surnaturels qui éprouvent des émotions positives étaient simplement génétiquement enclins à réagir différemment aux composés de la flore. Comme certains groupes réagissent différemment aux drogues.

– Et qu'a-t-il trouvé ? demanda Kylie, intriguée par le sujet, mais qui ne croyait pas plus que c'était une drogue qu'elle ne croyait au père Noël.

Holiday enleva ses chaussures et les posa à côté d'une grosse pierre, puis se leva en regardant Kylie, un petit sourire aux lèvres.

– Rien du tout. Après avoir travaillé quelques semaines seulement dans la région, son équipe et lui ont brusquement renoncé à la subvention qu'on devait leur accorder pour ce projet. D'après la rumeur, les anges de la mort les ont fait fuir.

Kylie passa en revue le paysage magnifique et verdoyant. Le mélange de brume et de fines particules de soleil, qui dardait ses rayons sur elles par-dessus les arbres, évoquait le pouvoir et la magie dont Holiday avait parlé. L'ambiance qui régnait était bien trop respectueuse pour qu'on l'assimile à une drogue, et la splendeur naturelle trop spirituelle pour qu'on la dissèque et qu'on l'étudie au microscope.

– Je comprends pourquoi les anges de la mort n'aimeraient pas que des incrédules décident de fouiller partout. Je suis contente qu'ils les aient chassés.

– Idem, dit Holiday.

Lorsqu'elle se mit debout, les pieds nus de Kylie s'enfoncèrent dans la rive recouverte de mousse. Agitant les orteils, elle se pencha et remonta son jean.

Soudain, quelque chose descendit en piqué devant elle. Elle retint son hurlement quand elle s'aperçut que c'était le geai bleu. L'oiseau qu'elle avait ressuscité et qui, quelque part, s'était gravé en elle, ne cessait de lui rendre visite. Planant juste devant elle, il chantait comme s'il exécutait une ballade rien que pour elle.

– Je ne suis pas ta maman, déclara Kylie. Va vivre ta vie. Fais ce que font tous les oiseaux. Quitte le nid, comme on dit. Trouve-toi un beau geai bleu et vole-lui après.

– C'est mignon, gloussa Holiday.

– Peut-être, mais c'est aussi flippant, marmonna Kylie.

Son jean remonté sur ses jambes, elle avança d'un pas dans le ruisseau. L'eau fraîche qui clapotait sur ses chevilles était divine. Son cœur qui, quelques instants plus tôt, était à vif, s'allégea. Tout, pour l'instant en tout cas, allait bien. Son monde était gérable, ses problèmes lui semblaient faciles. Elle étreignit cette sensation avec passion.

Pourtant, si elle avait appris quelque chose de ses visites dans ce lieu exceptionnel, c'était que même une vie gérable ne voulait pas dire que les choses seraient parfaites. Une excursion aux chutes d'eau n'arrangeait pas tout. Elle offrait simplement la force de franchir les obstacles.

La vie pouvait tout de même faire mal comme une coupure en plein cœur.

Et elle en avait quelques-unes pour le prouver. Une vision d'Ellie l'envahit. Pourtant, tandis qu'une brise qui transportait la fraîcheur brumeuse effleurait le visage de Kylie, la douleur disparut peu à peu, remplacée par l'acceptation. Chaque nouvelle journée offrait des opportunités. On ne pouvait pas toujours contrôler sa vie, juste s'y adapter.

S'arrêtant en plein milieu du ruisseau, elle se tourna vers Holiday. Celle-ci restait plantée sur place, les yeux rivés sur Burnett, qui se tenait dans les arbres. L'expression sur son visage était un mélange d'inquiétude, de fascination et d'autre chose.

De l'amour. Burnett et Holiday étaient faits l'un pour l'autre. Ce sentiment lui vint avec une telle force et une telle certitude qu'il semblait accompagné d'un message, un message que Kylie ne parvenait pas à lire. Cela voulait-il dire qu'elle devait les aider pour que cela se produise ? Ou pouvait-elle croire que, si on le laissait se débrouiller, l'amour trouverait son chemin tout seul ?

Et pouvait-elle ressentir la même chose à propos de Lucas et d'elle ?

Elle n'était pas prête à qualifier cela d'amour. Lui non plus.

Mais Derek, si. *Je t'aime, Kylie.*

Elle ferma les yeux et tâcha de penser uniquement à la sensation de calme que les cascades offraient.

Chapitre 18

Le temps sembla s'arrêter pendant que Kylie et Holiday étaient assises côte à côte dans l'alcôve des cascades. Le mur d'eau diffusait la lumière qui arrivait ; seuls les rayons de soleil jaunes les plus brefs passaient au travers. Et la lumière se reflétait alors dans les gouttelettes de buée et dansait dans l'air. L'eau jaillissait dans un grondement bas, et de minuscules molécules de buée effleuraient leurs visages.

L'idée traversa Kylie que, peut-être, ce serait le bon moment pour parler à Holiday de sa sœur. Si quelque chose pouvait modérer la douleur cinglante de la nouvelle, c'était bien la magie de cet endroit. Pourtant, malgré le calme qui l'étreignait, parler à son amie de la mort de sa sœur lui faisait mal au cœur.

Puis un froid glacial bien familier envahit l'air humide. Hannah se matérialisa, debout dans une flaque d'eau. Ses yeux verts, brillants de larmes et remplis de tristesse, se rivèrent sur Holiday.

Inconsciente de la présence de sa sœur, celle-ci regarda fixement le mur d'eau. Elle se frotta les bras, comme si elle était transie de froid, puis tourna la tête et croisa le regard de Kylie.

– Un visiteur ?

Elle opina. Sa gorge se serra d'émotion quand elle jeta de nouveau un œil sur les larmes de Hannah.

Holiday haussa les épaules.

– C'est bizarre. En temps normal, ils ne reviennent pas ici.

Elle s'adossa aux rochers et regarda fixement le plafond de la grotte, comme si elle faisait ainsi de la place à Kylie pour s'occuper de l'esprit.

– *Elle me déteste,* déclara Hannah. *Et je ne lui en veux pas. Ce que j'ai fait était impardonnable.*

La honte envahit alors ses yeux remplis de larmes.

Kylie faillit lui demander ce qu'elle avait fait, mais décida de la laisser initier la conversation. Elle resta donc assise en silence, sentant le froid de la mort qui eut l'air de se mélanger au calme des cascades.

Elle étudia l'expression remplie d'émotion de Hannah, et comprit que l'esprit avait trouvé son chemin à travers la confusion de la mort, suffisamment pour communiquer.

Suffisamment pour se souvenir. Se rappelait-elle les instants précédant sa disparition ? Le nom de son assassin peut-être ? Mais tout ce que Kylie reconnaissait dans l'expression de Hannah, c'était du regret.

La regarder lui fit repenser à sa propre expérience, lorsqu'elle avait frôlé la mort. Lorsque Mario et ses amis l'avaient poussée de la corniche. Elle avait cru qu'elle allait mourir. Et elle ne serait plus là si Red, le petit-fils de Mario, ne l'avait pas sauvée en se sacrifiant.

Elle se rappela le regret qui l'avait consumée en pensant que c'était la fin. Probablement les mêmes émotions que celles que Hannah ressentait en ce moment. Tout le monde n'éprouverait-il pas la même chose ? Vivre, présuma Kylie, signifiait faire des erreurs, ainsi qu'engranger des points de karma.

Si Kylie n'avait jamais véritablement défini son job par son don de communiquer avec les fantômes, elle supposait que cela exigeait d'aider les esprits à se souvenir du bien qu'ils avaient fait, autant que de les aider à s'absoudre de toutes les erreurs non résolues. Apparemment, quand on était en vie, on passait la plupart de son temps à essayer de pardonner les autres, et quand on était mort, il fallait que l'on se pardonne soi-même.

– *Je parierais que vous étiez proches, vous deux,* dit Kylie. *J'imagine que vous vous êtes bien éclatées entre sœurs.*

Hannah leva les yeux sur elle.

– *Oui. Je regrette simplement que…*

Comme elle ne poursuivait pas, Kylie demanda :

– *Est-ce ce que tu veux de moi ? Que je lui parle juste de toi ? Que je vous fasse sortir, les autres et toi, du charnier ?*

– *Non, c'est plus que cela.* (Elle marqua une pause, comme si elle tâchait encore de se souvenir.) *Ça ne peut pas se reproduire.*

Le murmure de Hannah résonna sur les murs de pierre de la grotte, et le froid de sa présence s'intensifia.

Kylie remonta un genou contre sa poitrine.

– *Qu'est-ce qui ne peut pas se reproduire ?*

Hannah se rapprocha, perdue dans ses pensées.

– *Je ne peux pas la regarder sans me dire… que j'ai eu tort. Tellement jalouse. J'ai eu ce que je méritais. Je méritais de mourir, mais pas les autres. Il fallait que ça cesse.*

Des larmes emplirent de nouveau ses yeux. Le bruit de l'eau qui jaillissait, ponctué par la quiétude de l'air embué, ajoutait une étrangeté sinistre à l'instant.

– *Il la veut,* déclara Hannah en avançant d'un autre pas. (Le désespoir envahit ses yeux.) *Et tu dois l'arrêter.*

Le regard de Kylie se détacha du visage de l'esprit et fut captivé par l'eau calme qui ne bougea même pas lorsque Hannah fit un pas. Son esprit malheureux s'arrêta quand elle se tint juste au-dessus de Holiday et la dévisagea, avec un mélange d'amour et de regret.

Réalisant ce que Hannah avait dit, Kylie demanda :

– *Qui ? Arrêter qui de faire quoi ?*

Le portable de Holiday sonna et Kylie lui jeta un coup d'œil. La directrice s'assit, sourcils froncés.

– OK, c'est bizarre aussi. Les téléphones ne marchent pas ici, d'habitude.

Sortant son appareil de sa poche, elle regarda le numéro sur l'écran.

Kylie entendit Holiday retenir son souffle en même temps que Hannah. L'esprit laissa échapper un bruit de désespoir, et détala à travers les chutes d'eau. Ses pas, bien que rapides, étaient silencieux sur le sol de pierres.

Juste avant que l'esprit de Hannah ne traverse le mur d'eau à toute allure, elle jeta un œil sur Holiday, qui fixait, pétrifiée, le numéro à l'écran. Puis elle disparut, remportant le froid qu'elle avait apporté.

– Qui est-ce ? demanda Kylie à Holiday.

Celle-ci secoua la tête.

– C'est… Blake.

– Qui est Blake ? s'enquit Kylie, certaine quelque part qu'il avait un rôle clé dans tout cela.

Était-ce lui qu'elle devait empêcher de faire du mal à Holiday ?

Sa vie était-elle en danger ?

Le bourdonnement de l'eau qui coulait fut interrompu par le bruit de quelqu'un qui courait, qui traversait les cascades dans les éclaboussures. Kylie et Holiday levèrent les yeux.

Burnett, qui montait la garde devant les chutes, se précipita dans le courant, l'air complètement paniqué. Ses vêtements étaient mouillés ; et ses cheveux bruns, éparpillés sur son front, dégoulinaient sur son visage.

– Où est-elle passée ?

Il cilla, puis son regard se posa sur Holiday. Ses yeux s'écarquillèrent. Il secoua la tête, totalement confus.

– Je viens… de te… voir… partir en courant. Comment as-tu pu…

– Quoi ? fit la jeune femme.

Burnett resta planté sur place, son teint mat plus pâle que d'habitude ; il la fixait comme s'il venait de voir un fantôme.

Kylie se rendit brusquement compte que c'était précisément ce qui s'était passé. Burnett avait vu Hannah.

Oh mince, songea-t-elle. Burnett pouvait non seulement sentir les fantômes, mais aussi les voir.

– Comment aurais-je pu courir où ? demanda Holiday en rangeant son téléphone dans son sac. Tu racontes n'importe quoi !

Kylie ignorait ce qui la força à le faire, mais elle jeta un œil sur Burnett et secoua la tête, lui indiquant qu'il ne devrait rien dire à Holiday de ce qu'il avait vu.

Il ouvrit la bouche, puis la referma et regarda Kylie. Elle secoua très légèrement la tête, et elle sut qu'il avait compris.

Il se concentra de nouveau sur Holiday. Puis, toujours perplexe, il répondit :

– Je me suis mal exprimé. Je voulais dire que je t'avais entendue m'appeler.

– Non. Je ne t'ai pas appelé.

– Bien, lâcha-t-il étourdiment, et en un clin d'œil il retraversa le mur d'eau.

Holiday regarda, les yeux écarquillés, l'endroit où il se tenait une demi-seconde plus tôt.

– Je sais que tu m'as assuré qu'il reviendrait, et ce n'est pas comme si je ne te croyais pas, mais j'imagine qu'il fallait que je le voie de mes propres yeux pour le croire. Je ne…

je n'ai jamais vu personne qui puisse venir ici sans avoir été béni.

Mille idées traversèrent l'esprit de Kylie, qui ne savait que dire, mais elle se souvint ensuite du coup de fil de Holiday et de la douleur immense dans les yeux de Hannah quand elle s'était enfuie à toute vitesse. Puis elle repensa au sentiment bien distinct que l'appelant, qui que ce fût, avait un rapport avec Hannah et pourrait être la personne au sujet de qui l'esprit semblait se faire tant de souci.

– Qui est Blake ? s'enquit de nouveau Kylie.

– Tu n'as pas rendez-vous avec l'un des nouveaux enseignants ? demanda Burnett à Holiday un quart d'heure plus tard, lorsqu'ils arrivèrent dans la clairière après avoir quitté les cascades. Et si tu retournais au bureau, et que j'accompagnais Kylie à son bungalow ?

Kylie posa les yeux sur Burnett, et elle comprit sa stratégie. Il voulait être seul avec elle, afin de pouvoir l'interroger sur ce qui s'était passé. Elle devina à son silence et à la couleur de ses yeux que l'interrogatoire ne serait pas simple.

– Il me reste encore une demi-heure, si tu as autre chose à faire, déclara Holiday en scrutant Burnett avec une curiosité manifeste, probablement perplexe à cause du changement de couleur de ses yeux.

Sur le chemin de retour, elle n'y était pas allée par quatre chemins et l'avait questionné sur son aptitude à entrer dans les chutes d'eau. Il avait haussé les épaules et répondu qu'il n'y avait pas beaucoup réfléchi.

Ce qui était un énorme, un gigantesque mensonge. À l'évidence, il y avait beaucoup pensé. Et il s'était remis à y songer, parce qu'il se tut pendant un moment. Le silence les suivant lorsqu'ils traversèrent les bois, Kylie s'était concentrée sur ses propres réflexions, ou plutôt inquiétudes. Tâchant de percer le mystère de Blake à chacun de ses pas, elle s'était tracassée jusqu'à avoir la lèvre inférieure tout irritée à force de la mordiller.

Quand on l'avait interrogée au sujet de celui qui l'avait appelée, Holiday avait tourné autour du pot et répondu : « Quelqu'un que je connaissais. »

Ce qui n'avait pas fait du tout avancer Kylie. Elle avait été tentée de lâcher une liste de questions :

Blake connaissait-il aussi ta jumelle, dont je ne suis pas censée connaître l'existence ?

Crois-tu que ce Blake aurait pu faire quelque chose à ta sœur, du style la tuer ?

Dois-je parler de lui à Burnett, au cas où il serait la personne que je ne doive pas laisser te faire du mal ?

Oh oui, la jeune fille avait de nombreux sujets de préoccupation, y compris l'interrogatoire que Burnett lui réservait.

– Non, dit celui-ci, je vais raccompagner Kylie chez elle. Toi, tu te détends.

Le front de Holiday se plissa d'un air pas du tout détendu, et elle regarda son amie, comme si elle savait peut-être pourquoi le vampire agissait aussi bizarrement. Kylie haussa les épaules.

– OK, céda Holiday en se dirigeant vers le bureau.

Kylie entama sa longue marche en direction du bungalow et fit un pari avec elle-même sur le temps qu'il faudrait à Burnett pour la bombarder de questions. Une minute ? Deux ?

– Parle ! grommela-t-il, moins de vingt secondes plus tard.

OK, elle avait peut-être surestimé sa patience.

Il cessa de marcher et la regarda, l'air très renfrogné.

– Qui était-ce aux cascades, qui ressemblait tant à Holiday ? T'es-tu servie de tes pouvoirs de sorcière ?

Kylie hésita, elle ne savait pas quoi lui répondre. Elle se rappela ce qu'elle avait ressenti en apprenant qu'elle passerait le reste de sa vie à fréquenter des morts.

– Je n'ai rien fait.

– Alors qui ? demanda-t-il. Et pourquoi avoir caché cela à Holiday ? (Comme elle marquait une pause, il ajouta :) Tout de suite, Kylie ! Je veux des réponses ! Et n'oublie pas que je peux deviner quand tu mens.

Elle soupira. Elle comprenait sa frustration, mais…

– C'est la sœur jumelle de Holiday.

Ses sourcils s'arquèrent de confusion.

– Holiday a une jumelle ?

Kylie opina.

Burnett détourna les yeux une seconde, puis les reposa sur elle.

– Pourquoi n'en aurait-elle jamais parlé ? (Il passa une main sur son visage, l'inquiétude et la déception emplissant son regard. Il lâcha la réponse.) Parce qu'elle ne se confie jamais à moi.

Son regard se reposa brusquement sur Kylie.

– Mais… attends. Comment cette jumelle a-t-elle pu entrer dans le camp sans provoquer les alarmes ? J'ai consulté mon téléphone quand j'étais aux cascades. Elles n'avaient pas été déclenchées, et il n'y avait pas de mauvais temps pour me faire croire que quelqu'un aurait pu tromper le système.

– Elle n'a rien fait de tel, répondit Kylie. Elle…

Ce n'était pas facile à dire, mais elle marqua tout de même une pause pour essayer de trouver les mots justes.

– Elle a dû y arriver, poursuivit Burnett. Sinon comment ?

– Elle est morte, répondit Kylie, obligée de l'avouer. La sœur de Holiday est un fantôme.

Chapitre 19

– Sa jumelle est morte ? (Le ton de Burnett était rempli de compassion.) Comment ? Que s'est-il passé ?

Kylie ressentit de la chaleur à l'idée que celui-ci avait d'abord pensé à Holiday, avant de comprendre précisément ce que cela signifiait – mais elle s'attendait qu'il comprenne les implications d'ici une minute.

Ou peut-être en moins d'une minute. Ses yeux s'écarquillèrent de touches de panique et sa bouche devint toute flasque.

– Non ! Elle ne peut pas… parce que je ne peux pas… (Il secoua la tête.) Non.

– Ce n'est pas très différent de les sentir. Et tu savais déjà que tu pouvais le faire, déclara Kylie, qui espérait atténuer le choc.

– Ça n'a absolument rien à voir. (Il passa une main dans ses cheveux.) Comment… je suis un vampire et nous ne… Nous ne percevons pas les esprits.

– Je sais. Je me souviens que c'est ce que Holiday avait

dit. (Kylie marqua une pause.) Ce qui est encore plus étrange, c'est que tu l'as vue, et en temps normal, seule la personne connectée à l'esprit peut y arriver. Je ne perçois pas les fantômes de Holiday, ni elle les miens. Alors, pourquoi verrais-tu Hannah ?

– Je ne suis pas censé en voir du tout ! hurla-t-il. Je suis un vampire ! Très, très peu ont ce pouvoir secondaire.

Kylie agita les sourcils pour essayer de déchiffrer la configuration de Burnett.

– Tu ne l'es peut-être pas à cent pour cent. Si ça se trouve, ton arrière-arrière-grand-mère était un hybride, et cela apparaît maintenant, voilà tout.

Il se frappa le front.

– Ma configuration n'est-elle pas à cent pour cent vampire ?

Kylie haussa les épaules.

– Si. (Elle le scruta avec compassion.) Mais vu tout ce que j'ai traversé, j'ai peu à peu appris à ne pas donner beaucoup de crédit à la configuration de quelqu'un.

Il regarda fixement Kylie, comme si elle s'était transformée en quelque chose de mauvais.

– Cela n'arrive qu'à toi.

– Oui. Parfois cela fait ce genre d'effet.

Elle trouva sa réflexion drôle, quelque part. Elle haussa de nouveau les épaules, réprimant son sourire parce qu'elle ne pensait pas que le peu de sens de l'humour de Burnett pouvait fonctionné en ce moment.

– Mais, reprit-elle, il se passe quelque chose. Ta configuration dit que tu es un vampire à cent pour cent, et d'habitude, ceux de race pure ne savent pas communiquer avec les fantômes.

– Si ça se trouve, c'est une punition pour être entré dans les cascades.

Le premier instinct de Kylie, qui savait communiquer avec les fantômes, fut de se sentir légèrement injuriée que son don soit considéré comme un châtiment ; son second, de se souvenir qu'au début, c'était tout à fait ce qu'elle avait ressenti. Comme si on l'avait punie.

– Quoi ? demanda-t-il, comme s'il sentait qu'elle avait quelque chose à dire.

Mise en mauvaise posture, elle lança exactement ce qui lui vint à l'esprit.

– Communiquer avec Holliday ici, c'est un don, pas une punition.

– Pour moi, c'est une punition. Mince alors ! marmonna-t-il.

Kylie ne comprenait toujours pas comment cela avait pu se passer. Parce que même Holiday avait déclaré que très peu de vampires savaient communiquer avec les fantômes.

– Sérieux, tes parents sont des vampires de race pure, n'est-ce pas ?

Il la regarda fixement, comme si la question méritait réflexion. Détournant les yeux, il contempla le ciel en silence. Après plusieurs longues secondes, il reposa les yeux sur elle.

– OK… oublions les problèmes que tout cela me pose. (Il passa une main sur son visage, comme s'il essayait d'en faire disparaître sa confusion.) Pourquoi ne souhaitais-tu pas que Holiday sache que l'esprit de sa sœur était là ?

Kylie se mordit de nouveau le bord de la lèvre inférieure, puis s'arrêta quand elle s'aperçut qu'elle était irritée.

– À mon avis, Holiday n'est pas au courant. Je voulais arriver à comprendre au juste comment…

– Attends, Holiday n'est pas au courant de quoi ? demanda-t-il, impatient.

– De la mort de sa sœur.

Les yeux du jeune homme s'écarquillèrent.

– Elle ne sait pas ? Merde ! (Il expira.) Comment est-elle morte ? Depuis combien de temps ?

Avant même de répondre, Kylie se doutait de sa réaction. Cela n'allait pas lui plaire.

– Elle a été assassinée. Avec deux autres filles.

Le mécontentement envahit son regard, et il se raidit. Deux points pour avoir deviné sa réaction, songea-t-elle, et essayé de ne pas se laisser intimider par sa fureur.

– Assassinée ? lâcha-t-il. Depuis combien de temps le sais-tu, et surtout, pourquoi ne me l'avouer que maintenant ?

– Je... j'essaie encore de comprendre pourquoi. Hannah parvient seulement maintenant à me dire des choses. Et je m'efforce encore d'assembler toutes les pièces.

Une infime partie d'elle-même se demanda si peut-être il avait raison, et si elle avait eu tort d'essayer de gérer cela toute seule. Mais elle n'était pas seule. Il y avait Derek. Peut-être aurait-elle dû se confier à Burnett plutôt qu'à Derek.

Son incertitude fit irruption, puis se tassa. Ce calme qui persistait depuis les chutes monta dans sa poitrine, et quelque part, elle comprit qu'elle avait eu raison de suivre son instinct. Et n'était-ce pas ce que Holiday lui avait toujours conseillé de faire ?

– Tu aurais dû venir me voir pour que je puisse t'aider !

Kylie soutint son regard.

– Comme si tu étais ouvert à mes problèmes de fantômes. De plus, je faisais ce qui devait être fait, à mon sens.

Burnett se détendit, comme elle lui avait fait entendre raison.

– Quand il s'agit de Holiday, je suis toujours ouvert.

Kylie le revit dans ses yeux. Sa loyauté envers Holiday. Parce qu'il l'aimait, comprit-elle. Cela lui rappela Derek et sa volonté de l'aider avec ses fantômes, alors que personne d'autre ne le ferait.

Penser à Derek la fit repenser à Lucas. L'excursion aux cascades avait atténué son animosité envers lui, mais pas entièrement. Tôt ou tard, ils devraient parler tous les deux.

Simplement, elle ignorait comment cette conversation se

terminerait. Ni même si elle aurait lieu. Avait-elle raison d'être en colère contre lui parce qu'il gardait ses distances, alors qu'il le faisait pour éviter les conflits avec son père, afin que l'on puisse voter pour lui au conseil des loups-garous ? Ne devrait-elle pas se montrer plus conciliante et compréhensive ?

Burnett se massa le cou, comme pour en supprimer la tension.

– Il faut informer Holiday.

Kylie enfonça le bout de sa tennis droite dans la terre et se concentra sur le problème à l'ordre du jour, et non sur les siens avec Lucas.

– Je sais, mais je me suis dit que peut-être, si je comprenais ce que Hannah désirait, alors ce serait plus simple.

– Tu penses qu'elle veut quelque chose ?

Kylie hocha la tête.

– Ils veulent toujours quelque chose. C'est pour cela qu'ils ne sont pas passés de l'autre côté. C'est pour cela qu'ils viennent nous voir.

– Viennent *te* voir, la corrigea-t-il.

Puis il ajouta :

– As-tu la moindre idée de ce que ça pourrait être ?

Kylie se prépara de nouveau à sa réaction.

– Je n'en suis pas complètement sûre. Au début, je supposais qu'elles voulaient juste sortir, les autres et elle, de leur tombe de fortune. Et découvrir qui a fait cela. Mais, à présent… je crois qu'elle pense qu'elle doit protéger Holiday de quelque chose… ou de quelqu'un.

Son visage s'assombrit, mais, cette fois, son angoisse ne se concentra pas sur elle. Ses yeux brillèrent d'un besoin instinctif de protéger Holiday.

– Avant que tu ne me le demandes, je ne sais pas qui ou quoi au juste représente un danger pour Holiday.

Kylie n'était pas complètement sûre de devoir partager cela avec Burnett pour l'instant. La dernière fois qu'elle avait confié une information personnelle au sujet de Holiday au vampire, la jeune femme avait pété un plomb. Si Kylie découvrait que Blake représentait une menace, alors elle avouerait tout à Burnett. Mais il lui fallait d'autres informations. Que ni Holiday ni Hannah ne semblaient prêtes à donner.

Il agita les mains devant lui d'énervement.

– Alors, va trouver Hannah pour lui dire que tu veux des réponses.

– Ça ne marche pas comme ça. On ne va pas voir le fantôme. C'est lui qui vient à toi.

Son front se plissa.

– Je n'aime pas ça, dit-il. Rien de tout ça.

Sur ce point, Kylie était tout à fait d'accord avec lui.

Il resta planté sur place à contempler les arbres, comme si l'on pouvait cueillir les réponses dans les branches. Elle eut le sentiment qu'il n'était pas habitué à ne pas pouvoir obtenir les informations quand il les exigeait. S'il savait véritablement communiquer avec les fantômes, il avait encore beaucoup à apprendre au sujet de la patience. Elle plaignait le pauvre esprit qui se montrerait le premier.

Burnett finit par reposer les yeux sur Kylie.

– OK, dis-moi tout ce que tu sais. Tout. Nous allons essayer de comprendre.

Avant même de se mettre à parler, Kylie sut qu'impliquer Burnett allait changer la donne ; et elle ne savait pas si cela serait une bonne chose… ou une mauvaise.

L'après-midi, Kylie se tenait devant le frigo ouvert, le regard fixe. Elle écoutait le bourdonnement de l'appareil, et savourait l'air frais sur son visage, tandis que Miranda et Della étaient assises à la table derrière elle.

Hallucinant comme le froid était plus agréable quand il ne provenait pas de la mort. Non pas qu'elle ne veuille pas de la visite de Hannah, pas du tout. Il lui fallait vraiment des réponses. Mais si elle avait découvert quelque chose, c'était que l'on ne pouvait pas mettre la pression sur les esprits.

Kylie avait finalement réussi à convaincre Burnett de laisser un peu plus de temps à Hannah avant de faire de la peine à Holiday, en lui apprenant que sa sœur était morte. Pour une raison inconnue, elle sentit que savoir précisément ce que Hannah désirait était important. Mais Kylie s'inquiétait tout de même : si ça se trouvait, c'était son propre désir de remettre à plus tard le fait de faire du mal à Holiday qui encourageait cette décision.

Burnett reconnut également que faire un tour au café pour vérifier s'ils pouvaient obtenir des informations sur Cara M. serait une bonne chose. Il ferait en sorte de s'y rendre le samedi matin avec Derek. Burnett voulait que le garçon l'accompagne, parce que lorsqu'elle lui avait annoncé ce que celui-ci avait découvert jusque-là, il avait été impressionné par les compétences d'investigateur de Derek.

Tant pis si Lucas piquait une crise quand il découvrirait que Burnett avait demandé à Derek de se joindre à eux. Mais si ça se trouvait, il n'apprendrait rien du tout. Vu le peu de temps qu'elle avait passé en tête à tête avec lui récemment, il ne le saurait peut-être jamais. Ou s'en moquerait bien.

Elle ferma les yeux. Non, il ne s'en fichait pas. Mais, pour l'instant, il avait simplement d'autres préoccupations.

Se mordillant la lèvre, elle se souvint qu'elle n'avait toujours pas répondu à ses textos. Elle ne savait pas quoi lui écrire, parce qu'elle ne savait plus ce qu'elle ressentait. Une minute, elle était furieuse, et la suivante elle se demandait si c'était juste d'être en colère contre lui.

– Qu'est-ce qui ne va pas ? s'enquit Miranda.

Kylie ouvrit les yeux et se concentra sur ce qui se trouvait devant elle et non pas sur ce qui se passait en elle.

– Nous n'avons plus de soda.

– Et si tu nous en faisais apparaître un, vite fait ?

Kylie reposa les yeux sur elle.

– Apparaître comme…

– Ouaip, dit-elle en levant le petit doigt.

– Et si tu t'y collais, *toi*, plutôt ? suggéra Kylie, et elle vit les yeux de Della s'écarquiller.

– Parce que toi, tu as besoin de faire apparaître des choses, déclara Miranda d'un air détaché. Tu as besoin d'étreindre ton esprit intérieur de Wiccan.

Kylie avait réussi à éviter toute magie depuis l'incident du presse-papiers dans l'entrejambe de Burnett. Et elle aurait bien aimé continuer, mais à en juger par l'expression de Miranda, elle savait que cela n'allait pas être possible. En tout cas, pas sans lui faire de la peine.

Et elle détestait froisser qui que ce soit. Surtout Miranda.

– OK… comment fais-tu ? (Elle ferma le frigo et inspira.) Sans mettre en danger la vie d'aucune d'entre nous.

Miranda poussa un cri perçant et, tout excitée, se trémoussa sur sa chaise.

Della gratifia Kylie d'un air approbateur.

– J'aime bien la partie « ne pas mettre en danger la vie d'autrui », ajouta Della avec un sourire.

– Respire un bon coup, rétorqua Miranda. Détends-toi, concentre-toi. Puis imagine un pack de six cannettes glacées et agite ton petit doigt.

Un pack de six cannettes glacées. Kylie inspira. Elle tendit le petit doigt, et juste alors, Della intervint :

– Nous parlons d'un pack de six cannettes de soda, et pas d'un beau gosse aux super abdos, n'est-ce pas ?

Il y eut un étrange grésillement dans l'air, et d'un seul coup, surgit devant le réfrigérateur un type torse nu aux superbes abdos qui frissonnait. Ses cheveux bruns pendillaient sur son front, et ses yeux bleus les scrutaient toutes les trois, complètement confus.

– Que se pass… marmonna-t-il.

Kylie haleta.

Miranda gloussa.

Della s'étrangla de rire.

– Va-t'en ! hurla Kylie, le visage rouge, en agitant le petit doigt sur le beau gosse.

Il partit aussi vite qu'il était apparu. Kylie reposa les yeux sur ses deux meilleures amies, en plein fou rire. Elle appuya sa main sur son cœur qui battait la chamade.

– Ne t'avise plus jamais de me pousser à faire ce genre de choses ! cria-t-elle d'une voix grinçante.

– Ce n'était pas… Comment il s'appelle déjà ? Zac quelque chose ? fit Della. L'acteur.

– Oh si, carrément ! s'écria Miranda.

– J'ai toujours trouvé qu'il ressemblait un peu à Steve, pas vous ? demanda Della.

– Oh mince, dit Kylie en enfouissant son visage entre ses mains. Je ne lui ai pas fait de mal, si ? Ça ne lui donnera pas de cancer ni rien ?

– Non, répondit Miranda, un fou rire dans la voix.

– Tant mieux, lança Della en se frottant les mains. Alors, fais-le revenir. Je voudrais voir s'il ressemble vraiment à Steve.

– Ça ne va pas la tête ? s'écria Kylie. (Puis elle se concentra sur Miranda.) Est-ce qu'il se souviendra de cela ? Est-ce qu'il croira qu'il a perdu la boule ?

– Ça s'est passé si vite qu'il pensera sûrement qu'il l'a imaginé. En plus, ce n'est pas ta faute. (Miranda gloussa de nouveau.) C'est celle de Della.

Miranda désigna l'accusée du doigt.

– Ben voyons, accusez la vampire ! grogna celle-ci.

Miranda leva les yeux au ciel.

– Della a mis cette image dans tes pensées, et je ne sais pas pourquoi, mais tu as juste imaginé Zac. (Miranda sourit de nouveau.) Visiblement, il te plaît bien !

Kylie tâcha de le nier, en vain.

– Je refuse tout de même d'endosser la responsabilité de tout ça, dit Della.

Miranda la regarda.

– Je suppose que j'aurais dû te demander de te taire. Désolée. (Elle se couvrit la bouche et partit d'un autre rire railleur. Puis elle se redressa.) Mais… waouh ! Je dois t'avouer que je suis choquée. Seules les sorcières les plus puissantes savent téléporter des êtres humains. Même ma mère n'y arrive pas.

– Vous ne trouvez pas qu'il ressemble à Steve ? répéta Della.

Kylie se laissa tomber sur sa chaise.

– Je m'en fiche bien. Je ne recommencerai pas. Je n'ai aucun contrôle et je n'y connais rien. Je suis sûre et certaine de tout faire foirer.

– Voilà pourquoi tu as besoin de t'entraîner. De plus, il n'est rien arrivé de grave, déclara Miranda.

– Tu rigoles ? J'ai fait apparaître une star à moitié nue dans notre bungalow !

– Et qu'y a-t-il de grave là-dedans ? demanda Della. C'est vrai, quoi, je déteste le dire, mais pour la première fois, je vois que ça pourrait être cool d'être une sorcière.

– Merci !

Miranda se redressa d'autant plus.

– C'est vrai, tu peux faire apparaître tout ce que tu veux ? Un beau gosse ? Une tasse de sang O négatif ? De nouveaux jeans ? s'enquit Della.

– Arrête, tu ne peux pas faire ça, rétorqua Miranda, c'est totalement contraire aux règles.

– Mais… (Kylie la fixa du regard.) Tu viens de me le demander !

– Oui, mais tu es une novice ! Ça ne compte pas ! (Miranda reposa les yeux sur Della.) Ce n'est pas pour dire que je ne peux rien faire. Si c'est pour notre plus grand bien, ça ira. Si c'est pour son propre bien, alors il faut que ce soit dans la limite du raisonnable. Si l'on me donne un sandwich au thon et que je veux de la dinde, alors ce n'est pas grave. C'est échanger une viande contre une autre. Mais si j'y avais un peu trop recours, je me ferais taper sur les doigts.

– Par qui ? s'enquit Della. Les dieux de la viande ?

Miranda fronça les sourcils, comme pour montrer qu'elle ne plaisantait pas, et Kylie était entièrement d'accord.

– Par la Wicca.

– Attends, dit Kylie, tu veux dire qu'elle sait ce que je fais ?

Della s'éclaircit la gorge, comme en guise d'avertissement, mais sa mise en garde échappa à Kylie. Elle était trop inquiète de ce que la Wicca soit au courant de ses erreurs stupides pour y prêter attention.

– Oui, répondit Miranda. Les Wiccans sont comme le père Noël avec leurs boules de cristal magiques. Ils devinent si tu es bonne ou mauvaise.

– Super ! Donc en ce moment, il y a quelqu'un qui regarde dans une boule magique et qui sait que j'ai fait apparaître un acteur canon à moitié nu ? dit Kylie.

– Tu as fait quoi ? fit une voix masculine grave derrière elle.

La jeune fille s'immobilisa, de crainte que Zac soit de retour. Le fait que cela ne lui fasse pas du tout plaisir en disait beaucoup sur son humeur. Puis elle repassa la voix dans sa tête et reconnut la voix de baryton.

Zut alors. Maintenant, elle avait des problèmes.

Chapitre 20

Kylie se tourna sur sa chaise, face à un Lucas perplexe. Il portait un jean noir et un T-shirt bleu clair uni. Celui-ci le moulait juste assez pour qu'elle sache que ses abdos pouvaient rivaliser avec ceux de Zac.

Il continua à la fixer.

– Viens-tu de dire que…

– C'est un sortilège qui s'est mal passé… j'ai fait apparaître un type il y a quelques secondes.

En temps normal, elle aurait rougi, mais le dilemme affectif qu'il lui posait fit disparaître son embarras.

Elle se leva. Rien que le fait de rester assise lui donnait la bougeotte. Sa poitrine se gonflait aussi bien de la joie de le revoir que de l'angoisse liée à sa colère non résolue envers lui. Elle voulait l'embrasser, mais désirait également tout lâcher et pleurer.

– Ah.

Il regarda Della et Miranda d'un air entendu. Avant qu'il ne trouve les mots pour poser sa question, elles se levèrent. Miranda avança d'un pas nonchalant, la posture de Della exprimait sa mauvaise humeur.

– Nous serons sur la terrasse.

Le ton de la vamp reflétait le langage de son corps.

– Merci.

Si Kylie ne leur avait pas confié ses appréhensions les plus récentes au sujet de Lucas, elle savait qu'elles s'en doutaient. Tout comme elle savait ce qui se passait dans leur vie. Elle regarda ses deux meilleures amies partir pour lui laisser de l'intimité.

Le regard de Kylie resta rivé sur Lucas et ses yeux bleu foncé la fixèrent jusqu'à ce que la porte se ferme. Elle se retourna face au réfrigérateur et tâcha de décider ce qu'elle ressentait… en plus de souffrir. Juste pour se donner quelque chose à faire, elle ouvrit l'appareil.

– Tu veux boire quelque chose ? demanda-t-elle, bien qu'il n'y ait rien d'autre que de la saumure dans un pot de cornichons vide, et un flacon de sang de Della.

– Je t'ai envoyé trois textos, des e-mails et tu ne m'as pas répondu.

Il avait l'air blessé.

Fermant les yeux, elle tâcha de chasser le tortillement de culpabilité qui lui serrait l'estomac.

– Je n'ai pas regardé mes e-mails, dit-elle.

Elle referma le frigo et se dirigea vers son ordinateur.

– Que fais-tu ? demanda-t-il.

– Je consulte mes messages. Tu m'as dit que tu m'en avais envoyé.

Ça avait l'air stupide. OK, ça n'en avait pas uniquement l'air, ça l'était. Mais il lui fallait quelques minutes pour réfléchir.

Avait-elle tort d'être en colère ?

Ou raison ?

Elle se laissa tomber dans le fauteuil. L'ordinateur allumé, il suffisait d'un clic pour lire ses e-mails. D'un coup d'œil vers le bas pour voir le nom de Lucas.

L'objet de ses trois e-mails était le même : « Tu me manques. »

Un nœud se forma dans sa gorge.

– Tu es en colère contre moi ? demanda-t-il.

– Oui.

Son regard se porta en bas de l'écran, et elle eut l'impression que son cœur se mettait à gonfler jusqu'à devenir trop grand pour sa poitrine. La douleur était réelle, et elle avait du mal à respirer.

Elle déglutit.

– Non.

– Oui ou non ? Tu es en colère ou non ?

Il semblait blessé. Ou furieux. Les deux, peut-être.

Elle ferma les yeux, et si elle ne l'entendait pas, elle sentit qu'il s'était rapproché ; son odeur, une odeur de terre merveilleuse, sembla élire résidence dans son bungalow.

Elle inspira.

– Peut-être.

– D'accord.

En effet, elle l'entendait de plus près. Trop près. Juste derrière elle. Si près qu'elle pouvait le toucher.

Aussi tentant fût-il de se retourner, elle n'en fit rien. Elle regarda fixement l'écran et retint son souffle.

– Est-ce que c'est ce qu'on entend par « les femmes sont changeantes » ?

Une légère touche d'humour résonnait dans sa voix.

– Possible, marmonna-t-elle.

– C'est parce que je ne suis pas venu hier soir ? J'ai laissé un petit mot, tu dormais.

– Ce n'est pas pour ça.

Son regard resta fixé sur l'écran d'ordinateur. Elle remarqua trois e-mails de son beau-père. Une autre chose affectivement difficile qu'elle devait affronter. Savoir que sa mère fréquentait un homme, que son beau-père et sa mère ne revivraient probablement jamais ensemble, compliquait davantage leurs retrouvailles.

Elle cilla.

– Alors, où est le problème ?

Sa main se posa doucement sur son épaule. De la chaleur afflua de sa paume.

– Parce que, en ce moment, j'aimerais vraiment t'embrasser et je ne sais pas si cela est possible. Si tu es réellement en colère contre moi, bien sûr.

Son cœur battit la chamade à l'idée qu'il l'embrasse. De sentir sa poitrine contre la sienne.

– C'est parce que tu m'évites. Tu t'éloignes.

Son autre main effleura l'épaule de la jeune fille.

– Jusqu'à ce que mon père m'autorise à intégrer le conseil, c'est tout. Je sais que c'est dur, et oui, être ensemble sera d'autant plus difficile avec Clara ici, mais… j'ai besoin de son aval. Je ne crois pas que cela durera encore longtemps.

Elle cilla de nouveau, et elle les vit alors. Quatre… non, cinq e-mails avec le mot « brouillard » en objet. Pourrait-ce être…

– Oh, merde !

Elle en vit un autre provenant de la même adresse dont l'objet disait : « parlons ».

– Oh merde quoi ? fit-il.

Elle ouvrit la bouche pour lui expliquer, mais la referma en même temps que ses e-mails. Elle ne lui avait pas raconté que c'était son grand-père qui avait pourchassé sa sœur – elle s'était tue, car cela lui semblait pas bien. Le lui annoncer maintenant lui paraissait encore moins nécessaire.

Si elle décidait de rencontrer son grand-père sans Burnett, Lucas ne serait pas d'accord. Il se montrerait surprotecteur et insisterait pour lui en parler.

Kylie ne pouvait pas laisser Lucas le dire à Burnett, parce que celui-ci ne voudrait pas qu'elle voie son grand-père sans qu'il soit présent. Et il semblerait que ce dernier ne soit pas impatient de faire la connaissance de vampire.

Elle devait le rencontrer – avec ou sans Burnett. Il avait des réponses, et découvrir celles-ci était sa quête. Combien de fois Holiday lui avait-elle répété que suivre sa quête, c'était écouter son cœur ? Et celui-ci lui disait que c'était la chose à faire. Lucas n'aurait qu'à comprendre.

Et juste alors, elle comprit. La quête de Lucas consistait à intégrer ce conseil. Et pour y arriver, il devait faire croire à sa meute et à Clara qu'elle ne comptait pas beaucoup pour lui. Comment pourrait-elle lui en tenir rigueur alors qu'elle avait… son propre programme… qui était tout aussi important pour elle ?

Elle devrait se montrer plus compréhensive. Si sa requête voulait dire qu'ils ne pouvaient pas prendre leurs repas ensemble, ou qu'il doive faire semblant de ne pas être ensemble, elle l'accepterait. Tout comme elle attendait de lui qu'il accepte qu'elle doive suivre sa propre voie.

Elle se leva, se retourna vers lui.

– Je suis désolée. Je dramatisais.

Elle mit ses mains sur son torse.

Il la regarda fixement, l'air encore plus perplexe.

– Tu n'es pas en colère ?

Elle lui offrit un sourire qui venait du plus profond de son cœur. Que son grand-père n'ait pas renoncé à la voir emplit sa poitrine d'un léger pétillement. Elle braqua son regard sur l'ordinateur, puis croisa celui de Lucas.

– Cela fait du mal de me dire que je passe après tout le monde, mais…

– Tu ne passes pas après tout le monde. Quand j'intégrerai ce conseil, j'aurai le pouvoir de mettre un terme à toutes ces bêtises. Les loups-garous les plus jeunes réclament à grands cris quelqu'un dans le conseil pour formuler leur opinion. J'obtiendrai leur appui, et les anciens ne pourront pas nous dicter qui voir et avec qui partager notre vie. Ils ne tiendront personne responsable des péchés de leurs parents. Je t'en prie, laisse-moi un peu de temps.

– D'accord. Et désolée de m'être comportée en garce.

– Je n'ai jamais dit cela.

Il l'attira contre lui. Si près que la chaleur de son corps envoya une vague de plaisir en elle.

– Je sais. Et je comprends, à présent. (Elle croisa son regard et s'humecta les lèvres.) Tu ne m'as pas dit que tu voulais m'embrasser ?

Son front se plissa, mais il sourit.

– Je crois que je ne comprendrai jamais les filles.

– Alors, arrête d'essayer.

Elle se leva sur la pointe des pieds. Elle désirait embrasser passionnément Lucas, et elle voulait ensuite découvrir ce que son grand-père disait dans ses messages. Mais à la minute où les lèvres du garçon touchèrent les siennes, où son torse chaud se colla contre elle et où ses mains glissèrent sous sa chemise pour se loger dans la courbe de sa taille nue, elle décida que les e-mails attendraient encore un peu.

C'était… magique. Le genre de magie qu'elle pourrait faire sans tout ficher en l'air.

Cette nuit-là, Kylie était allongée dans son lit, tout habillée, et attendait que Miranda rentre de sa sortie nocturne avec Perry. Leurs soirées duraient de plus en plus longtemps. Mais elle ne leur en voulait pas. Se séparer de Lucas après leur petite séance de câlins avait été dur – même si les e-mails de son grand-père l'attendait.

Lucas ronronnait de désir et elle aussi, avec lui. Le don qu'avaient les loups-garous mâles de séduire leur partenaire l'avait piquée en plein cœur. Son contact était si génial qu'elle n'avait pas voulu arrêter. Cela devenait de plus en plus difficile de ne pas céder. Et pourtant… elle arrêta.

Peut-être à cause des e-mails.

Peut-être parce qu'elle ne souhaitait pas que ses problèmes non résolus planent sur leur première fois. Et si elle comprenait que Lucas poursuive sa quête, tout au fond, cela lui faisait encore mal.

Della et Miranda étaient assises dehors, sur la terrasse. Oui, c'était avant tout pour cela qu'elle avait trouvé la volonté d'empêcher que les choses aillent encore plus loin.

Le fait que Lucas et elle soient en train de s'embrasser sur le canapé, tandis que ses deux meilleures amies se trouvaient dehors, sur la terrasse, l'avait fait rougir lorsqu'elle les avait affrontées toutes les deux après le départ du garçon. Ce qui n'arrangeait pas la situation, c'était de savoir que Della pouvait sentir les phéromones qu'ils avaient émises.

Toutefois, cette rougeur et ces phéromones allaient contribuer à faire fonctionner le plan de ce soir. Le plan que Kylie avait élaboré dès qu'elle avait lu le message de son grand-père, qui lui demandait de le retrouver – seule – au cimetière de Fallen.

Son grand-père avait-il appris la vérité ? Que, jusqu'à récemment, son épouse, la grand-mère de Kylie, y était enterrée dans une tombe sous un faux nom ?

L'e-mail qu'elle lui renvoya avait été bref : « Je ferai tout mon possible pour y être à une heure du matin. » Qu'elle n'ait ensuite plus eu de nouvelles ne l'avait pas trop perturbée. Il avait demandé. Elle avait répondu. Que demander de plus ? Mais cela ne l'avait pas empêchée de consulter ses messages tous les quarts d'heure.

Le revers de la médaille, c'était qu'elle devrait mentir à ses colocs. Un mensonge qui ne fonctionnerait que si Della n'écoutait pas le cœur de Kylie battre rapidement, à cause du pieux mensonge. Si Kylie pouvait en dire un et que Della le croyait automatiquement, elle ne vérifierait pas les pulsations de son amie. Ou du moins, Kylie priait pour que cela puisse fonctionner ainsi.

Quelques minutes plus tard, elle entendit Miranda et Perry sur le porche. Elle se leva. Doucement, elle se rendit dans le séjour et attendit que Miranda entre. Kylie savait que Della était déjà probablement au courant qu'elle s'était levée.

La porte s'ouvrit. Lorsque Miranda la vit, elle sursauta.

– Ce n'est que moi, dit Kylie.

– Que fais-tu ici ?

Ne prenant pas le risque de mentir deux fois, elle commença son plan :

– L'as-tu vu ? demanda-t-elle.

– Vu qui ? dit Miranda en la dévisageant. Serais-tu encore en train d'avoir l'une de ces visions bizarres ?

– Non. As-tu vu Lucas ? Il est censé passer et... nous irons quelque part, pour être seuls. (Se ruant vers la fenêtre, et jeta un coup d'œil au-dehors.) Le voilà, mentit-elle. (Et elle culpabilisa.) Faut que j'y aille.

Miranda l'attrapa par le coude.

– Est-ce que tu vas...

Peut-être était-ce l'imagination de Kylie, mais elle put jurer entendre Della sortir de son lit.

– Explique-le à Della pour moi. Dis-lui que je tiens à être seule avec Lucas. Que j'ai demandé à avoir ce moment en solo avec lui.

Si Della écoutait avec son ouïe supersonique, elle penserait que c'était la vérité. Kylie désirait être avec Lucas, voilà tout.

Sachant qu'elle devait impérativement s'en aller avant l'arrivée de Della, Kylie fila dans l'obscurité et laissa Miranda plantée sur place, la bouche légèrement entrouverte.

L'air nocturne de la fin août détenait une espèce de

fraîcheur. Kylie descendit de la terrasse à toute vitesse, et courut le plus vite possible le plus loin du bungalow.

Faites que ça marche. Faites que cela fonctionne. Elle répéta ces mots comme une litanie. Savoir qu'elle suivait son cœur la fit frémir.

À chacun de ses pas qui l'emmenait plus loin, elle prenait confiance. Même en entendant la mise en garde de Burnett de ne jamais entrer seule dans les bois, elle savait que cette route offrait la plus rapide des échappatoires, et elle la prit. Avançant entre les arbres, elle assuma le risque. Mario ou quelqu'un de sa bande l'attendait peut-être.

Mais c'était un risque qui en valait la peine, se dit-elle. Et elle ignora cette sensation d'être suivie, ignora le picotement de culpabilité qu'elle ressentait pour avoir menti à ses deux meilleures amies.

Elle n'avait pas le choix. C'était sa quête. Et le risque devait lui appartenir, pas à l'une de ses amies qui se sentaient obligées de la suivre partout. Elle refusait de mettre quelqu'un d'autre sur la route de Mario.

D'un seul coup, le téléphone bipa dans sa poche ; un texto. Elle ralentit pour lire le message.

Derek.

– Zut, murmura-t-elle dans l'air nocturne.

Pas de doute, Derek avait senti ses émotions et s'inquiétait. Mais si elle lui disait, comme Della ou Miranda, il se croirait obligé de l'accompagner. Elle rangea son portable et se força à accélérer le pas.

En esquivant les branches et en enjambant les buissons épineux, elle écouta les bruits nocturnes. S'apaisa, à l'idée de savoir que l'obscurité ne s'était pas tue. Si Della l'avait suivie, elle serait déjà là. Kylie ne pouvait qu'en déduire que son plan avait marché. Della avait cédé à sa volonté de rester seule avec Lucas.

Consciente de la distance parcourue, elle comprit qu'elle s'approchait de la clôture de Shadow Falls. Son cœur se serra : elle savait que là, son plan pourrait être bouleversé. Burnett pourrait accourir à tout moment.

Toutefois, elle avait entendu dire qu'il y avait toujours quelqu'un qui ne respectait pas le règlement. Perry, qui n'appréciait pas qu'on le limite quand il se transformait en une autre créature. Puis Lucas et sa meute, constamment appelés à rendre visite à leurs aînés, qui ne se pliaient pas au règlement de Shadow Falls.

Peut-être que Burnett ne devinerait pas que la personne qui se faufilait en dehors de Shadow Falls, c'était Kylie.

Le portail devint visible. Il se dressait devant elle, imposant, sur plus de deux mètres de haut. Le souffle de Kylie s'accéléra. Elle prit son élan et pria pour pouvoir sauter par-dessus la barrière de métal.

Elle eut l'impression que son corps était très léger quand elle monta de plus en plus haut. Ses pieds franchirent la clôture et elle se retrouva de l'autre côté, évitant un mauvais atterrissage – et de graves blessures. Elle roula sur deux mètres.

Elle se releva, effleura son coude, qui avait touché la terre avant elle. La douleur s'atténua, passa après sa sensation de réussite. Elle le faisait. Elle allait y arriver.

Sa paume rencontra du sang poisseux. L'odeur de fruits rouges envahit son nez. Qui savait que son propre sang pouvait sentir aussi bon ? Elle continua à avancer vite mettant de la distance entre le portail et elle.

Les bruits nocturnes chantaient encore autour d'elle. Pas de vampire pour faire taire la nuit. Elle était seule.

Elle traversa la route et pénétra sous les arbres qui la longeaient, sans cesser d'avancer. Si ses estimations étaient justes, elle ne se trouvait qu'à quelques kilomètres du cimetière.

Elle allait enfin rencontrer son grand-père et apprendre la vérité. Le mystère de son identité – ce que signifiait être un caméléon – était sur le point d'être résolu. Un sourire se dessina sur son visage.

Une sensation de victoire envahit sa poitrine et lui donna de la vitesse, de l'agilité et du courage.

Jusqu'à ce qu'une voix d'homme crie :

– Où vas-tu comme ça ?

Le sang vibra dans ses oreilles et, au début, elle ne reconnut pas la voix – sauf qu'elle savait que ce n'était pas Burnett. Peu importait. Elle se moquait bien de qui il s'agissait parce que nul n'était le bienvenu à ce moment. Elle avait une mission, et elle ne voulait pas de compagnie. Et c'était exactement ce qu'elle avait l'intention d'expliquer à l'intrus.

Elle s'arrêta aussi brusquement qu'on pouvait le faire quand on avançait à une vitesse folle et inhumaine. Ses jambes se dérobèrent sous elle. Elle passa les bras autour d'un arbre, évitant une mauvaise chute de justesse.

Sans connaître l'identité de l'intrus derrière elle, elle continua à s'accrocher désespérément au tronc, lorsqu'une autre voix, différente de la première, s'éleva :

– J'allais te poser la même question.

Chapitre 21

La déception parcourut ses membres à toute allure. La voilà avec deux intrus au lieu d'un. Elle voulait hurler, mais l'air restait coincé dans ses poumons et rien n'en sortait. Furieuse, elle virevolta pour affronter les propriétaires des deux voix. Elle pouvait être fière d'une chose : elle avait eu raison. Il n'y avait pas de vampire dans les bois.

Juste un métamorphe fort en gueule, sous sa forme d'oiseau, et un loup-garou très, très, très énervé.

Elle inspira. Toujours incapable de reprendre son souffle, elle se plia en deux et, les mains sur les genoux, attendit que ses poumons s'ouvrent. Quand l'oxygène finit par affluer dans son cerveau, ses pensées s'éclaircirent.

Et l'une d'elles se détacha : elle ne les laisserait pas l'arrêter.

Elle se redressa, croisa le regard de Perry avec une détermination absolue. Puis elle posa le même regard noir sur Lucas.

– Je poursuis ma quête. Laissez-moi faire ce que j'ai à faire.

– Tu as perdu la boule ou quoi ? fit Perry.

– Que se passe-t-il, Kylie ? demanda Lucas.

La jeune fille regarda fixement le loup-garou.

– Je viens de le dire : je poursuis ma quête. J'ai besoin que vous vous en alliez C'est important, et je ne vous le demande pas, je vous l'ordonne. Laissez-moi tranquille !

Elle espérait avoir l'air plus assuré qu'elle ne l'était en réalité. Elle attendait que d'un moment à l'autre, la nuit devienne silencieuse et que Burnett apparaisse. Pour une raison quelconque, elle se sentait capable de tenir tête à Lucas et à Perry, mais se rebiffer contre l'autorité n'avait jamais été facile pour elle. Et Burnett l'incarnait, façon « gros dur ».

Avant de réfléchir à l'image qu'elle donnait d'elle, elle demanda :

– Burnett est-il au courant ?

Lucas garda le silence et continua à la dévisager avec colère, légèrement choqué par son comportement.

– Comment m'as-tu retrouvée ? demanda-t-elle au métamorphe, alors que de minuscules bulles d'électricité se formaient peu à peu autour de lui.

Une seconde plus tard, Perry apparut sous sa forme humaine.

– Je volais dans le coin après avoir laissé Miranda, et je t'ai vue sauter par-dessus la clôture.

Elle jeta un regard furieux sur Lucas.

– Et toi ?

Ses yeux s'éclairèrent de colère, il se renfrogna encore plus, mais se décida enfin à parler :

– Burnett pensait que c'était moi qui avais déclenché l'alarme, il m'a appelé, et j'ai eu un très fort pressentiment que je devais m'assurer que tout allait bien. Puis j'ai vu Big Bird qui volait par ici et…

– Big Bird ?

La frustration rendit la voix de Perry plus grave.

– Tu m'espionnes ?

Les yeux de celui-ci devinrent orange, comme ceux de Lucas.

– Pas du tout, ce n'est pas ce que tu crois. (Lucas prit une posture moins défensive.) Je me suis dit que tu avais peut-être remarqué que quelqu'un entrait ici par effraction. (Son regard se reposa sur Kylie.) Pour faire du mal à la personne même qui s'est enfuie. (Il se rembrunit encore plus, complètement concentré sur Kylie, son inquiétude dirigée sur elle.) Mais ce n'est pas important. Ce qui l'est, c'est la raison pour laquelle tu prends de tels risques. Tu sais que c'est dangereux. Alors, rentrons avant que Burnett ne le découvre.

C'était précisément la raison pour laquelle Kylie devait cesser de discuter avec eux et continuer son chemin. Si Burnett apprenait qu'elle n'était plus là, elle s'en souviendrait toute sa vie.

Elle jeta un coup d'œil sur sa montre. Une heure moins cinq. Elle n'avait plus le temps. Son grand-père ne lui paraissait pas du style à apprécier que l'on arrive en retard.

Se souvenant qu'elle était impuissante, elle agita son auriculaire droit sur son annulaire. Toutefois, l'idée de s'en servir ne lui plaisait pas plus que cela.

– OK, explication courte : je dois retrouver quelqu'un. Nous pouvons donc soit opter pour la solution de facilité, soit pour la difficulté.

– Rencontrer qui ? demandèrent Lucas et Perry en même temps.

– Mon grand-père. Il m'a contactée et…

– Comment ? s'enquit Lucas.

– Par e-mail, expliqua Kylie, qui ignorait si leur avouer la vérité fonctionnerait, mais son autre option, elle ne la sentait pas.

D'autant moins qu'elle n'avait aucune idée de ce qu'elle faisait quand elle jetait des sorts. Autant demander à ce pauvre Zac !

– Ne sois pas idiote, lança Perry. Comment sais-tu si ces messages venaient vraiment de lui ?

– Je le sais, répondit Kylie avec assurance, et elle chassa l'idée que Perry puisse avoir raison.

Peut-être que tout cela était un piège. Mais son instinct lui disait le contraire. Si elle se trompait, elle le paierait de sa vie. Sinon, elle obtiendrait les réponses qu'elle cherchait depuis le jour même de son arrivée à Shadow Falls

Risqué ? Peut-être. Mais un risque qu'elle était prête à prendre.

– Vous pouvez accepter de me laisser y aller, ou…

– Non. (Les épaules de Lucas se contractèrent.) Tu n'es pas…

Elle n'attendit pas plus longtemps. Elle agita le petit doigt et imagina un grand filet qui tombait du ciel et qui prenait les deux garçons au piège pour les empêcher de la suivre.

Elle le vit dégringoler du ciel à toute vitesse, et évita de justesse de se faire capturer à son tour

– Désolée, cria-t-elle, et elle s'enfuit en courant.

De toutes ses forces, elle se concentra pour s'enfuir avant qu'ils n'arrivent à se libérer.

Kylie courut. Non, ce n'était pas vrai. Parce qu'elle s'aperçut à un moment donné qu'elle ne courait pas, elle volait. Si elle n'avait pas été aussi pressée, elle aurait pris le temps de savourer ce nouveau venu parmi ses dons. Pas le temps. Elle devait s'enfuir suffisamment loin pour que ni Perry ni Lucas ne puissent la suivre.

Enfin, elle remarqua les portes rouillées du cimetière qui saillaient de la terre comme des armes pointues prêtes à ôter une vie. La nuit était de plus en plus noire, à mesure qu'elle s'approchait. Sa poitrine se serra quand elle se rappela la question de Perry. « Comment sais-tu qu'ils venaient vraiment de lui ? »

Elle ne le savait pas. Elle était venue, aveuglée par la foi. Cela ne suffisait-il pas ?

Elle ralentit, et ses pieds se reposèrent par terre. Elle s'immobilisa brusquement, à quelques mètres du vieux portail en fer. Elle allait avancer lorsqu'un mouvement soudain attira son attention, derrière les portes. Son cœur s'arrêta. Son dernier souffle fut pris au piège dans ses poumons quand elle absorba le spectacle.

Des visages, des dizaines de visages la scrutaient d'un air interrogateur entre les barreaux grinçants. Leurs regards sans vie la fixaient, mélancoliques, l'imploraient de les aider. Si seulement elle pouvait à tous leur prêter main-forte ; si seulement un seul geste de la main ou du petit doigt parvenait à résoudre le problème qui les enchaînait à cette vie, alors qu'une autre les attendait.

Puis une autre pensée l'envahit. Ces fantômes étaient-ils tous voués à l'enfer ? Voulaient-ils l'emmener dans le but d'essayer d'adoucir leur propre peine ? Super ! Pourquoi fallait-il qu'elle envisage également cette charmante éventualité ?

Elle se força à se rapprocher d'un pas. L'idée de franchir ces portes et de passer devant cette centaine d'esprits mit son courage en lambeaux. Elle se souvint de ce qu'elle avait ressenti la dernière fois, quand elle était venue ici et qu'elle avait été touchée par tous ces fantômes – une douleur similaire à une paralysie du cerveau, mais qui s'appliquait au corps entier.

Cela en vaudrait la peine si son grand-père l'attendait à l'intérieur, parce qu'elle obtiendrait des réponses. De plus, ce n'était pas comme si c'était la première fois. Elle était déjà venue à deux reprises. Mais pas dans le noir, ni en plein milieu de la nuit. Que seul l'éclat argenté de la lune rende visible les regards des esprits, rendait cet endroit bien plus… hanté.

Et il l'était. Comme pour le prouver, le froid des fantômes l'enveloppa et lui donna la chair de poule. Elle leva les yeux et constata que deux esprits avaient passé le portail et se dirigeaient tout doucement vers elle. Elle se raidit, se résigna, et avança d'un autre pas, prévoyant simplement d'entrer. Un peu comme si elle sautait dans le côté le plus profond d'une piscine gelée, et qu'elle s'en sortait. Pourtant, alors que ses pieds avançaient une fois de plus, une voix, tout près d'elle, trop près, murmura à son oreille :

– *À ta place, je n'irais pas.*

Elle poussa un cri perçant et fit un bond de deux mètres en arrière avant de reconnaître la voix. Respirant un bon coup pour se calmer, elle avança à côté de Hannah. Puis elle repensa à ce que l'esprit avait dit. Hannah savait-elle quelque chose que Kylie ignorait ? Se trompait-elle ? Son grand-père ne l'attendait-il pas dans le cimetière ?

– Pourquoi ne devrais-je pas y aller ? demanda Kylie, qui n'était plus calme du tout.

Hannah se pencha et murmura encore :

– *Il y a des fantômes là-dedans.*

Kylie la regarda, bouche bée.

– Mais ?

– *Je sais que je suis morte,* lâcha étourdiment Hannah en lisant dans les pensées de Kylie. *Comme mes copines de tombe. Mais les voir eux tous…* (Elle désigna la porte.) *Ça me fiche toujours une trouille bleue.*

Kylie laissa de nouveau aller son regard de la porte à sa montre – elle n'avait plus que deux minutes. Elle devait partir, mais aussi forcer Hannah à parler.

– Écoute, quelqu'un m'attend, mais je dois savoir. Que veux-tu de moi ?

Hannah ferma les yeux, mais pas avant que Kylie ne voie la panique les remplir.

– Ne t'enfuis pas, ajouta Kylie à la hâte lorsqu'elle sentit le froid disparaître peu à peu. Je dois savoir. C'est pour cela que tu es là. C'est difficile d'aborder certains sujets, mais parfois, nous devons faire les choses qui nous font peur. Parfois, cela nous aide. Un peu comme moi qui dois entrer dans ce cimetière.

Elle rejeta un œil sur le portail et les centaines de visages morts qui lui rendaient son regard.

Hannah ouvrit les paupières ; ses pupilles s'agrandirent et noircirent de panique.

– *Il est tout près.*

Sa voix s'affaiblit.

– Qui est tout près ? Qu'a-t-il fait ? (Comme elle ne poursuivait pas, Kylie devina :) Est-ce ce Blake ? Celui qui a appelé Holiday quand elle se trouvait aux cascades ?

Hannah baissa les yeux sur ses mains, doigts entrelacés, devant elle.

– *Elle l'aimait. Elle a toujours eu tout ce qu'elle souhaitait. Je voulais juste savoir ce que cela faisait d'être aussi heureuse. J'avais trop bu. Il avait trop bu. Ce n'était pas bien.*

Kylie se mit à assembler les pièces, mais comme elle n'était pas entièrement sûre, elle demanda :

– Blake est l'homme que Holiday était censée épouser ?

Hannah acquiesça et, lorsqu'elle leva les yeux, des larmes et de la honte envahirent son regard.

– C'est lui qui t'a tuée ?

Hannah porta une main à sa bouche, comme si cette pensée la rendait malade.

– C'est lui ? insista Kylie.

Quand elle ôta ses paumes de ses lèvres, elles tremblaient.

– *Je… je ne sais pas si c'était Blake.* (Ses yeux s'emplirent à la fois de terreur et de tristesse.) *J'imagine que c'est possible. Je ne me souviens pas comment cela s'est passé.* (Elle marqua une pause.) *Je me souviens seulement de son… aura. Des détails, non, je n'y arrive pas, je ne parviens pas à mettre de nom sur lui, ni de visage, mais sa méchanceté, quand il m'a pris la vie... Je ne peux pas l'oublier. Et depuis, je la ressens. Parfois, il revient là où il nous a enterrées. Je l'entends marcher sur le sol au-dessus. Toutes les trois, nous nous raccrochons l'une à l'autre dans la mort, et faisons comme si notre âme était déjà partie.*

Hannah serra ses bras autour d'elle, comme si ce souvenir était trop douloureux.

– *Il dissimule son aura, la plupart du temps, il a le pouvoir d'avoir l'air normal, mais lorsqu'il ne fait pas semblant, il est malfaisant et obscur.*

– Quand il simule, son aura est-elle la même que celle de Blake ? demanda Kylie.

– *Je ne sais pas, je ne suis pas sûre. J'imagine que oui, c'est possible. Je n'ai jamais prêté attention à cela. C'est l'autre qui me... hante. Apparemment, il y aurait une petite partie de moi qui dirait que je connaissais l'homme qui m'a fait cela.* (Elle marqua une pause, comme si ses pensées partaient dans une autre direction, et à son expression, ce n'était pas la bonne.) *Il croit qu'assassiner les autres lui donne du pouvoir. Que c'est pour cela qu'il le fait. Et le jour où j'étais à Shadow Falls, j'ai senti qu'il était tout près. Je l'ai senti et je le savais. Je savais que j'étais allée à Shadow Falls à cause de lui. M'avoir tuée ne lui suffit pas. Il veut Holiday.*

Ses paroles semblèrent s'attarder dans l'air nocturne, quand elle rejeta la tête en arrière d'un coup sec et leva les yeux sur le ciel enténébré.

– Que se passe-t-il ? demanda Kylie, qui craignait que le tueur soit de nouveau tout près.

– *Je crois que c'est ce métamorphe bizarre du camp de Shadow Falls. Le blond aux yeux qui changent tout le temps de couleur.*

La peur que Kylie avait ressentie pour Hannah, et à l'idée qu'un être malfaisant assassin pouvait être dans les parages, disparut, pour laisser place à sa propre inquiétude. Si Perry l'avait trouvée, Lucas ne serait pas loin derrière. Puis, probablement, Burnett. Dans l'espoir d'être moins visible, elle s'approcha du portail. Elle regarda de nouveau les visages morts apparaître, en guise de gardes du cimetière. Elle ignorait s'ils la reconnaissaient. Elle ne savait même pas s'ils avaient conscience qu'elle pouvait les voir. Mais une chose était claire, si elle n'entrait pas immédiatement, elle risquait de louper son grand-père.

Kylie examina Hannah, qui contemplait toujours le ciel.

– Nous a-t-il vues ?

Elle tendit la main pour ouvrir le portail.

– *C'est elle, je vous ai dit que c'était elle*, fit l'un des esprits derrière la porte.

Puis, les bras des fantômes passèrent peu à peu à travers les barreaux pour l'attraper. La vue de Kylie n'était remplie que des membres qui sortaient d'entre les barreaux rouillés du portail. Le froid la traversa à toute allure et la cingla jusqu'à à l'os. Elle se mordit la lèvre, et lutta contre la douleur et la panique quand elle poussa la porte.

– *Il ne peut pas me voir. Je ne sais pas s'il t'a vue*, retentit la voix de Hannah derrière elle.

Une fois le portail ouvert, Kylie parvint à libérer sa main. Les fantômes s'éparpillèrent, mais à la minute où elle avança d'un pas dans le cimetière, ils l'entourèrent. Le froid de leurs esprits qui s'agglutinaient autour d'elle recouvrit ses lèvres de glace. La douleur faillit la faire tomber à genoux. Elle se força à s'éloigner de quelques mètres.

Le répit fut immédiat, bien qu'elle eût conscience qu'il ne durerait pas.

Elle reposa les yeux sur Hannah. La peur emplissait son regard – tout aussi mort que celui des fantômes du cimetière qui se rapprochaient de plus en plus.

– *Je ne peux pas entrer*, déclara Hannah. *Si ça se trouve, l'un d'eux est un ange de la mort. S'ils veulent m'envoyer en enfer pour mes péchés, qu'ils le fassent. Je le mérite. Mais pas tant que je ne suis pas sûre et certaine que Holiday ne court aucun danger.*

– Je ne crois pas qu'ils t'enverront…

Kylie se tut alors que Hannah disparaissait peu à peu.

– *Sauve-la pour moi, Kylie. Je t'en prie, sauve ma sœur.*

Les paroles de Hannah résonnèrent dans le noir.

Le froid des esprits se rapprocha.

– S'il vous plaît ! lança Kylie, laissant aller son regard d'un visage blême à un autre. Laissez-moi passer !

Ils détalèrent de quelques mètres. Kylie regarda par-dessus son épaule, dans l'espoir d'apercevoir quelqu'un qui marchait dans ce monde. Ses espoirs furent vains. Partout où elle posait les yeux, elle ne voyait que la mort.

Mais l'obscurité qui masquait les pierres tombales limitait sa vision. L'adolescente savait, pour être venue ici à quelques reprises, que le cimetière était immense. Son grand-père devinerait-il qu'elle était là ? L'idée que ce ne soit peut-être pas lui qui l'attendait, qu'il ne lui ait pas non plus envoyé de mails, s'agita dans sa poitrine, mais elle la repoussa.

Elle avança encore un peu, puis se rappela l'inquiétude de Hannah pour Holiday. Elle attrapa son téléphone dans sa poche et composa le numéro de la seule personne qui, selon elle, l'aiderait.

– Tu vas bien ? demanda Derek dès la première sonnerie.

– Je n'ai pas beaucoup de temps, mais j'ai besoin que tu me rendes un service. Va voir si Holiday va bien. Reste avec elle. Ne la réveille pas. Ne lui fais pas savoir que tu la surveilles, mais ne la laisse pas tant que je ne suis pas revenue.

– Mince ! Que se passe-t-il, Kylie ?

– Je ne peux rien t'expliquer pour l'instant, fais-le, c'est tout.

– Où es-tu ? Tu n'es pas dans ton bungalow.

Elle se mordit la lèvre si fort qu'elle goûta son sang.

– S'il te plaît.

Cela sortit de façon désespérée.

Il finit par répondre :

– Holiday va bien. Burnett veille sur elle.

– Pourquoi ? Comment le sais-tu ? Il est arrivé quelque chose ?

– Non. J'ai senti que tu avais des problèmes et, en venant te voir, je suis tombé sur Burnett posté devant le bungalow de Holiday. Il a dit qu'il préférait ne courir aucun risque à cause de ce que l'on savait sur Hannah et les autres filles.

– Tant mieux.

Elle se demanda si c'était pour cela qu'il avait appelé Lucas ; pour aller vérifier à sa place qui avait déclenché l'alarme.

– Je peux sentir d'ici que tu es morte de trouille, Kylie. Dis-moi…

– Je dois y aller.

Elle raccrocha. Puis elle jeta un œil sur la foule de fantômes qui s'agitaient d'un pied sur l'autre et lui rappelaient les zombies affamés qui attendaient le bon moment pour venir se nourrir. Chassant cette pensée folle et effrayante, elle se souvint que ce n'étaient que des âmes perdues, privées de vie, enchaînées à ce monde par une espèce de circonstance malheureuse.

Regardant de nouveau autour d'elle, elle demanda :

– Y a-t-il quelqu'un d'autre ici ?

– *Je suis là,* répondit un esprit.

– *Je suis là.*

Un déluge de *Je suis là,* prononcé par chaque mort envahit les oreilles de Kylie comme le tonnerre. Ils voulaient tous être considérés. Ils voulaient tous être reconnus.

L'émotion emplit sa poitrine.

– Y a-t-il quelqu'un de *vivant* ici, à part moi ?

– *Il n'y a personne ici qui puisse nous voir,* expliqua l'un des fantômes, l'air désespéré.

– Mais y a-t-il quelqu'un d'autre ? demanda-t-elle.

Une fois de plus, elle se demanda pourquoi son grand-père avait choisi le cimetière comme lieu de rencontre.

– *Au fond de la propriété,* répondit l'esprit d'une jeune fille, et elle désigna le coin le plus sombre du cimetière. *Je les ai vus sous le chêne, tapis dans l'ombre.*

– Merci, dit Kylie en levant une fois de plus les yeux, dans l'espoir de ne pas voir de métamorphe en colère décrire des cercles dans le ciel noir.

Les nuages avaient dû cacher la lune, car seulement quelques étoiles lui rendirent son regard. Elle se mit en route. À chacun de ses pas, elle priait pour que, dans la partie la plus sombre et la plus éloignée du cimetière, elle trouve son grand-père. Et pour que, avec lui, elle trouve ses réponses.

Chapitre 22

Un calme inquiétant régnait au fond du cimetière. Des statues veillaient sur les tombes. La plupart étaient recouvertes de plantes grimpantes desséchées. Certaines étaient délabrées, d'autres décapitées par des vandales ou le temps, leur tête gisant à terre. Elles semblaient toutes l'observer tandis que ses pieds faisaient crisser les graviers du chemin. Se sentant brusquement seule, Kylie regarda derrière elle et s'aperçut que le froid glacial de la mort avait disparu. Elle était bel et bien seule.

Les esprits ne l'avaient pas suivie. Pourquoi ? La peur noua sa gorge. Savaient-ils quelque chose qu'elle ignorait ? Alors que la panique s'intensifiait dans sa poitrine, elle continua à avancer, priant pour que, en venant ici, elle ne se soit pas trompée.

Elle vit les arbres devant elle ; sous l'alcôve de branches noueuses flottaient des ombres qui pouvaient cacher n'importe quoi. Ou n'importe qui.

Se rapprochant, elle put s'entendre respirer, et au loin quelques oiseaux l'appeler, comme pour l'avertir. Elle s'arrêta à quelques mètres des arbres. On aurait dit que les branches lourdes essayaient de toucher les tombes lézardées à proximité.

– Il y a quelqu'un ?

Sa voix semblait engloutie par la nuit.

– Tu es venue, répondit une voix grave et sérieuse.

Retenant son souffle, elle vit une silhouette se détacher de l'obscurité. Malcolm Summers, son grand-père. Il paraissait plus jeune que lors de son apparition au camp ; à l'évidence, il s'était déguisé pour jouer le rôle de M. Brighten. Elle revit Della lui confier que les surnaturels ne vieillissaient pas aussi vite que les humains.

Son regard croisa le sien, et même dans le noir, ses yeux bleu clair ressortaient. Kylie s'aperçut qu'ils étaient exactement de la même couleur que les siens. Elle scruta son visage et reconnut les traits de son père, les mêmes aussi que les siens.

Elle s'inquiéta brusquement, ne sachant pas trop comment se comporter envers lui. Devrait-elle le serrer dans ses bras ou non ?

– Je suis désolée, lâcha-t-elle étourdiment.

– De quoi ? demanda son grand-père.

– De… ne pas avoir pu te parler l'autre jour, dans la forêt.

– Ce n'était pas ta faute, répondit quelqu'un d'autre.

La grand-tante de Kylie sortit tout doucement de l'obscurité et se posta au côté de Malcolm. La femme sourit. Avant que Kylie ne s'en rende compte, elle se retrouva emportée dans une étreinte. La force et la chaleur du contact de sa grand-tante la surprirent. Elle était chaude.

Lorsque l'embrassade se termina, Kylie s'aperçut que, comme son grand-père, la fragilité dont sa grand-tante avait fait preuve le jour où elle était venue à Shadow Falls avait disparu. Kylie effectua un calcul rapide dans sa tête. Cette femme devait avoir soixante-dix ou quatre-vingts ans. Mais elle ne paraissait pas en avoir plus de cinquante.

Les caméléons devaient avoir une longue espérance de vie. Elle rangea cette information pour y réfléchir ultérieurement.

– Regarde-toi, dit sa grand-tante. Si belle ! (Elle reposa les yeux sur son grand-père.) Qu'est-ce qui ne va pas, Malcolm ? Fais un câlin à ta petite-fille.

Il s'approcha en hésitant.

– Je ne suis pas doué pour ça, mais j'imagine que l'instant le mérite.

Il la serra dans ses bras. Comme sa grand-tante, il était chaud au toucher. L'étreinte fut courte mais douce, et reflétait celles qu'elle avait connues avec Daniel, et même son beau-père avant que leurs relations ne se détériorent.

– Tu es très bon, dit Kylie.

– Quoi ? fit-il.

– Les câlins.

Des larmes lui piquèrent les yeux quand elle vit l'émotion dans son regard.

Un sourire se dessina.

– Tu ressembles à mon père.

– J'ai aussi remarqué ça, sur les photos.

– J'ai tellement de questions.

– Je n'en doute pas.

– Nous sommes des caméléons, pas vrai ?

Elle retint son souffle, attendant qu'il lui confirme les dires de son père. Ou Holiday avait-elle raison et caméléon signifiait toute autre chose ? Kylie accepterait-elle son rôle de sorcière après ce soir ?

L'expression sur le visage de l'homme passa de la tendresse à l'inquiétude.

– Où as-tu appris cela ?

– Papa, répondit Kylie. (Le doute l'envahit. Celui-ci s'était-il trompé ?) Il a affirmé que…

Malcolm la fit taire.

– Mais il est mort.

– Elle sait communiquer avec les fantômes, expliqua sa grand-tante en serrant le bras de l'homme, tout excitée. Je t'ai dit que j'avais détecté la présence d'un esprit quand nous étions au camp. (Son regard se posa sur Kylie.) Ton arrière-arrière-grand-mère possédait ce don. Elle serait si fière !

– Alors, c'est vrai ? Nous sommes des caméléons ? demanda-t-elle de nouveau.

– Oui, répondirent-ils de concert.

La jeune fille sentit la victoire monter en elle. Enfin, elle savait. En était sûre et certaine. Mais aussitôt des questions se formèrent dans sa tête. Au fond, elle avait conscience que sa véritable victoire viendrait quand ils répondraient à ces interrogations.

Elle essaya d'évaluer tout ce qu'ils avaient dit afin de pouvoir en apprendre davantage. Son arrière-arrière-grand-mère savait communiquer avec les fantômes, mais pas ces deux-là. Donc, un caméléon ne possédait pas les mêmes dons qu'un autre. Comment cela fonctionnait-il ?

– Mon père, il savait aussi communiquer avec les fantômes, dit Kylie en s'apercevant qu'elle n'avait pas vérifié leur configuration cérébrale.

Elle fronça les sourcils. La surprise l'envahit lorsqu'elle s'aperçut qu'ils étaient humains tous les deux. Mais bon, elle avait aussi arboré la configuration humaine peu de temps auparavant. Que signifiait, au juste, être un caméléon ?

– Alors comme ça, tu l'as vu ?

La tristesse résonnait dans le ton de l'homme.

– Et ma grand-mère. Elle scruta de nouveau le front de son grand-père.

– Heidi ?

Il prononça ce nom avec tellement d'amour que le cœur de Kylie se serra.

– Oui, c'est elle qui a dit à mon père que nous étions des caméléons. Mais personne à Shadow Falls ne sait ce que c'est.

Sa grand-tante et son grand-père se regardèrent longuement. Sa tante hocha la tête.

– Dis-lui.

– D'accord, acquiesça-t-il, mais tu dois nous suivre.

Kylie hésita.

– Pourquoi, nous ne pouvons pas discuter ici ?

– Pas uniquement pour parler.

Il posa la main sur son épaule. La chaleur de son contact était familière. Et Kylie reconnut qu'elle était identique aux effleurements de Holiday et de Derek. Cela signifiait-il… Son grand-père poursuivit :

– Tu dois venir vivre avec les tiens.

– Vivre ? (Abandonner Shadow Falls ? Kylie secoua la tête.) Je ne peux pas.

– Tu ne comprends pas le danger que tu cours, mon enfant, dit-il.

– Mario ? fit Kylie.

Son front se plissa.

– Mario fait-il partie de l'URF ?

– Non.

Elle hésita à se lancer dans une conversation à ce sujet.

– Il appartient à une autre organisation.

– Ce que tu dois craindre, c'est l'URF. Elle est affiliée à ton camp, mais elle n'est pas ce qu'elle paraît. J'ai des raisons de croire qu'elle est responsable de la mort de ta grand-mère.

Peu disposée à mentir, Kylie hocha la tête.

– Je sais.

Les traits de son grand-père se durcirent.

– Tu sais quoi ? (Comme elle ne répondait pas immédiatement, il poursuivit :) T'en a-t-elle parlé ?

Son ton reflétait son expression de sérieux et d'exigence.

Sans trop savoir si se confier à lui était ce qu'il y avait de mieux, mais sentant que ce serait mal de le lui cacher, elle répondit :

– Elle a été paralysée à la suite de l'opération. Celle qu'ils vous ont fait subir à tous les deux. Ils l'ont tuée.

Les yeux bleus du vieillard s'emplirent de rage et il serra ses poings.

– Salauds d'assassins ! Jamais de la vie tu ne remettras les pieds dans cette école !

Kylie tâcha de ne pas réagir à sa menace. Mais oui, c'en était bien une. Elle inspira pour se calmer.

– Je comprends ce que tu ressens. J'ai moi-même été scandalisée. Mais Burnett m'assure que…

– Burnett travaille pour eux ! gronda son grand-père, et même les arbres semblèrent reculer de peur devant sa colère.

Sa grand-tante s'approcha et posa la tête sur son bras. Kylie se souvint de la chaleur de cette femme le jour où ils s'étaient fait passer pour les Brighten. Cette dame était-elle une fée ? En partie, peut-être ?

– Oui, répondit Kylie. Burnett bosse pour l'URF, mais il m'assure que ceux qui ont fait cela ne font plus partie de cette organisation. Et…

– Et tu le crois, en dépit de tout ce que tu sais ? Tu lui fais confiance, sachant à qui il obéit ?

– Je ne fais pas confiance à l'URF, mais à Burnett, si, dit Kylie. Il est de notre côté. Et surtout, je crois en Holiday.

– Tu es jeune et naïve. Tu ignores ce qu'il y a de mieux pour toi.

Elle tâcha de ne pas se vexer.

– Jeune oui, mais pas naïve, rectifia Kylie. Je suis mon cœur.

– Ton cœur t'induira en erreur. C'est ce que le mien a fait. Je leur ai fait confiance. J'étais aveuglé devant ce qu'ils étaient réellement. Heidi savait... ou du moins elle se méfiait, mais je ne l'ai pas écoutée.

– Je suis désolée, dit Kylie, mais je ne peux pas...

– Tu peux, exigea-t-il.

– Non, Malcolm ! Cette enfant doit prendre sa décision toute seule.

Sa grand-tante s'adressait au grand-père de Kylie, mais ne quittait pas l'adolescente des yeux. Elle n'avait pas l'air en colère, seulement déçue. La poitrine de la jeune fille se serra à l'idée de leur faire du mal, mais céder n'était pas envisageable.

Son grand-père se retourna d'un coup et regarda fixement l'arbre. Son chagrin, sa colère et son malheur emplirent l'obscurité, comme un être vivant qui respirait. Kylie s'approcha de lui. Même terrorisée, elle avait besoin de lui offrir du réconfort.

– La dernière chose que je souhaite, c'est te blesser, tu as beaucoup trop souffert. Je suis désolée de ne pas pouvoir faire ce que tu veux, mais je dois suivre le chemin qui, à mon avis, est le bon.

Un léger mouvement dans le ciel attira l'attention de Kylie du coin de l'œil. Elle ne leva pas les yeux, mais elle soupçonnait que cette tache répondait au nom de Perry. À l'évidence, il l'avait retrouvée. Elle n'avait plus de temps.

– Et si tu te trompais et que je me retrouvais confronté à une autre mort dans ma propre famille ? Celle de quelqu'un que je n'ai même pas eu le temps de connaître ?

– Je ne crois pas que ça va se passer, plaida Kylie.

Il regarda fixement le sol, vaincu.

Sûre et certaine qu'elle n'avait plus le temps, elle poursuivit :

– J'ai encore tellement de questions. Je t'en prie, aide-moi à comprendre ce que je suis.

Il leva les yeux. La colère avait disparu de ses yeux.

– Il est impossible de t'apprendre ce que tu veux savoir en quelques minutes, heures, voire semaines. Cela pourrait prendre des années.

– Alors, je viendrai te voir pendant des années avec mes questions, dit-elle. Mais je t'en prie, réponds à celle-ci. Qu'est-ce que cela signifie, que je sois un caméléon ?

Sa grand-tante s'approcha.

– Comme le caméléon, nous pouvons changer notre façon d'apparaître au monde. Et pour notre propre protection, nous devons nous cacher pour éviter la persécution.

– Nous cacher de l'URF ? demanda Kylie.

– Tristement, de tout le monde, répondit sa grand-tante. Les rares qui ne se sont pas cachés ont été considérés comme des parias, des monstres et n'appartenant à aucune espèce. Au début, ils pensaient que nous avions des tumeurs au cerveau et ensuite, ils ont imaginé que nous étions fous à lier.

Kylie comprenait. Comme la plupart des préjugés, cela avait été probablement bien pire au tout début. Et même si parfois elle avait l'impression d'être un monstre, la plupart du temps on l'acceptait à Shadow Falls.

– L'URF nous a étudiés comme des rats de labo, ajouta son grand-père. Les aînés et les conseils de toutes les espèces nous considéraient comme des mutants. Certains furent contraints de travailler en tant qu'esclaves pour les autres surnaturels.

La vérité faisait mal, mais elle avait besoin de la connaître intégralement.

– Mais que sommes-nous ? Une nouvelle espèce ?

– Pas vraiment, répondit sa grand-tante. En temps normal, quand les surnaturels ont des rejetons, ils transmettent l'ADN dominant. L'enfant aura généralement des pouvoirs plus faibles que ceux qui sont nés de parents de la même espèce. Les caméléons conservent l'ADN des deux parents et ceux de leurs ancêtres. C'est un mélange de toutes les espèces.

Son grand-père croisa son regard.

– Mon père était un vampire et un loup-garou. Ma mère une fée, une sorcière et un métamorphe.

– Attends, dit Kylie, es-tu en train de dire que j'ai les dons de toutes les espèces ?

– Quand tu arbores cette configuration, oui. (Son expression montrait de l'inquiétude.) Si la règle d'un protecteur est la même pour un caméléon que pour les autres, alors tu ne devrais pas pouvoir te servir de ces pouvoirs pour te protéger.

Kylie secoua la tête, tâchant de tout absorber.

– Mais ta configuration indique que tu es humain, lança-t-elle.

– Il est plus sûr de faire semblant d'être comme eux, répondit sa grand-tante.

– Mais je suis à moitié humaine, dit Kylie. Alors comment pourrais-je être de ce mélange particulier ?

– Au début, ça ne se tenait pas, expliqua sa grand-tante. Mais quand nous avons étudié l'histoire familiale de ta mère, nous avons découvert qu'elle venait de…

– Une tribu amérindienne, finit Kylie à sa place. (Et soudain, elle comprit.) Cela signifie-t-il que ma mère est une surnaturelle ?

– Pas surnaturelle, juste dotée d'un don, expliqua sa tante.

– Du style ? demanda Kylie.

– Elle est peut-être médium. Ou empathique, dit son grand-père. On croit que ceux qui viennent de cette tribu savent distinguer les surnaturels des humains – parfois, ils n'en sont même pas conscients, mais ils sont simplement attirés par eux. Il y a plus d'humains doués mariés à des surnaturels qu'à des humains normaux, bien qu'ils soient beaucoup moins nombreux dans la population mondiale.

Il fronça les sourcils et regarda fixement la configuration de Kylie.

– Ton cerveau s'est vite développé. La plupart des caméléons ne sont pas en mesure de mettre en avant une configuration et se servent de ces pouvoirs jusqu'à ce qu'ils aient une vingtaine d'années.

– Je suis peut-être évoluée, mais je ne sais rien de rien. Je ne sais pas comment le faire : comment changer ma configuration ou la contrôler.

– Raison pour laquelle tu dois venir vivre avec nous.

Il fronça les sourcils.

– Je ne peux pas, mais j'ai tout de même besoin de comprendre. (Elle leva les yeux, et cette fois elle fut sûre que c'était Perry.) Il y a un moment, ma configuration était humaine, et voilà que je me suis mise à faire valser des presse-papiers dans toute la salle, et… Bref, ce n'est pas bien. Mais je me suis peut-être développée vite parce que je suis une protectrice. Ou, du moins, c'est ce qu'ils croient. La vérité, c'est qu'ils ne savent que penser de moi.

Sa tante sourit.

– Nous avons entendu des rumeurs sur le fait que tu sois une protectrice. C'est un honneur immense.

– J'imagine.

Kylie se demandait ce que tout cela allait donner.

Son grand-père fixa de nouveau son front.

– Si tu ne contrôles rien de tout cela, alors c'est que tu dois être en train de constituer des configurations instinctivement. Normalement, c'est un talent acquis que l'on peut mettre des années à maîtriser. Je suppose que tu avais besoin du pouvoir de la vitesse, et intuitivement tu as initié le changement.

– Vitesse ? fit Kylie, confuse. Ça n'avait rien à voir avec la vitesse. Mon amie n'arrêtait pas de faire foirer son sort et…

– Sort ? demanda-t-il.

– En ce moment, je suis une sorcière, déclara-t-elle.

– Non, plus maintenant, répondit-il.

Chapitre 23

– Tu es un vampire, déclara son grand-père.

La première impulsion de Kylie fut de le nier. Elle ne pouvait pas être un vampire. Mais pourquoi mentirait-il ? Elle se toucha le bras pour vérifier s'il était chaud. Elle ne ressentait pas le froid, mais si sa température avait changé, elle ne le sentirait pas. Puis elle se rappela que tous les deux lui avaient paru très chauds.

Alors, elle prit conscience d'autre chose. Elle avait littéralement volé pour se rendre au cimetière après avoir jeté un filet sur Perry et Lucas.

Lucas !

Son souffle trépida lorsqu'il entra dans ses poumons. Que penserait-il de sa nouvelle configuration ? Il n'avait pas été franchement ravi quand il avait cru qu'elle était une sorcière. S'il apprenait qu'elle était un vampire…

– Quelque chose ne va pas, ma chérie ? demanda sa grand-tante.

Kylie resta paralysée sur place, essayant de se faire à l'idée qu'elle était un vampire. Essayant d'imaginer, ou plutôt de ne pas imaginer comment Lucas réagirait. Puis elle se demanda si elle devrait se mettre à boire du sang.

Rien qu'à cette pensée, elle saliva. Le goût sucré, fort et âcre, était tatoué dans sa mémoire.

– Chérie ? fit de nouveau sa grand-tante. Et si tu t'asseyais ? Tu es toute pâle.

– Vraiment ?

Était-ce un autre signe de vampirisme ? Instantanément, elle passa sa langue sur ses dents et faillit la couper sur ses canines pointues. Oh zut, elle était vampire !

Alors que la peur du changement tourbillonnait en elle comme des tennis dans un sèche-linge, elle se souvint comme cela avait été cool de traverser la forêt en volant. Elle supposa que ce genre de pouvoir pourrait devenir addictif. Mais à quoi servait un pouvoir si on ne parvenait pas à le contrôler ? Ce serait comme une ouïe sensible : chouette si l'on en avait une, mais si l'on ne pouvait pas y faire appel quand on en avait besoin, c'était pratiquement inutile.

Elle ne voulait pas que ce soit inutile.

– Comment est-ce que je contrôle ça ? demanda Kylie. Expliquez-moi.

Son grand-père soupira.

– Ce n'est pas si simple. Tu dois entraîner ton esprit. Ce n'est pas quelque chose que je peux t'expliquer ; c'est quelque chose que tu dois apprendre au fil du temps. Cela pourrait prendre des années. Et en attendant, tu pourrais constituer un danger, y compris pour toi-même.

– Tout ira bien à Shadow Falls.

La désapprobation illumina ses yeux. Il leva la tête comme pour capter une odeur. Il produisit un bruit, un grognement bas. Celui-ci, et même sa façon de renifler, lui firent penser à Lucas.

– Quelqu'un est venu avec toi.

Visiblement, elle l'avait déçu.

– Ils ont essayé de me suivre ; je les ai semés, mais il est possible qu'ils aient fini par me retrouver.

Il eut l'air inquiet.

– Viens avec nous, nous t'aiderons à tout comprendre. Nous devons apprendre qui et ce que tu es, Kylie. Tu ne peux pas y arriver seule.

Elle secoua lentement la tête.

– Je ne peux pas partir avec vous.

– Mais tu es des nôtres ! Nous partageons le même sang. Un caméléon seul ne survivra pas. Regarde ton père, sa mort était tellement inutile ! D'après toi, n'aurait-il pas envie que tu viennes pour savoir qui tu es ?

Elle inspira.

– Je pense qu'il me conseillerait de suivre mon cœur. Et en ce moment, mon cœur me dit que Shadow Falls est l'endroit idéal pour moi.

Il se rembrunit davantage et regarda sa grand-tante.

– Nous devons y aller. Quelqu'un arrive. (Il se tourna vers Kylie.) Ne raconte pas que tu es un caméléon. Laisse-les croire ce qu'ils veulent. Moins on parlera de nous, moins nous serons persécutés.

– Attendez, dit Kylie, comment puis-je vous contacter ? J'ai encore tellement de questions !

– Je te contacterai, dit sa grand-tante.

Et elle prit la main de Malcolm.

– Comment ? répéta l'adolescente. Comment est-ce que vous…

Sa grand-tante ne répondit jamais. C'était comme Perry l'avait dit le jour où il les avait suivis : ils s'étaient simplement volatilisés.

Kylie resta plantée sur place, tant de frustration que de respect mêlé d'admiration. Comment sa grand-tante la contacterait-elle ? Comment avaient-ils pu se volatiliser ?

Et elle, pourrait-elle le faire ? Elle entendit des bruits de pas rapides derrière elle, quelqu'un courir vers elle. Elle se retourna d'un coup, s'attendant à voir Burnett. Mais c'était encore pire.

Lucas ralentit ; sa démarche était empreinte d'une espèce de sévérité, de colère, voire d'un malaise encore plus intense.

Quand il se rapprocha, elle constata que ses yeux étincelaient d'un orange vif. Bien sûr, il était furieux qu'elle ait jeté un filet sur Perry et lui. Elle regarda derrière lui, s'attendant à voir apparaître Burnett. S'attendant que celui-ci lui sonne les cloches.

Puis elle se souvint qu'elle aussi était un vampire. Elle se détourna brusquement de Lucas, redoutant ce qu'il allait dire, craignant de lire du dégoût pour elle dans ses yeux.

– C'était de la folie, lança-t-il.

Elle savait ce qu'il voulait dire.

– Pas tant que ça. (Elle continua à détourner les yeux.) C'était mon grand-père.

– Et ? fit-il.

– Et j'ai obtenu certaines réponses.

Elle se mit en route ; il avança à son côté.

– Tu me fais si peu confiance que tu ne pouvais pas me dire que tu venais ici ? demanda-t-il.

Elle haussa les épaules, mais ne croisa pas son regard.

– Je suis sûre que tu aurais essayé de m'en empêcher. Et tu m'as donné raison.

– Tu aurais pu m'expliquer, au lieu de faire apparaître un filet stupide.

Ses mots sortirent avec un léger grondement.

– Je n'avais pas de temps pour ça.

– Raison pour laquelle tu aurais dû m'en parler plus tôt. L'idée tu ne m'aies pas fait confiance m'exaspère.

Comme s'il lui faisait confiance.

– Je sais parfaitement ce que tu ressens, dit-elle, le laissant deviner tout seul le sens de ses paroles.

– C'est différent, répondit-il, son don pour interpréter les messages subliminaux faisant mouche comme prévu.

– Non, pas du tout.

Un nœud se forma dans sa gorge. Elle refusait encore de le regarder, de peur qu'il vérifie sa configuration et soit révolté par ce qu'il y trouve. Et elle serait incapable de le supporter.

– Tu m'as dit que tu comprenais, que tu avais exagéré hier quand tu étais en colère, ou pas, ou peut-être un peu. Oh tu m'embrouilles !

– C'est vrai, avoua-t-elle, et oui je comprends, ou j'essaie, mais comme tu n'as pas l'air d'être capable de faire pareil, je vais revoir ma capacité de compréhension.

– Et c'est reparti : tu es une femme et tu as le droit de changer d'avis, lança-t-il, cassant.

– Oui !

Des larmes lui piquèrent les yeux et elle accéléra le pas.

Ils croisèrent quelques statues délabrées aux bras manquants. Elle vit Lucas leur jeter un coup d'œil. Combien cela lui avait-il coûté d'entrer dans le cimetière ? Comme presque tous les surnaturels, il détestait ces endroits-là. Était-ce pour cela que son grand-père lui avait demandé de le rencontrer là ? Il devait savoir que très peu de surnaturels s'y rendraient.

Mais Lucas était venu. Elle était plus importante pour lui que sa peur des esprits. Y serait-il entré s'il avait su qu'elle était un vampire ? Compterait-elle encore pour lui si elle se tournait vers lui et le laissait aussitôt voir sa configuration ?

La question, ou plutôt la peur de sa réponse la poussèrent à accélérer. Elle voulait être seule. Pour réfléchir à tout ce que son grand-père lui avait dit.

Seule pour savourer le fait, que, enfin, elle connaissait la vérité.

Seule pour comprendre tout ce que cela signifiait.

Elle était un caméléon. Enfin… pour l'instant, elle était un vampire. Mais pour combien de temps ? Combien de temps avant qu'elle puisse contrôler ce truc fou qui lui arrivait ?

Les esprits l'attendaient à la porte du cimetière. Lucas se tendit, comme s'il les sentait. Ralentissant juste assez longtemps pour pousser le portail qui grinçait, elle offrit aux morts qui lui tendaient la main une seule promesse : *Je reviendrai.*

Dès que le vent glacial referma d'un coup le portail derrière elle, elle accéléra et courut. Un pied toucha la terre, puis l'autre. Elle avançait avec détermination. Elle voulait rentrer chez elle. Elle voulait rentrer à Shadow Falls.

Tu es l'une des nôtres. Nous partageons le même sang. Un caméléon seul ne survivra pas. Elle entendit la mise en garde de son grand-père résonner à ses oreilles, mais elle refusait de la croire. L'idée même de quitter Shadow Falls envoya une vague de panique dans son cœur. Elle ne pouvait pas partir.

Pourtant, alors qu'elle se ruait vers le seul endroit dans sa vie qui lui paraissait légitime, le seul endroit qui lui paraissait le plus sûr, elle comprit que les réponses qu'elle cherchait ne se trouvaient pas à Shadow Falls, mais que c'était son grand-père qui les détenait.

Cela lui provoqua une vive douleur en plein cœur. Des larmes lui montèrent aux yeux et glissèrent de ses cils. Elle les trouva chaudes sur sa peau froide de vampire. Cette émotion fit trembler l'air dans sa poitrine quand elle se rendit compte que, avant de pouvoir retourner dans son bungalow, elle devrait affronter la colère noire de Burnett.

– Moins vite, exigea Lucas.

Elle accéléra. Le courroux de Burnett n'était rien, comparé à celui de Lucas. Ses préjugés contre les vampires feraient plus de mal à ce moment qu'elle ne pourrait le supporter.

Les portes de Shadow Falls se dressaient juste devant eux, imposantes. Son cœur battait la chamade. Elle pria pour que le savon que Burnett allait lui passer ne soit pas trop rude. Si son corps n'était absolument pas fatigué, son cœur l'était, en revanche.

– Merde alors, Kylie, marmonna de nouveau Lucas.

Tout, depuis son ton essoufflé au martèlement que produisaient ses pieds sur la terre, lui indiqua qu'il était au maximum de ses capacités.

– J'ai dit : « Stop ! »

Ce coup-ci, il paraissait plus près.

Juste au moment où elle allait franchir la clôture d'un bond, elle sentit qu'il l'attrapait par la taille. Ils tombèrent. Durement. Il enveloppa ses bras autour d'elle pour la protéger de la chute, et ils roulèrent plusieurs fois.

– Qu'est-ce qui ne va pas chez toi ? demanda-t-il.

Elle tomba sur lui, son corps chaud lui rappelant qu'elle était un vampire. Il regarda fixement son visage. Elle essaya de se lever.

Il l'attrapa.

– Que se passe-t-il ? demanda-t-il.

Il la retourna et atterrit sur elle. De crainte qu'il ne lise sa configuration, elle tourna la tête et contempla les buissons. Les larmes lui piquèrent de nouveau les yeux.

– Hé ! (Sa voix était plus tendre, cette fois. Manifestement, il avait remarqué ses larmes.) Regarde-moi.

Elle n'en fit rien. Elle ne pouvait pas.

– Je veux juste en finir avec ça, dit-elle d'un ton sec.

– Avec quoi ?

Son torse se levait et redescendait au-dessus d'elle quand il respirait.

– Affronter Burnett.

– Il ne sait pas. Mais si tu sautes tout de suite par-dessus la clôture, il le saura.

Elle reposa les yeux sur lui.

– Il ne le sait pas ?

– Non, je suis sorti sans qu'il s'en aperçoive. Et si tu veux bien m'écouter, je crois que je pourrai te faire rentrer sans qu'il ne s'en rende compte non plus. Sinon, tu peux sauter par-dessus le portail et te retrouver nez à nez avec sa mauvaise humeur.

Réalisant qu'elle était de nouveau face à Lucas, elle tourna la tête.

– Alors, c'est cela le problème ? Kylie, je suis déjà au courant !

Elle reposa les yeux sur lui, sans trop comprendre ce qu'il voulait dire.

– Tu sais quoi ?

Il se renfrogna.

– Que tu es un vampire. Je… t'ai sentie dès que je suis entré dans le cimetière.

Son insulte la toucha en plein cœur. L'émotion fit trembler ses lèvres.

– Si je sentais aussi mauvais, alors pourquoi as-tu pris la peine de venir me voir ?

Il s'assombrit.

– Parce que je croyais que tu étais en danger. (Il expira bruyamment.) Je ne vais pas te mentir. Ça ne me plaît pas, et ça va encore plus compliquer les choses avec ma meute, mais… (Il la regarda dans les yeux.) Mais ce qui est important pour moi, ce n'est pas ce qui se passe ici. (Il lui toucha le front.) C'est ce qui se passe là.

Il posa la main sur sa poitrine.

Elle sentit son cœur battre la chamade. Son contact n'était pas censé être intime, mais elle le ressentit ainsi.

– Tu m'as hypnotisé à la minute où je t'ai vue quand nous étions petits. Je ne savais pas ce que tu étais, et oui j'espérais que tu étais un loup-garou, mais peu importait. Tu m'as pris au piège.

Ses larmes se répandirent sur ses joues. D'un seul coup, la douce odeur verdoyante envahit ses narines. Elle savait que c'était aussi bien l'odeur naturelle de Lucas que celle des bois.

– Je suis toujours pris au piège. (Il essuya une larme.) Je me moque bien que tu sois à moitié vampire et à moitié sorcière.

– Je ne suis pas uniquement cela.

Il eut l'air un peu confus.

– OK, alors qu'est-ce que tu es ?

Elle sourit à travers ses larmes.

– Je suis un caméléon. Ce qui veut dire que j'ai un peu de tout en moi.

Elle se souvint de ce que son grand-père lui avait dit, de n'en parler à personne. Mais Lucas n'était pas « personne ».

– Même un loup-garou ? demanda-t-il.

Elle hocha la tête.

– Simplement, pour l'instant, je ne sais pas comment contrôler les changements d'une configuration à une autre. (Elle soupira.) Cela fait-il de moi un monstre pour autant ?

– Cela te rend monstrueusement géniale, oui, dit-il. Même si tu es un vampire.

Il se pencha et colla ses lèvres aux siennes. Ce baiser avait le goût de l'innocence. Et aussi bizarre cela fût-il, elle le revit brusquement l'embrasser de la sorte, mais très longtemps auparavant. Avant même qu'elle n'arrive à Shadow Falls. Elle toucha sa joue, et lorsqu'il s'éloigna, elle demanda :

– Es-tu déjà passé par ma fenêtre… quand tu habitais à côté de chez moi ?

Il eut l'air coupable, mais pas trop.

– Juste une fois. Je le jure, tu avais laissé la fenêtre ouverte. Et je n'ai pas… j'ai juste…

– Tu m'as simplement embrassée ?

Cette idée ne la mit pas en colère, elle lui donna l'impression d'être aimée.

– Tu étais… mon premier baiser, avoua-t-il.

Elle se fendit d'un grand sourire, et sa bouche se reposa sur la sienne. Elle sentit à peine la chaleur de ses lèvres quand il se retira.

– Je suis toujours furieux que tu aies fait tomber ce filet sur moi. Mais je ne peux pas t'en vouloir toute ma vie.

Il l'embrassa de nouveau. Cette fois, le baiser n'était pas innocent. Elle ne s'en plaignit pas, au contraire. Il avait le goût de la passion brute et douce. Son poids reposa sur elle, partout où il fallait, et elle sentit les différences entre ce qui faisait de lui un homme, et d'elle une femme.

Elle répondit à son baiser avec désespoir, voulut le sentir, voulut apprécier les sensations que cela lui donnait. Sa main sur sa taille, chaude sur sa peau nue, glissa un peu plus loin sous son chemisier, et il prit son sein dans sa main en coupe. La douceur de son contact la fit gémir ; elle avait très envie de plus.

Son baiser descendit de ses lèvres dans son cou. La sensation de ses baisers brûlants lui donna l'impression d'être toute liquide à l'intérieur. Besoin, envie, désir : elle ressentait tout cela.

Lorsque sa main se posa dans son dos pour dégrafer son soutien-gorge, elle se releva pour lui faciliter la tâche. Quand sa paume vint se reposer sur son sein nu, elle trembla de plaisir.

Il enleva son débardeur, se débarrassa en même temps du soutien-gorge, et ses yeux se posèrent d'un coup sur ce qu'il venait de découvrir. Elle aurait cru être gênée. Mais ce n'était pas de la gêne qui s'agitait en elle. C'était…

– Tu es si belle, déclara-t-il d'une voix rauque.

C'était cela. C'était ce qu'il lui faisait ressentir. Il lui donnait l'impression d'être belle. Chérie, aimée.

Il inspira brusquement.

– Nous ne devrions probablement pas…

Elle colla un doigt sur ses lèvres.

– Je le veux.

Elle passa sa main dans son cou, entrelaça ses doigts dans ses épais cheveux bruns et rapprocha sa bouche de la sienne. Et en quelques secondes, ils se perdirent l'un dans l'autre.

Chapitre 24

En un battement de cœur de vampire, son baiser devint torride. Elle n'était même pas consciente qu'il avait enlevé sa chemise jusqu'à ce qu'elle sente son torse nu contre ses seins. Elle frissonna de plaisir. Ses baisers descendirent dans son cou, puis plus bas. Cette sensation lui fit cambrer le dos et prononcer son nom.

Puis son téléphone sonna.

Son grondement, grave et bas, résonna contre son épaule nue. Il leva la tête. Ses yeux étaient brillants, les iris bleus brûlaient de désir.

– Je déteste la technologie moderne.

Elle se fendit d'un large sourire.

Il roula sur le dos et chercha son téléphone dans sa poche. Quand il examina le petit écran, un froncement de sourcils chassa la passion dans ses yeux.

– C'est Burnett. (Il ferma les paupières, puis les rouvrit.) Je devrais le prendre.

Il la regarda d'un air d'excuse.

– Je sais, fit-elle puis, brusquement consciente qu'elle ne portait plus de haut, elle croisa les bras.

Son regard se posa brièvement sur sa poitrine recouverte. Il attrapa son soutien-gorge et son débardeur et les lui donna.

Elle les serra contre elle pour se couvrir. Leurs regards se croisèrent de nouveau. Cela semblait bien de tout arrêter avant d'aller plus loin. Et si elle reconnaissait que cela avait été risqué d'avoir laissé les choses aller si loin, elle savait qu'elle en apprécierait le souvenir.

– Je ne regrette rien, déclara-t-elle.

– Tant mieux. (Il était si sacrément sexy, torse nu, mais affichait un sourire ravageur.) Parce que moi non plus.

– Merci, dit-elle.

– Pour ?

Il regarda d'un air renfrogné le téléphone qui sonnait.

– Pour être entré dans le cimetière alors que tu détestes les esprits.

Pour ne pas me détester alors que je suis un vampire.

Un air sérieux envahit ses yeux.

– Je ferais n'importe quoi ; j'irais même en enfer pour te sauver la vie, Kylie Galen.

Elle le croyait.

Il prit l'appel de Burnett.

Kylie passa le reste de la nuit à se retourner dans son lit, incapable de trouver le sommeil. L'appel de Burnett consistait simplement à vérifier si Lucas n'avait rien trouvé de louche quand il avait passé les alentours en revue une fois que l'alarme s'était déclenchée. Puis Lucas et Kylie avaient sauté par-dessus le portail, collés l'un contre l'autre, pour faire croire qu'une seule personne était passée. Comment il savait que ça marcherait, Kylie l'ignorait et ne le lui avait pas demandé. Toutefois, l'idée que Lucas ait menti, et que

Perry ait probablement dû le faire lui aussi, ne lui plaisait pas du tout.

Tracassée, elle fixa le plafond tout en jonglant mentalement avec tout ce qu'elle avait appris. Elle était un caméléon. Un type de surnaturel rare. Mais pour l'instant, elle était un vampire. Et cela expliquait pourquoi, en dépit du mal qu'elle s'était donné pour pratiquer l'effraction de rêves vers Lucas, elle avait échoué. Les vampires ne savaient pas le faire. En roulant de nouveau, elle pensa à tous ceux qui verraient sa nouvelle configuration.

Les paroles de sa grand-tante affluèrent dans sa tête.

Les rares qui ne se sont pas cachés étaient considérés comme des parias, des monstres et qui n'appartenaient à aucune espèce.

Elle pouvait déjà entendre les résidents murmurant de nouveau dans son dos. « Regardez Kylie. On ne pourra jamais savoir ce qu'elle est, maintenant. »

Mais ce genre de messes basses ne leur ferait aucun bien. Son ouïe supersonique était en grande forme. Elle avait non seulement entendu Miranda et Della chaque fois qu'elles se retournaient dans leur lit, mais aussi des oisillons qui suppliaient leur maman de se dépêcher pour mastiquer les vers et les recracher dans leur bouche. Régurgiter des vers n'était pas non plus génial, comme son.

Ses pensées prirent un autre chemin, et elle se souvint de Lucas et elle ensemble. Elle serra son autre oreiller contre elle. Un sourire se fraya un chemin sur ses lèvres. Pas uniquement parce que les choses s'étaient passées scandaleusement bien, mais parce que… à présent, elle savait qu'elle comptait pour lui. Et elle l'acceptait. C'était énorme. Cela changeait tout. Mais elle ne savait pas encore de quelle façon.

Au souvenir de ses caresses, elle sentit son visage rougir. Enfin, pas complètement, étant donné que la température du centre de son corps était extrabasse, basse comme celle d'un vampire, mais elle était prête à parier que ses joues étaient rouges.

Son cerveau changea de nouveau de direction et atterrit sur les propos de son grand-père. *Tu es l'une des nôtres. Nous partageons le même sang.*

Son besoin de faire la connaissance de son grand-père, de tout apprendre sur son héritage, pesait lourd sur son cœur. Mais quitter Shadow Falls…

Cela n'était pas envisageable. Même si certains résidents ne l'avaient pas complètement acceptée, sa place était ici.

Alors que la nuit se poursuivait, elle décida de ce qu'elle allait bien pouvoir dire à Holiday et à Burnett, et même à Della, à Miranda et à Derek. Elle ne pouvait pas leur mentir à tous. *Si ?*

Un caméléon seul ne pourrait pas survivre. La mise en garde s'agita dans sa poitrine.

Serrant l'oreiller plus fort contre elle, elle s'assit sur son lit. Elle n'était pas seule. Elle avait Holiday et Burnett, et tous ceux qui faisaient partie de son cercle. Et elle n'aurait qu'à improviser ou, au pire, elle le dirait à ses proches.

Le bruit de son ventre qui gargouillait de faim emplit la pièce silencieuse. Elle se leva et se rendit dans la cuisine. Elle ouvrit le frigo, voulut prendre le jus d'orange, mais sa main s'arrêta quand elle vit le sang de Della.

Della allait la tuer…

– Où est passé mon sang ?

La voix de Della vibra dans tout le bungalow.

Kylie avait envie de rentrer sous terre. Elle sortit de la douche et hésita entre la serviette rouge et la blanche. Elle choisit la blanche, pour la pureté. Si Della la tuait, au moins, elle serait en blanc.

– Tu l'as encore renversé ? cria Della, qui s'en prenait sans aucun doute à Miranda.

– Je n'ai rien fait avec ton sang, répondit celle-ci, vexée.

Je ne le toucherais même pas avec une perche de trois mètres !

Kylie serra la serviette contre elle.

– Allez, crache le morceau, sorcière ! lança Della d'un ton cassant.

– Je t'ai dit la vérité, rétorqua Miranda Enlève le cérumen de vampire qui pue dans tes oreilles et écoute les battements de mon cœur.

Bon, leurs insultes en arrivaient maintenant au stade abominable.

Kylie se hâta de sortir de la salle de bains chaude et embuée, et pénétra en zone de guerre.

– Mes oreilles ne sont pas sales ! rétorqua Della en montrant les dents. Ce n'est pas moi qui laisse un certain métamorphe me les lécher !

– Ça suffit, lança Kylie en levant les mains.

– Je ne raconterai plus rien ! décréta Miranda, extrêmement blessée.

– Tant mieux, répliqua Della. Tu crois que j'ai envie d'entendre tes histoires de léchouille d'oreilles ?

– Garce ! lança Miranda, qui bouillait de rage.

– Stop ! cria Kylie d'une voix perçante.

– Je n'ai jamais dit qu'il les léchait, cracha Miranda. Mais qu'il les *mordillait.*

Elle se dirigea vers Della, le petit doigt en l'air comme une arme.

Celle-ci montra les dents et se mit à avancer vers elle.

– Même chose ! Aussi dégueu !

– Arrêtez de crier, dit Kylie en se plantant entre ses meilleures amies.

– Elle a renversé mon sang ! l'accusa Della.

– Faux ! renchérit Miranda.

– Elle dit la vérité. (Kylie regarda Della.) C'est… moi.

– Tu as renversé mon sang ? demanda Della.

– Non… je l'ai bu. Et je suis désolée, ajouta Kylie en tendant ses poignets, exposant ses veines. Tiens, prends-en.

Della la regarda fixement, sourcils froncés, puis sa bouche s'ouvrit en grand.

– La vache ! Tu es un vampire !

– C'est une sorcière, déclara fièrement Miranda, dans le dos de Kylie.

– Plus maintenant, reprit Della. Sers-toi de tes yeux, Mademoiselle-Je-Sais-Tout. Et regarde par toi-même. Ou est-ce que Perry les a léchés eux aussi ?

Ne souhaitant pas que cela dégénère, Kylie se tourna vers Miranda. Ce n'était pas comme si elle pouvait le cacher.

– Mince, haleta Miranda. Que s'est-il passé ? Est-ce le fait d'avoir couché avec Lucas qui t'a transformée en vampire ?

– Non, répondit Kylie.

Della flanqua une main sur sa hanche.

– Pourquoi coucher avec un loup-garou pourrait-il faire se transformer quelqu'un en vampire ?

– Je ne sais pas, répondit Miranda. C'était peut-être vraiment nul ?

Della fit un doigt d'honneur à Miranda et se tourna vers Kylie :

– Tu as couché avec Lucas ?

– Non. (Kylie tira sur sa serviette qui tombait.) On s'est juste… tripotés.

– Jusqu'où êtes-vous allés ? demanda Della en agitant les sourcils.

– Je croyais que tu n'aimais pas que l'on en parle, répliqua Miranda, en colère.

– Oui, les lobes que l'on léchouille, c'est dégoûtant.

– Garce !

Miranda chargea Della. Della chargea Miranda.

D'une main, Kylie attrapa la première par la chemise,

et la seconde par le bras. Juste alors, la serviette tomba. Nue comme un ver, et brusquement furieuse, elle tapa du pied.

– J'ai dit : « Stop ! »

Della et Miranda gloussèrent toutes les deux. Pas de doute, elle était drôle, nue et enragée.

Kylie les relâcha et rajusta sa serviette.

– Écoutez, j'ai des choses à vous dire, mais si vous continuez à vous disputer, je vais m'en aller et vous laisser vous entretuer.

– Tu nous l'as déjà sortie, celle-là, riposta Della. Nous t'avons déçue, nous ne nous sommes pas tuées. (Elle ajouta, d'une voix rageuse, à l'attention de Miranda :) Bien sûr, cela pourrait changer, cette fois.

Kylie leva les yeux au ciel.

– Vous allez arrêter de vous disputer ou quoi ?

– Peut-être, répondit Miranda. Surtout si tu peux nous expliquer comment tu arrives à modifier ta configuration. Oh, et si tu nous donnes des détails sur ta nuit avec Lucas.

Kylie regarda Della.

– La paix ?

– D'accord, répondit celle-ci, en plus c'est contre toi que je suis énervée à présent, parce que tu as bu mon sang. Espèce de vamp voleuse ! (Elle montra ses canines, mais sourit en même temps.) Et Miranda a raison, nous voulons des détails !

Une heure plus tard, après que Kylie leur eut donné tous les détails, du moins tous ceux qu'elle voulait bien partager, toutes les trois se dirigèrent vers le bureau. Kylie leur avait avoué être allée au cimetière. Elle savait que Della serait énervée qu'elle lui ait joué un tour, et elle avait raison. Mais c'était important de le leur dire, et cela ne servait pas uniquement à avoir la conscience tranquille. Si elle avait besoin de rencontrer son grand-père à l'avenir, elle aurait besoin d'alliés. Della et Miranda étaient ses meilleures alliées.

Et ses meilleures amies.

Et une grande partie de la raison pour laquelle Kylie ne pouvait pas faire ce que son grand-père désirait : partir vivre avec lui. Un détail que la jeune fille avait omis dans leur conversation.

– Tu comptes en parler à Holiday et à Burnett ? demanda Miranda alors qu'elles se rapprochaient du bureau.

– Je ne sais pas.

Kylie leva les yeux sur la terrasse et écouta quelqu'un respirer à l'intérieur. Et s'ils pétaient un plomb et l'empêchaient de revoir son grand-père et sa grand-tante ?

Holiday ferait-elle ce genre de chose ?

Sûrement pas, mais Burnett, oui. Essayer, en tout cas.

Le cœur de Kylie s'alourdit quand elle se souvint qu'elle n'était pas venue pour discuter uniquement de son grand-père. Le moment était venu. De parler de sa sœur à Holiday. Mais d'abord, elle espérait confier à Burnett tout ce qu'elle avait appris au sujet de Hannah. Il avait besoin de le savoir afin de pouvoir en apprendre plus sur ce Blake.

Mais zut alors, Kylie n'était pas impatiente d'avoir l'une ou l'autre de ces conversations.

– Merde ! (Della lui attrapa le bras.) Si tu racontes à Burnett que tu as rencontré ton grand-père, alors je me retrouverai les fesses en compote pour t'avoir laissée partir. Il se fichera bien de savoir que je pensais que tu allais prendre du bon temps avec Lucas.

– Il m'en voudra à moi aussi, ajouta Miranda en fronçant les sourcils.

– Il ne vous en voudra pas, dit Kylie. Tout est de ma faute.

– C'est ça, comme si Burnett était raisonnable, lança Della.

– Qu'est-ce que tu crois ? fit Miranda. C'est un vampire.

Cette fois, Kylie ignora leurs chamailleries et scruta la fenêtre du bureau de Holiday. Elle aiguisa son ouïe pour voir si elle entendait Burnett.

Tout ce qu'elle entendait, c'était que l'on tapait sur le clavier de Holiday.

Kylie grimpa sur la terrasse. Elle n'était pas encore parvenue à la porte qu'elle reconnut brusquement l'odeur et la cadence du souffle dans le bureau de Holiday. Ce n'était pas Holiday.

Ni Burnett.

Que fichait-il dans le bureau de la directrice ?

Elle fit un signe de la main à ses deux amies et se posta près de la porte du bureau. Derek, complètement absorbé par ce qui se trouvait sur l'écran de l'ordinateur, ne l'avait pas entendue. Elle le regarda attentivement, et se souvint l'avoir appelé depuis le cimetière, comme s'il était le seul sur qui elle pouvait compter.

Dans un soupir, elle le revit aussi lui avouer qu'il l'aimait. Elle se rappelait même cette époque où c'était avec lui qu'elle aurait bien voulu partager ces merveilleux baisers torrides. Plus maintenant.

– Salut !

Kylie chassa ses idées folles.

Il bondit littéralement sur sa chaise.

– Merde ! (Il passa une main sur sa figure.) Tu… m'as fait peur.

La culpabilité envahit son regard.

– Que faisais-tu ?

– Quelque chose que je ne devrais pas. (Un grognement sortit de ses lèvres.) Holiday m'a demandé de surveiller le bureau. Quand je me suis assis, son ordinateur s'est rallumé. Sa messagerie était ouverte, alors…

Kylie arqua un sourcil accusateur.

– Tu lisais ses e-mails personnels ?

– Uniquement ceux qui concernent Hannah.

Il lui fit signe de fermer la porte.

Elle s'exécuta et entra dans la pièce. D'un seul coup, elle culpabilisa légèrement elle aussi, mais si cette information pouvait les aider…

– Qu'as-tu découvert ?

– L'e-mail provenait d'un détective privé. Holiday l'a engagé pour retrouver sa sœur.

– A-t-il trouvé quelque chose ?

Kylie se laissa tomber sur la chaise faisant face au bureau.

– Non, mais je ne le savais pas tant que je ne l'avais pas ouvert. Ce que je n'aurais pas dû faire. Je l'ai vu et je me suis dit que ce mail pourrait répondre à toutes nos questions.

– J'aurais sûrement fait la même chose, avoua-t-elle, sans trop savoir si c'était la vérité, mais estimant que c'était bien pour lui. Où est Holiday ?

– Elle a dit qu'elle devait voir Burnett, quelque chose comme cela.

Kylie entendit des bruits de pas lourds, puis la porte s'ouvrit d'un coup.

– Elle n'est pas avec moi. (Le regard de Burnett se dirigea droit sur Kylie.) Qui est Blake ?

Elle se souvint que Hannah avait déclaré qu'il se pouvait que ce soit Blake qui l'ait tuée. Elle eut un mauvais pressentiment.

– Pourquoi ?

– Parce que c'est avec lui qu'elle se trouve.

– Oh non… (Kylie se leva d'un bond.) Où est-elle ?

– Qui est Blake ? répéta Burnett en lui bloquant la route.

– C'est son ex.

La jalousie apparut dans les yeux du vampire.

– Et c'est peut-être lui qui a tué sa sœur et les deux autres filles.

Le besoin de protéger remplaça la jalousie dans ses yeux. Ses canines descendirent légèrement de sa lèvre supérieure. Il virevolta, et en un éclair, il était parti.

Il lui suffit d'une fraction de seconde pour se souvenir qu'elle pouvait disparaître en un éclair comme Burnett. Elle jeta un coup d'œil sur Derek, et ce ne fut que quand les yeux de ce dernier s'écarquillèrent qu'elle se rendit compte que ses propres canines s'étaient allongées. Pas le temps de lui expliquer – elle sortit de la pièce et le pétillement qu'elle avait toujours senti dans ses veines quand elle passait en mode protectrice se déclencha.

Kylie priait simplement pour que ce bourdonnement soit prématuré et pour que Holiday ne soit pas en danger.

Chapitre 25

Kylie repéra l'odeur de Burnett et, en deux temps trois mouvements, elle volait à côté de lui. Ils ne s'arrêtèrent pas avant d'être arrivés devant un petit restaurant sur Main Street, au centre de Fallen, Texas. La voiture de Holiday était garée devant.

Dès que Burnett eut repris pied, il agita les sourcils pour vérifier la configuration de Kylie. Il ne dit rien, mais elle lut de la stupeur dans ses yeux avant qu'il ne se tourne vers le restaurant.

Ils se ruèrent vers la grande vitrine.

– Dans le coin au fond, observa Kylie, dont la panique s'atténua lorsqu'elle constata que Holiday était vivante, bien qu'elle n'ait pas l'air heureuse.

Elle n'avait pas non plus l'air en danger. L'homme assis en face d'elle portait un jean et une chemise bleu clair. Il était grand, brun et…

Kylie faillit penser « beau », mais s'empêcha de nourrir ce genre de pensées.

– Comment savais-tu qu'elle serait là ? demanda-t-elle.

– Quand j'ai constaté qu'elle était partie, je l'ai appelée. Elle m'a dit qu'elle était au café, et quand quelqu'un est arrivé, je l'ai entendue dire son nom.

Kylie reposa les yeux sur la fenêtre et ajusta son ouïe pour entendre la conversation de Holiday.

– Je suis juste venue te demander si tu l'avais vue, fit celle-ci.

– Et je suis venu pour essayer d'expliquer ce qui s'est passé, répliqua Blake. J'ai commis une erreur, cela fait plus de deux ans. Et je n'ai jamais cessé de t'aimer.

Burnett grogna et se dirigea vers la porte. Kylie lui attrapa le coude. Tout de noir vêtu aujourd'hui, il avait l'air féroce.

– Attends, dit Kylie.

– Attendre quoi ?

Les narines de Burnett se dilatèrent.

– Il nous faut un plan.

– J'en ai un.

Ses yeux s'éclaircirent quand Blake toucha le bras de Holiday.

– Un plan sans meurtre, si possible, marmonna Kylie, puis elle ajouta : tu ne peux pas faire irruption comme ça, comme un petit copain jaloux.

– Je ne suis pas jaloux.

Kylie entendit son cœur louper des battements. Oh, comme c'était cool.

– Vraiment ?

Elle arqua un sourcil entendu.

– Il a tué sa sœur, déclara Burnett, en guise de défense.

– J'ai dit que c'était *peut-être* lui qui avait tué sa sœur.

– Cela me suffit.

Il tendit de nouveau la main vers la porte, Kylie l'arrêta encore.

– Veux-tu vraiment que ce soit comme ça que Holiday apprenne que sa sœur est morte ? En public ?

Il recula d'un pas. Ses yeux lui indiquaient qu'il avait entendu raison.

– OK, quel est ton plan ?

Elle n'en avait pas, mais dit :

– Restons ici et observons ce qui se passe.

Il se rembrunit.

– Il pourrait sortir un couteau et la tuer sans que je puisse la sauver.

– En public ?

– Ce n'est pas ce qu'il y a de plus intelligent, mais ce type a déconné et a perdu Holiday. C'est ce qui m'indique que c'est un idiot. (Burnett ne quitta pas une seule fois la vitrine des yeux pendant qu'il parlait. Ses yeux prirent une teinte verte plus vive. Un grondement bas s'échappa de ses lèvres.) Il la touche encore.

– Ce n'est pas pour cela que je t'ai appelé, Blake, disait Holiday en retirant sa main. (Ses cheveux roux étaient détachés et ressortaient bien sur sa robe bain de soleil jaune.). Je veux juste retrouver Hannah.

– Mais elle refuse qu'il la touche, observa Kylie. Bougeons, avant qu'elle ne nous voie.

– Tu as un nouveau plan ? demanda Burnett. Parce que je suis à court d'idées, et elle a l'air énervée.

La peur que Kylie perçut dans la voix du grand méchant vampire faillit la faire sourire.

– Ne lui dis rien tant que nous ne sommes pas rentrés au camp, lui conseilla-t-elle.

La porte s'ouvrit d'un coup quand Holiday sortit. Elle regarda Burnett, puis Kylie.

– Que se passe-t-il ?

– Il faut que je te parle, dit Kylie, improvisant.

– À quel sujet ? (Comme personne ne répondait, Holiday reprit la parole :) Que s'est-il passé ?

Burnett était sur le point de répondre. De crainte qu'il ne dise la vérité à son amie, Kylie lâcha précipitamment :

– Moi.

Elle montra son front.

Holiday fronça les sourcils, et ses yeux s'écarquillèrent.

– Oh là là !

Le carillon des portes du restaurant résonna derrière eux, et Blake sortit. Il s'arrêta à côté de Holiday.

– Tout va bien ?

Il posa les yeux sur Burnett.

Celui-ci, les yeux enflammés, attira Holiday contre lui.

– Ça dépend, répondit-il, de la vitesse à laquelle tu comptes ficher le camp.

Heureusement, Blake se contenta de gratifier Holiday d'un signe de tête pour lui dire au revoir, et partit sans incident.

Kylie ne put s'empêcher de se demander si c'était parce qu'il craignait qu'ils connaissent la vérité. Burnett semblait partager la même pensée en le regardant partir. Le grondement bas qui s'échappait de sa poitrine ne laissait aucun doute : Burnett avait l'intention de revoir cet homme. Et sûrement le plus tôt possible.

Lui et Kylie repartirent avec Holiday. Celle-ci bombarda Kylie de questions tout en conduisant.

– Quand t'es-tu transformée en vampire ? As-tu souffert ? Tes pouvoirs ont-ils changé ?

Puis Burnett s'y mit avec sa série d'interrogations sur la toute nouvelle configuration de Kylie.

Celle-ci répondit le plus vaguement possible, car elle ne désirait pas parler de son grand-père. Elle reconnaissait qu'elle devrait dire toute la vérité à un moment donné, mais vu les autres nouvelles qu'elle devait annoncer à Holiday, elle ne tenait pas à ajouter de sources d'inquiétude.

De retour au bureau, celle-ci jeta son sac à main sur le canapé, et regarda Burnett et Kylie, l'air de dire : « Parlez ou je vous tue ! » Kylie se demanda si ce n'était pas sa mère qui le lui avait appris, parce que oui, cette expression lui était bien familière.

– Maintenant, expliquez-moi ce qui se passe réellement, lança Holiday d'un ton cassant. Je sens qu'il y a autre chose.

Kylie se mordit la lèvre. Burnett avança d'un pas et carra les épaules ; l'empathie emplit ses yeux. Il inspira profondément, ce qui semblait plus que nécessaire, et regarda Kylie. Elle lui adressa un signe de tête, comme si elle le mettait sur la voie. Il reposa les yeux sur Holiday et, d'une voix grave, lança :

– Kylie a quelque chose à te dire.

La bouche de la jeune fille s'ouvrit en grand, et alors, elle comprit que c'était officiel : les hommes étaient nuls en communication, surtout quand une émotion était en jeu.

Holiday reposa brusquement les yeux sur Kylie et le chagrin monta en elle. Du chagrin que son amie ressentirait, elle le savait. Une émotion que l'adolescente avait connue personnellement et ressentie un peu trop souvent ces derniers temps. Perdre Nana, perdre Daniel, son vrai père, parce qu'il ne venait plus. Ensuite, il y avait eu Ellie. Kylie s'était même surprise à éprouver du chagrin pour Red, alias Roberto.

Kylie fit signe à Holiday de s'asseoir. La directrice de la colo scruta le visage de son amie, et lut probablement chacune de ses émotions. Elle se dirigea vers son bureau et s'affala dans son fauteuil. Les coussins soupirèrent sous son poids. C'était le seul bruit dans la pièce.

– Que se passe-t-il ? demanda de nouveau Holiday.

L'émotion forma une boule dans la gorge de Kylie.

– Je ne t'en ai pas parlé, parce que tu m'as dit… que… tu préférerais ne pas savoir, tout ton discours sur « à chaque jour suffit sa peine », etc. Parce que, au début, je pensais que c'était toi.

Holiday se pencha, agrippa le bord de son bureau.

– Je ne comprends pas.

– Le visage de l'esprit que je t'ai dit avoir reconnu. Je croyais que c'était toi. Mais ce n'était pas… toi.

Les yeux verts de la jeune femme s'emplirent de larmes, et Kylie réalisa qu'elle avait déjà assemblé les pièces du puzzle. Burnett, et c'était tout à son honneur, se posta derrière elle et serra tendrement son épaule.

– Elle est morte ?

Le souffle de Holiday se fit hésitant. Des larmes glissèrent de ses cils et se répandirent sur son visage.

– Pourquoi… elle n'est pas venue me voir ?

Kylie essuya ses propres joues mouillées.

– Je crois que c'est parce qu'elle avait honte de ce qui s'était passé.

– Elle t'en a parlé ?

– Oui.

La voix de Kylie n'était qu'un murmure. Burnett la regarda comme s'il se demandait tout ce qu'elle ne lui avait pas dit.

Une grande tristesse envahit la pièce.

– Que s'est-il passé ? finit par demander Holiday. Faisait-elle de l'alpinisme ? Je lui ai expliqué que c'était dangereux d'y aller toute seule.

Kylie secoua la tête.

– Ce n'était pas un accident.

La colère fit se plisser les traits de Holiday.

– Elle a été tuée ? Par qui ?

– Nous n'en sommes pas encore sûrs, répondit Burnett en s'asseyant sur le bord du bureau.

Sa façon de regarder son amie réchauffa le cœur de Kylie. Il l'aimait. Elle espérait simplement que toute cette histoire de Blake ne les séparerait pas davantage.

– Mais Blake est le suspect principal, observa Burnett.

– Blake ? (Holiday inspira.) Non, je ne crois pas…

Elle s'arrêta, comme si elle réfléchissait. Elle s'essuya de nouveau le visage pour en chasser les larmes, puis elle scruta Kylie.

– Bon, dis-moi tout ce que tu sais. Et n'oublie rien.

L'après-midi, dans son bungalow, Kylie était assise à la table de sa cuisine.

Le déjeuner avait été tellement nul ce jour-là que Kylie avait décidé de zapper le dîner. Tout le monde l'avait fixée, bouche bée, ou avait lancé des piques sur sa nouvelle configuration de vampire.

OK, c'était un mensonge. Ses amis proches ne l'avaient pas scrutée, ou du moins ils avaient essayé de ne pas le faire. Jonathon et Helen avaient été pris au dépourvu et, avant de pouvoir s'en empêcher, ils avaient fait leur part de matage. Bien sûr, Jonathon était ensuite allé lui souhaiter la bienvenue dans sa société de vampires, et proposé qu'elle les rejoigne à leur table.

Elle avait refusé. Elle pouvait deviner à l'expression de quelques autres qu'elle ne serait pas du tout la bienvenue.

Lorsque Perry était entré dans le réfectoire, il l'avait fixée puis lui avait fait un signe d'encouragement. À l'évidence, il avait décidé de ne pas lui en vouloir à cause de toute cette histoire de filet. Puis Kylie remarqua que les trois nouveaux enseignants la regardaient eux aussi. Pour une raison quelconque, elle avait supposé qu'ils seraient mieux élevés, mais pas du tout, ils la trouvaient aussi intéressante que les autres.

Toutefois, une chose fit que toute cette épreuve du repas en valait la peine. Lorsqu'une Fredericka moqueuse la montra à Lucas, il se contenta de hausser les épaules et dit :

– Oui, je suis au courant.

Puis il avait jeté un coup d'œil en direction de Kylie, pas pour la mater, mais pour lui sourire.

Ce sourire, avec une étincelle espiègle dans ses yeux, avait toutes sortes de significations. Kylie se surprit à rougir et à se soucier un peu moins d'être l'attraction de service. Bien sûr, cela ne dura que quelques minutes. Puis quelqu'un d'autre fit une remarque idiote sur l'esprit de Kylie qui était hyper bizarre.

Autant, à de nombreuses reprises, elle aurait souhaité que son ouïe supersensible fonctionne, autant, à ce moment même, elle aurait bien voulu la débrancher. On ne veut entendre ce qui se dit derrière notre dos que quand on n'est pas en mesure de le faire…

En fixant ses mains posées sur la table, elle savait qu'une partie de sa mauvaise humeur était liée au fait qu'elle souffrait pour Holiday. Elle tenait à l'aider, mais son amie voulait rester seule.

L'ordinateur tinta, la ramenant dans le présent, indiquant qu'un e-mail venait d'arriver. Kylie se rua dessus, priant pour que ce soit son grand-père ou sa grand-tante. Elle vérifiait son courrier obsessionnellement, d'autant plus que son dernier e-mail lui avait été renvoyé, au prétexte que leur adresse n'était plus activée.

Elle se laissa tomber dans le fauteuil, retenant son souffle, quand elle cliqua sur la fenêtre.

Rien de son grand-père, ni de sa grand-tante.

Elle regarda fixement l'adresse e-mail de son beau-père et ouvrit le message sans le vouloir. Puis elle le lut.

« Salut princesse. J'ai hâte de te voir samedi. Tu me manques. Ta maman me manque. »

Les émotions liées au divorce de ses parents ressurgirent à toute allure. Elle se leva si vite que le fauteuil heurta violemment le sol et se brisa en quatre morceaux différents.

– Et merde ! beugla-t-elle.

La gorge serrée, elle se dirigea vers le frigo d'un pas lourd et l'ouvrit d'un coup sec. Elle attendit de sentir l'air frais sur son visage.

Il n'était pas frais, parce qu'elle-même l'était trop. Elle était un foutu vampire !

Elle essuya une larme et reposa les yeux sur l'ordinateur. Et si son beau-père se remettait à l'interroger sur sa mère ? Kylie ne tenait absolument pas à être celle qui lâcherait la bombe comme quoi sa mère fréquentait un autre homme.

Mais bon, il le découvrirait sûrement tout seul samedi. Elle avait déjà reçu un e-mail de sa mère, qui voulait savoir si cela dérangeait Kylie si Mec Flippant – celui qui voulait emmener sa mère en Angleterre – l'accompagnait à la journée des parents.

Elle avait été à deux doigts de lui répondre que oui, ça l'embêtait profondément.

Mais était-il juste de gâcher le plaisir de sa mère ? Ne devait-elle pas se réjouir de son bonheur ? Kylie désirait simplement qu'elle puisse être heureuse avec son beau-père. Que la vie redevienne comme avant.

L'espace d'une seconde, elle se souvint comment c'était. Quand elle pensait qu'elle n'était qu'humaine. Quand elle ignorait que des créatures comme les vampires et les loups-garous existaient.

Quand elle ne connaissait pas Lucas. Quand elle n'avait pas repris contact avec lui.

Quand elle était sans Della ou Miranda.

D'un seul coup, le monde de Kylie Galen avant Shadow Falls ne lui parut plus aussi désirable. Enfin, hormis le couple que formaient sa mère et son beau-père.

Kylie entendit bouger le matelas de Della, et le bruit sourd de ses pas sur le sol. Elle s'essuya de nouveau la figure, dans l'espoir de dissimuler les preuves. Les vampires ne pleuraient pas.

– Je t'ai apporté du B positif. Il est derrière le lait, annonça Della.

– Merci.

– Comment te sens-tu ?

– Bien, pourquoi ?

Della ajouta ensuite :

– Parce que, en général, quand on commence à mettre le mobilier en pièces, c'est que l'on ne va pas si bien que ça.

Kylie regarda fixement la chaise cassée sans rien répondre.

– En fait, je suis juste étonnée que tu n'aies eu aucun symptôme pendant la phase de transformation. J'en suis contente, parce que crois-moi, ce n'est pas drôle.

Kylie attrapa le sang.

– Tu sais, cela ne durera peut-être pas.

– Le sang ? demanda Della. Je peux en avoir davantage.

– Non, que je sois un vampire. Je n'en suis pas vraiment un. Juste en partie.

– Tu as l'air de race pure, observa Della. Comment fais-tu pour changer ?

Elle se dirigea vers la table de la cuisine.

Kylie ouvrit la bouteille et, brusquement, l'idée de boire du sang lui retourna le cœur. S'était-elle déjà transformée ? Oh super ! Si oui, elle avait hâte d'être au petit déjeuner, quand tout le monde s'en donnerait à cœur joie pour se moquer d'elle.

Rebouchant le flacon, elle tâcha de cacher sa nausée à Della, et dit :

– Je ne comprends pas comment cela marche. Comment faire pour que cela se produise ? Ou pas.

Elle se tourna vers Della :

– Suis-je encore un vampire ?

Elle opina, et Kylie vit à l'expression de son amie qu'elle pouvait deviner qu'elle avait pleuré.

– Vas-y, dis-le, lança Kylie. Je suis censée être une dure à cuire, maintenant que je suis un vampire.

– Je me moque bien que tu en sois une, répondit Della, sincère.

La contrariété monta en Kylie – car elle se comportait en garce, car sa copine se montrait gentille, mais surtout car elle ne pouvait pas se ruer chez Holiday pour obtenir des réponses, cette fois.

Holiday ne les avait pas. Et ceux qui les détenaient, son grand-père et sa grand-tante, ne voulaient rien avoir à faire avec Shadow Falls, et « n'étaient plus joignables à l'adresse mail indiquée ».

Un caméléon seul ne survivra pas.

Et pour l'heure, Kylie se sentait très seule.

D'autres larmes affluèrent, et elle s'essuya les joues.

– Je déteste avoir l'impression d'être un monstre, dit-elle. De ne pas exercer de contrôle sur mon propre corps.

Ses pensées se portèrent sur Hannah, et sur l'inquiétude de celle-ci à l'idée que quelqu'un veuille faire du mal à Holiday.

Et j'en ai marre de tous ces gens qui meurent.

– Ton grand-père ne t'a pas expliqué comment gérer tout ça ?

Kylie poussa un profond soupir.

– Il m'a affirmé qu'il me faudrait des années pour apprendre.

– Donc, tu ne vas pas arrêter de passer d'une créature à une autre, sans pouvoir le contrôler ?

– C'est ce qu'il a eu l'air de dire. Je ne sais pas.

Kylie se laissa tomber dans un fauteuil.

Après une pause lourde de sens, Della demanda :

– Tu as pensé quoi de ton grand-père ?

– Comment ça ?

– Genre, il t'a plu ou non ? Était-ce un vieux schnock qui avait un pied dans la tombe ?

– Non, il n'était pas si âgé que cela. Et il avait l'air sympa. Il ressemblait à mon père, mais me faisait un peu penser à Burnett. Grave et sérieux.

– Mais ? fit Della, insistante.

– Je n'ai pas dit « mais ».

– D'accord, mais tu l'as pensé très fort.

Kylie expira.

– Si je te dis quelque chose, tu ne le répéteras à personne ?

– Croix de bois, croix de fer, répondit Della. Et je promets de ne pas pleurer. Surtout si je suis à moitié aussi moche que toi quand tu pleures, ajouta-t-elle comme pour essayer de lui soutirer un sourire.

Kylie ne sourit pas. Elle ne pouvait pas.

– Il souhaite que j'aille vivre avec eux.

Les yeux de Della s'écarquillèrent, et l'humour en disparut rapidement.

– Tu ne vas pas le faire, n'est-ce pas ?

– Non, je ne crois pas.

Juste alors, elle réentendit la voix de son grand-père : *Viens avec nous. Nous t'aiderons à tout comprendre. Tu dois apprendre qui et ce que tu es, Kylie.*

– Tu ne crois pas ? répéta Della. On dirait que tu y réfléchis ?

– Non.

Non, se dit-elle. Elle n'y réfléchissait vraiment pas.

Mais si ça se trouvait, elle n'avait peut-être pas le choix…

Chapitre 26

Kylie alla se coucher tôt, ce soir-là. N'ayant pratiquement pas fermé l'œil la nuit précédente, elle avait espéré dormir comme une souche, enfin plutôt comme un vampire affamé qui serait légèrement dégoûté par l'idée de boire du sang, et à bout de nerfs.

Pas de chance. Elle resta allongée à fixer le plafond, à caresser Socks qui ronronnait, à se faire du souci pour Holiday et à souhaiter que Lucas l'appelle. Socks rampa sur sa poitrine et entreprit de lui faire des bisous de chaton sur le menton.

Kylie regarda fixement son animal.

– Si et lorsque je me transformerai en loup-garou, est-ce que tu m'aimeras encore ? N'oublie pas que je t'aimais quand tu étais une mouffette.

Le chat miaula, comme pour dire oui, espérait Kylie.

– Crois-tu que Holiday imagine combien nous l'adorons ? demanda-t-elle.

Parler à Socks ne fit pas grand-chose pour apaiser l'inquiétude dans son cœur. Capitulant, elle prit son téléphone. Elle ne savait même pas qui elle allait appeler : Lucas ou Holiday ?

Celle-ci répondit à la troisième sonnerie.

– Salut, tout va bien ?

– Oui… euh, je me faisais du souci pour toi. Je me suis dit que je passerais peut-être te voir un moment.

Il y eut un silence, puis :

– J'aimerais bien… mais je crois que j'ai besoin d'être seule.

– Parfait, l'assura-t-elle, bien qu'elle mourût d'envie de la serrer dans ses bras et de lui offrir du réconfort.

– Est-elle revenue te voir ? demanda Holiday.

– Non.

Kylie caressa le menton de Socks.

– Si c'est le cas… tu veux bien lui dire de passer ? Explique-lui que je ne lui en veux plus, il faut simplement… que je la voie.

Il y avait une telle tristesse dans la voix de la jeune femme que les larmes piquèrent les yeux de Kylie.

– Je le ferai. (Un silence douloureux envahit la ligne. La seule chose qu'elle entendait, c'était l'immense chagrin de Holiday.) Holiday…

– Oui ?

La voix de son amie tremblait juste un peu.

– Je t'aime. Cela a l'air nunuche, mais Shadow Falls et toi signifiez tellement pour moi ! Je ne sais pas si tu comprends tout le bien que tu fais à tous ceux qui viennent ici.

Tu es l'une des nôtres. Nous partageons le même sang. Un caméléon seul ne survivra pas. Les paroles de son grand-père résonnaient de nouveau dans son cœur.

– Ma place est à Shadow Falls, décréta Kylie, et elle tressaillit quand elle se rendit compte qu'elle avait formulé ses pensées à voix haute.

– Bien sûr, répondit Holiday, confuse. Tu… vas… bien ?

– Oui, mentit-elle. Je me faisais juste du souci pour toi.

– Ne t'inquiète pas. Et Kylie, moi aussi, je t'aime. Nous en discuterons demain, d'accord ?

Holiday raccrocha. Cinq minutes plus tard, la mélancolie refit des siennes lorsque Burnett appela pour savoir si elle avait parlé à Holiday.

– Oui, répondit Kylie. Je lui ai demandé si je pouvais passer la voir, mais elle m'a dit qu'elle préférait être seule.

– Elle m'a sorti la même chose, marmonna-t-il.

– Alors, à nous de respecter ses souhaits.

Il expira.

– Crois-tu qu'elle l'aime encore ?

Si la question constituait un virage franc dans la conversation, Kylie le suivit parfaitement. Que Burnett lui fasse suffisamment confiance pour montrer sa vulnérabilité la surprit. Cette prise de conscience la fit légèrement culpabiliser parce qu'elle lui cachait des choses. Mais elle n'avait pas le choix, n'est-ce pas ?

– Non, dit-elle, certaine que Holiday aimait Burnett.

Mais ce n'était pas à elle de le dire.

– Je vais devoir le faire venir ici pour l'interroger, constata Burnett.

– Je sais, répondit Kylie. Mais tu ne peux pas le maltraiter ni supposer qu'il est coupable simplement parce que avant, il était avec Holiday.

– Tu me crois capable de ça ? demanda Burnett.

– Oui, répondit-elle, honnête. J'ai bien vu comment tu le regardais ce matin.

Il resta silencieux une seconde.

– As-tu reparlé à Hannah ?

– Pas encore.

– Ça nous aiderait, si elle pouvait nous en dire plus, lança-t-il d'un ton mordant.

Comme si Kylie ne le savait pas.

– C'est dommage qu'ils ne collaborent pas toujours.

– Si elle se montre, demande-lui de venir me parler.

– Tu en es sûr ?

Kylie se rappela comment il avait réagi à toute cette histoire de fantôme.

– Bien sûr que non, mais je le ferai, si cela peut aider Holiday. (Nouveau silence.) Avant d'oublier, Derek va passer à ton bungalow et t'accompagner au bureau à six heures du matin. Nous irons au café… histoire de trouver quelque chose sur Cara M. J'ai vérifié, et il n'y a aucune Cara M. portée disparue. Crois-tu que tu aies mal lu son nom ?

– Non, je l'ai vu plusieurs fois.

– OK, dit-il. Nous verrons ce que nous pouvons dénicher demain à la première heure. Ensuite, il faudra revenir ici très vite avant que les parents n'arrivent.

Ô joie, Kylie avait presque oublié que c'était le lendemain.

Dès qu'elle raccrocha, elle entendit taper à la vitre de sa chambre. Elle s'attendait à tomber sur le geai bleu, mais fut agréablement surprise quand Lucas poussa la fenêtre.

– Vous ne pouvez pas vous servir de la porte, vous autres ? cria Della depuis le séjour.

– Ce n'est pas toi que je suis venu voir, répondit Lucas, et il sourit à Kylie.

Ce sourire fit des merveilles sur son humeur. Il avança, s'assit au bord du lit, puis se pencha et l'embrassa. C'était chaud, doux et, elle le sentit, délibérément court.

– Je ne peux pas rester longtemps. (Son regard s'attarda sur ses lèvres.) Même si j'en ai très, très envie.

– Que se passe-t-il ?

– Mon père m'a de nouveau convoqué.

Elle se renfrogna.

– Je ne l'aime pas, déclara-t-elle, puis elle le regretta. Désolée, je ne voulais pas…

Il mit un doigt sur sa bouche.

– Moi non plus, je ne l'aime pas beaucoup. (Puis il sourit.) Je dois y aller. Mais peut-être que plus tard, tu pourras rêver de moi.

Une étincelle sexy envahit son regard.

Elle se rembrunit.

– J'ai essayé hier soir, et je n'y suis pas arrivée. Je crois que c'est parce que je suis un vampire.

Il fronça les sourcils.

– Je savais que ce serait l'horreur d'en être un.

Kylie leva les yeux au ciel.

– J'ai entendu, cria Della.

– Et ça, tu l'entends ? fit Lucas en faisant un doigt d'honneur en direction de la porte.

Kylie rejeta la tête en arrière d'un coup brusque.

– Ne la cherche pas, marmonna-t-elle à Lucas. (Puis elle hurla :) Va te coucher, Della !

Lucas soupira.

– Je dois filer.

Il se pencha et l'embrassa encore.

Ce baiser fut la dernière pensée de Kylie quand elle sombra dans le sommeil. Elle tâcha de nouveau de pratiquer l'effraction de rêves, mais rien ne se produisit. Alors elle rêva. Rêva de ce que ce serait, une fois qu'elle comprendrait tout sur qui elle était et ce qu'elle était. Rêva du moment où Lucas serait libre d'essayer d'apaiser sa meute.

Kylie se réveilla vers quatre heures le lendemain matin. Il faisait froid dans sa chambre, et elle devina qu'il y avait quelqu'un, mais personne ne se manifesta, ce qui était malpoli – un peu comme jouer à cache-cache. Elle s'assit et murmura :

– Hannah, c'est toi ?

Pas de réponse, mais le froid lui parut quelque peu différent.

Un frisson parcourut la colonne vertébrale de Kylie. Elle remonta la couverture sur ses épaules et resta assise à respirer l'air froid. Était-ce l'une des filles enterrées avec Hannah ou quelqu'un d'autre ? Cela lui paraissait tout neuf – inconnu. Quelqu'un du cimetière l'avait-il suivie jusqu'ici ? Comme toujours, quand un nouvel esprit apparaissait, Kylie redevenait presque antifantômes.

Elle écouta son réveil avancer de deux minutes avant que le froid ne disparaisse. Socks sortit de sous son lit, sauta sur le matelas et se blottit en un petit nœud tout serré sur ses genoux.

– Tu es un peu antifantômes, toi aussi, non ?

Le chaton laissa échapper un miaulement étouffé qui semblait dire :

– Oh que oui !

Kylie l'attira contre elle, puis le reposa sur les oreillers, espérant à moitié se rendormir, et à moitié pratiquer l'effraction de rêves. Pas de chance.

Après avoir pensé à voir sa mère, son beau-père et le nouveau copain de sa mère, son esprit se concentra sur Hannah et sur l'expédition au café qu'elle entreprendrait dans quelques heures. Apprendraient-ils qui était Cara M. ? Cela les aiderait-il à trouver le meurtrier ?

Assise, Kylie se souvint que Hannah était devenue toute bizarre quand les nouveaux enseignants étaient entrés dans le réfectoire hier. Cela voulait-il dire quelque chose ?

Hannah, si tu voulais bien venir pour discuter, j'apprécierais. Ta sœur veut te parler, et Burnett également. Tu es très populaire, comme fantôme.

La pièce resta chaude et silencieuse. Quand elle se rendit compte que si elle restait au lit, elle se laisserait envahir par l'angoisse, elle rejeta ses couvertures et se leva.

Peut-être que Holiday était déjà au bureau. Et avec un peu d'espoir, Della ne lui arracherait pas la tête pour vouloir s'en aller si tôt. Elle devrait appeler Derek pour lui faire savoir qu'elle était déjà là-bas.

Il faisait encore nuit noire lorsque Kylie et Della sortirent du bungalow. La température était basse, et il flottait comme un parfum d'automne dans l'air matinal. Della ne lui avait pas arraché la tête quand elle lui avait annoncé qu'elle souhaitait voir si Holiday se trouvait encore au bureau, mais Kylie devinait qu'elle en avait envie.

Pas de doute, jouer les escortes commençait à énerver Della. Kylie ne lui en voulait pas. Peut-être était-il temps qu'elle suggère à Burnett d'y mettre un terme. Mario ne s'était pas montré depuis longtemps. Elle sentait qu'il avait fait machine arrière, et même Miranda disait qu'elle ne sentait rien. Kylie ne pouvait qu'espérer qu'il était parti pour toujours.

– C'est ce qui s'appelle se lever aux aurores, maugréa Della.

– Si tu ne veux pas y aller, ça ne me dérange pas.

Della continua à avancer, mais sans râler.

– Je suppose que c'est une preuve, siffla-t-elle

– Une preuve de quoi ? demanda Kylie.

– Que tu n'es pas vraiment un vampire. C'est vrai, nous dormons mieux le matin.

– Je t'ai dit que je n'en étais pas entièrement un, je...

Kylie se tut quand elle entendit des pas sur le chemin. Les yeux de Della s'écarquillèrent également, puis elle fit signe à Kylie de se cacher en lisière des bois. Elles se tapirent derrière un buisson, et observèrent une silhouette sombre descendre le sentier.

Il portait un pull noir, orné d'une capuche qui camouflait en partie son visage. Kylie ne reconnut ni sa silhouette ni sa démarche. Si c'était l'un des résidents habituels, elle l'aurait identifié, non ?

Della renifla.

– Je ne reconnais pas cette odeur, murmura-t-elle.

– Quel est le plan ? demanda Kylie.

– Ça…

Della sortit des fourrés d'un bond, montrant les canines, les yeux vert vif, et atterrit devant l'étranger dans un bruit sourd.

Chapitre 27

Kylie, prise au dépourvu par l'offensive de Della, resta plantée une seconde sur place avant de se rendre compte que son amie était peut-être en danger. Le vampire ne se trouvant qu'à quelques mètres de l'homme, Kylie sortit de la forêt comme une flèche et s'arrêta derrière lui.

Della avança d'un pas offensif vers l'individu. Il recula d'un bond et heurta Kylie de plein fouet. Il virevolta d'un coup, un grognement s'échappant de ses lèvres, mais la capuche continuait à cacher son visage, et empêchait Kylie de savoir à qui et à quoi elle s'attaquait.

– Qui êtes-vous ? demanda-t-elle.

Sentant le grésillement de son pouvoir de protectrice, elle tenta de lui arracher sa capuche.

Il se pencha et recula de quelques pas. Se rapprocha de Della.

– Arrêtez immédiatement ! exigea-t-il.

– *Vous*, arrêtez ! rétorqua Della.

Il enleva sa capuche.

– C'est ainsi que vous traitez vos professeurs ? fit Hayden Yates.

Della, semblable à elle-même, ne céda pas.

– S'ils rôdent dans les ténèbres habillés comme des criminels, eh bien oui, c'est comme ça qu'on les traite.

Kylie leva la main en direction de son amie, dans l'espoir de l'apaiser, bien qu'elle-même ne ressentît pas de calme intérieur. Son pouvoir était en alerte maximale, son adrénaline réglée au maximum.

– Depuis quand se balader est-il apparenté à « rôder » ?

Il employait son ton de professeur.

– Depuis que vous vous êtes approché de nous en douce, rétorqua Della, piquée au vif.

La logique fit redescendre l'adrénaline de Kylie.

– Je... nous... vous nous avez fait peur, dit-elle.

– Pas à moi, répliqua Della, cassante.

M. Yates se renfrogna.

– La prochaine fois, tâchez de me saluer au lieu de m'agresser.

– On a dit bonjour, protesta Della. Si nous avions attaqué, vous saigneriez ou vous seriez mort.

– Nous avons exagéré, intervint Kylie, puis elle se souvint qu'elle n'aimait pas particulièrement ce type.

Il était assez secret, et ses habits sombres et son visage caché semblaient confirmer qu'il dissimulait quelque chose. Toutefois, les bonnes manières de la jeune fille et son respect de l'autorité exigeaient qu'elle adopte un certain comportement.

– Veuillez nous excuser.

– *Nous* ? lança Della d'un ton sarcastique.

Kylie lui fit signe de se mettre en route.

Della gratifia l'enseignant d'un autre air renfrogné avant de tourner les talons.

Et à la minute où elles l'eurent distancé de quelques pas, elle murmura :

– Je ne l'aime pas.

– Moi non plus, répondit Kylie, sans réussir à expliquer pourquoi.

– Tu crois qu'il travaille avec Mario ? demanda Della.

– Non… je ne sais pas. Ne tirons pas de conclusions hâtives.

Elles parvinrent à la clairière qui abritait le bureau et le réfectoire. Kylie constata que les lumières étaient allumées chez Holiday. Puis elle remarqua le silence mortel. Pas un seul oiseau, ni même le vent, n'osaient faire de bruit. Le fait que Della ait cessé de marcher et que ses yeux étincellent d'un vert vif lui confirma que cette sensation de danger n'était pas le fruit de son imagination. Quelqu'un était tapi dans le coin.

– Tout va bien, fit une voix inconnue derrière elles.

Della et Kylie se retournèrent d'un coup. L'homme, la petite trentaine, portait un costume noir. Une vérification rapide de sa configuration indiqua à Kylie qu'il était vampire. La façon dont il tenait les mains, paumes exposées, lui montra qu'il ne cherchait pas les embrouilles. Mais bon, c'était un étranger qui se trouvait sur la propriété de Shadow Falls. Qui donc était-il ?

– Tout va bien.

Sa posture pacifique eut peu d'effet sur Kylie, et encore moins sur Della.

– J'en jugerai par moi-même, lança cette dernière.

Le rougeoiement dans les yeux de Della mettait ses canines allongées en valeur.

L'homme ouvrit sa veste de costume et exhiba le badge accroché à sa ceinture.

– Je suis l'agent Houston, de l'URF. Un ami de Burnett. (La façon dont il dit « ami » semblait avoir une signification, bien que Kylie ne sût pas trop laquelle.)

Burnett m'a demandé de le représenter, le temps qu'il attrape un suspect.

– Le représenter pour quoi ? Un suspect de quoi ? exigea de savoir Della.

Le regard de l'agent se posa sur Kylie, comme s'il savait qu'elle comprenait. Et c'était le cas. Burnett avait fait venir cet homme pour surveiller Holiday, et manifestement il était parti chercher Blake. Mais comprendre ne faisait pas forcément de cet inconnu un allié. Bien sûr, elle faisait confiance à Burnett, mais le badge que l'agent Houston exhibait si fièrement le desservait plus qu'autre chose.

– Je ne peux pas entrer dans les détails. Mais vous allez devoir me faire confiance. Kylie est au courant.

Confiance ? Même pas en rêve, songea Kylie, mais comme les battements de son cœur n'avaient pas l'air de mentir, elle regarda son amie :

– Il dit la vérité.

– Je sais, rétorqua Della, ennuyée, mais le changement de couleur dans ses yeux indiquait qu'elle avait fait machine arrière.

Ou, en tout cas, jusqu'à ce qu'elle se retrouve seule avec Kylie quand, sans aucun doute, elle lui soutirerait des informations de force. La vamp n'aimait pas qu'on la laisse dans l'ignorance.

– Je vais voir Holiday, annonça Kylie en regardant son amie.

– Elle est très demandée ce matin, observa l'agent Houston.

Kylie jeta un œil vers la fenêtre et distingua une silhouette d'homme.

– Qui est-ce ?

– L'un des nouveaux enseignants, répondit l'agent Houston.

L'adolescente se tendit.

– Hayden Yates ?

Elle fixa Della. Comment était-il arrivé avant elles ? L'expression de Della était la même que la sienne.

– Non, dit l'homme. Un certain Collin Warren. Il a prétendu qu'il était le nouveau prof d'histoire. Y a-t-il un problème ?

La voix de l'agent devint plus grave quand il avança d'un petit pas en direction du bureau.

– Non, répondit Kylie. Tout va bien.

Mais juste alors, ils entendirent des pas sur le sentier.

– Vous attendez quelqu'un ? demanda l'agent.

– Pas vraiment, répondit Kylie, même si elle se doutait de qui il s'agissait.

Et elle avait raison.

Hayden Yates, capuche remontée sur la tête, entra dans la clairière.

– Bonjour.

Il leva le menton, le regard posé sur l'agent de l'URF, sur la défensive.

– Tu le connais ? demanda l'agent à Kylie.

M. Yates carra les épaules, comme insulté.

– C'est un nouvel enseignant, expliqua Della, mais son ton en disait plus.

Il disait qu'elle ne l'aimait pas. Et l'agent comprit. Il avança d'un autre pas vers M. Yates.

Celui-ci ne bougea pas, et Kylie crut qu'ils en viendraient aux mains. Puis le regard de Hayden se posa sur elle, comme s'il réexaminait sa posture.

– Je ne veux aucun mal, juste me promener, lança-t-il à l'agent d'une voix résignée.

Kylie sentait tout de même quelque chose… quelque chose qui clochait, quelque chose de malhonnête chez cet homme.

La mise en garde de Hannah résonna à ses oreilles.

« Et le jour où je suis venue à Shadow Falls, j'ai senti qu'il était tout près. Je l'ai senti, et j'ai compris. J'ai compris que j'étais venue à Shadow Falls à cause de lui. »

Hayden Yates pourrait-il être l'assassin de Hannah ? Aurait-il pu solliciter cet emploi afin de se rapprocher de Holiday ? Cela semblait peu probable, mais Kylie ne voulait prendre aucun risque. Et dès que Burnett reviendrait, elle avait bien l'intention de lui faire part de ses inquiétudes.

Kylie attendit dans l'entrée du bureau que M. Warren ait terminé sa conversation avec Holiday. Quelques minutes plus tard, tous deux sortirent. M. Warren lui adressa un signe de tête poli, accompagné d'un « bonjour » murmuré.

– Bonjour.

Kylie sentit de nouveau qu'il était aussi timide qu'elle. Voire plus. Une espèce de version masculine de Helen. Et pourtant, il avait choisi d'enseigner. Pas de doute, son amour pour l'histoire le poussait dans cette voie. Et pour cela, elle l'admirait.

Quand il partit, Kylie regarda Holiday et l'étreignit immédiatement.

Elles restèrent ainsi un seconde de plus que nécessaire.

– Ça va ? s'enquit Kylie.

– Ça ira, avec le temps, répondit Holiday.

Kylie entendit M. Warren discuter avec l'agent dehors.

– C'est sa première année d'enseignement ? demanda-t-elle.

Elle désigna la fenêtre d'un signe de tête.

– Comment as-tu deviné ? soupira Holiday. C'est un ami d'ami qui me l'a recommandé. Il n'est pas si nul pour des cours particuliers. J'espère que vous n'allez pas n'en faire qu'une bouchée et le recracher tout cru.

Kylie se fendit d'un grand sourire.

– Perry, peut-être bien !

Holiday fronça les sourcils.

– Promets-moi que tu empêcheras cela. Il a l'air vraiment sympa, et je crois qu'il fera un excellent professeur. J'aimerais bien que tu le prennes sous ton aile.

Kylie gloussa.

– Encore une fois, Perry serait ravi !

Le sourire de Holiday, bien qu'un peu forcé, refit surface. Elle jeta un œil sur l'horloge au mur.

– Tu es tombée du lit ?

– Je n'arrivais pas à dormir, répondit Kylie.

– Hannah est passée te voir ?

Une immense tristesse transpirait de la voix de Holiday, et le cœur de Kylie se gonfla d'émotion.

– Non, désolée. (Une pause s'ensuivit.) C'est du café que je sens ?

– Oui… en temps normal je n'en bois pas, mais ce matin je me suis dit que j'en prendrais bien volontiers. Attrape une tasse, et je veux tout savoir sur la façon dont cette transformation en vampire est arrivée.

Oh mince, songea Kylie, quand elle alla chercher son café. Le moment était venu de dire la vérité ou de s'empêtrer dans des mensonges. Elle pourrait sûrement inventer une histoire que Holiday croirait, une histoire où elle ne racontait pas qu'elle s'était enfuie en douce de Shadow Falls pour aller retrouver son grand-père. Mais s'il y avait bien quelqu'un à qui elle détestait mentir, c'était Holiday.

– Tu as fait quoi ? demanda Holiday en posant son café sur son bureau dès que Kylie se lança dans son explication cinq minutes plus tard. Combien de fois faudra-t-il que je t'explique qu'en tant que protectrice, tu n'as pas de pouvoirs pour te protéger ? Tu n'étais même pas sûre que l'e-mail venait de lui.

– Si, je le savais, répondit Kylie.

– Comment ?

Holiday se pencha vers elle. Kylie se mordit la lèvre.

– Il était le brouillard.

– Il était *quoi* ?

– Mon grand-père et ma grand-tante, ils étaient le brouillard. Ils se sont, je ne sais pas comment, transformés en brouillard.

– Peu importe. Elle laissa échapper un profond soupir puis ajouta : Tu ne peux tout de même pas désobéir aux ordres.

– Je respectais la règle principale. Celle dont tu m'as parlé des dizaines de fois. (Elle marqua une pause.) De suivre mon cœur.

Holiday fixa Kylie comme si elle réfléchissait.

– Tu aurais pu demander à quelqu'un de t'accompagner.

– On ne m'aurait pas laissée y aller.

– Tu n'en sais rien, rétorqua Holiday.

– Si, ils sont partis dès que Lucas est arrivé.

– Attends, Lucas est venu avec toi ? Il était au courant ?

Il y avait de la réprobation dans sa voix.

– Non, Perry et lui m'ont suivie, mais… je les ai piégés et je suis partie. Quand Lucas m'a rattrapée, mon grand-père et ma grand-tante avaient disparu. Ils ne font confiance à personne ici, à cause de l'implication de l'URF dans la colo. Vu tout ce qui s'est passé, tu ne peux pas leur en vouloir.

– Je peux leur en vouloir s'ils t'encouragent à mettre ta vie en danger.

Holiday, frustrée, retomba dans son fauteuil.

– Ils ne sont même pas au courant pour Mario. Et regarde-moi, il ne s'est rien passé. Il fallait que j'y aille. Que je connaisse la vérité.

Holiday ferma les yeux, et les garda ainsi. Quand ses paupières finirent par se rouvrir, Kylie constata que la plus grande partie de sa contrariété avait disparu.

Ses épaules se détendirent.

– Et quelle est la vérité, Kylie ? Que t'ont-ils dit ?

– Mon père avait raison. Je suis un caméléon.

– Et qu'est-ce que c'est, au juste ? demanda-t-elle.

– Je suis un mélange de tous les surnaturels, et je conserve l'ADN de chacun.

Holiday secoua la tête.

– Mais ce n'est pas possible ! L'ADN du parent dominant est le seul qui se transmette à l'enfant.

– C'est ce qui nous différencie.

Holiday, complètement désemparée, se cala dans son fauteuil.

– C'est… énorme. (Elle agita ses sourcils d'un coup sec, en regardant le front de Kylie.) Donc, qu'est-ce qui constitue la configuration que tu montres ?

– Je ne sais pas… exactement. Il a dit qu'il fallait en général plusieurs années avant qu'un caméléon sache la contrôler. Mais il a ajouté autre chose qui me fait croire que je peux la changer selon les pouvoirs dont j'ai besoin.

– Donc, il t'a transformée en vampire ?

– Non, il m'a expliqué que j'avais dû le faire instinctivement. Quand j'essayais d'échapper à Lucas et à Perry, je n'arrêtais pas de me dire d'aller plus vite. Alors, c'est peut-être comme cela que c'est arrivé.

– As-tu réessayé de la changer ?

Holiday arqua un sourcil de curiosité.

– Non. (Kylie secoua la tête.) La dernière fois que tu m'as poussée à faire quelque chose que je ne savais pas maîtriser, Burnett a failli se retrouver stérile.

Holiday gloussa. Voir Holiday rire était si bon que Kylie lui rendit son sourire.

– Qu'a ajouté ton grand-père ? voulut-elle savoir.

Le cœur de Kylie se serra. Si Holiday était un vampire, elle entendrait le mensonge qui se formait sur ses lèvres. Lui avouer que son grand-père désirait qu'elle quitte Shadow Falls revenait à lui donner une raison de le détester.

Une raison d'insister pour que Kylie ne s'approche pas de lui. Et ça, elle ne pouvait pas.

Prenant son souffle, elle réprima la culpabilité qui montait en elle, parce que si Holiday ne pouvait pas reconnaître qu'elle mentait en lisant ses pulsations, elle savait lire ses émotions. Carrant les épaules, elle croisa son regard.

– Pas grand-chose d'autre. Lucas est arrivé, et ils sont partis.

– Qui est parti ? s'enquit Burnett.

Kylie tressaillit intérieurement. Elle avait été tellement occupée à essayer de ne pas culpabiliser qu'elle ne l'avait pas entendu approcher.

– L'as-tu trouvé ? demanda Holiday en s'asseyant, la tension visible sur ses épaules.

Kylie se doutait bien que Burnett cherchait Blake, mais elle fut surprise qu'il en ait parlé à Holiday.

– Qui ? fit la jeune fille, pour être sûre qu'elle ne se trompait pas.

– Blake, expliqua Burnett. Et non. (Il regarda son amie.) J'ai laissé des messages à son travail et sur son portable pour lui dire que nous devions nous entretenir.

– Tu veux que je l'appelle ? proposa la directrice.

– Non, répondit-il d'un ton sec. (Bougeant ses épaules comme pour en chasser le stress, il reposa les yeux sur Kylie.) De qui parlais-tu quand je suis entré ? Qui est parti ?

Holiday jeta un coup d'œil sur Kylie, et cette dernière lut le message dans son regard. Elle lui laissait le choix : lui dire… ou pas.

Celle-ci apprécia, et lorsqu'elle imagina la réaction de Burnett parce qu'elle n'avait pas respecté le règlement, elle faillit opter pour le « pas ». Mais en se rendant compte de la position dans laquelle elle mettrait Holiday en mentant à Burnett, elle réfléchit. Elle ne voulait pas être à l'origine ne serait-ce que d'un vague mécontentement entre eux. Pas quand son objectif était de les pousser à sortir ensemble.

– Tu vas être énervé, lança Kylie.
– Comment ça ? fit-il, renfrogné.

En l'occurrence, Burnett avait même été *hyper* énervé. Kylie avait été soulagée lorsque, une heure plus tard, Derek était arrivé, et que tous les quatre étaient partis au café pour voir s'ils pouvaient découvrir quelque chose sur Cara M.

Quand Burnett et Holiday entrèrent au Cookie's Café, Derek retint Kylie et ferma la porte.

– Tout va bien ?

À l'évidence, l'humeur « enjouée » de Burnett avait déteint sur lui. Mais Kylie ignorait si cela avait un rapport avec elle ou si c'était parce qu'il avait été incapable de retrouver Blake.

Levant les yeux sur la porte de verre, et voyant Burnett qui les regardait, elle repensa à une partie de leur conversation.

– L'URF n'est pas notre ennemi, avait-il insisté lorsque Kylie lui avait rappelé que son grand-père avait une raison de se méfier de Shadow Falls.

– Ce n'est pas toi, l'ennemi, avait-elle répondu. Mais pour l'URF, je ne sais toujours pas. Et, si j'ai conscience que tu ne voudras pas le reconnaître, tu n'aurais pas caché le corps de ma grand-mère et tu ne lui aurais pas dissimulé non plus certaines informations, si tu lui faisais confiance à cent pour cent.

Burnett n'avait rien répondu à cela, mais la réflexion de Kylie n'avait en rien amélioré son humeur. Il était manifestement déchiré entre sa loyauté pour Shadow Falls et celle pour l'URF. Kylie s'en moquait. Elle lui faisait confiance. Amener son grand-père et sa grand-tante à croire en lui était une autre histoire.

Derek s'éclaircit la gorge pour attirer son attention. Il portait son jean préféré et son T-shirt vert cendré.

– Il s'est passé quelque chose ?

– Pas vraiment, murmura Kylie.

Elle était légèrement embêtée qu'il se soit penché tout près et qu'il ait effleuré son épaule de la sienne. Ou était-elle déconcertée parce qu'elle était très consciente de cet effleurement ? Chassant cette pensée, elle tendit la main vers la porte de verre.

Soudain elle eut la plus folle des certitudes qu'on l'observait. Elle se retourna d'un coup, mais Derek l'empêchait de voir la rue.

– Quelque chose ne va pas ? demanda-t-il.

– Non.

Elle continuait à bouger pour voir derrière lui. Mais l'impression furtive qu'elle avait eue avait disparu. Son grand-père et sa grand-tante étaient-ils dans le coin ? Elle jeta un coup d'œil autour d'elle, à gauche puis à droite. Les maisons anciennes qui bordaient la rue avaient été transformées en boutiques de cadeaux, et un vieux fourgon rouge servait désormais de buvette. Rien. Personne.

Alors, elle tourna les talons et entra dans le café rempli de monde qui discutait.

Une odeur de bacon flottait dans la vieille boutique. Elle ne trouvait pas du tout cela appétissant. L'inconvénient d'être un vampire. La salle était bondée de tables, de clients affamés – très probablement des vacanciers. Le bruit des fourchettes qui s'entrechoquaient sur les assiettes retentissait avec les voix.

Il n'y avait qu'une seule table vide, et Holiday leur ouvrit la voie. Une serveuse arriva, avec un plateau de ce qui ressemblait à des petits pains à la cannelle.

– C'est le même uniforme ? demanda Derek quand ils s'assirent.

– Oui.

Kylie fut soulagée, et espéra que cela les mènerait à l'assassin.

Une autre serveuse, Chris G. selon son badge, s'arrêta devant eux.

– Désirez-vous commander ? (Avant qu'ils ne répondent, elle fit signe à d'autres clients.) Une minute.

– En fait, dit Burnett, nous aimerions obtenir des informations sur Cara M., une serveuse qui…

– Ah.

Elle s'en alla.

– Ah, quoi ? fit le vampire.

Burnett fronça les sourcils quand elle partit. Elle passa la tête par la porte et cria :

– Hé, Cara, il y a quelqu'un qui souhaite te parler !

Burnett, Holiday et Derek se retournèrent en même temps et regardèrent Kylie.

– Elle ne peut pas être vivante, dit Kylie. Croyez-moi, elle est morte.

Puis, une jolie blonde au badge qui disait « Cara M. », sortit du fond de la salle.

– Elle est bien vivante, observa Derek. Et même plutôt canon.

Il rougit.

Chapitre 28

Kylie ouvrit la bouche pour parler, mais ne voyait absolument pas quoi dire.

Ni quoi faire, d'ailleurs.

– Salut, Cara.

Derek prit la parole et jeta un coup d'œil sur Burnett, comme pour s'assurer que cela ne le dérangeait pas qu'il prenne l'initiative. Burnett opina et Derek poursuivit :

– Nous voulions des informations sur une certaine Cara M.

Elle désigna son badge.

– C'est moi, Cara M. M comme Muller.

Kylie examina le visage de la serveuse et tâcha de le comparer à l'esprit. Ce n'était pas elle, si ? Elle appuya sur la touche « souvenirs d'urgence » dans sa tête, mais ne put voir que ses longs cheveux blonds et ses yeux bleus. Ce que cette fille avait, mais…

– Je suis désolé, dit Derek. Nous avions l'impression que Cara M. ne travaillait plus ici.

– Eh bien si, je suis toujours là. Depuis que j'ai quinze ans, soit plus de deux ans. Pourquoi ?

– Y a-t-il une autre Cara M. qui travaillait ici ?

Kylie tâcha de ne pas la fixer, mais comme elle mourait d'envie de découvrir la vérité, elle ne put s'en empêcher.

– Non. (La fille la dévisagea.) Qu'est-ce qui se passe ?

Kylie constata que le badge de la serveuse n'avait plus d'épingle et qu'il tenait à peine à l'uniforme.

– Que se passe-t-il si vous perdez votre badge ?

Cara posa les yeux vers le fond du restaurant.

– Le chef pète un câble.

– Et que seriez-vous prête à faire pour éviter qu'il ne pète un câble ?

Kylie se pencha vers l'avant.

– Comment ça ? demanda Cara.

– Prêtez-vous de temps en temps votre badge à l'une des autres filles ? expliqua Derek.

La serveuse se rapprocha comme si elle craignait que quelqu'un l'entende.

– Le chef ne s'en rend pratiquement pas compte. Mais je ne comprends pas pourquoi cela vous intéresse de le savoir.

Elle sourit à Derek, comme si… s'il était un beau gosse, et elle une jolie blonde. Ce qu'elle était. Et ce qu'il était. Une moue se dessina sur les lèvres de Kylie.

Holiday toucha le bras de Cara. Sûrement pour lui envoyer une émotion apaisante dans l'espoir de l'encourager à répondre.

– L'une des serveuses aurait-elle… disparu ?

Kylie vit Burnett incliner la tête, au cas où elle mentirait, et Kylie fit la même chose.

– Elles démissionnent tout le temps. La gérante peut être une véritable harpie.

Cara dit la vérité.

– Y en a-t-il une qui vient de partir ? Qui n'a jamais officiellement démissionné ? s'enquit Holiday.

Cara marqua une pause.

– Oui, il y avait une fille comme cela. Une Cindy quelque chose. Je me souviens pas de son nom de famille.

– Vous a-t-elle déjà emprunté votre badge ? demanda Burnett, qui prit part à la conversation.

– Était-elle blonde ? demanda Kylie.

– Oui, répondit la serveuse à Burnett. (Puis elle se tourna vers Kylie :) Et oui. Pourquoi ?

Entre les effleurements décontractés de Holiday sur son poignet et les sourires charmeurs de Derek, Cara répondit à toutes les questions sur Cindy. Avant qu'elle ne s'en aille, Burnett voulut savoir si le chef ou si la gérante du restaurant était là.

Cara devint nerveuse.

– Ai-je fait quelque chose de mal ?

– Non, l'assura Burnett. Mais pouvez-vous l'informer que j'ai besoin de lui parler ?

Il sortit son portefeuille et exhiba son insigne. Kylie ignorait quelle signification celui-ci avait pour les humains, mais peu importait apparemment.

Cara blêmit.

– Oh, merde. Il est arrivé quelque chose à Cindy ?

Oui, songea Kylie. *Il lui est arrivé quelque chose. Et de très grave en plus.*

Avant de partir, Burnett avait obtenu un nom : Cindy Shaffer, et une copie du CV qu'elle avait donné, avec l'identité des personnes à contacter en cas d'urgence. Quand il envoya l'information à l'URF, via son portable et demanda son permis de conduire, on lui répondit en quelques minutes. Lorsqu'il montra à Kylie la photo d'une jeune blonde souriante, des larmes emplirent les yeux de la jeune fille. C'était elle. Et Cindy Shaffer ne sourirait plus jamais comme cela.

Pendant que Burnett crachait des ordres au téléphone à un membre de l'URF pour que celle-ci contacte la famille Shaffer, Holiday commandait des petits pains à la cannelle. Ils arrivèrent, chauds et recouverts d'un glaçage blanc gluant. Derek en avala deux, Holiday en grignota un. Kylie et Burnett dégustèrent leurs pâtisseries avec encore moins d'entrain. Même si le ventre de l'adolescente gargouillait, elle avait du mal à digérer. Ça, plus le fait qu'elle n'arrêtait pas de voir l'image de Cindy souriante.

– Est-ce que tu bois tes repas ? demanda Holiday à Kylie à voix basse.

– Pas régulièrement, mais je vais m'y mettre.

Elle n'était pas impatiente.

Burnett régla le petit déjeuner. Quand ils se dirigèrent vers la voiture, Kylie eut de nouveau le sentiment que quelqu'un l'observait. Elle se retourna d'un coup et vit une silhouette masculine disparaître dans l'un des magasins. Elle avait juste eu l'aperçu d'une épaule et d'un bras, mais elle les reconnut.

Kylie traversa la rue à toute allure.

– Que se passe-t-il ?

Les pieds de Burnett dévoraient le bitume à côté d'elle.

Kylie s'arrêta devant la boutique. Son regard se posa sur la grande pancarte en bois sculpté qui disait « LECTURE DES LIGNES DE LA MAIN ». Elle tendit la main vers la porte.

– Je crois que j'ai vu quelqu'un.

Burnett l'attrapa, ses yeux verts en mode protecteur.

– Qui ?

Kylie entendit Derek l'appeler de l'autre côté de la rue.

– Laisse-moi vérifier.

Elle se rua à l'intérieur du magasin.

Burnett s'y précipita avec elle.

La première chose que Kylie remarqua, c'était une poupée vaudou accrochée au plafond, sur laquelle étaient plantées des aiguilles. La deuxième, une odeur nauséabonde. Elle colla sa main sur sa bouche et sur son nez. Même si elle avait envie de vomir, elle passa la pièce en revue à la recherche de l'homme qu'elle avait vu entrer dans le bâtiment. Comme la boutique avait l'air vide, elle reposa les yeux sur Burnett.

– Ail. (Il se renfrogna.) Inspire, la réaction disparaîtra. Cela ne nous tue pas.

– Puis-je vous aider ? fit une voix derrière un comptoir, dans le coin de la salle.

Kylie se força à retirer la main de sa bouche et regarda la femme en robe ample aux couleurs vives, sur le visage de laquelle était inscrit : « Arnaqueuse qui se fait passer pour une voyante. » Mais pour confirmer ses doutes, Kylie vérifia sa configuration cérébrale. Humaine, mais l'air louche. Une arnaqueuse, c'était clair.

Kylie inclina la tête de côté pour contrôler s'il y avait quelqu'un d'autre dans la vieille maison. Pas un bruit. Personne qui respire entre ces murs, à part eux trois, et elle regrettait d'y être obligée. L'odeur s'insinuait dans sa gorge. Elle se concentra sur l'entrée. Où était passé l'homme qu'elle avait vu se ruer à l'intérieur ?

Constatant que la porte du fond était légèrement entrouverte, elle ajusta son ouïe pour écouter ce qui se passait dehors. S'il avait pris la porte de derrière, il était parti, à présent.

– Euh…

Kylie fit sortir le mot avant ses haut-le-cœur, mais surtout, elle remarqua la pancarte peinte à la main accrochée au-dessus de la caisse.

Pas de chaussures, pas de chemise, pas de service, et en toutes circonstances, pas de vampires insensibles.

Elle jeta un œil sur Burnett, puis sur l'affichette.

Il fronça les sourcils.

– Vous avez besoin d'une lecture ? demanda la femme.

– Non. (Kylie ignora son envie de vomir.) Un homme vient d'entrer. Je pensais le connaître.

– Oui, ça a sonné, mais j'étais au fond de la boutique, et quand je suis arrivée, la personne avait disparu. Sûrement un esprit. J'ai le don de les attirer.

Kylie tâta le terrain pour trouver les fantômes. Aucun froid mortel ne remplit l'espace. Et qui pourrait leur en vouloir ? L'odeur nauséabonde de l'ail les faisait probablement fuir aussi. Elle regarda de nouveau la femme, qu'elle considérait désormais comme une cinglée. Une cinglée de première, si elle imaginait qu'une affiche et de l'ail pourraient réellement tenir les vampires à distance.

Celle-ci remarqua que Kylie s'intéressait à la pancarte.

– Ne jugez pas trop vite. Je les vois tout le temps par ici. Ils ont tous une odeur différente.

– Sérieux ? demanda Burnett, faussement incrédule. Vous croyez aux vampires ?

– Vous n'êtes pas les seuls incrédules, dit-elle. Mais j'ai des preuves. Les Amérindiens les ont dessinés sur les murs de la grotte dans la propriété de ma grand-mère.

– Intéressant, pour des contes de fées, lança Burnett. (Il jeta un rapide coup d'œil sur Kylie.) On y va ?

Dès qu'ils furent sortis, il fit :

– Qui as-tu cru voir ?

Elle n'envisageait pas de le lui cacher. Elle allait lui en parler, mais elle n'avait pas eu le temps.

– Que sais-tu de Hayden Yates ?

– Le nouvel enseignant ?

Elle opina.

– Je me suis chargé de vérifier personnellement les références de chaque nouvel employé. Pourquoi ? Crois-tu que j'ai loupé quelque chose ?

– Je crois que je ne le sens pas du tout.

– Vraiment pas ? fit Burnett.

Kylie secoua la tête.

– Ce matin, avant le lever du soleil, Della m'a accompagnée dans le bureau de Holiday, et nous l'avons surpris à nous suivre. (Elle se tut, quand elle s'aperçut que ce n'était pas tout à fait vrai.) Peut-être qu'il ne nous suivait pas à proprement parler, mais il se baladait. Et Hannah insiste : celui qui l'a tuée se trouve tout près de la colo.

– Tu penses que c'est lui que tu as vu ?

Elle fit oui de la tête.

Il se rembrunit.

– Mais Blake, l'ex de Holiday, était dans les environs lui aussi. Hannah aurait pu parler de lui.

Burnett désirait que Blake soit coupable, et Kylie n'était pas sûre qu'il ne le soit pas, mais…

– Je sais, mais je suis juste… peut-être que je dramatise pour rien.

– Ou pas, rétorqua Burnett, qui sortit son téléphone de sa poche et composa un numéro. Della, dit-il, trouve Hayden Yates au camp.

– Est-ce que j'ai le droit de lui casser la figure ? fit la voix de Della dans le téléphone.

– Non, veille à ce qu'il ne devine pas que tu le surveilles. Je veux juste savoir s'il est là. Et fais-le immédiatement !

– Je suis déjà partie, rétorqua-t-elle.

La ligne fut silencieuse une seconde.

– Très bien… Je suis chez lui, je regarde par la fenêtre, il est assis sur le canapé et lit le journal. Tu es sûr que tu ne veux pas que je lui casse la gueule ? Kylie t'a raconté que nous pensions qu'il nous suivait ?

– Oui.

– Est-ce une réponse affirmative pour lui casser la gueule ? gloussa Della.

– Non, dit Burnett, qui ne trouvait pas cela drôle. Merci.

Il raccrocha et croisa le regard de Kylie.

– À mon avis, il n'a pas pu rentrer si vite au camp, observa-t-il.

– Je sais, répondit-elle. Ce n'était peut-être pas lui, alors.

Burnett se rembrunit.

– Mais, par acquit de conscience, je vais faire une autre enquête sur lui.

Kylie apprécia.

– Où étiez-vous passés ?

Derek s'arrêta à côté d'eux.

– Je croyais avoir vu quelqu'un…

Kylie remarqua Holiday qui traversait.

– Que s'est-il passé ? demanda celle-ci.

– Kylie a cru reconnaître quelqu'un. (Burnett leur fit signe de traverser.) Nous devrions rentrer au camp avant que les parents n'arrivent.

Oh super ! Et voilà que maintenant, elle devait s'occuper du problème des parents !

Holiday consulta sa montre.

– Nous ferions mieux de nous dépêcher.

Ils traversèrent pour monter dans la voiture. Tous les cinq.

Oui, cinq.

Burnett déverrouilla les portes automatiquement. Holiday s'installa sur le siège avant. Kylie se tenait près de la portière arrière quand Hannah se pencha et murmura :

– *Je veux la place près de la fenêtre.*

Hannah, Derek, et Kylie montèrent. Dès que Burnett se fut installé derrière le volant, ses épaules se raidirent et il se retourna d'un coup. Son expression, la panique absolue dans ses yeux, indiquèrent à Kylie qu'elle n'était pas la seule à entendre, et surtout à voir Hannah.

Burnett conduisit en silence, mais sans cesser de regarder dans le rétroviseur. Le froid glacial de la présence de Hannah faisait frissonner Kylie.

– *As-tu trouvé autre chose ?* demanda-t-elle dans sa tête.

Hannah ignora sa question. À la place, elle regarda Derek.

– *Il est mignon.*

– Qu'est-ce qu'il fait froid dans cette voiture !

Derek passa un bras sur les épaules de Kylie. La chaleur de son bras était agréable, et être si près, suffisamment pour prendre une bonne bouffée de son odeur naturelle et chasser la puanteur de l'ail, était plutôt cool aussi. Et pour cette raison, elle se déplaça légèrement et dit :

– N'exagère pas !

Parfois, elle pensait qu'il oubliait qu'elle ne sortait plus avec lui. Mais ce n'était pas facile pour lui d'oublier, étant donné que Lucas n'était jamais avec elle…

– *Tu devrais le choisir,* observa Hannah en se penchant par-dessus l'épaule de Kylie. (Son contact glacial la fit se raidir.) *Et en parlant d'amour, le crétin dans le siège conducteur a intérêt à faire attention à lui. Si jamais il fait du mal à ma sœur…*

– Ça n'arrivera pas, marmonna Burnett.

– Qu'est-ce qui n'arrivera pas ? demandèrent Holiday et Derek en chœur.

– Rien.

Burnett ferma la bouche si brutalement qu'il dût se fêler quelques dents.

Hannah se pencha et fixa Burnett dans le rétroviseur. Celui-ci fut recouvert de givre.

– *Si tu lui brises le cœur, je te jure que je te châtrerai dans ton sommeil.*

La mâchoire de Burnett se contracta encore plus. Holiday regarda, bouche bée, le rétroviseur, puis Burnett, les yeux écarquillés. Une seconde plus tard, elle se retourna d'un coup et dévisagea Kylie, l'air perdu.

– C'est elle ? Hannah est ici ?

Kylie resta paralysée à cause de la présence de Hannah, mais aussi parce qu'elle ne savait pas quoi dire.

Comme Kylie ne répondait pas, Holiday reposa les yeux sur Burnett.

– Tu peux la voir ? Tu peux voir les fantômes ? Comment y arrives-tu ?

– Nous en avons un dans la voiture ?

La voix de Derek retentit, un peu plus haut perchée que d'habitude.

– *En avions un dans la voiture,* rectifia Hannah.

Son regard larmoyant se posa sur Holiday, puis elle se volatilisa, laissant la plus triste des ambiances envahir le véhicule.

À la minute où Kylie remarqua sa mère et John, son nouveau mec flippant, entrer dans le réfectoire enlacés comme des adolescents en rut, elle se surprit à envier le don qu'avait Hannah de pouvoir disparaître. Pourquoi sa mère pensait-elle qu'amener John était une bonne idée ? Et si elle devait le faire venir, ne pouvait-elle pas enlever ses mains de son derrière le temps de leur visite ?

Oui, la mère de Kylie avait la main droite fourrée dans la poche arrière du jean de John. Et franchement, cet homme n'avait même pas de belles fesses !

Sa mère devait sûrement tenir à lui, et pensait que ces visites étaient nécessaires pour que Kylie apprenne à le connaître avant que… qu'ils ne fassent quelque chose d'idiot, du style se marier.

Cette idée lui fichait une trouille bleue. Elle respira et se dit qu'elle exagérait, ou pour reprendre les propos de Nana, qu'elle faisait « une montagne de pas grand-chose ».

Mais bon, sa mère n'avait pas répondu à sa question sur le fait qu'ils couchaient ensemble ou pas. Et il y avait des chances pour qu'elle n'y réponde pas plus aujourd'hui.

La mère de Kylie se retourna, la remarqua à l'autre bout du réfectoire, et elle sourit. Kylie lui fit un signe, espérant qu'elle ferait de même et ôterait sa main des fesses de John, mais non.

Respirant profondément, Kylie feignit la bonne humeur.

Sa mère gratifia son compagnon d'un large sourire, et l'homme fondit sur elle et l'embrassa. Avec la langue et tout... et devant les camarades de Kylie.

– Achevez-moi, marmonna-t-elle.

– Je les trouve mignons, observa Holiday en se penchant vers elle, comme si elle lisait sa surcharge émotionnelle.

– Et moi, ils me donnent envie de vomir.

Kylie jura qu'elle allait exiger de voir sa mère seule pour savoir au juste ce qui se passait. Comme le baiser continuait, elle souhaita disparaître. Se volatiliser, comme par enchantement.

– Respire un bon coup et calme-toi, dit Holiday. Tu bous de panique.

Kylie la dévisagea.

– Ma mère roule une pelle à un type devant tout le monde, marmonna-t-elle, bien sûr que je panique !

– Merde ! lança Holiday d'un ton sec.

– Merde, quoi ? demanda Kylie, inquiète à cause de l'affolement qu'elle discernait dans le ton de son amie.

– Oh, Kylie, murmura Holiday.

Puis elle regarda de l'autre côté de la salle et fit signe à Burnett, en agitant frénétiquement le bras.

– Qu'y a-t-il ?

Kylie scruta la porte, pensant qu'un indésirable, peut-être Mario, était entré.

Pas de Mario.

– Reviens tout de suite, murmura Holiday. Kylie, où es-tu passée ?

– Comment ça ? Mais je suis là, juste à côté de toi.

Kylie baissa les yeux sur ses pieds, mais ne vit que le sol. Pas de tennis, pas de jambes, pas de Kylie.

– Oh merde ! marmonna-t-elle.

Si elle n'y avait pas pensé depuis un moment, elle se souvint que son père lui avait dit qu'ils trouveraient une solution ensemble. Était-ce cela ? Était-ce cela, mourir ?

Chapitre 29

A*ttends*, se dit Kylie. *Si j'étais morte, ne serais-je pas recroquevillée par terre, sans vie ?*

– Oh mince, marmonna-t-elle quand sa mère, abasourdie, alla voir Holiday.

– Où est ma fille ? demanda-t-elle.

– Elle a filé… aux toilettes… je crois, mais je ne suis pas sûre.

La voix de Holiday était trop aiguë d'une octave.

Burnett s'arrêta au côté de la jeune femme, son regard sérieux tâchant de lire Holiday.

– Quelque chose ne va pas ?

Sa façade calme semblait presque convaincante, mais Kylie vit le stress contracter sa mâchoire.

– Euh… Kylie… elle a disparu. Je me suis dit que tu pourrais peut-être la retrouver.

Disparu ? Alors comme ça, elle avait simplement disparu. Elle n'était pas morte.

– Disparu ?

Toutes sortes de questions envahirent ses yeux.

Holiday hocha la tête et continua à le regarder directement, comme si elle lui expliquait que c'était sérieux.

Oui, ça l'était ! Elle était carrément invisible !

– C'est de la folie ! (Sa mère avait l'air perdue.) Elle était là et d'un seul coup… elle a disparu.

Kylie se rappela brusquement qu'elle avait souhaité disparaître. Comme un fantôme.

Des questions traversèrent son esprit à toute allure. Était-elle encore un vampire ? S'était-elle transformée en sorcière et avait-elle accidentellement agité son petit doigt quand elle avait pensé ça ? Ou était-ce complètement lié au fait d'être un caméléon ? Ce fut alors qu'elle se souvint que sa grand-tante et son grand-père s'étaient volatilisés d'un coup, tant dans la voiture le premier jour où ils étaient venus à Shadow Falls, qu'au cimetière. Se volatiliser, était-ce la même chose que disparaître ?

Les paroles du vieillard résonnèrent dans sa tête. *Viens avec nous. Nous t'aiderons à tout comprendre. Tu dois apprendre ce que tu es.*

Plus que tout, et peut-être pas pour la première fois, Kylie se demanda s'il avait raison.

– Vous avez perdu sa fille ? lança John sèchement. Dans quel genre d'endroit nous trouvons-nous, pour égarer les enfants ?

– Nous ne l'avons pas perdue, déclara Holiday. (Mais Kylie vit une panique toute neuve étinceler dans ses yeux.) Je suis sûre qu'elle va arriver d'une minute à l'autre.

Sa mère eut l'air de se détendre, mais le ton de Holiday ne lui donna pas beaucoup d'optimisme. Et quand elle écouta bien, elle entendit le cœur de la directrice battre au rythme d'un mensonge.

Merde, merde et remerde ! Kylie essaya de réfléchir. Elle

devait se sortir de là, parce que … eh bien, apparemment, elle s'était mise là-dedans toute seule.

– Je peux le faire, dit-elle.

Elle avait besoin de quelques encouragements, même s'ils étaient aussi faux qu'un père Noël de supermarché.

Elle tâcha de rationaliser. Si elle en était arrivée là d'un simple souhait, peut-être pouvait-elle le *dé-souhaiter*. Elle se mit à annuler son vœu, si l'on pouvait pour cela supplier tout ce qui était saint, dans sa tête, de la retransformer. Elle ferma les paupières et se rendit compte que si cela fonctionnait, elle apparaîtrait comme par magie. Cela ferait encore plus flipper tout le monde. *Va ailleurs,* marmonna-t-elle en elle-même. *Dans un endroit désert.* Elle fila vers les toilettes.

En se précipitant dans la pièce, elle entendit des voix, mais les ignora et entra comme un ouragan dans une cabine vide. Inspirant, puis expirant, elle ferma les yeux, les ferma très fort.

– Je souhaite… je souhaite être visible.

Elle les rouvrit. Son regard se porta brusquement sur ses pieds. Ou sur l'endroit où ceux-ci auraient dû se trouver, mais rien.

Un nœud se forma dans sa gorge, la peur cogna dans sa poitrine, comme des autotamponneuses. Et si elle restait comme cela ? Et si… Non ! Elle avait connu bien pire. Elle s'était fait kidnapper, enchaîner à une chaise et elle avait survécu. On l'avait poussée du haut d'une colline, et elle s'en était sortie. D'un seul coup, elle se redemanda si cela avait un rapport avec la Wicca. Elle agita le petit doigt.

– Fais-moi redevenir visible. Fais-moi redevenir visible.

Rien ne se passa.

– Qu'ai-je fait ? (Le nœud dans sa gorge doubla de volume. Elle se mit à pleurer.) Quelqu'un, aidez-moi, je vous en prie ! (Elle s'adossa à la porte des toilettes.) Daniel.

(Elle murmura le nom de son père, même si elle savait que la probabilité qu'il se montre était quasi nulle.) Aide-moi, je t'en prie, je t'en prie !

– *Imagine-toi là-bas,* fit une voix.

Elle reprit son souffle quand elle se rendit compte que ce n'était pas n'importe laquelle, mais celle de Daniel. Elle s'éloigna de la porte, et vit sa vague apparition, coincée entre les toilettes et le mur.

– *Penses-y. Fais-le apparaître dans ta tête.*

– Comment ?

– *Pense-le. Dans ton cœur. Tu as le pouvoir...*

Il disparut.

– Non, l'implora-t-elle.

Mais il était parti.

Essuyant ses larmes, elle fit ce qu'il avait dit. Elle se focalisa sur le fait d'être visible. D'être là, physiquement.

Fermant de nouveau les yeux, sans aucune foi, mais brûlant d'envie d'essayer, elle se concentra. Elle ouvrit un œil et regarda par terre. Ses pieds ne lui avaient jamais paru aussi beaux de toute sa vie.

– Merci, merci !

– Pour quoi ? demanda quelqu'un dans les toilettes à côté d'elle.

Mais Kylie n'écoutait pas, trop excitée de ne plus être invisible.

Elle sortit de la cabine et s'arrêta d'un seul coup quand elle vit Steve et Perry tous les deux devant des urinoirs, leurs jeans descendus sur leurs fesses. L'urine qui coulait sur la céramique envahit ses oreilles. Ce n'était pas très beau, comme bruit.

Son visage se réchauffa, pour revêtir une jolie teinte rouge.

La porte de la cabine s'ouvrit derrière elle dans un souffle d'air.

– Que fais-tu dans les toilettes pour hommes ? demanda quelqu'un.

Steve, pantalon toujours baissé, se retourna d'un coup. Complètement. Kylie flanqua ses mains sur ses yeux.

– Je n'ai rien vu, je le jure.

OK, peut-être que si, ce qui avait fait se réchauffer son visage.

– C'est quoi ce bazar ? grommela Steve.

En même temps que le rire de Perry, elle entendit le bruit de fermetures Éclair que l'on remontait.

– Je suis désolée.

Les mains sur les yeux, elle se dirigea vers la porte mais, à la place, elle rentra dans un mur.

Perry rit de nouveau.

– Nos amis sont bien rangés. Tu peux rouvrir les yeux !

Elle s'exécuta, mais refusa de regarder. *Leurs amis !* Elle sortit comme une flèche, elle désirait avoir une minute pour rassembler ses idées avant…

Trop tard.

Holiday la remarqua. Et sa mère aussi, et John aussi. Toutes les trois hâtaient le pas vers elle.

Holiday la fixa, yeux écarquillés, des interrogations apparaissant dans son regard. Des questions auxquelles Kylie n'avait pas de réponse.

– C'est bien des toilettes pour hommes que tu viens de sortir ? demanda sa mère, l'air un peu ennuyée, mais surtout inquiète.

John s'approcha et glissa sa main autour de sa taille. Quelque chose, dans sa façon de la toucher, poussa Kylie à les imaginer nus tous les deux. Oh non, ils couchaient ensemble ! Elle le savait.

– Tu vas bien ? demanda sa maman. Tu es rouge comme une tomate !

– Oui, répondit Kylie d'une voix grinçante.

Elle chassa l'image d'eux nus, avant qu'elle n'ait envie de disparaître de nouveau.

– Tu étais là, reprit sa mère sur un ton de réprimande. Puis j'ai tourné la tête et tu avais disparu.

Kylie ouvrit la bouche pour dire quelque chose, pour s'excuser, voire pour sortir une banalité, du style : « Il fait beau aujourd'hui, n'est-ce pas ? », mais ce ne fut pas ces mots-là qui sortirent de sa bouche.

– Tu n'as pas tourné la tête. Tu étais en train de rouler une pelle à cet idiot ! (Elle inspira, tâcha de se bâillonner, mais ses lèvres se rouvrirent d'un coup.) Tu couches avec lui, n'est-ce pas ? Tu n'as même pas lu les brochures sur le sexe que tu m'as distribuées pensant toutes ces années ?

Sa mère hoqueta et son visage s'empourpra. C'était donc d'elle qu'elle tenait cette manie de rougir. Elle ouvrit la bouche, visiblement pour la réprimander, mais rien n'en sortit. Pas un mot.

John s'éclaircit la gorge d'un ton de reproche. Qu'est-ce qui lui donnait le droit de la remettre à sa place ?

– Ça, Kylie, ce n'était pas bien.

– Vous voulez parler du baiser ? fit celle-ci. Parce que franchement, je n'ai jamais dit que c'était bien. En fait, j'ai même trouvé que c'était la honte !

Holiday s'éclaircit alors la gorge. Kylie pouvait gérer l'intervention de son amie, mais pas celle de ce crétin, qui faisait des trucs avec sa mère.

– Je crois que nous devrions aller dehors, proposa Holiday.

– Je crois que cette jeune fille a besoin qu'on la remette à sa place, ajouta John.

Kylie se raidit, droite comme un piquet. Et tant pis si elle sentait ses canines s'allonger un peu. Ses émotions la traversaient tellement vite qu'elle ne parvenait même pas à définir ce qu'elle ressentait. À part qu'elle avait faim. De sang. Comment osait-il penser qu'il avait le droit de la corriger ?

– J'espère que vous êtes riche parce que, à part cela, je ne vois pas pourquoi ma mère craquerait pour vous.

Sa maman haleta, et Kylie aussi. Pourquoi sortait-elle ce genre de choses ? Oh mince, il fallait qu'elle la ferme ! Qu'est-ce qui n'allait pas chez elle ? Le fait de devenir invisible avait-il embrouillé son cerveau ? Ou être un vampire la rendait-elle aussi culottée que Della ?

– Vous vous montrez très grossière, jeune fille, dit John en regardant sa mère.

– Elle n'est pas grossière ! fit une voix grave derrière elle.

Cette voix déclencha toutes sortes d'alarmes bien connues, mais Kylie ne parvenait pas à avoir les idées claires, et elle se retourna pour mettre un visage sur cette voix.

Oh mince ! La situation pouvait-elle encore dégénérer ?

– Il se trouve que moi aussi, j'ai tout vu. Et franchement, je suis d'accord avec ma fille. C'était déplacé.

Son beau-père gratifia sa mère d'un air sévère.

Sa mère rougit encore plus, mais Kylie reconnut cette expression, et ce n'était pas de la gêne. Elle était énervée !

– Comment oses-tu me dire ce qui est déplacé ? le rembarra-t-elle.

La honte envahit le visage de son beau-père. Il regarda Kylie et répondit :

– Je ne savais pas que Kylie était là. Je ne l'aurais pas fait si j'avais su. Je me suis excusé des centaines de fois. Mais on ne répare pas une injustice par une autre.

– Allons tous nous promener, répéta Holiday.

Mais personne ne fit mine de sortir.

Il fallut environ une seconde à Kylie pour comprendre ce que son beau-père voulait dire. Elle ouvrit la bouche pour sortir quelque chose, mais quoi ? « Ne t'inquiète pas papa, maman ne sait pas que j'ai vu ce petit cageot se frotter tout contre toi et pratiquement te caresser en plein centre de Fallen devant tout le monde ? »

Non, ce n'était pas la chose à dire. Alors, elle garda solennellement sa bouche bien fermée et pria pour qu'un miracle se produise. Parce que c'était bien ce qu'il fallait pour réparer ce gâchis.

– Tu n'aurais pas fait quoi ? demanda sa mère, et comme son beau-père ne répondait pas, sa colère se concentra sur Kylie.

– Qu'as-tu vu ? demanda-t-elle sur son ton « Parle, sinon tu seras punie ! ».

Et la punition lui semblait la meilleure option.

La culpabilité palpita dans la poitrine de Kylie. Mais pour quoi ? demanda-t-elle à cette émotion importune. Ne rien dire à sa mère devait forcément être la chose à faire, non ?

– Et si nous sortions ? répéta Holiday, et elle posa une main sur l'épaule de la maman de Kylie.

Son expression s'adoucit. Merci à Holiday qui savait modifier les sentiments d'un simple effleurement ! La panique qui s'épanouissait dans le ventre de Kylie s'atténua. Holiday était championne pour sauver la mise.

Mais elle remarqua la façon dont John regardait son beau-père. Et quand il ouvrit la bouche, elle se demanda si la directrice pouvait réaliser un miracle.

Cela ne l'aida pas lorsque Lucas s'arrêta brusquement à côté d'elle : ses yeux étincelaient d'un orange clair protecteur. Non pas que cela ne lui plaise pas qu'il l'aime suffisamment pour venir la défendre, mais la dernière chose qu'elle souhaitait, c'était de devoir expliquer la couleur de ses yeux à son beau-père, à sa mère et à l'homme qui couchait avec celle-ci. Et penser à cela lui piqua les yeux. Mince ! Rougeoyaient-ils à présent ?

– Vous n'avez aucun droit de la juger après ce que vous avez fait.

John fit un pas défensif vers le beau-père de Kylie, et ses propres instincts de protection s'animèrent.

– Pas étonnant que votre fille manque de respect, lança John d'un ton sarcastique.

Manque de respect ? L'adolescente sentit ses crocs s'allonger un peu, et elle était tellement en colère qu'elle ne s'était pas rendu compte que Derek les avait rejoints, mais cela n'avait pas échappé à Lucas, parce qu'il grogna.

Holiday avança, et gardant une main sur l'épaule de la mère de Kylie, elle posa l'autre sur celle de John. L'espace d'une seconde, la tension diminua.

Kylie récita une prière de remerciements silencieuse. Puis elle remarqua l'expression sur le visage de son beau-père. Et immédiatement, elle renonça à toute gratitude.

– Mais pour qui vous prenez-vous ? Ne vous avisez pas d'insulter ma fille ! lança son beau-père.

Holiday laissa aller son regard de sa maman à John, puis à son beau-père. La pauvre n'avait que deux mains. Avant qu'on ne puisse l'arrêter, le poing de ce dernier entra en contact avec le nez de John. Du sang coula. Tous les vampires dans la salle, elle y compris, respirèrent l'odeur sucrée.

Lucas tâcha de la pousser, mais elle ne bougeait pas. La maman de Kylie hurla. John agita les poings en direction de son beau-père, le manqua, mais fit tomber Holiday à la place.

Burnett vola à travers la pièce, et jeta John à terre. Et tout le monde, tout le monde dans la salle, tous les résidents, tous les parents de tous les résidents, tous les nouveaux professeurs, surtout Hayden Yates, assistèrent au chaos irréductible qu'était sa vie.

Se reconcentrant sur le bazar qui se produisait sous ses yeux, elle eut l'impression d'être la star d'une nouvelle émission de télé-réalité : *Quand les parents ne sont pas sages.* Elle observa, complètement mortifiée, le spectacle qui se poursuivait.

John se mit debout et présenta ses excuses à Holiday.

Sa mère fulminait.

Son beau-père essaya de parler à sa mère qui fulminait.

Holiday tâcha de toucher tout le monde.

Burnett continua à foudroyer John de son regard vert : c'était vraiment très dur pour un vampire d'accepter des excuses. Mais elle ne lui en voulait pas. *Tue-le. Tue-le*. Elle encouragea le vampire.

Lucas, le regard mauvais, ne quittait pas Derek des yeux, et celui-ci l'ignorait complètement.

Tout le monde réagit d'une manière ou d'une autre. Tout le monde, excepté Kylie. Elle ne bougea pas, et ne respira même pas. Elle resta paralysée, et se concentra… très, très fort pour ne pas souhaiter disparaître. Parce que, tout au fond, c'était précisément ce qu'elle désirait.

Chapitre 30

Burnett fit sortir du réfectoire tous ceux qui étaient impliqués dans la bagarre. Kylie le suivit comme un robot, un pied devant l'autre, ne souhaitant toujours pas faire remonter ses émotions à la surface, de crainte de ce qui pourrait arriver. En gros, soit elle recommencerait à lancer des réflexions de Madame-Je-Sais-Tout – copiant l'attitude de Della – soit elle disparaîtrait. Les deux pourraient causer des dégâts irréparables.

Pile au moment où elle passait la porte, suivie de Lucas et Derek, elle entendit un parent dire :

– On ne se douterait pas, mais ce sont toujours les humains qui fichent le bazar !

Respirant l'air ensoleillé, elle tâcha de ne pas se sentir insultée pour sa mère et son beau-père, et de contrôler l'humiliation immense qu'elle ressentait. Elle regarda Holiday conduire sa mère et John dans le bureau. Burnett attendit une seconde puis, d'un ton antipathique, il ordonna à son beau-père de le suivre à l'intérieur – manifestement, dans deux pièces différentes. Kylie devina qu'ils allaient tous avoir droit à un bon savon. Ils le méritaient, certes, mais... c'était bizarre de regarder ses parents se faire convoquer dans « le bureau de la directrice » et non l'inverse.

Se rappelant l'une des choses qu'elle avait dites à sa mère et à John, Kylie se dit qu'elle serait la prochaine sur la liste à se faire remonter les bretelles.

Une fois la porte du bureau refermée derrière Burnett et son beau-père, Kylie se retourna brusquement, bien déterminée à se jeter dans les bras de Lucas.

Elle avait besoin de câlins, de quelqu'un sur qui s'appuyer. Mais Lucas n'était pas là. Elle reposa les yeux sur le réfectoire et le vit y entrer, sûrement en route pour retrouver sa meute. Pourvu que celle-ci croie que le coup de main qu'il avait donné pour mettre un terme à la perturbation n'était qu'un acte de bravoure, et pas parce qu'elle comptait réellement pour lui....

À tort ou à raison, son cœur se brisa. Derek, en revanche, apparut à son côté. Ses yeux la piquaient, sa gorge était nouée, et voilà qu'elle se retrouva dans ses bras. Des bras chauds et forts qui savaient si bien l'étreindre et lui offrir du réconfort.

C'était mal, si mal. Il fallait qu'elle arrête cela. Qu'elle cesse de compter sur Derek.

– Cesse de culpabiliser, murmura-t-il à son oreille, lisant parfaitement ses émotions. Je suis juste un ami qui aide une amie.

Non, songea-t-elle. Il était plus qu'un ami pour elle, un ami qui lui avait avoué qu'il l'aimait, et qui désirait être plus pour elle. Il était quelqu'un avec qui elle envisageait de temps en temps d'aller plus loin, quelqu'un vers qui elle pouvait se tourner pour demander de l'aide, elle le savait. Et pourtant, ce n'étaient pas ses bras qu'elle désirait, ce n'était pas par lui qu'elle voulait être étreinte.

Un peu plus tard, Holiday sortit sur les marches de la terrasse et lui fit signe d'approcher. Super, maintenant c'était son tour. Reconnaissant que ce n'était que justice, elle se raidit et décida d'affronter la foudre.

Mais l'expression sur le visage de la directrice n'était pas désapprobatrice. Elle étreignit immédiatement Kylie.

– Mon Dieu, dis-moi que tu vas bien !

– Ça va, mentit Kylie.

Holiday expira.

– Tu m'as fichu une de ces peurs ! Que... que s'est-il passé ?

Quand Kylie croisa ses yeux verts, son regard affectueux, l'air vibra dans ses poumons.

– Moi aussi, je me suis fait une sacrée trouille ! J'ai... disparu. Je vous voyais et je vous entendais, mais vous ne saviez pas que j'étais là. Je me suis... volatilisée, *pouf*, comme ça !

Exactement comme mon grand-père et ma grand-tante.

Holiday lui toucha l'avant-bras pour la calmer.

– OK, il faut que nous en parlions, que nous essayions de comprendre, mais d'abord, on s'occupe de tes parents et on les raccompagne.

La poitrine de Kylie se serra lorsqu'elle se rendit compte que, en dépit de tous ses efforts, Holiday ne pourrait pas l'aider à trouver la solution. Elle avait besoin de son grand-père et de sa grand-tante. *Un caméléon seul ne survivra pas. Viens avec nous. Tu dois apprendre qui et ce que tu es.*

Quand elle s'aperçut que Holiday la scrutait, Kylie lâcha sans réfléchir :

– J'ai sorti des choses horribles. Je n'aime pas John.

– Si cela peut te réconforter, moi non plus. (Holiday flanqua une main sur les épaules de son amie.) Allons leur parler. Je crois qu'ils sont tous d'accord : c'est eux qui sont dans le tort. Ton père est dans mon bureau, et ta mère et

John, dans la salle de conférence. Penses-tu pouvoir y arriver ?

Kylie opina.

Alors qu'elle s'en allait, Holiday la rattrapa pour lui faire un autre câlin.

– Ça ira, non ? Il n'y a rien que nous ne puissions régler.

Si seulement c'était vrai.

Kylie entra dans le bureau de Holiday. Son beau-père, assis sur le canapé, se leva et l'affronta, face à face. Son visage trahissait ses sentiments. Remords, tristesse, beaucoup de tristesse.

– Je suis vraiment désolé, ma belle. Je me suis comporté comme un imbécile. Cela ne se reproduira pas. Je te le promets.

Kylie hocha la tête.

– Tout est parti en vrille.

Il opina.

– Mais tout ça n'était pas inutile. Ça m'a forcé à voir la vérité en face. Il le fallait.

Sa voix tremblait-elle ou l'imaginait-elle ?

– Quelle vérité ?

– J'accorde le divorce à ta mère. Elle le veut, elle l'aura.

La défaite envahit les yeux de son beau-père. Un sentiment d'échec qu'elle ne se souvenait pas y avoir jamais vu auparavant. Un seul mot lui vint à l'esprit. Brisé, c'était un homme brisé. Le voir ainsi faisait si mal !

– Papa, je pense que maman a juste…

– Non. (Il leva les mains.) Je ne voulais pas… Je ne rejette pas la responsabilité sur ta mère. Je reconnais que j'ai tout fait foirer. Je ne comprends même pas comment j'ai pu. Je l'ai tellement aimée, dès la première fois où je l'ai vue au lycée. (Des larmes emplirent ses yeux quand il mit une main sur la joue de Kylie.) Ne tombe jamais amoureuse, princesse. Cela fait tellement mal !

Ses paroles résonnèrent dans sa tête ; elle se rappela la douleur qu'elle avait ressentie quand elle s'était tournée vers Lucas et qu'il n'était pas là. Elle se demanda si son beau-père n'arrivait pas trop tard avec ce conseil. Mais elle chassa ses émotions pour s'occuper des siennes. Il avait besoin d'elle.

Il inspira un bon coup.

– La perdre me tue, mais je le mérite, et je vais apprendre à vivre avec. Ce que je ne peux pas supporter, c'est de te perdre toi. Depuis le jour où le médecin t'a posée dans mes bras, je t'ai aimée.

Des larmes emplirent les yeux de Kylie.

– Tu ne vas pas me perdre.

– Tant mieux, parce que je suis ton père, et je veux que tu ne l'oublies jamais.

Mais il n'était pas son père. Les mots « je n'oublierai jamais » reposaient sur le bout de sa langue, mais elle ne parvint pas à les faire sortir. Elle détourna les yeux. Elle ne voulait pas que ce geste ait une signification particulière.

Et pourtant, c'était le cas. Elle entendit son soupir sonore. Elle le regarda et le vit dans ses yeux. Il savait. Il savait qu'elle savait.

– Ta mère t'a dit.

La douleur envahit son regard, et le même sentiment monta en Kylie.

– Non. (*Mon véritable père est sorti de la tombe pour venir me voir.* Elle devait trouver un mensonge, et vite.) J'ai trouvé l'original de votre certificat de mariage, j'ai appris qu'elle était déjà enceinte et tout s'est expliqué.

– Je ne t'aurais pas plus aimée si tu avais été de moi. Je n'ai jamais voulu que tu croies que je ne t'aimais pas à cause de cela.

– Je sais, et le fait que tu m'aimais alors que je n'étais pas de toi était important pour moi.

Elle dit cela pour l'apaiser, parce que sa douleur envahit la pièce, mais elle comprit ensuite que ses paroles étaient vraies. Il l'avait aimée, alors qu'il n'y était pas obligé.

Il s'était adonné à toutes ces choses père-fille avec elle : avait vendu des biscuits d'éclaireuse, aidé à construire une voiture pour la course de l'école, et avait participé à toutes ces expéditions père-fille. Puis il y avait eu les câlins, car sa mère ne savait pas en donner. Elle s'appuya contre lui : elle en avait besoin immédiatement, et elle songea que lui non plus ne serait pas contre.

Elle savoura son étreinte. Il avait toujours été doué pour cela. Elle entendit son souffle trembler, et elle pleura sur son épaule comme elle l'avait si souvent fait, enfant. Ce n'était pas un homme mauvais, il avait simplement commis de graves erreurs.

Il était, après tout, juste humain.

Une fois son père reparti, Kylie se ressaisit et entra dans la salle de conférence affronter sa mère et John. Que cela lui plaise ou non, elle avait des excuses à présenter, donc plus vite elle le ferait, mieux ce serait.

La maman de Kylie se leva d'un bond. John fit de même.

– Je suis désolée, dit Kylie. Je…

– Nous aussi. N'est-ce pas, John ? lâcha précipitamment sa mère.

– Oui, j'ai trop ouvert ma bouche. (L'excuse fut prononcée par John, mais rien ne transparut dans ses yeux.) C'était une erreur qui ne se répétera pas.

– Vous êtes juste humain, rétorqua Kylie, mais elle le dit avec trop d'assurance.

Et elle scruta son visage pour voir s'il réagissait à sa remarque. Non. Elle dut tout de même s'empêcher de vérifier de nouveau sa configuration cérébrale.

Ce qui lui faisait peur, c'était que s'il n'était pas humain, c'était un caméléon. Elle se rappela Red, qui avait donné sa vie pour la sauver, lui dire qu'il était comme elle, sauf qu'il n'était pas né à minuit. Donc... Mario devait être un caméléon, lui aussi. Et si John en était un, se pouvait-il qu'il soit de mèche avec Mario ?

Elle exagérait, se dit-elle. Ce qu'elle ressentait était sûrement dû au fait qu'il était la raison pour laquelle son beau-père n'avait pas la moindre chance de retourner vivre avec sa mère. Toutefois, elle décida de demander à Burnett de procéder à une vérification sur ce bon vieux John.

La maman de Kylie s'approcha.

– John, peux-tu nous laisser seules, Kylie et moi ?

Le voilà, le sermon, songea Kylie. Elle se mordit la langue et se dit qu'elle devrait se réjouir que sa mère ait décidé de lui épargner la honte de la réprimander devant son homme trophée.

Cependant, le trophée n'avait pas l'air ravi quand il se dirigea vers la porte. Kylie se mordit la langue encore plus fort. Mais zut alors, ce type faisait ressortir le pire en elle.

À la minute où John sortit, Kylie lâcha précipitamment :

– Je suis désolée, je n'aurais pas dû dire ces choses-là.

Et elle l'était, non seulement parce qu'elle les lui avait dites, mais parce qu'elle avait sûrement fait du mal à sa mère. Cela n'avait jamais été son intention.

– Non, Holiday avait raison. Débarquer ici avec lui n'était pas la meilleure idée. Je... (Elle rougit.) Il me rend heureuse, Kylie. Je n'arrive même pas à l'expliquer. Mais c'est presque ce que j'ai ressenti avec ton vrai père.

Kylie se rappela ce que son grand-père avait dit, que les humains qui étaient bénis se trouvaient attirés par des surnaturels. Ses doutes au sujet de John s'intensifièrent.

– Je voulais que tu apprennes à le connaître... parce que... parce qu'il compte pour moi et... Et...

Seigneur, que c'était dur à entendre ! Avant qu'elle ne sache ce que sa mère voulait dire, elle se mit à parler.

– Papa est désolé de tout cela, lui aussi, maman. Si tu

as amené John ici pour le rendre jaloux, cela a marché. Je sais qu'il t'a fait du mal, mais si tu l'aimes encore… lui, il t'aime.

Sa maman ferma les yeux, comme si elle cherchait les mots justes. Quand elle releva la tête, de l'émotion brute brillait dans ses yeux.

– Oui, je voulais que ton père nous voie, John et moi, mais je ne peux pas… ton père et moi ne nous remettrons jamais ensemble. (Elle prit la main de Kylie.) Je suis désolée, ma belle, je ne peux pas…

Kylie serra affectueusement la main de sa mère.

– Je comprends.

– Vraiment ?

Kylie opina. Cela faisait toujours très mal, mais elle comprenait.

Sa mère soupira comme si elle allait dire quelque chose de difficile.

– S'il te plaît, essaie de voir ce qui est bon chez John. Ce n'est pas à cause de lui que ton père et moi avons rompu.

– Je sais.

Ce fut tout ce que Kylie parvint à dire. Elle ne savait pas si elle pourrait voir du bon chez John un jour.

Sa mère se mordit la lèvre et fit une grimace.

– Maintenant, la question que tu m'as posée. Si John et moi… tu sais… si nous…

– Si vous couchez ensemble ?

Kylie finit à sa place, parce que Dieu savait que sa mère mettrait toute la journée à le dire.

Elle rougit.

– Je suis une adulte, et je suis capable de prendre ce genre de décision. Tu es jeune et… (Ses yeux s'écarquillèrent.) Tu ne… tu n'as pas…

– Non, maman, je n'ai pas… répondit Kylie. Mais un

jour, oui, je le ferai, et je ne veux pas que tu aies un anévrisme en l'apprenant.

Sa mère eut l'air horrifiée.

– Je n'en aurai pas. À condition que tu aies trente ans.

Kylie leva les yeux au ciel.

– Maman.

– D'accord, vingt-neuf. (Elle marqua une pause.) Tu sais, ça fait mal de te voir grandir.

– Je sais, ça fait mal de te voir grandir aussi.

Le front de sa mère se plissa de confusion.

– Quoi ?

– Je pourrais dire que ça fait mal de savoir que tu as une vie sexuelle, mais je me suis dit que tu préférerais l'euphémisme.

Sa mère gloussa au moment même où un froid entrait dans la pièce, un froid familier. Daniel ? Un coup d'œil rapide de part et d'autre lui indiqua qu'il ne pouvait pas se manifester. Mais elle savait qu'il avait essayé.

Sa mère sourit. Puis elle la serra dans ses bras.

– Je te jure, quand je suis avec toi, je peux presque sentir ton père ici.

– Moi aussi, dit Kylie, et elle se demanda ce que sa mère pouvait sentir, précisément.

Le froid glacial s'intensifia dans la pièce mais, bizarrement, il survint avec une touche de frustration et de colère. Son père avait-il surpris la conversation et faisait-il connaître son avis sur toute cette histoire de coucherie avec John ?

Je sais papa, dit Kylie dans sa tête. *Moi non plus, je ne l'aime pas.*

Avant même que sa mère et John ne soient sortis du parking, Holiday et Burnett avaient pris Kylie par le coude.

– Allons parler, lança Holiday.

Kylie reposa les yeux sur le réfectoire.

– Vous ne devriez pas être là-bas ?

– Chaque chose en son temps, rétorqua Holiday alors que Burnett les conduisait dans le bureau.

– Comment as-tu fait pour disparaître comme cela ?

On pouvait faire confiance à Burnett pour aller droit au but.

– Je ne sais pas. (Kylie entra dans le bureau.) J'aurais bien voulu pouvoir disparaître comme un fantôme quand j'ai vu ma mère et John s'embrasser, puis… c'est ce que j'ai fait.

– Tu as voulu être invisible ? demanda Holiday.

– J'imagine, répondit Kylie.

– Ensuite, comment as-tu fait pour revenir ?

Burnett ferma la porte.

– J'ai annulé mon vœu. (Sachant que cela avait l'air fou, elle jeta un œil sur Holiday et se laissa tomber dans le canapé.) Un peu comme quand tu as essayé de m'apprendre à me couper d'un fantôme.

– Visualisation, dit Holiday en arquant les sourcils comme si elle était impressionnée.

Non pas que Kylie partageât son point de vue.

– Cela faisait très peur. Je me suis souvenue de ce que mon père avait dit sur le fait que nous allions trouver des solutions ensemble, et j'ai cru que j'étais morte. (Elle marqua une pause.) Comment vais-je faire pour que cela ne se reproduise pas ?

Holiday regarda Burnett, comme si elle attendait une certaine sagesse de sa part.

– Quoi ? (Il leva les mains, comme vaincu.) Aucune idée ! J'apprends seulement maintenant à gérer les fantômes.

Holiday leva les yeux au ciel.

– Tu as lu les rapports à l'URF. Disaient-ils quelque chose ou t'ont-ils conduit à faire des suppositions sur les dons du caméléon ?

– Non, la seule information qu'ils donnaient, c'était que certains des sujets se considéraient comme des caméléons. (Il fronça les sourcils.) Il aurait pu y avoir plus dans les autres rapports, mais comme par hasard ils ont disparu.

Kylie ne put s'empêcher de se rappeler la mise en garde de son grand-père au sujet de l'URF.

– Nous avons besoin de lire les autres dossiers, dit Holiday. (Ses yeux restèrent rivés sur Burnett.) Comment pouvons-nous le faire ?

Kylie ferma les yeux. Elle ne savait pas ce qu'ils allaient faire, mais elle savait ce qu'elle faisait. Premièrement, elle trouverait le moyen d'entrer en contact avec son grand-père, puis…

Une vague de douleur la submergea. Son grand-père pouvait-il avoir raison ? Devait-elle quitter Shadow Falls pour partir avec lui et obtenir les informations qu'elle voulait ?

Après quelques minutes pendant lesquelles Burnett et Holiday tâchèrent de trouver une solution, ils finirent par conclure que Kylie devrait faire attention à ce qu'elle souhaitait.

Super ! Comme si elle n'avait pas pu trouver cela toute seule.

Le téléphone de Burnett sonna, il répondit.

– Oui, dit-il. Depuis combien de temps a-t-elle disparu ?

Holiday et Kylie essayèrent de faire comme si elles n'écoutaient pas, mais comment faire, alors que l'appel concernait manifestement Cindy, la serveuse du restaurant, la jeune femme souriante sur son permis de conduire, qui se trouvait désormais dans la tombe avec la sœur de Holiday ?

– OK, dit Burnett. Donnez-moi le dossier. Avez-vous trouvé autre chose sur l'autre affaire ?

Les yeux de Burnett se posèrent sur Kylie, lui indiquant que « l'autre affaire » la concernait, *elle*.

Burnett écouta, et ce fut à ce moment-là que cela frappa Kylie. Elle n'arrivait pas à entendre l'autre partie de la conversation. Qu'arrivait-il à son…

– Hé ! cria Kylie à Holiday. Suis-je encore un vampire ?

Holiday fronça les sourcils. Le choc envahit ses yeux.

– Non !

– Qu'est-ce que je suis, alors ? demanda Kylie.

– Bienvenue dans mon monde ! lança Holiday.

– Je suis une fée ?

Oh, super ! Kylie redeviendrait vite l'attraction de service pour les autres. Comme si le chaos parental ne suffisait pas pour qu'ils parlent d'elle.

Les paroles de sa grand-tante résonnèrent dans sa tête. *Les rares qui ne se sont pas cachés étaient considérés comme des parias, et n'appartenaient à aucune espèce.*

Holiday hocha la tête et sourit, un sourire qui vint avec beaucoup d'empathie, et non seulement Kylie la vit, mais la ressentit.

Burnett avait dû entendre la conversation parce que, à peine eut-il éloigné le téléphone de son oreille qu'il fixa son front et dit :

– Mince.

– Qu'as-tu appris ? demanda Holiday comme si elle sentait que Kylie ne voulait pas discuter de sa configuration cérébrale qui changeait en permanence.

– Cindy Shaffer a disparu il y a six mois environ.

– Donc après la disparition de Hannah, observa Holiday.

– Sommes-nous sûrs que Hannah n'est pas simplement partie pour un moment et qu'ensuite…

Il marqua une pause et la compassion jaillit de lui par vagues.

– Et qu'ensuite, elle s'est fait tuer, termina Holiday.

Une grande tristesse émana de Holiday pour venir envahir la poitrine de Kylie. Elle avait toujours montré de l'empathie pour les autres, mais cette fois, c'était beaucoup plus intense.

Ce n'était pas du gâteau, songea Kylie. Être fée demanderait un temps d'adaptation, mais au moins elle pourrait se remettre à manger. Puis elle songea à Derek, et à quand il avait dit que ses émotions lui avaient paru démesurées. Cela avait dû être tellement dur pour lui…

Burnett intervint.

– La police enquête sur sa disparition. Elle a un suspect, un ex-petit copain, mais elle n'a rien pu prouver du tout. Je vais jeter un œil à ses dossiers, mais vu ce que nous savons, je ne crois pas que cela soit lié à elle personnellement.

– Qu'as-tu appris d'autre ? demanda Kylie, qui se rappelait aussi le regard de Burnett durant le coup de fil.

– J'ai fait faire une nouvelle enquête sur Hayden Yates.

– Et ? demanda Kylie.

Mais avant même qu'il ne réponde, elle sentit son mécontentement à l'idée de lui dire.

– Il est *clean*. Rien dans son passé ne semble indiquer qu'il soit autre chose que ce qu'il prétend être.

Kylie soupira, pas sûre d'y croire. Elle était tellement certaine qu'il dégageait quelque chose de louche. Puis elle se souvint.

– Pourrais-tu te renseigner sur le copain de ma mère ?

– Tu crois qu'il est derrière le meurtre de Hannah ? demanda Burnett, confus.

– Non, rien à voir avec Hannah. Simplement, je ne l'aime pas.

– Moi non plus, répondit Burnett d'un ton sec. Mais ça ne fait pas de lui un criminel. Il y a un tas de personnes par ici que je n'aime pas.

Kylie fronça les sourcils.

– Il me donne la chair de poule, et je me sentirais mieux si…

– Je vais m'en charger, dit Burnett, mais elle ressentait

ses émotions et comprit qu'il croyait que c'était une perte de temps.

– Il y a autre chose dont je voudrais parler, dit Kylie.

– Pourquoi ai-je le sentiment que cela ne va pas me plaire ?

Kylie jeta un coup d'œil sur Holiday, qui semblait tout aussi inquiète.

– Je crois qu'il est temps de mettre fin à toute cette histoire d'escorte, annonça Kylie.

– Non !

Burnett devint lugubre.

Kylie se redressa et sentit sa colonne vertébrale se raidir.

– J'en ai assez de ne jamais être seule.

– Tu es seule dans ta chambre, quand tu es dans ton bungalow, répliqua-t-il.

– Della écoute tout ce que je fais. Je ne peux plus rien faire. Je veux retrouver ma vie. Mario n'a rien tenté depuis des semaines. Miranda a dit qu'elle ne sentait plus de présence importune. Moi non plus. Il a peut-être capitulé.

– Des personnes comme lui n'abandonnent pas.

Il attend l'occasion de frapper.

—Je promets de faire attention, et si je ressens quelque chose, tu seras le premier que j'avertirai.

– Non ! répéta-t-il.

Kylie ressentit une espèce d'énergie étrange monter en elle. Tout en elle disait qu'elle avait raison, qu'ils ne pouvaient pas lui imposer cela. Elle ne comprenait pas la boule de vigueur qui grandissait en elle, ni son absence de peur à les défier. Si elle n'avait pas été aussi énervée par son refus catégorique, elle aurait pu avoir plus peur qu'autre chose de bizarre lui arrive.

– Je ne suis pas une prisonnière, ici. J'ai mon mot à dire.

– Un mot à dire sur le fait que tu te fasses assassiner ou pas ? demanda-t-il, en colère.

– Je ne vais pas me faire assassiner.

Elle leva le menton et regarda Holiday, dans l'espoir de discerner de la raison dans les yeux de la directrice.

– C'est parce que tu veux revoir ton grand-père, n'est-ce pas ? fit Holiday.

Et si elle vit sa désapprobation, elle ressentit également de la compassion de sa part.

– En partie. (Kylie n'envisagea même pas de mentir. Il y avait un sentiment de légitimité dans sa requête.) Mais il n'y a pas que cela. J'en ai marre d'être baby-sittée.

Burnett allait reprendre la parole, mais Holiday intervint.

– Me promets-tu de rester en dehors des bois ?

– Elle a déjà brisé cette promesse, observa Burnett.

– Je le jure, répondit Kylie, qui ignora celui-ci.

Holiday se pencha vers elle.

– Nous promets-tu de nous informer avant d'aller voir ton grand-père ?

– Me promets-tu de ne pas m'en empêcher ? rétorqua Kylie.

– Je promets que nous évaluerons la situation et que nous interférerons uniquement si nous estimons que ta vie est en danger.

– Sur quel jugement ? demanda Kylie. L'idée que certains se font de la sécurité n'est pas raisonnable.

Elle ne broncha même pas quand elle regarda Burnett – qui, d'ailleurs, paraissait encore plus furieux. Et elle ressentait la moindre once de sa colère.

– C'est de la folie. Mon boulot, c'est de te protéger, gronda Burnett.

– Non, le corrigea Holiday. Notre job, en tant qu'administrateurs de l'école, c'est d'apprendre à Kylie à survivre dans le monde humain. Que cela nous plaise ou non – elle regarda Kylie – elle a le droit de s'en aller. Et c'est bien la dernière des choses que nous souhaiterions en ce moment.

Quelque part, Kylie savait que la boule d'énergie dans son ventre leur faisait comprendre qu'elle envisageait cette question avec sérieux. Était-ce un talent de fée ou cela provenait-il de ses aptitudes de caméléon ? Elle ne savait pas. Mais c'était plutôt cool, même si cela la terrorisait.

– Ai-je mon mot à dire dans cette histoire ? demanda Burnett d'un ton cinglant.

– Non, répondirent les filles en même temps.

Le téléphone de Burnett bipa bizarrement. Il l'attrapa et appuya sur quelques boutons.

– Quelqu'un vient de sauter par-dessus le portail.

Il allait tourner les talons, mais s'arrêta lorsqu'une silhouette se dessina sur le pas de la porte.

Blake, l'ex-fiancé de Holiday, et meurtrier présumé, se tenait sur le seuil.

– Il paraît que vous me cherchez.

Kylie se posta d'un bond à côté de Burnett, prête à défendre Holiday.

Mais celle-ci agit comme si elle n'avait pas besoin de protection. Elle se leva brusquement et soutint le regard furieux de Blake.

– L'as-tu fait ? demanda-t-elle, la fureur se déversant d'elle.

– Ai-je fait quoi ?

– As-tu tué Hannah ?

Chapitre 31

– Quoi ? (Son regard se posa sur Burnett et Kylie, puis de nouveau sur Holiday. L'incrédulité emplit ses yeux et sortit de lui par vagues.) Hannah est morte ?

Kylie essaya d'écouter les battements de son cœur, mais comme elle n'était plus un vampire, elle ne pouvait plus que lire ses émotions. Elles étaient sincères, mais pouvait-elle leur faire confiance ?

– Réponds-moi, bon sang !

Holiday flanqua ses paumes sur sa poitrine. Ses émotions étaient tout un micmac de douleur brute issue de la pire traîtrise qui soit.

Burnett se posta au côté de Holiday et la fit reculer délicatement, mais ses yeux étaient désormais vert vif, et rivés sur Blake en guise de mise en garde.

Blake lâcha un soupir de profonde exaspération.

– Tu te trompes de vampire ! C'est n'importe quoi !

– Pas tant que ça, répondit Holiday. Elle m'a dit que tu

étais furieux contre elle quand elle t'a déclaré qu'elle avait l'intention de me dire la vérité.

– Bien sûr que j'étais furieux. Nous allions nous marier. Je t'aimais. Elle m'a averti que si je venais à mon mariage, elle mettrait un terme à la cérémonie.

– L'as-tu tuée ? demanda Holiday, dont la douleur immense gagnait jusqu'à l'air que Kylie respirait.

Blake regarda fixement Holiday, l'air anéanti par le chagrin.

– S'il y a quelqu'un au monde qui me connaît mieux que cela, c'est bien toi. Crois-tu vraiment que j'aurais pu assassiner Hannah ?

– Ce que je pense n'a aucune importance, répondit Holiday qui bouillait de rage. Je n'aurais jamais cru que tu coucherais avec ma sœur, mais tu l'as fait.

– Nous étions saouls, et je commençais seulement à sortir avec toi. C'était une erreur stupide. Et ensuite, voilà que je tombe amoureux de toi. Je le suis toujours. Et oui, je voulais te le dire à l'époque, mais j'avais peur. Au début, Hannah a fait comme si cela n'était jamais arrivé, alors je me suis convaincu…

– Que tu pourrais t'en tirer comme cela ?

Les larmes emplirent les yeux de Holiday.

– Non, je me suis convaincu qu'une seule erreur ne suffisait pas à empêcher deux personnes qui s'aimaient de trouver le bonheur.

– Ça suffit. (Burnett attrapa Blake par le bras.) Viens avec moi.

Blake se libéra et les deux hommes se fixèrent droit dans les yeux.

– Pas encore, dit Holiday en regardant Burnett. Je veux lui parler.

– Tu l'as fait, répliqua-t-il.

– Seule, je veux lui parler seule à seul, insista Holiday.

Le corps de Burnett se transforma en un seul muscle noué. La jalousie suintait de tous les pores de sa peau.

– C'est un tueur en série présumé, Holiday, qui est entré illégalement à Shadow Falls. Je dois l'emmener au bureau de l'URF.

– Tueur en série ? (Les yeux de Blake se firent offensifs.) Je n'ai pas fait de mal à Hannah, ni à personne.

– C'est ce qu'ils disent tous, rétorqua Burnett d'un ton sec.

Et il attrapa de nouveau Blake. L'homme recula, ses yeux se firent plus durs.

– Qu'est-ce qui ne va pas ? demanda-t-il à Burnett. Tu as peur qu'elle puisse encore éprouver quelque chose pour moi ?

Holiday posa la main sur le bras de Burnett et lança, honnête :

– Burnett n'a aucun souci à se faire. J'exige la vérité, Blake. C'est tout. Je veux que tu sortes de sous le rocher sous lequel tu te cachais, quel qu'il fût.

D'un geste ferme, elle fit signe à Burnett et à Kylie de s'en aller.

Le langage corporel et l'expression de Burnett indiquaient ce qu'il en pensait, mais Kylie comprit que la directrice avait besoin de ce moment en tête à tête avec Blake, et que Burnett devait le lui accorder.

Kylie lui toucha le bras, sentit la chaleur affluer de son contact, et vit son visage s'adoucir. Il reposa les yeux sur Holiday juste avant de partir. Kylie regarda Blake. Et juste alors, son instinct lui dit qu'il n'était pas l'assassin de Hannah.

Mais si ce n'était pas lui, alors qui ? Kylie se rappela de nouveau que Hannah avait expliqué qu'il était là, à Shadow Falls. Elle ne put s'empêcher de repenser à Hayden Yates. Elle se moquait même que l'enquête de Burnett n'ait rien donné. Elle ne faisait pas confiance à ce type. Et jamais elle ne baisserait la garde.

Burnett ne s'éloigna de la porte que de quelques mètres. Kylie s'imagina qu'il percevait tout ce qui se disait dans l'autre pièce. Sous couvert de la sécurité de Holiday, bien sûr, car il ne s'agissait pas vraiment d'une incursion dans sa vie privée. Du moins, c'était ce que Kylie voulait croire.

Elle n'arrivait pas à entendre la discussion, et cela avait beau la gêner un peu d'écouter des conversations privées, son propre besoin de protéger Holiday lui faisait regretter de ne pas y arriver.

– Blake disait-il la vérité ? demanda Kylie, qui désirait savoir si les émotions qu'elle avait lues chez le vampire étaient aussi éloquentes que ses pulsations.

Burnett lui jeta un coup d'œil.

– À quel sujet ?

– Qu'il n'a pas tué Hannah ?

– Peu importe, répondit-il d'un ton bourru, et il reposa les yeux sur la porte.

– Vraiment ?

Il secoua la tête.

– Le cœur peut mentir ; les gens, les gens mauvais qui n'ont pas de conscience, mentent sans aucun problème.

Kylie se souvint que Della lui avait dit cela, au début. Mais même si elle souhaitait croire que Blake était leur homme, ce qu'elle avait ressenti de sa part n'était pas de la malfaisance.

– Pour ce que cela vaut, ses sentiments semblent réels.

– Tu veux dire, quand il a dit qu'il l'aimait encore ?

La jalousie de Burnett était très flagrante. Kylie déglutit.

– Je parlais du choc qu'il a ressenti, dès qu'on lui annoncé que Hannah était morte… mais ça… aussi.

Burnett ferma les yeux et posa une main sur la porte.

– Mais tout aussi réels que les sentiments de Holiday

lorsqu'elle a affirmé que la seule chose qu'elle attendait de lui, c'était la vérité. Elle ne l'aime pas, Burnett.

Il reposa les yeux sur Kylie, ils dégageaient de la tristesse.

– Avant, elle l'aimait.

– Est-ce important ?

– Ça l'est, quand c'est ce qui l'empêche de se laisser aller de nouveau, déclara-t-il. (Une pause s'ensuivit, puis, comme pour changer de sujet, il ajouta :) Je ne suis pas d'accord avec la décision de Holiday, celle de t'enlever tes escortes.

– Je sais, dit Kylie. Mais, dis-moi, si tu étais sous escorte tout le temps, comment le prendrais-tu ?

Elle l'entendit déglutir et sentit sa réponse affective : il n'aurait pas supporté une seule journée de se faire escorter.

D'un seul coup, la pièce se refroidit. Du froid du fantôme qui vient rendre visite. Puis Hannah apparut à côté de Burnett, dans un gros nuage de panique.

– Il est là ! Il est là ! Tu dois l'arrêter ! Il va essayer de la tuer ! hurla-t-elle à Burnett.

– Qui est là ? demanda Kylie.

Burnett n'attendit pas de réponse, il passa à toute vitesse la porte de Holiday, sans prendre la peine de l'ouvrir. Débarrassée de ses charnières, elle atterrit par terre dans un bruit sourd. Il traversa les décombres et affronta Blake.

Kylie observa la scène depuis l'extérieur de la pièce.

Blake, déjà sur pieds, regardait fixement Burnett, furieux.

Holiday, toujours assise à son bureau, semblait sous le choc. Elle se leva de sa chaise d'un coup, montrant combien le temps de réaction d'une fée était lent par rapport à celui d'un vampire.

Burnett, les mains serrées sur ses hanches, s'adressa à Blake :

– Soit tu décides de me faciliter les choses, soit tu persistes à me les compliquer. (La sincérité perçait à travers sa menace.) Je me moque bien de ce que tu choisis.

Le regard de Kylie se posa sur l'esprit. Hannah, paralysée, regardait bouche bée le spectacle qui se jouait sous ses yeux. Une affreuse aura marron l'entourait. Elle avait beau ne plus être en vie, beaucoup d'émotions subsistaient sous le froid glacial de la mort. Kylie en reconnut une, claire et nette. La honte – des monticules de honte. Puis elle sentit la surprise de l'esprit. C'était curieux, mais la panique et la peur initiales de Hannah avaient disparu.

Quelque chose n'allait pas. Comme si Hannah ne savait pas que Blake était là. Et dans ce cas, comment pourrait-il être à l'origine de sa panique ?

– *Est-ce Blake qui a fait cela ?* demanda Kylie à Hannah dans un souffle pressé. (Pas de réponse.) *Hannah ?*

Kylie répéta son nom. Puis le fantôme disparut.

– Que se passe-t-il ? redemanda Holiday à Burnett.

Et le regard de Kylie resta rivé sur les trois personnes dans la pièce.

Blake reposa les yeux sur Holiday.

– Je n'ai pas fait cela. Je ne mérite probablement pas une autre chance avec toi, mais pas cela. (Il se tourna vers Burnett.) Je vous accompagne, je répondrai à vos questions, mais si vous posez un seul doigt sur moi, je vous tuerai.

Et vu les émotions qui obscurcissaient l'atmosphère, sa menace était aussi sincère que celle de Burnett.

Ce fut un samedi après-midi dont le calme dissimulait à peine une anxiété générale dans l'air. Miranda était frustrée parce que une nouvelle métamorphe matait Perry. Holiday était irritée parce que… eh bien, comme si perdre sa sœur la première fois n'avait pas été assez dur, voilà que son esprit ne revenait pas leur rendre visite. Burnett était écœuré parce qu'il ne parvenait pas à trouver une seule preuve contre Blake. De ce fait, il ne pouvait pas le retenir.

Kylie était contrariée à cause de la catastrophe qu'était sa vie.

La seule qui n'était pas de mauvaise humeur, c'était Della. Et Kylie, même si elle était devenue une fée qui savait lire les émotions, ne savait pas de quelle humeur elle était, mais cela n'allait pas. La jeune fille suivait Kylie partout comme un petit chien perdu.

Même lorsqu'elle releva ses e-mails, elle sentit Della qui regardait par-dessus son épaule. Kylie se retourna, sourcils froncés.

– Quoi ?

– Quoi, quoi ? fit Della.

– Tu es en train de lire par-dessus mon épaule. Tu n'es plus mon escorte.

– Je ne t'escorte pas. Et je ne savais pas que tes e-mails étaient aussi privés.

Juste après, Kylie ressentit une immense angoisse, assortie d'une espèce de tristesse, puis de la colère de la part du vampire. Les émotions de Della dansaient dans tous les sens.

– Qu'est-ce qui se passe ? demanda-t-elle.

– Rien du tout.

Della se laissa tomber sur une chaise de cuisine.

Kylie reposa les yeux sur ses e-mails, et cliqua pour consulter ses nouveaux messages. Rien de neuf. Rien de la part de…

– Tu espères que tu en auras un de ton grand-père, n'est-ce pas ?

Kylie regarda de nouveau derrière elle.

– Peut-être, pourquoi ?

Della fronça les sourcils.

– Tu vas partir vivre avec lui, pas vrai ? Tu vas quitter Shadow Falls.

La question était aussi tranchante qu'un couteau dans la poitrine de Kylie. Comment pouvait-elle lui expliquer que s'en aller était la dernière chose qu'elle désirait ? Pourtant, une partie d'elle disait que c'était peut-être le seul moyen de savoir qui, et ce qu'elle était.

Et après avoir vu le choc sur tous les visages au camp, quand sa nouvelle configuration de fée avait émergé, Kylie brûlait d'envie d'être avec des gens qui ne la jugeraient pas. Et plus vite elle apprendrait à maîtriser ce jeu de changement de configuration, plus vite elle pourrait rentrer à Shadow Falls et être vraiment à sa place.

– Alors, c'est ça le problème ? s'enquit Kylie.

– Oui, c'est ça le problème. Et ne crois pas que je n'ai pas remarqué que tu ne l'as pas nié.

Kylie choisit soigneusement ses mots.

– Je n'ai pas du tout l'intention de faire cela.

C'était la vérité. Elle continuait à prier pour que ce ne soit pas l'unique solution.

– Mais ton derrière de fée y a pensé, non ? demanda-t-elle.

– Oui, mon derrière de fée l'a envisagé, mais…

– Mais rien, je ne te laisserai pas partir, Kylie. (Des larmes emplirent les yeux de la vamp.) J'ai perdu Lee, j'ai perdu mes parents et ma sœur, et tous mes amis chez moi. Miranda et toi, vous êtes tout ce que j'ai, et Miss Witch est tellement obsédée par un certain métamorphe en ce moment que je n'ai presque plus le temps de me disputer avec elle.

Della se leva et s'essuya les joues.

– J'en ai plus que marre de perdre les gens que j'aime.

Kylie se leva.

– Tu ne me perds pas, moi.

Ses yeux la piquèrent. Même si elle devait s'en aller, elle reviendrait. Sa place était ici. Della devait sûrement le savoir, non ?

Della maugréa.

– Je pars ce week-end pour aller… faire ce que je dois faire pour Burnett. Et je n'arrête pas de penser que tu ne seras pas là quand je reviendrai.

– Je… (Kylie comprit enfin ce que son amie disait.) Où vas-tu ?

Della fronça les sourcils.

– Je ne peux pas te le dire.

Kylie secoua la tête, se rappelant l'angoisse qu'elle avait lue chez Della. Avait-elle peur ? Bien sûr, elle s'en rendait compte, mais elle refuserait de l'avouer. Elle alla serrer la vamp dans ses bras. Celle-ci n'apprécia pas, mais elle ne se débattit pas trop non plus.

– Quoi que tu fasses pour Burnett, ça a intérêt à ne pas être trop dangereux.

– Câlin de groupe, câlin de groupe ! lança Miranda en faisant irruption dans la pièce.

– Non. (Della reculant en titubant.) C'était juste un câlin destiné à Kylie, déclara-t-elle. (Elle tâcha de jouer les durs à cuire, mais Kylie lut clairement son embarras.) Va faire des mamours avec ton Perry.

Della fila dans sa chambre comme un ouragan et claqua la porte.

– Qu'est-ce qui l'a mise d'humeur si joyeuse ? demanda Miranda.

Kylie leva les yeux au ciel. Puis l'ordinateur tinta, elle avait reçu un e-mail. Elle se précipita pour voir de qui il venait. Sa mère.

Une pensée traversa son esprit à toute allure : si elle devait quitter Shadow Falls, que dirait-elle donc à ses parents ?

Elle jeta un coup d'œil sur Miranda.

– Et si tu allais chercher la bagarre avec Della ? Comme ça, elle saura qu'elle compte toujours pour toi !

Le dîner, ce soir-là, était censé être une fête pour donner le coup d'envoi de la nouvelle année scolaire. On distribua les livres et les emplois du temps. Kylie et Della suivaient les mêmes cours. Miranda en partageait deux sur cinq avec

Kylie. Celle-ci ne put s'empêcher de se demander si ce n'était pas l'idée de Burnett : la faire escorter sans dire réellement qu'elle l'était.

Mais elle ne laisserait pas cette pensée gâcher sa soirée. Assise à une table avec Della, Miranda, Perry, Jonathon et Helen, Kylie engloutit sa deuxième part de pizza. C'était agréable de savourer de nouveau des repas. Mais sa meilleure humeur n'avait rien à voir avec les pepperonis sur une pâte fine. Ce n'était même pas l'ambiance de fête ni la fête ; c'était ce qui se produirait après.

Elle consulta sa montre : plus que deux heures.

Juste alors, Steve les rejoignit à leur table et se laissa tomber sur une chaise vide à côté de Della. Kylie faillit se fendre d'un grand sourire lorsque Della rougit littéralement.

– Ça va ? demanda Steve.

– Salut, Steve, dit Kylie, qui voulait qu'il se sente le bienvenu.

Avant d'aller dîner, Della avait avoué que le garçon était aussi censé l'accompagner dans sa mission pour l'URF. Della était naturellement énervée. Ah, mais elle n'avait pas pu cacher l'excitation parmi toutes les émotions qui jaillissaient d'elle !

Jonathon et Steve se mirent à discuter de certaines matières. Della sembla se détendre, et Kylie aussi. Miranda lui donna un coup de coude et se pencha vers elle :

– Je pense qu'il l'aime bien, murmura-t-elle à voix très basse.

Mais Della, qui ne loupa pas un seul mot avec son ouïe supersonique, foudroya la sorcière du regard.

– À une super année !

Quelqu'un porta un toast à l'autre bout de la salle. Tout le monde était manifestement d'humeur festive, et pour le moment, personne ne regardait fixement la configuration de Kylie. Sûrement une autre raison qui expliquait sa meilleure humeur.

Mais à peine apprécia-t-elle qu'on l'oublie, que les poils dans sa nuque se mirent à faire un pas de deux. Quand elle se retourna brusquement, Hayden Yates tourna la tête. Son cœur se serra lorsqu'elle remarqua Holiday, debout à côté de lui, parmi la foule. Pas en train de parler avec lui, mais à Collin Warren, le professeur timide.

Cela ne lui plaisait pas que Hayden côtoie Holiday de si près. Elle braqua ses yeux droit sur lui, et lorsqu'il regarda derrière lui, le sentant visiblement, leurs regards se croisèrent. *Si jamais tu lui fais du mal, je jure que tu le paieras.*

Il détourna les yeux. Kylie garda les siens rivés sur lui plusieurs minutes, et espérait plus que tout qu'il comprenait le message. Parce que ce n'était pas une menace, mais une promesse.

Rien que de penser à l'éventualité que l'on puisse faire souffrir Holiday, Kylie sentit son sang s'épaissir et crépiter : un signe sûr que si sa configuration avait changé, elle demeurait une protectrice.

Un jour, elle espérait pouvoir le dire avec une véritable fierté, mais pour l'instant, cela n'était visiblement qu'une chose de plus qui la distinguait de tous les autres.

À peine Kylie s'était-elle retournée qu'elle sentit une autre paire d'yeux fixée sur elle, mais une sensation différente grimpa le long de sa colonne vertébrale. Même à quinze mètres, le regard de Lucas lui faisait l'effet d'une caresse. Il lui adressa un clin d'œil. Il regarda l'heure et elle comprit que, comme elle, il comptait les minutes qui les séparaient.

– Mince ! (Jonathon poussa un cri perçant. Kylie détourna les yeux de Lucas.) Tu t'es coupée !

Jonathon étreignait la main de Helen, dont suintait du sang.

Helen, quelque peu émotive, tenait une pomme maculée de sang dans l'autre main, et un couteau ensanglanté était tombé sur ses genoux.

– C'est bon. (Ses paroles manquaient d'assurance.) Ce n'est pas grave. Si ?

Jonathon relâcha son étreinte pour la regarder. Ses yeux étaient brillants, sûrement à cause du sang, mais encore plus parce qu'il se faisait du souci pour Helen.

– Il te faut des points de suture, déclara-t-il.

Helen leva les yeux sur Kylie.

– Tu ne peux rien faire ?

Kylie retint son souffle. Voilà un moment qu'elle n'avait pas pensé à ses pouvoirs de guérisseuse. Et les rares occasions où elle y avait songé, elle s'était souvenue que ceux-ci n'avaient rien fait à Ellie. Kylie avait trahi Ellie.

– Je ne sais pas si je peux. (Elle regarda Helen dans les yeux et y décela de la douleur. Une boule de peur se forma dans le ventre de Kylie, juste à côté des deux tranches de pizza.) Je ne pouvais pas pratiquer l'effraction de rêves quand j'étais vampire, j'imagine que je ne peux pas guérir quand je suis une fée.

– Mais les fées sont connues pour leurs dons de guérison, lui rappela Helen.

– Oh oui. (Kylie laissa échapper un soupir tremblant.) Et si je me plante ?

Elle se souvenait encore parfaitement combien elle avait été accablée quand elle n'avait pu ramener Ellie à la vie. En regardant ses mains, elle les revit couvertes du sang de la jeune fille.

– Ça ira, affirma Helen avec une totale confiance.

Levant les yeux, Kylie se souvint que Helen l'avait bien aidée quand elle avait examiné son cerveau pour vérifier si elle n'avait pas de tumeur, la première semaine de son arrivée au camp. Helen avait aidé Kylie, elle ne pouvait pas lui dire non.

Elle se leva et s'installa sur la chaise à côté de son amie. La fille, timide et confiante, tendit sa paume qui saignait. Kylie se souvint qu'elle devait visualiser la guérison. Étonnamment, ses mains se réchauffèrent brusquement. Elle passa délicatement un doigt sur la blessure. Son contact créa un infime sillage autour de la flaque de sang sur la paume de Helen.

Craignant l'échec, Kylie posa sa paume entière sur la blessure. Hésitant avant de vérifier si elle avait réussi, elle s'aperçut brusquement que tout le réfectoire était devenu silencieux. Pas un bruit ne résonnait dans la grande pièce.

Levant brièvement les yeux, elle se rendit compte que tout le monde la regardait. Tout le monde. Génial !

Helen retira sa main, qu'elle porta devant son visage, essuyant le sang de son autre main. Un sourire timide fit bouger ses lèvres.

– Tu as réussi ! murmura Helen, que cette attention non désirée semblait mettre aussi mal à l'aise que Kylie.

Celle-ci se pencha vers elle.

– Pourquoi tout le monde nous regarde ?

– Parce que tu luis.

– Je luis ?

Helen opina.

Kylie remarqua la lumière qui, en effet, semblait sortir de sa peau.

– Mince !

– Pas mince ! rétorqua Della. On dirait une luciole ! C'est super cool !

Pas cool du tout, non, songea Kylie.

Holiday s'approcha d'elle, les yeux tout ronds, la confusion jaillissant d'elle par vagues.

Kylie, mortifiée, leva les yeux sur elle :

– Arrête tout cela ! S'il te plaît. S'iiiiiil te plaît !

Chapitre 32

– Où vas-tu ? demanda Della à Kylie lorsque celle-ci sortit de sa chambre une heure plus tard, cheveux et dents brossés, et heureusement, plus du tout en train de luire.

Elle faillit lui rétorquer qu'elle n'avait désormais plus aucun compte à lui rendre, mais décida qu'elle demanderait probablement la même chose à son amie, si celle-ci sortait du bungalow.

– Je vais retrouver Lucas.

Della inclina la tête pour écouter les battements de son cœur.

– Je ne mens pas, dit Kylie.

– Je sais, j'ai entendu. Amuse-toi bien. Et ne fais rien que je ne ferais pas.

– Ah ah ah, la taquina Kylie, qui essaya de ne pas être grognon. Au moins, comme ça, je ne m'engagerai avec personne.

Della se fendit d'un grand sourire.

– Mais si tu rentres toute rouge, je saurai ce que tu as fait.

– Pas drôle, dit Kylie, et elle le pensait.

Puis elle déguerpit.

Heureusement, elle avait cessé de luire dix minutes après avoir guéri Helen. Par pur désespoir, elle avait demandé à Holiday :

– Que s'est-il passé ? Cela n'était encore jamais arrivé, quand je guérissais quelqu'un.

Holiday haussa les épaules, et son « je ne sais pas » ne surprit pas Kylie. Mais ce n'était qu'un événement supplémentaire qui la poussait à prendre plus au sérieux l'avertissement de son grand-père. Et si cette folie continuait ? Pour l'instant, seuls les surnaturels la considéraient comme un caprice de la nature. Que se passerait-il si elle faisait ce genre de choses devant des humains normaux ?

Descendant le chemin en courant, espérant que le souffle du vent dans ses cheveux chasserait sa nervosité, elle arriva au bureau en un rien de temps. Le brouhaha des quelques personnes qui traînaient encore dans le réfectoire emplit la nuit. Avant de se faire remarquer, elle traversa jusqu'à l'arrière du bureau. À la minute où elle vit Lucas qui l'attendait près de l'arbre, son anxiété s'évanouit.

Elle courut vers lui, il l'enlaça et la serra contre lui. Ses bras s'enroulèrent autour de sa taille. Ses pouces glissèrent sous son débardeur pour toucher sa peau nue. Son baiser était chaud et doux. Quand il se retira et sourit, elle savait ce qu'il pensait.

– N'en parle pas, dit-elle, sentant venir une autre blague sur son « illumination ».

– Je suis jaloux, c'est tout.

– Jaloux ? dit-elle, pensant qu'elle s'était trompée. De quoi ?

– Je veux être le seul à t'embraser.

Elle frappa son torse musclé de la main.

– Je te le dis exactement comme je l'ai dit à Della et à Miranda. Ce n'est pas drôle.

– Tu étais très belle. (Sa remarque respirait l'honnêteté.) Comme un ange.

Elle se rembrunit.

– Je ne veux pas être un ange. Juste une surnaturelle normale.

– D'accord, je n'en parlerai plus. Je vais t'embrasser à la place.

Et quel baiser ! Plus torride, plus doux et plus abêtissant que jamais. Quand il s'écarta, elle entendit son ronronnement, un mécanisme de séduction naturel chez les loups-garous, et elle se sentait encline à se laisser séduire. Elle profita de ce bruit.

– Ça doit bientôt être la pleine lune.

La chaleur dans ses yeux la fit sourire, sachant que les siens contenaient la même.

– Ouais. (Il respira, comme pour essayer d'accumuler de l'oxygène dans son cerveau.) Tu me rends fou. Parfois, j'ai juste envie de… (Il recula d'un pas.) Essayons de parler un moment.

Elle se fendit d'un grand sourire.

– Ça me plaît, de te rendre fou.

– Coquine !

Il agita un doigt devant son visage, mais son ton était empli d'humour.

Pas coquine, songea Kylie. Ce n'était pas comme si elle avait prévu qu'il se passe quelque chose ce soir. Mais si c'était le cas… Tout à coup, elle se rappela les paroles de sagesse de Holiday sur les garçons, ou plutôt le sexe : *Lorsque tu prends cette décision, c'est une décision que tu prends rationnellement, et non que tu laisses arriver comme cela. Tu comprends la différence ?*

Oui, Kylie comprenait la différence. Le problème, c'était qu'il était plus facile de laisser les choses se produire plutôt que de les planifier. Les planifier signifiait en parler. Et cela serait gênant.

Elle inspira brusquement en prenant conscience que si elle ne pouvait pas en parler, elle ne devait pas le faire ; parce qu'à moins de vouloir vivre ce que Sara avait vécu avec sa hantise d'être enceinte, il était essentiel qu'ils en parlent.

– Qu'y a-t-il ? demanda Lucas.

Elle ouvrit la bouche pour répondre, pour en parler, mais la referma tout aussi vite. Ils pourraient évoquer le sujet plus tard. Plus tard, mais assurément avant qu'il ne se passe quoi que ce soit.

– Rien.

Sa voix ressemblait à une grenouille prête à croasser.

Il scruta son visage.

– Tu es presque en train de luire de nouveau.

– Mince !

Elle tendit les bras et les examina, paniquée.

Il gloussa.

– Non, tu rougis, c'est tout. De quoi rêvais-tu ?

Il tapota sa tempe du doigt, et avec ses dons de fée, elle sentit qu'il débordait de passion.

– Rien, mentit-elle. Parlons.

Mais pas de sexe. Parce que, à l'évidence, elle n'était pas prête à aborder le sujet.

Il la scruta comme s'il ne la croyait pas, puis lui prit la main et entrelaça ses doigts aux siens. Sa paume était chaude, mais pas autant que lorsqu'elle était un vampire.

– D'accord, parlons. (Ils s'assirent sur le sol mou, sous l'alcôve de l'arbre.) Et si tu m'expliquais comment tu as réussi à ne plus avoir d'escorte ? Burnett n'a pas l'air du genre à céder sur ce genre de chose.

– Il ne voulait pas. Mais je… (Elle se souvint du sentiment étrange qu'elle avait ressenti quand elle avait tenu tête à celui-ci, ainsi qu'à Holiday. Comme si le pouvoir de persuasion était… un réel pouvoir. Mais bon, peut-être était-ce le cas.) Je l'ai convaincu.

– Comment ? Il ne se laisse pas facilement amadouer.

– Je l'ai plus ou moins menacé de partir.

– De partir ? (L'inquiétude emplit ses yeux bleus.) Tu te fichais de lui, pas vrai ?

En grande partie, oui, mais je commence à m'inquiéter. Elle faillit le lui dire, mais estima qu'elle ne voulait pas avoir ce genre de conversation avec Lucas, alors qu'ils passaient si peu de temps tous les deux ; alors elle opina.

— J'ai accepté de ne pas aller dans les bois, et de les prévenir avant de revoir mon grand-père.

– Quoi ? (Il endossa son attitude hyperprotectrice de loup-garou.) Burnett te laissera revoir ton grand-père ? Seule ?

Elle opina.

– Tant que cela n'a pas l'air trop dangereux.

– Comment sauras-tu si ça l'est ? (Il secoua la tête, ses cheveux bruns s'éparpillèrent sur son front.) N'y vas pas tant que je ne suis pas revenu. (Il prit son menton dans sa main en coupe.) Promets-le-moi.

– Revenu d'où ?

Il se rembrunit encore plus.

– Encore mon père. Cette fois, je devrai passer du temps là-bas. Une semaine ou plus.

Elle essaya de se faire à ses propos.

– Mais l'école commence demain !

– Oui. (Il était plein de sarcasme.) Mais pour mon père, ce n'est pas important de recevoir une éducation.

– Tu ne peux pas refuser ? Lui dire que tu viendras le voir pendant le week-end des parents ?

– Si seulement !

– Mais pourquoi si longtemps ?

D'un seul coup, elle ne put s'empêcher de se demander si Fredericka avait l'intention de l'accompagner.

Il lui toucha la joue.

– Il insiste, Kylie. Quand il a quelque chose dans la tête, il n'en démord pas. Je suis désolé.

La sincérité de ses excuses envahit sa poitrine. La sincérité et… la culpabilité. *Pourquoi ?*

Il plaça ses cheveux derrière son oreille.

– Tu sais que j'y suis obligé, pour intégrer le conseil. Je ne ferais rien de tout cela si ce n'était pas dans ce but. Et… quand ça sera fini, ça sera pour de bon.

– Qu'est-ce qui sera fini ? Que veut-il que tu fasses ?

– Il est juste… il est fou et je dois lui obéir pour l'instant. Je t'en prie… comprends-moi encore un peu. Dans moins d'un mois, le conseil prendra sa décision. Un mois, c'est tout ce dont j'ai besoin, et ensuite, je ne serai plus obligé de m'incliner devant ses projets.

– Quels projets ? (Elle sentit une touche de ressentiment monter en elle.) Je hais tes secrets.

– Je sais, dit-il. Moi aussi, je les déteste. Mais tu dois me faire confiance.

Pour une raison idiote, quand il disait « confiance », elle sentait qu'il voulait dire… autre chose. Du style…

– Est-ce que Fredericka t'accompagne ?

– Non. Il n'y a que moi.

– Même pas Clara ? fit-elle, sans comprendre les émotions qu'elle lisait en lui.

– Non. Elle viendra peut-être un peu, mais ne restera pas.

Il l'attira contre lui, et ils restèrent assis très longtemps sans parler. Elle souffrait pour lui, car elle sentait qu'il ne voulait vraiment pas partir, n'avait pas envie de faire ce que son père avait prévu. Mais il s'exécuterait probablement. Et il culpabilisait également de le faire. Pourquoi ?

– M'appelleras-tu ? finit-elle par demander.

– J'essaierai, mais il surveille mes coups de fil. Je ne peux pas me faire prendre…

– En train de me parler, finit-elle à sa place.

Il soupira, et elle sut que c'était la vérité avant qu'il ne réponde.

– Ça ne me plaît pas.

À elle non plus. Pas le moins du monde.

Une seconde passa, puis il dit.

– Tu ne m'as pas promis que tu n'irais pas voir ton grand-père avant mon retour.

– Je ne peux rien promettre, dit-elle, exaspérée par le fait qu'il veuille des promesses et des réponses de sa part, tout en lui cachant encore bien des choses. Je ferai ce que j'ai à faire.

Et il devait l'accepter, comme elle essayait d'accepter ce qu'il lui avait dit, ou plutôt ce qu'il ne lui avait pas dit.

Lundi matin, le stress du premier jour d'école à Shadow Falls n'était pas différent de celui de toutes les rentrées précédentes de Kylie. Elle était à la fois excitée et angoissée à l'idée de se retrouver par force dans une salle remplie de personnes qui semblaient connaître un secret de la vie, un secret qu'elle ne possédait pas.

En dépit de savoir ce qu'elle était, et d'être entourée d'autres surnaturels, elle avait tout de même l'impression d'être la marginale – l'électron libre qui passait d'un groupe à un autre, sans vraiment trouver sa place nulle part.

Elle suivrait sûrement Della et Miranda et fréquenterait tous ceux avec qui elles traînaient, et leurs amis ne rejetteraient pas Kylie, mais elle ne parvenait pas à avoir la sensation d'être à sa place. Exactement comme dans son ancienne école. La seule différence, c'était qu'elle se serait retrouvée avec Sara, un autre cas social.

En se maquillant, Kylie songea à Sara. Elles ne s'étaient pas parlé depuis des semaines, mais Kylie y penserait plus tard. Si elle acceptait qu'elles avaient changé et n'avaient sûrement plus autant de points communs qu'avant, Sara était toujours… Sara. Et aujourd'hui, elle lui manquait plus que jamais.

L'air matinal se faisait légèrement automnal. Décider ce qu'elle allait mettre, et comment elle allait se coiffer, avait pris bien plus de temps que prévu. Elle n'avait pas cru que cela pourrait lui importer, étant donné que Lucas n'était pas là, mais l'ambiance avait été contagieuse pendant que Miranda et Della s'employaient à devenir dignes d'une gravure de mode.

Kylie ne s'était pas faite belle pour quelqu'un en particulier. Pourtant, lorsque Derek lui jeta un œil depuis la table de petit déjeuner des fées, ses yeux lui dirent qu'elle était jolie. Elle se surprit à sourire, puis ce sourire disparut, et Lucas se mit à lui manquer.

Après le petit déjeuner, c'était « Une heure pour faire connaissance ». Kylie tira le nom de Nikki, le nouveau métamorphe, la fille que Miranda accusait d'avoir un faible pour Perry. Kylie avait craint que cette nouvelle résidente ne la bombarde de questions sur l'épisode de « l'embrasement », mais pas du tout. Tout ce dont elle voulait parler, c'était de Perry. Miranda avait raison. Cette fille craquait vraiment pour lui. Mais Kylie était sûre qu'il ne jouerait pas le jeu. Quoi qu'il en soit, avant la fin de l'heure, elle lui avait gentiment fait comprendre que Perry était déjà pris.

Et la fille l'avait tout aussi gentiment ignorée.

L'heure n'était pas terminée que Kylie se demandait si elle devait en parler à Miranda. La jalousie était une émotion affreuse. Kylie avait de la chance que Fredericka n'ait pas accompagné Lucas chez son père, sinon elle se serait battue contre cette émotion.

Le premier cours de Kylie, c'était l'anglais avec Della, Miranda et Derek. Bien qu'il soit absent, Lucas y était également inscrit. Ava Kane, la nouvelle enseignante, avait une méthode pédagogique plutôt sympa, bien que la plupart des garçons n'aient rien remarqué d'autre que son corps. Pas un seul homme dans la salle qui ne soit ensorcelé. Même Derek. Il y avait de fortes chances pour que, si Lucas avait été là, il ait été tout autant hypnotisé.

Si les garçons n'avaient d'yeux que pour l'enseignante, celle-ci n'avait d'yeux que pour le front de Kylie. Sa configuration faisait-elle quelque chose de nouveau ? Elle se tourna même vers Della pour le lui demander. Celle-ci lui répondit qu'elle n'était qu'une fée normale, hyper casse-pieds, quoi.

Une fois le cours terminé, Mlle Kane se posta près de la porte. Et lorsque Kylie passa devant elle, elle se pencha et murmura :

– Désolée, je n'aurais pas dû te dévisager ainsi. Tu me… fascines, tout simplement.

Kylie ressentit sa sincérité.

– C'est bon, lui dit-elle, même si elle pensait que non.

Au moins, la femme s'excusait, contrairement à quatre-vingt-dix pour cent des résidents.

En revanche, elle eut du mal à rester jusqu'à la fin du cours d'histoire – le suivant. Malgré tout le mal que Collin Warren se donna pour dissimuler son trac d'enseigner, il ne passait pas du tout inaperçu. Sa nervosité emplissait la pièce comme de la fumée. Pourtant, contrairement à Mlle Kane, pas une seule fois cet homme ne regarda Kylie dans les yeux. Franchement, elle se demandait s'il regardait quelqu'un dans les yeux.

Pourtant, parce que Holiday avait demandé à Kylie de prendre le professeur nerveux sous son aile, une fois le cours terminé, celle-ci traîna pour lui dire deux ou trois mots de soutien. Tous les élèves sortirent de la pièce, sauf elle. Elle espérait que l'homme se rendrait compte de sa présence, mais il resta assis à son bureau, à fouiller dans ses papiers.

Elle alla se poster devant lui. Il ne leva toujours pas les yeux. Bon… c'était bizarre. Elle savait ce que c'était qu'être timide, mais là, c'était extrême – le genre de timidité maladive.

– Bonjour, dit-elle.

Il soupira, comme s'il était mécontent, mais leva les yeux.

– Puis-je vous aider ?

Il dégageait toutes sortes d'émotions – autres que de la timidité maladive. Presque de la peur, mélangée à de l'irritation.

– Je voulais vous souhaiter la bienvenue à Shadow Falls. Ça peut être difficile de…

– J'ai besoin… d'entraînement. (Il détourna les yeux.) Ça ira de mieux en mieux.

– Je ne comptais pas vous critiquer. (Elle compatit en pensant à ce qu'il devait ressentir, à l'idée qu'il avait été nul pour son premier jour d'enseignement.) « C'est en forgeant qu'on devient forgeron », disait ma Nana.

Il leva les yeux.

– La voyez-vous ?

– Qui ? demanda Kylie.

– Votre Nana. N'est-elle pas décédée ? Il paraît que vous avez le don de parler avec les morts.

Cette question la prit au dépourvu.

– Oui, enfin, elle est morte il y a quatre mois, mais je ne lui ai pas parlé.

– Mais vous parlez aux autres, n'est-ce pas ? Aux morts ?

Elle hocha la tête.

– Oui. (Incapable de lire en lui à l'instant même, elle ajouta :) Je sais que ça peut paraître flippant.

– Pas du tout. J'adorerais pouvoir interroger les morts.

Kylie tâcha de digérer ce qu'il venait de dire.

Il détourna les yeux.

– C'est vrai… avec mon amour de l'histoire. Ce serait super de discuter avec ceux qui ont vécu avant nous, non ?

– Oui, ça se tient, concéda-t-elle.

Et c'était vrai, mais tout de même bizarre. La plupart des surnaturels n'auraient jamais voulu avoir à faire aux morts, pas même pour leur amour de l'histoire. Elle regarda vers la porte.

– Je devrais y aller avant d'être en retard.

Quand elle s'en alla, elle sentit qu'il la regardait. OK, Collin Warren était encore plus bizarre qu'elle ne l'avait cru au début. Elle espérait vraiment que Holiday savait ce qu'elle faisait quand elle l'avait embauché.

Kylie venait de quitter ce bungalow et descendait le chemin pour se rendre à son prochain cours, lorsque son téléphone sonna. Jetant un œil au numéro, elle sentit une vague de nostalgie l'envahir.

– J'allais t'appeler, moi aussi, soupira Kylie.

– La rentrée, ce n'est pas pareil quand tu n'es pas là, déclara Sara.

– Je sais.

Kylie se mordit la lèvre.

– Comment ça se passe pour toi ? demanda Sara. Toujours deux beaux gosses qui te courent après ?

– Je me suis carrément décidée pour l'un d'entre eux.

– Derek, dit Sara.

– Non, la corrigea Kylie. Lucas.

– Humm, je ne sais pas pourquoi, j'étais sûre que tu choisirais Derek, mais Lucas est craquant.

Qu'est-ce qui t'a fait penser cela ?

– Comment vas-tu ? demanda Kylie, qui ne voulait pas connaître la réponse de Sara à son autre question.

– Toujours pas de cancer, annonça-t-elle. Comme tu le sais très bien.

Kylie ignora sa réflexion.

– Je suis contente.

– Quand rentres-tu ? s'enquit Sara.

– Je crois qu'il y a un week-end à la maison dans deux ou trois semaines.

À condition, bien sûr, qu'elle ne soit pas encore en train de faire des tours, du style luire et disparaître.

– Tant mieux, parce que j'ai besoin de ma dose de Kylie ! Argh, ça sonne. Il faut que j'y aille. Je t'appelle dans une semaine ou deux.

Une semaine ? Il y avait une époque pas si lointaine où elles ne passaient pas une journée sans se parler.

Kylie chassa la mélancolie que les changements de sa vie lui inspiraient. Puis, rangeant son téléphone dans sa poche, elle fila en cours. Qu'il s'agisse du cours de Hayden Yates fit trottiner un frisson de peur le long de sa colonne vertébrale.

À la minute où elle arriva devant la porte de la salle de classe de Hayden Yates, Kylie décida que les vibrations bizarres que Collin Warren dégageait étaient loin d'être aussi troublantes que celles de M. Yates.

Celui-ci n'avait même pas regardé l'adolescente, et pourtant, quelque part, elle savait qu'il l'avait à l'œil – que non seulement il savait qu'elle se tenait à la porte, mais qu'en plus, il l'attendait.

La question qui pesait sur son esprit devenait de plus en plus lourde. Était-il responsable de la mort de Hannah et des autres filles ? Si oui, se doutait-il qu'elle le soupçonnait ?

Entrant dans la salle de classe, elle constata que tout le monde était déjà installé. Il ne restait qu'une seule place. L'intestin de Kylie se transforma en bretzel.

Fredericka était assise juste derrière la place vide. La fille sourit, ou plutôt se fendit d'un rictus suffisant.

Kylie n'avait pas cru qu'elle aurait affaire au lycanthrope dans l'un de ses cours. Tâchant de ne pas la regarder, elle alla s'installer.

Quand elle se glissa sur son siège, elle entendit Fredericka dire :

– Voilà le ver luisant ! Et la lumière fut !

Kylie serra les dents et regarda fixement le livre sur son bureau.

– Garce ! marmonna Della à l'autre bout de la salle.

Kylie, brusquement furieuse contre elle-même de laisser Della se battre à sa place, se retourna d'un coup et affronta sa Némésis :

– En plus de luire, j'ai découvert de nouveaux talents. En voici un que tu vas adorer : donner la gale aux loups-garous qui se la jouent. Surtout à ceux qui empestent encore les poubelles.

Les élèves assis à proximité gloussèrent. Fredericka se leva, sur la défensive, les yeux étincelant d'une nuance orange énervée.

Décelant la fureur dans le regard du lycanthrope fou, Kylie se demanda s'il avait été bien judicieux de la provoquer. Pas de doute, un loup-garou allait lui casser la figure – et le jour de la rentrée. Génial, non ?

Chapitre 33

– Asseyez-vous ! (L'ordre de M. Yates résonna dans toute la salle.) Tuez-vous pendant votre temps libre, pas pendant mon cours.

Kylie se retourna, étonnée que le professeur suspect n'ait pas laissé le loup-garou la mettre en pièces.

La tension était toujours à son comble quand il commença son cours. Kylie se demanda si Fredericka, assise derrière elle, n'allait pas lui planter un stylo dans le dos.

Mais rien ne se produisit. M. Yates se mit à raconter que l'adrénaline pouvait engendrer de la force chez les humains, et qu'elle expliquait en partie comment les surnaturels recevaient leurs superpouvoirs. Ses aptitudes d'enseignement étaient bien au-dessus de la moyenne, et tous étaient suspendus à ses lèvres. Même Kylie avait du mal à ne pas être captivée. Pourtant, tout en elle lui disait qu'il n'était pas venu ici pour enseigner. Et vu la mise en garde de Hannah, qui prétendait que le tueur se trouvait ici, Kylie ne risquait pas de baisser la garde.

Son besoin de vigilance s'intensifia lorsque le cours se termina, et alors qu'elle avait passé la porte, elle l'entendit s'éclaircir la gorge.

– Kylie, reste un peu.

Elle resta pétrifiée, et ne se retourna pas. Della, qui se méfiait tout autant, se pencha en murmurant : « Je t'attends juste derrière la porte. »

Serrant ses livres contre elle, se souvenant qu'elle soupçonnait le trentenaire d'être un tueur en série, elle revint avec prudence.

– Ai-je fait quelque chose de mal ?

Une image des trois filles, de leurs corps décomposés dans cette tombe envahit son esprit. Quel genre de personne malveillante faisait cela ?

– Non, enfin, oui. En tant que protectrice, tu ne devrais pas chercher la bagarre avec un loup-garou.

– C'est elle qui a commencé, se défendit Kylie.

Elle fronça les sourcils quand elle se rendit compte combien elle était puérile.

Mais cet homme lui fichait la trouille et faisait ressortir le pire en elle.

Son inquiétude était touchante peut-être, mais elle se dit que cette petite conversation n'était pas innocente.

– Est-ce tout ?

– J'ai l'impression que nous avons démarré sur de mauvaises bases.

La sincérité, une forte dose de sincérité, semblait se dégager de lui. Mais Kylie n'y crut pas une seconde. Si une personne malfaisante sans scrupules pouvait mentir à un vampire, alors il pouvait aussi falsifier ses émotions.

Il poursuivit :

– J'aimerais croire que tu pourrais me faire confiance.

Avait-il dit la même chose à Hannah et aux deux autres filles ? Les avait-il poussées à lui faire confiance avant d'entourer leur cou de ses mains, avant de les étrangler ? Elle pouvait jurer qu'il regardait sa gorge.

Des frissons se répandirent le long de sa colonne vertébrale. Elle entendit les autres élèves quitter le bungalow. Della se tenait-elle toujours derrière la porte ? Si elle hurlait, celle-ci pourrait-elle arriver à temps pour la sauver ?

– Je n'accorde pas ma confiance très facilement, déclara Kylie.

– C'est bien ce que je pensais.

Il avança d'un pas vers elle.

Elle recula d'un autre, sa présence l'empêchait de respirer correctement.

– Savez-vous l'autre chose que je ne fais pas ?

Son cœur battait au rythme de la peur, mais elle se démena pour ne pas le montrer.

Il croisa les doigts. Elle ne put s'empêcher de se demander s'il se rappelait ce que cela faisait de se servir de ses mains comme des armes.

– Quoi ? demanda-t-il.

– Laisser quelqu'un faire du mal à ceux que j'aime.

Kylie écouta de nouveau, et il n'y avait pas un seul bruit provenant de l'extérieur.

Le seul qui se répercutait sur les murs fraîchement repeints était le froufroutement du ventilateur au plafond.

Della était-elle partie ?

Il inclina la tête de côté.

– De quoi m'accuses-tu ?

– Qu'avez-vous fait ? demanda Kylie.

Elle aspira une bouffée d'air et la garda dans ses poumons.

– Rien, répondit-il.

Menteur ! Elle sentait qu'il cachait la vérité.

– Comme je vous l'ai dit, je n'accorde pas ma confiance très facilement.

Elle lui tourna le dos et, à chacun de ses pas, s'attendait qu'il essaie de la rattraper, de serrer ses mains sur sa gorge, et qu'il l'étrangle comme les autres.

Trois jours plus tard, après avoir supporté un autre cours de Hayden Yates, incapable de songer à autre chose que la menace que cet homme représentait pour Holiday, Kylie débarqua comme un ouragan dans le bureau. Burnett et Holiday se disputaient de nouveau ; elle les entendit avant d'être parvenue sur la terrasse, mais elle s'en moquait.

Enfin, non, mais pas suffisamment pour faire taire l'alarme qui braillait en elle. Hayden Yates cachait quelque chose. Ce quelque chose était sûrement un meurtre. Et tant que Kylie ne parviendrait pas à faire valoir cela à Burnett et Holiday, la vie de celle-ci serait en danger.

Entrant directement dans le bureau de la directrice, elle claqua la porte derrière elle.

– Je ne l'aime pas.

– Moi non plus, gronda Burnett.

Holiday posa les yeux sur Burnett.

– Vous ne parlez même pas de la même personne, tous les deux.

Kylie la regarda pour qu'elle lui explique. Elle s'exécuta.

– Blake a proposé de nous aider à élucider la disparition de Hannah. Il a été la dernière personne à l'avoir vue vivante, donc je pense que nous devrions accepter son aide.

– Un suspect qui participe à l'enquête, voilà qui est aussi logique qu'une crème glacée goût frite.

Holiday mit ses coudes sur son bureau.

– Tu n'arrives pas à trouver une seule chose qui fasse de lui un coupable.

– Il a couché avec ta sœur ! lança Burnett d'une voix tonitruante.

– Coupable de meurtre, pas d'être un gros salaud.

– Et moi, je vous l'affirme, dit Kylie, Hayden est coupable.

– Il n'y a aucune preuve de cela, rétorquèrent-ils en même temps.

– Il met un gant sur ses émotions. Chaque fois qu'il ouvre la bouche, une demi-vérité en sort. Je le sens.

Burnett secoua la tête.

– J'ai fouillé si loin dans son passé que je peux pratiquement te dire quand il a arrêté les couches.

La chaise de Holiday grinça.

– Kylie, si Hayden était là pour me faire du mal, il aurait eu des tas d'occasions. Je lui ai fait passer un entretien la première fois quand j'étais partie assister aux funérailles de ma tante. Nous étions seuls.

Kylie fronça les sourcils.

– Je m'en fiche. Je continue à croire que…

– Vous vous trompez tous les deux, insista Holiday. Blake n'a pas fait cela, Hayden non plus. Et si nous continuons à nous focaliser sur eux, nous ne trouverons jamais l'assassin. Ni le corps de Hannah ni celui des deux autres filles.

Les yeux de Burnett s'éclairèrent, et Kylie put lire ses pensées. Ce n'était pas le fait de retrouver les cadavres qui l'inquiétait tant que cela, c'était de protéger Holiday. La mise en garde de Hannah semblait imminente, et Burnett le ressentait lui aussi.

– Où donc est Hannah quand nous avons besoin d'elle ? lança Burnett d'un ton cinglant. (Il regarda Kylie.) Tu ne l'as pas vue ni sentie ? Rien ?

Kylie se laissa tomber dans le canapé.

– La dernière fois, c'était quand elle a vu Blake ici, au bureau.

– Vous voyez, tonna Burnett, elle s'imagine sûrement que nous avons attrapé ce salaud.

– Je ne crois pas. (Kylie redoutait presque d'être en

désaccord avec lui quand il était de ce genre d'humeur, mais leur montrer qu'elle avait raison était crucial.) Elle n'avait pas l'air de croire que c'était terminé quand elle est partie.

Il croisa les bras sur son torse musclé.

– Pouvons-nous organiser une séance ? Nous tenir la main et l'appeler ?

– Une séance ? (Holiday leva les yeux au ciel.) Tu as encore pas mal à apprendre sur les esprits !

– Je me moque bien d'apprendre quoi que ce soit sur eux. J'aimerais juste que Hannah vienne me dire une bonne fois pour toutes qui, selon elle, essaie de te faire du mal.

Vendredi matin, Kylie avait séché le petit déjeuner et « Une heure pour faire connaissance ». Elle arriva juste à l'heure pour le cours d'anglais.

À l'évidence, Burnett n'était pas le seul qui avait besoin d'apprendre des choses sur les esprits. Kylie aussi, parce que si elle avait senti la présence de Hannah ces derniers jours et encore ce matin, l'esprit refusait de se manifester de nouveau. Kylie avait tâché de faire appel à elle comme Holiday le lui suggérait. Pas de chance. Elle avait même eu recours aux supplications. Rien.

Assise à son bureau, elle s'assura qu'elle avait bien pris son téléphone. La légère protubérance dans sa poche la rassura. Peut-être rêvait-elle, mais elle espérait que Lucas l'appellerait ou, au moins, lui enverrait des textos. Mais jusque-là, rien. Cela faisait mal.

Levant les yeux sur les premiers rangs, Mlle Kane se mit à parler des auteurs célèbres et des livres qu'ils devraient lire les six premières semaines. Qui eût cru que Jane Austen et tant d'autres étaient des surnaturels ? Pas Kylie, en tout cas.

Intriguée par la conversation, elle remarqua à peine le bruit quand il commença. Juste un léger coup, comme si quelqu'un frappait à la porte. Le petit coup devint un grand coup. Confuse, elle regarda autour d'elle, et étrangement, personne ne réagit à part elle.

Devinant une ambiance étrange, elle regarda droit devant elle. Alors que le bruit s'amplifiait, un léger mouvement sur la droite du professeur attira l'attention de Kylie. La porte du placard derrière Mlle Kane produisit un bruit de ferraille sur ses charnières, lui indiquant d'où les coups provenaient.

Posant les yeux à droite et à gauche, elle pria pour voir quelqu'un, n'importe qui, réagir à cette perturbation incontournable.

Rien.

Puis le froid d'un esprit fit monter la chair de poule à toute allure le long de ses bras. Une traînée de buée flottante jaillit de ses lèvres, diminuant sa visibilité. Mlle Kane dit quelque chose, mais Kylie n'arriva pas à l'entendre par-dessus ces tambourinements à vous percer les tympans.

– Kylie ? Kylie ?

Quelqu'un criait son nom.

Qui ? Elle ne parvenait pas à réfléchir.

Se forçant à lever les yeux, elle vit l'enseignante qui la dévisageait comme si elle attendait une réponse. Elle essaya de parler, juste un « hein ? » marmonné, mais pas un seul mot ne voulait sortir de ses lèvres tremblantes. Puis elle la vit. De la buée, beaucoup de buée, qui sortait en volutes de sous la porte du placard.

Zut ! Zut ! Ce n'était pas une visite d'esprit normale. Cela ressemblait plus au début d'une vision. Cette pensée avait fait naître de l'urticaire partout sur sa peau glacée.

Pas parce que les visions étaient plus effrayantes que tout, mais parce qu'en général, elles finissaient par faire perdre connaissance à Kylie, ou pire encore, par lui faire bredouiller des incohérences.

Pas ici, implora l'adolescente. Pas devant vingt-cinq autres élèves.

Un toucher glacial frôla l'arrière de son épaule. Elle regarda derrière elle. Une femme livide, aux cernes pourpres foncés sous ses yeux gris, la regardait fixement.

– *Elle a besoin de te voir.*

L'esprit portait une chemise de nuit blanche, et ses longs cheveux bruns pendillaient sur ses épaules. Elle leva la main et désigna le placard à l'avant de la salle de classe.

– Qui êtes-vous ? demanda Kylie.

Et elle s'aperçut qu'elle avait oublié de parler dans sa tête.

À présent, tous les élèves la dévisageaient. Kylie avait du mal à réfléchir. Si froid. Elle ne pouvait presque plus sentir sa peau.

– Qui est là ? demanda-t-elle.

Au loin, comme des parasites, Kylie entendait les autres parler. Quelqu'un criait son nom, peut-être Della, et elle crut ensuite entendre Derek, mais rien ne sonnait juste.

– *Elle a besoin de te parler.*

D'un seul coup, quand elle comprit que c'était peut-être Hannah derrière cette porte, Kylie se força à se lever, et se dirigea vers le placard. Bien que déterminée, elle détestait le faire en public. Mais quel autre choix avait-elle ? Ses genoux tremblotaient quand elle s'approcha de la porte de l'armoire.

Elle vit Mlle Kane, livide de peur, reculer au fond de la pièce.

Kylie comprenait parfaitement. Elle-même était morte de trouille.

Elle tendit la main vers le bouton de porte. Avant qu'elle ne le touche, une main éventra le bois. Des doigts osseux s'accrochèrent à sa chemise et la tirèrent d'un coup sec à travers la porte fendue en éclats. Et pourtant, ce n'était pas le placard.

L'endroit sombre et humide sentait la terre, les herbes aromatiques et la mort.

Elle hurla. Fort. Très fort.

– Kylie ? Kylie ?

Les voix résonnèrent au loin, puis s'évanouirent. À présent, le seul bruit qu'elle entendait par-dessus ses propres hurlements était le cliquetis du métal heurtant le métal.

Elle s'allongea sur le dos. De la terre sableuse plut sur ses joues. Le désir de l'enlever l'envahit, mais ses bras restaient coincés sur ses côtes. Même avant d'ouvrir les yeux, elle comprit où elle était.

La tombe – elle se trouvait dans la tombe avec Hannah et les autres filles.

Et quelque chose lui dit qu'elle pourrait bien ne jamais s'en échapper.

Chapitre 34

Enterrée vivante.

La panique frôla l'esprit de Kylie et s'agrippa à sa poitrine. Ouvrant les yeux, elle ne vit que du noir, mais sentit d'autres particules de terre s'infiltrer. Elle entreprit de ciller, et chaque gravillon lui gratta les paupières.

Je vous en prie, je ne veux pas être là ! hurla-t-elle dans sa tête. Ses yeux s'habituèrent à l'obscurité, et des larmes lui piquèrent les sinus, l'aidant à faire partir un peu de gravillons malgré sa faiblesse.

Elle entreprit de respirer, mais sa bouche refusait de s'ouvrir. Quelque chose la gardait bien fermée. Ses poumons exigèrent de l'oxygène ; elle aspira donc de l'air par le nez. L'odeur lui noua la gorge, l'odeur de mort, puis une lourde odeur d'herbe. Elle se força à tourner la tête pour confirmer ses soupçons : cette vision l'avait fait atterrir dans la tombe.

Une longue mèche rousse bordait son visage. Comme cela s'était produit dans l'autre vision, elle était l'esprit. Elle était Hannah – sauf que, contrairement à la femme dont elle habitait le corps, elle respirait. L'idée de se trouver dans ce cadavre fit surgir une autre vague de nausée. Puis une suivante, quand elle sentit un gros scarabée noir avancer sur ses cils. Ses pattes piquantes se déplaçaient tout doucement sur sa joue, et il passa la tête dans sa narine gauche.

Elle se mit à renifler et se débattit pour se libérer, mais rien ne marchait.

Tournant la tête un peu plus sur la droite, son regard se posa sur le visage de Cindy Shaffer. Un hurlement se forma dans la gorge de Kylie, mais continua à bouillonner dans sa bouche, toujours fermée de force. Son cœur s'écrasa contre son sternum. La peau du visage de la fille pendillait, exposant ses pommettes. Mais sa bouche était recouverte de ruban adhésif. Regardant sous son propre nez, Kylie constata qu'elle portait aussi du Scotch. Et le corps en décomposition dans lequel elle se trouvait était enchaîné. Cela avait-il une signification particulière ? Ou l'assassin l'avait-il réellement fait ?

Un autre cliquetis bruyant provint du dessus. Le regard de Kylie se posa dans sa direction. Elle vit une longue pointe en fer que l'on poussait à travers un trou dans les lattes de ce qui avait tout l'air d'un parquet qui pourrissait. Le morceau de fer tomba sur elle, et le froid de l'objet se colla à son avant-bras, qui était immobilisé tout contre elle. Une extrémité de la barre de métal était une sorte d'ornement, une croix. Kylie reconnut l'emblème : c'était la clôture toute rouillée du cimetière.

Des pas résonnèrent sur le sol, au-dessus d'elle, comme si quelqu'un s'en allait, mais il revint ensuite, et un autre morceau de barrière rouillée fut poussé à travers le trou. Cette fois, Kylie vit la main de la personne qui faisait entrer le fer à l'intérieur. Quand le bras bougea, presque devant son visage, le poignet de sa chemise se releva légèrement, exposant le bord d'un bracelet-montre en argent.

Que suis-je censée apprendre de cela ? se demanda Kylie, et elle regarda la morte à son côté. Une autre vague de panique envahit ses poumons, quand un gros serpent de soixante centimètres de longueur rampa sur sa poitrine, et plus haut. La sensation froide et humide des muscles du ventre du reptile sur sa joue fit monter un hurlement dans sa gorge.

Elle devait sortir d'ici.

*
* *

– Tout va bien.

Le calme de la voix de Holiday avait fait ouvrir les yeux de Kylie quelques secondes plus tard. Elle regarda rapidement autour d'elle. Elle se trouvait dans le bureau de son amie. Mais pourquoi était-elle…

La vision passait dans sa tête comme un film d'horreur en avance rapide. La panique envahit sa poitrine. Elle se redressa brusquement, se leva du canapé d'un bond et se frappa les bras, les jambes et le visage, dans l'espoir de faire disparaître cette sensation de mort et de créatures souterraines qui avançaient sur sa peau.

– Tout va bien, répéta Holiday.

Non, tout n'allait pas bien. Elle avait été morte et un serpent avait rampé sur son visage, et un scarabée jouait à cache-cache dans son nez. Ça n'allait pas bien du tout.

Kylie respira profondément, puis se pencha et vomit – une fois, puis deux. Partout sur des chaussures noires.

– Oh mince ! fit une voix grave.

Elle reconnut la voix et les chaussures.

Elle leva les yeux sur l'expression dégoûtée du vampire dur à cuire et commença à s'excuser, mais se remit à vomir. Cette fois, elle loupa les chaussures de Burnett, mais toucha en plein dans le mille le devant de sa chemise.

– Oh, mer… marmonna Burnett, sans jamais finir sa phrase.

Holiday passa son bras autour de Kylie.

– Respire. Respire, ça va aller.

Elle la reconduisit vers le canapé. Burnett, qui éloignait ses bras du devant de sa chemise, tendit un linge mouillé à Holiday, qu'elle s'empressa de poser sur le front de Kylie.

Kylie s'en empara et s'essuya la bouche, puis regarda Burnett.

– Je crois que tu en as plus besoin que moi. (Des larmes emplirent ses yeux, et tout son corps trembla.) Désolée.

Il baissa les yeux sur sa chemise, puis la regarda.

– Je ne t'en veux pas.

Elle se concentra sur le visage de Holiday, sentit le calme affluer à son contact, et tâcha de se souvenir au juste de ce qui était arrivé. Comment s'était-elle retrouvée… Ses souvenirs se remirent peu à peu en place, un par un.

Mais il ne suffit que de quelques bribes pour qu'elle se remette à paniquer.

– Je vous en prie, ne me dites pas que j'ai pété un câble en cours d'anglais !

Le regard de Holiday s'emplit de compassion.

– Ce n'est pas ta faute. Et Della t'a amenée ici dès qu'elle t'a fait sortir du placard.

Kylie se laissa retomber sur le canapé, et souhaita disparaître, mais s'arrêta avant que cela ne se réalise.

– Je déteste ça. Vraiment, je déteste ça.

Kylie fixa le plafond. Burnett sortit de la pièce, mais revint en un temps record, vêtu d'une nouvelle chemise. À l'évidence, il ne gardait pas de nouvelles paires de chaussures sous la main dans son bureau, car il était en chaussettes.

Au bout de quelques minutes, Holiday demanda à Kylie.

– Peux-tu en parler ?

– J'étais Hannah. Mais surtout… la plupart du temps,

quand j'ai ce genre de visions et que je suis l'esprit, celui-ci n'est pas mort et… dans une tombe avec des scarabées et des serpents.

Kylie poussa un soupir tremblant.

– Hannah essaie de te montrer quelque chose. C'est à cela que servent les visions, expliqua Holiday. Dis-moi ce qui s'est passé.

Kylie déglutit ; elle avait une grosse boule dans la gorge.

– Je ne sais pas ce qu'elle veut que je voie. Nous étions dans la tombe. Il y avait des serpents et des scarabées. J'en ai vu plein.

Elle s'essuya le visage, se souvenant du serpent qui rampait sur sa joue.

– Dis-moi tout, lui intima Holiday. Tout.

Kylie entreprit de lui raconter, depuis les pas qui résonnaient au-dessus de sa tête jusqu'aux planches de bois pourries au-dessus d'elle, à l'odeur de fines herbes et aux morceaux de ferraille qui semblaient tout droit sortis du cimetière. Lorsqu'elle eut terminé, Holiday était toute blanche.

– Qu'y a-t-il ? demanda Burnett, à qui son expression n'échappa pas.

– Quelqu'un sait que Hannah sort de la tombe.

– Comment peux-tu en être sûre ? s'enquit Kylie.

– Le ruban adhésif sur leurs bouches et les chaînes. Tu as dit que tu avais senti des herbes aromatiques et que tu avais vu quelqu'un ajouter des tiges de fer du cimetière. Dans le passé, cela s'appelait du fer froid. En gros, c'est du fer, mais qui a été béni en partie par des Wiccans pratiquantes. Il servait à empêcher les esprits de s'échapper, et… les herbes… il y en a plusieurs qui sont utilisées pour faire taire les esprits. C'est ce qu'elle essayait de te dire. Que quelqu'un essaie de l'empêcher de communiquer avec nous.

– Et Blake sait que tu communiques avec les fantômes, ajouta Burnett. Il est logique que Hannah vienne te voir.

– Mais si c'était le cas, pourquoi n'essaierait-il pas tout simplement de les faire taire ? Il aurait fait cela dès le début.

– Elle a raison, dit Kylie. C'est quelqu'un d'ici. Hannah nous l'a affirmé. Et désolée de me répéter comme un disque rayé, mais Hayden Yates a forcément entendu que je savais communiquer avec les fantômes. Tout le monde ici est au courant.

Et si ce n'était pas le cas avant, aujourd'hui, plus personne n'en doutait.

Holiday tressa ses cheveux en natte bien serrée, puis croisa le regard de Kylie.

– Je ne veux soupçonner personne ici, dit-elle avant de croiser le regard de Burnett, mais Kylie a raison. Il pourrait s'agir de quelqu'un de Shadow Falls. Et si c'était de la ferraille du cimetière de Fallen, alors le corps de Hannah et des autres sont tout près.

– Bien, grommela Burnett. Je vais recommencer et entrer Hayden Yates dans chaque base de données que je pourrai trouver. En attendant, ne laissez pas cet homme s'approcher de vous à moins de soixante centimètres.

– Je ne pense toujours pas que ce soit Hayden, déclara Holiday.

– Et moi si, insista Kylie.

– Sinon, qui cela pourrait-il être ? demanda Burnett.

– L'un des nouveaux élèves ou enseignants, répondit Holiday. Mais…

– La plupart des tueurs en série sont des hommes, et je ne vois pas un ado arriver à faire tout cela.

– Et Hannah continue à dire « il » en parlant du tueur, précisa Kylie.

Burnett soupira.

– Je ne suis pas sûr que Collin Warren soit capable de regarder quelqu'un en face suffisamment longtemps pour le tuer.

– Mais il est bizarre, observa Kylie.

Toutefois, son instinct lui disait que Hayden Yates préparait un mauvais coup.

– Être extrêmement timide ne fait pas de lui un assassin, observa Holiday. Cela le rend juste inadapté socialement.

Burnett secoua la tête.

– Mais par acquit de conscience, je vais faire une nouvelle enquête sur lui. Ne t'approche d'aucun des deux.

Holiday leva les yeux au ciel.

– Comment suis-je censée diriger un établissement sans parler à aucun de mes professeurs ?

– Je pourrais toujours t'enfermer dans ton bungalow, lança Burnett.

– Rêve ! rétorqua Holiday.

Les yeux de Burnett s'illuminèrent, et un sourire faillit faire se relever légèrement ses lèvres.

– Oh, que oui.

Kylie sourit une seconde, elle aussi, comprenant complètement le message sous-jacent de Burnett. Puis, pour une raison quelconque, elle songea à Lucas. Et il se mit à lui manquer ; elle aurait tellement voulu qu'il soit là pour l'aider à affronter tout cela. *Ne tombe jamais amoureuse, princesse, cela fait tellement mal…*

Les paroles de son beau-père résonnèrent dans sa tête, et elle comprit qu'elle aimait Lucas.

Comme si cette révélation faisait se réamorcer son cœur et sa tête, elle se revit brusquement dans le placard de Mlle Kane, hurlant à pleins poumons. Elle ferma les yeux alors que la gêne affluait en elle. S'il restait encore des résidents qui n'avaient pas décidé si elle était ou non une anomalie, elle venait de leur mâcher le travail.

Kylie sentit Holiday glisser sa main douce sur son poignet, comme si elle lisait une partie de son angoisse. Son effleurement eut peu d'effet, cette fois. Kylie était amoureuse de Lucas, un type qui ne supportait même pas d'être vu en public avec elle, et elle s'était complètement ridiculisée avec l'une de ses visions de fantôme.

– Burnett, dit doucement Holiday, et si tu allais chercher des chaussures et nous laissais seules, Kylie et moi, quelques minutes ?

Se retrouver en tête à tête avec Holiday poussa Kylie à se laisser aller, et elle craqua. Elle s'écroula sur l'épaule de la directrice et se mit à sangloter.

Holiday la serra si fort que cela fit redoubler les larmes de Kylie. Après quelques minutes, Holiday prit la parole :

– Je suis tellement désolée. Hannah n'aurait pas dû venir te voir. Tu es trop jeune pour gérer tout cela.

Ces paroles mirent brusquement un terme à la séance d'autoapitoiement de Kylie.

Elle se détacha de son étreinte.

– Non, enfin si, c'est dur, mais je la fais. Je le ferais pour un inconnu. Et je le ferais pour ta sœur, encore et encore.

Et si cela signifiait empêcher quelqu'un de faire du mal à Holiday, elle ferait bien plus encore.

Kylie s'essuya le visage pour effacer ses larmes, et elle sut qu'elle était toute rouge et marbrée. Mais elle s'en moquait. C'était Holiday. Son mentor. Sa grande sœur. Son amie.

– De plus, ajouta Kylie, il n'y a pas que la vision. Il y a Lucas. Je crois que je l'aime. Non, je suis sûre que je l'aime. Oh ! merde, je suis amoureuse d'un garçon qui ne peut pas m'aimer en retour !

Holiday passa une main sur la joue de Kylie.

– Oh, ma belle, il n'est pas censé être amoureux de toi, mais cela ne veut pas dire qu'il ne peut pas l'être, ou que ce n'est pas le cas.

Kylie inspira profondément, tâchant de ne pas laisser libre cours à une nouvelle crise de larmes.

– Il ne m'a pas dit qu'il m'aimait. Enfin, je ne le lui ai

pas dit non plus, mais… Derek m'a avoué qu'il m'aimait, lui. Et… (Elle ferma les yeux, tâchant de trouver comment le formuler.) Et parfois, je suis perdue par rapport à ce que j'éprouve pour lui, mais là, en voyant ce qui existe entre Burnett et toi, ou ce qui pourrait exister, cela m'a fait comprendre que c'était ce que je voulais. J'en ai assez de cacher ce que je ressens et d'en avoir peur.

Les larmes que Kylie avait cessé de faire couler emplirent alors les yeux de Holiday.

– L'amour est toujours flippant.

Kylie sentit les émotions de Holiday se mélanger aux siennes.

– Ça ne devrait pas, décréta Kylie. Burnett t'aime. Même moi, je m'en rends compte. Et je sais que toi aussi tu l'aimes. Ne passe pas à côté de quelque chose de merveilleux parce que tu es morte de trouille.

– J'ai besoin de temps.

– Du temps que l'on n'aura peut-être pas. La vie est fragile. Regarde Hannah, Cindy et l'autre fille. Elles n'auront plus jamais l'occasion d'aimer. Nous en avons l'opportunité, et nous ne nous en servons même pas. J'aurais dû dire à Lucas ce que je ressentais. J'aurais dû le forcer à se montrer honnête envers moi, par rapport à ce qui lui arrive. Tu devrais dire à Burnett ce que tu ressens.

Holiday se mordit la lèvre inférieure.

– Je croyais que c'était moi qui donnais les conseils ici.

– Eh bien, les choses changent.

Les choses changent. Kylie espérait simplement qu'avec tous ces changements, la seule constante dans sa vie resterait Shadow Falls. L'idée de perdre Holiday et tout le monde ici, même ceux qui la prenaient pour une cinglée, était insupportable. Ils étaient sa famille.

Cette nuit-là, Kylie essaya de pratiquer l'effraction de rêves avec Lucas, mais cela ne fonctionna pas. Elle lui envoya un texto, l'appela, et lui envoya même un e-mail. Aucune réponse. Puis à deux heures du matin, alors qu'elle fixait le plafond, son téléphone sonna. Elle l'attrapa sans même vérifier le nom de l'appelant.

– Lucas ? dit-elle en même temps qu'elle allumait.

Le froid dans la pièce arriva plus vite que la lumière.

– Désolé, dit la voix sur la ligne. Ce n'est que moi.

Kylie frissonna, puis se renfrogna quand elle reconnut la voix :

– J'essayais juste…

– C'est bon, dit Derek mais son ton indiquait le contraire. Je me suis réveillé et j'ai senti que tu t'inquiétais. J'ai essayé de t'appeler plus tôt pour voir comment tu allais après la vision, mais tu n'as pas rappelé.

Kylie remonta la couverture autour de son cou. L'esprit qui se tenait près de son lit disparut, mais avant, elle eut le temps de le reconnaître : c'était la femme qui était passée la voir dans la journée. Se rappelant qui était en ligne, sa poitrine se gonfla d'émotion.

– Cela a été… fou.

Elle avait eu ses messages. Simplement, elle n'avait pas voulu lui parler en raison de la tempête affective qu'elle éprouvait pour Lucas à ce moment. Ce n'était pas juste envers Derek, parce que même si elle ne faisait rien de mal, elle savait que leur amitié lui donnait l'espoir qu'elle puisse changer d'avis, et elle pensait que cet espoir avait une valeur.

– Tu t'éloignes encore, observa-t-il.

– Derek, c'est…

– Kylie, tu n'es pas obligée de t'expliquer, je sais. (Il marqua une pause.) C'est bon. Et un jour, je pourrai même le dire et le penser sincèrement.

– Tu es un garçon exceptionnel, dit Kylie, qui souffrait pour lui.

– Je sais, répondit-il, et il rit. Et c'est pour cette raison que je n'abandonne pas complètement. Mais je travaille dessus. J'appelais seulement pour prendre de tes nouvelles.

– Je vais bien.

– Alors bonne nuit.

On pouvait entendre la déception dans sa voix.

– Derek, je suis vraiment…

– Dis simplement « bonne nuit », Kylie, insista-t-il.

– Bonne nuit, murmura-t-elle, et il n'y eut rien de plus triste que le bruit de la ligne coupée.

Reposant son téléphone, Kylie regarda autour d'elle. Le froid de l'esprit s'était atténué, mais elle devina qu'il traînait dans le coin.

– Qui êtes-vous ? demanda la jeune fille.

La femme ne répondit pas. Et pourquoi le ferait-elle ? Ils ne facilitaient jamais les choses.

Mais bon, les vivants non plus.

– Kylie ! Kylie !

Le lendemain matin, une voix tira l'adolescente d'un profond sommeil avant que le soleil ne se lève. Elle se leva d'un coup, des frissons grimpant et redescendant le long de sa colonne vertébrale comme des araignées. Sans qu'elle sache pourquoi, son sang pétilla du besoin de protéger. De protéger quelqu'un.

Toujours à moitié endormie, elle dégagea ses cheveux de son visage et se planta au milieu de la pièce, inspirant et expirant. Son pouls s'accéléra et la panique envahit sa poitrine, obstruant ses poumons. Il se passait quelque chose. Elle le sentait.

Quelqu'un avait besoin d'elle. Quelqu'un avait besoin de la protection de Kylie.

Qui ?

Mille questions traversèrent son esprit, quand elle essaya de comprendre ce qu'elle ressentait. Puis Kylie se rappela la voix. Elle la rejoua dans sa tête, encore et encore, jusqu'à ce qu'elle finisse par la reconnaître.

– Non !

Elle attrapa son jean et son T-shirt.

Holiday avait des problèmes.

Chapitre 35

Juste avant que Kylie ne sorte de sa chambre, elle jeta un coup d'œil au réveil sur sa table de nuit. Cinq heures du matin. Holiday était sans doute déjà arrivée au bureau.

Kylie fit irruption dans la chambre de Della, mais celle-ci n'était pas là. Sûrement à une cérémonie matinale de vampires. Kylie n'attendit pas une seconde de plus, elle sortit du bungalow comme un ouragan et fila comme l'éclair jusqu'au bureau. La seule chose qui lui semblait lourde en elle, c'était son cœur. Comme si celui-ci devinait que Holiday se trouvait en très mauvaise posture. Très, très mauvaise.

Lorsque Kylie arriva au bureau, elle trouva la porte entrouverte. Pas bon signe. Pire encore, du verre brisé jonchait le sol mouillé de l'entrée. La poignée cassée de la cafetière gisait dans le coin, autre signe qu'une bagarre avait eu lieu.

– Où es-tu, Holiday ?

La voix de Kylie tremblait. Des larmes emplirent ses yeux, et elle essaya de réfléchir.

Burnett. Il fallait qu'elle contacte Burnett.

Elle chercha son téléphone dans sa poche, mais se rendit compte qu'elle l'avait oublié. Elle fila dans le bureau de Holiday. La pièce n'avait pas l'air dérangée. Quel que soit celui qui avait enlevé Holiday, il l'avait fait dans l'entrée. Il devait sûrement l'attendre quand elle était arrivée ce matin, ou peut-être avait-il débarqué quand elle préparait le café.

Les mains tremblantes, Kylie s'empara du téléphone du bureau. Elle ne parvenait pas à se rappeler le numéro de portable de Burnett. Mais zut alors elle pourrait arriver à son bungalow plus vite que le temps de trouver son numéro.

Elle fila, ses pieds touchant à peine le sol. Elle ignorait si elle s'était transformée en vampire ou si, en mode protectrice, elle possédait simplement plus de pouvoirs. Elle s'en moquait bien. Une seule chose comptait, une seule pensée résonnait dans sa tête. Sauver Holiday. Elle devait sauver Holiday.

Elle arriva au bungalow de Burnett et ne frappa même pas. Elle hurla son nom en entrant, mais personne ne répondit. Personne.

Elle alla dans sa chambre. Le lit était vide.

Se rappelant le rituel des vampires, elle fila de nouveau. Della lui avait expliqué un jour où il avait lieu. Elle traversa le bois à toute allure, se moquant bien de sa promesse de ne pas y pénétrer. Si elle rencontrait des problèmes, comme elle était en mode protectrice, elle pourrait assurer un max et poser des questions plus tard.

Elle quitta la rangée d'arbres et déboucha dans une clairière. Le vent sifflait quand elle filait. S'immobilisant dans un sursaut, elle se retrouva encerclée d'une demi-douzaine de vampires en colère, dont les yeux brillaient à l'idée qu'une intruse vienne perturber leur cérémonie.

Heureusement pour elle, les vamps de Shadow Falls n'étaient pas près d'attaquer. Tant mieux, car en protectrice, elle ne savait pas si elle pourrait se battre contre eux six.

– Où est Burnett ? demanda-t-elle d'un ton sec.

– Que se passe-t-il ? s'enquit celui-ci en s'arrêtant près d'elle.

Kylie ne répondit pas. Elle n'eut pas à le faire. Il le vit dans ses yeux.

– Holiday ?

La tonalité de sa voix lui fit mal au cœur. Son sang s'accéléra.

Kylie reprit son souffle.

– Il l'a attrapée.

– Qui ? demanda-t-il, alors que Della s'immobilisait à son côté.

– Je ne sais toujours pas, répliqua Kylie, et ses yeux s'emplirent encore de larmes. Mais ils avaient intérêt à le découvrir, et vite, avant qu'il ne soit trop tard.

Trois minutes plus tard, une fois que Kylie eut tout expliqué, Burnett lui avait craché des ordres ainsi qu'à tous les vamps, pour passer Shadow Falls au peigne fin. Si Holiday était encore là, ils la trouveraient. Burnett retourna au bureau pour voir s'il pouvait mettre la main sur des indices et pour vérifier si l'alarme fonctionnait.

Kylie se dirigea à l'ouest de la propriété. Mais quand elle passa le chemin qui menait au bungalow où Hayden Yates vivait, elle fit un demi-tour complet.

Elle se posa brutalement sur la terrasse. L'entendit bouger à l'intérieur. L'entendit parler à quelqu'un.

Elle fit irruption sans frapper, et *oups*, oublia d'ouvrir la porte. Celle-ci atterrit par terre avec un grand bruit. Hayden se tenait près du canapé, son sweat à capuche dans une main, comme s'il venait de l'enlever, et son téléphone dans l'autre. Ses cheveux bruns mouillés de sueur avaient l'air plus foncés. Il était tout rouge, comme s'il venait de piquer un sprint. Mais d'où venait-il ?

– Où est-elle ?

Sa voix était grave, emplie de fureur et de mise en garde.

Il coupa son portable.

– Où est qui ? demanda-t-il, tout innocent.

– Ne jouez pas avec moi.

Son sang pétillait désormais dans ses veines. Sa patience, s'il lui en restait un peu, avait disparu.

Il jeta son pull et son portable sur le canapé. À côté d'eux, se trouvait une montre. Au bracelet noir.

– Tu es un vampire à présent. Essaie d'écouter mon cœur pour voir la vérité.

Kylie avait déjà écouté son cœur, mais peu importait. Peu importait qu'il ait une montre différente de celle de la vision. Il pouvait très bien en posséder deux.

– Cela ne fonctionne qu'avec les personnes qui ont une conscience.

– Et tu supposes que je n'en ai pas ?

– Vous cachez quelque chose depuis votre arrivée ici.

Elle se rapprocha d'un pas. Son intention était d'obtenir des réponses, et peu importaient les moyens.

Il lut apparemment sa disposition d'esprit, car il tendit les mains, les paumes en l'air.

– Peut-être, mais ce n'est pas ce que tu crois. Je n'ai pas fait de mal à ta chère directrice.

– Je ne vous ai pas précisé de qui il s'agissait ! Alors, comment…

– Je ne suis pas idiot. Burnett surveille son bungalow presque toutes les nuits.

– Si vous lui avez fait du mal, je vous tuerai.

Elle ne tressaillit pas en entendant ces mots. Ils étaient sincères. Pour Holiday, Kylie tuerait.

Mais si elle avait trahi Holiday et qu'il était trop tard ?

De la colère, de la peur et de l'amour brûlèrent dans la poitrine de Kylie. Ses mains tremblaient.

– Je ne doute pas que tu me tuerais, dit Hayden, soumis. Ta force a l'air à présent… palpable. (Il inspira, et elle put jurer qu'il était sincère, voire respectueux.) Ce n'est pas à moi de… (il hésita de nouveau) de prendre la parole. (Il passa une main dans ses cheveux.) Il vaudrait peut-être mieux pour moi que je ferme ma bouche. Mais malheureusement, contrairement à ce que tu crois, j'ai bel et bien une conscience.

Il referma les yeux et quand il les ouvrit, elle y décela une foncière honnêteté. Et autre chose, mais elle ne savait pas trop quoi. Quelque chose chez lui, qui lui était… familier… étrangement.

– J'ai vu Collin Warren faire un tour dans le coin ce matin. Quelque chose m'a dit qu'il préparait un mauvais coup.

Kylie écouta le cœur de Hayden dire la vérité. Elle continua à examiner son regard dépourvu de toute duplicité.

– Qui êtes-vous ? demanda-t-elle.

Il leva les deux mains et dégagea ses cheveux de son visage.

– Regarde par toi-même.

Kylie s'exécuta. Sa configuration était la même que celle de son père. Hayden était un… caméléon.

Elle en eut le souffle coupé. Il avait toutes les informations qu'il lui fallait, mais pas maintenant. Parce que la vie de Holiday était plus importante que toutes les réponses qu'il détenait. Puis son regard se posa sur le canapé, et elle s'aperçut qu'il possédait la seule chose dont elle avait besoin.

Elle lui piqua son portable et fila malgré ses protestations.

Kylie décolla de sa terrasse. Le lever de soleil avait peint l'horizon d'une couleur vive, mais elle ne prit pas le temps de savourer le spectacle. Elle brandit le téléphone et comprit le problème. Elle ne parvenait toujours pas à se souvenir du numéro de Burnett. Alors elle composa celui de Della.

Elle ne répondit pas ; et merde !

Kylie laissa un message. Elle lui fit part de ses doutes – que Collin Warren avait enlevé Holiday et qu'elle le cherchait. Elle ne ralentit pas, ne s'arrêta pas tant qu'elle n'était pas arrivée devant le bungalow de Collin. Elle écouta. Pas un seul bruit ne provenait de l'intérieur. Elle devait s'en assurer par elle-même. Elle gravissait les marches de la terrasse, quand elle entendit des pas discrets dans son dos.

Le cœur s'arrêtant, Kylie se retourna d'un coup, s'attendant à voir Collin, mais trouva Fredericka à la place.

– Que fais-tu ici en train de fureter ? demanda le loup-garou.

Kylie n'avait pas le temps de discuter, elle tourna les talons et alla jeter un œil au bungalow de Collin. La porte était verrouillée ; elle entra simplement par effraction. Elle l'avait fait chez Hayden, alors une de plus, qu'est-ce que cela pouvait faire ?

Le hoquet de Fredericka résonna derrière elle. Kylie l'ignora.

Elle se rendit dans la chambre de Collin, cherchant quelque chose qui puisse l'aider à retrouver Holiday.

– Que se passe-t-il ? demanda Fredericka, qui la suivit dans la pièce.

– Va-t'en, je n'ai pas de temps pour la mesquinerie.

Elle ouvrit le tiroir, et le vida entièrement.

– Que se passe-t-il ? répéta Fredericka.

Kylie soupira.

– Holiday a disparu et je crois que cet enfoiré l'a enlevée.

– Merde ! Je savais qu'il était bizarre, moi aussi.

Kylie allait tourner les talons.

– Attends, dit Fredericka. Je l'ai suivi, il y a deux jours. Il se rendait dans une espèce de vieux bungalow dans le parc d'à côté.

– Où ? gronda Kylie.

Chacun de ses instincts était en marche.

– Je… vais te montrer.

Elle leva les mains, comme si elle était à moitié effrayée.

Elles coururent dans le bois. La patience de Kylie fut mise à rude épreuve, quand elle dut ralentir pour Fredericka, mais elle se tut. En temps normal, elle n'aurait pas fait confiance au lycanthrope pour l'arroser si elle était en flammes, mais son instinct lui disait que la fille ne lui jouait pas de mauvais tour pour l'instant. Fredericka était sûrement au courant que Holiday avait fait des pieds et des mains pour la faire entrer à Shadow Falls, et pour qu'elle y reste.

Elles arrivèrent devant la porte de la propriété. Kylie la franchit sans le moindre effort. Fredericka y arriva tout juste et atterrit lourdement de l'autre côté.

Kylie hésita, puis regarda derrière elle.

– Je vais bien, grommela le loup, qui se leva d'un bond.

Je ne t'ai rien demandé.

Kylie se mordit la langue. Elles couraient de nouveau quand le téléphone de Hayden sonna. Kylie le sortit de sa poche, c'était Burnett. Manifestement, Della lui avait donné ce numéro.

– Où es-tu donc ? aboya-t-il. Et que fais-tu avec le portable de Hayden Yates ?

Kylie et Fredericka parvinrent au bungalow avant Burnett. Mais il avait dit qu'il était en route, il n'allait donc pas tarder. Des mauvaises herbes et des jeunes arbres poussaient ici et là autour du bâtiment, comme si l'on avait oublié son existence. La nuit devint brusquement silencieuse. Burnett devait être tout près.

Il leur avait ordonné de l'attendre avant d'entrer dans la cabane. Mais Kylie entendit quelqu'un à l'intérieur. Elle écouta, et elle n'entendit qu'une seule personne respirer. La peur lui vola son souffle ; son sang crépita si fort qu'il faillit brûler.

Protège Holiday. Protège Holiday. Les paroles se répétaient dans sa tête comme une litanie.

Elle fit signe à Fredericka de reculer. Les yeux de la fille s'emplirent de désapprobation. Kylie n'avait pas le temps de discuter. Elle fit irruption dans le bâtiment, la porte se fendit en éclats, les murs tremblèrent.

Collin Warren se releva d'un bond. À ses pieds gisait Holiday.

Une Holiday très immobile. Une Holiday très morte.

Chapitre 36

La peur envahit les yeux de Collin quand il vit Kylie, tandis que le mal absolu semblait l'entourer.

Kylie le souleva et le balança à l'autre bout du bungalow. Elle entendit son corps heurter les murs en rondins dans un craquement bruyant. Le cri qui jaillit de ses poumons retentit dans la salle, mais elle ne le vit pas atterrir.

Elle perçut des bruits de bagarre derrière elle. Fredericka hurla. Kylie l'ignora.

À genoux à côté de Holiday, elle ôta la corde autour de sa gorge.

– Est-elle morte ? lui demanda Fredericka.

La question flotta dans la pièce, sans réponse.

Le regard de Kylie restait rivé sur Holiday – son cœur restait bloqué sur le jour où elle avait essayé de sauver Ellie sans succès. Puis Roberto, sans plus de succès.

Les pas de Burnett résonnèrent dans le bungalow, elle l'entendit laisser échapper un cri de supplice absolu. Il savait. Il savait que Holiday était morte.

Kylie ne leva toujours pas les yeux. Tout ce qu'elle possédait – tout ce en quoi elle voulait croire – restait concentré sur son amie. Cela ne pouvait pas se produire. Pas Holiday.

– Non ! hurla Kylie.

Pas Holiday, qui avait toujours été là pour elle, qui l'avait toujours écoutée, s'était toujours souciée d'elle. Des souvenirs d'elles deux envahirent son esprit. Des souvenirs d'elles qui riaient, assises côte à côte près des cascades, qui mangeaient des glaces en parlant de chagrins d'amour et de garçons. Combien de fois l'avait-elle réconfortée d'un simple effleurement ?

– Tu ne peux pas partir, lança Kylie dans un demi-sanglot. Des larmes dégoulinèrent sur ses joues et atterrirent sur le visage pâle de son amie. Kylie passa les mains sur sa gorge gonflée et contusionnée.

Comme Kylie ne sentait pas ses paumes se réchauffer, elle ferma les yeux et pria. *Laissez-moi la sauver. Vous m'avez donné ce pouvoir, alors laissez-moi m'en servir. Je paierai le prix qu'il faut, même si je dois le payer de ma vie. M'entendez-vous ? Ma vie pour la sienne !*

Une boule de chaleur se forma dans sa poitrine avant de se propager lentement jusqu'à ses mains. Elles picotèrent puis se réchauffèrent encore plus. Le corps de Holiday était encore si froid, sans vie, sous les paumes de Kylie, mais elle n'arrêta pas. Elle ne pouvait pas.

– Elle luit de nouveau, fit la voix de Fredericka au loin.

Mais alors que la lumière de Kylie emplissait la petite pièce, Holiday ne réagit pas. Une morne plainte de deuil émana de Burnett. Ce fut le dernier son que Kylie entendit avant de ne plus rien voir.

L'obscurité enveloppait Kylie. L'épuisement la tenaillait. Où se trouvait-elle ? Pourquoi se sentait-elle si épuisée ? Si morte ?

Elle essaya d'ouvrir les yeux, mais l'effort était insurmontable. *Réveille-toi ! Réveille-toi !* exigea une partie de son cerveau. Un sentiment d'urgence emplit sa poitrine, et elle fit tout ce qu'elle put pour se rafraîchir les idées.

Alors que les derniers nuages de confusion et de fatigue extrêmes disparaissaient, elle revint à elle. Elle se trouvait dans les bras de quelqu'un qui courait. Le corps de Kylie faisait des soubresauts. Elle se força à ouvrir les yeux et regarda… Fredericka.

Que faisait-elle ?

– Repose-moi, exigea-t-elle.

– Burnett m'a dit de te porter, répliqua Fredericka. Crois-moi, je n'aime pas cela non plus.

– Repose-moi ! répéta Kylie, et le loup-garou s'arrêta brusquement et la laissa tomber pas trop délicatement par terre.

La sensation de ses fesses heurtant le sol dur réveilla tous ses souvenirs.

Collin Warren avait capturé Holiday.

Holiday… morte.

La douleur emplit la poitrine de l'adolescente.

Se relevant d'un coup, elle vit Burnett qui portait une Holiday sans vie dans ses bras.

Kylie se rua vers lui.

– Laisse-moi réessayer, l'implora-t-elle.

– Tu l'as déjà fait, répliqua-t-il.

– Mais peut-être que cette fois…

– Kylie ! Tu l'as sauvée ! répondit Burnett. Elle est faible, mais elle respire. Maintenant, laisse Fredericka te porter jusqu'au camp, comme ça nous pourrons t'aider tous les deux.

– Je vais bien, insista Kylie.

– Tu continues à luire, rétorqua Burnett d'un ton sec. Et je ne sais pas ce que cela signifie.

Kylie non plus. Mais elle s'en moquait. Elle fixa la

poitrine de Holiday, attendit de la voir se soulever, aspirer de l'oxygène. Elle retint son souffle.

Ce ne fut que lorsque Holiday respira que Kylie reprit de l'air dans ses poumons affamés.

– Allons-y, marmonna Burnett. J'ai demandé à consulter un médecin quand nous arriverons au camp.

Kylie se força à courir, mais elle n'avançait pas aussi vite qu'avant. Et elle sentait tous ses muscles la brûler. Mais elle ne se plaignait pas. Holiday était vivante, et elle aussi. C'était tout ce qui comptait.

*

* *

Kylie s'assit dans le séjour de Holiday, silencieuse et toujours incandescente, pendant que le médecin examinait son amie dans la chambre. Burnett, debout, gardait une oreille attentive sur la porte.

Tous les autres étudiants étaient rassemblés au réfectoire. Les cours avaient été annulés, le temps d'avoir des nouvelles. Kylie se demanda si Holiday savait combien elle était aimée. Que tout le monde, même Fredericka, se souciait d'elle.

Tout le monde, excepté Collin Warren. Les questions surgirent dans son cerveau. Kylie regarda Burnett.

– Qu'est-il arrivé à Collin ?

Burnett secoua la tête.

Le ventre de Kylie se noua. Elle se revit balancer l'homme à travers la petite cabane, se rappela avoir entendu ses poumons lâcher de l'air. Son âme avait-elle abandonné elle aussi ?

Elle avait dit qu'elle tuerait pour Holiday, et elle le ferait, mais à présent, l'idée qu'elle ait peut-être ôté une vie lui donnait envie de vomir.

– Ai-je... ?

Burnett secoua la tête.

– Fredericka. Elle a dit qu'il t'avait menacée avec un couteau. Elle a attaqué. Ils se sont battus. Il a perdu.

Kylie se souvint alors d'avoir entendu la bagarre, mais cette nouvelle l'abasourdit.

– Fredericka m'a sauvé la vie ?

Oh non ! Elle ne voulait pas être redevable à quelqu'un qui la détestait. Puis elle ne put s'empêcher de se demander pourquoi elle avait fait cela. Elle aurait pu laisser Collin la tuer.

Burnett la regarda fixement, comme s'il lisait dans ses pensées

– Elle se fait passer pour une vraie garce, mais je ne crois pas qu'elle soit aussi mauvaise qu'elle veuille bien le faire croire. (Il hésita.) Voilà ce qui arrive quand on a été élevé à la dure. Les gens pensent beaucoup de mal de toi, et il devient plus facile de les laisser le croire plutôt que de prouver le contraire. (Il reposa les yeux sur la porte de la chambre.) Holiday croyait qu'elle était récupérable.

Et Lucas aussi. Kylie resta assise et rumina ces pensées dans sa tête. Sur Fredericka, puis sur Lucas. Il lui manquait. Elle aurait voulu qu'il soit là.

Puis elle réentendit les paroles de Burnett et releva l'allusion personnelle dans son ton. *Voilà ce qui arrive quand on a été élevé à la dure.* Un morceau du puzzle Burnett se mit brusquement en place. Elle ne savait pas pourquoi cela était important, mais c'était le cas. Elle leva les yeux sur lui.

– Tu as grandi dans un foyer avec Perry, n'est-ce pas ?

Le regard de Burnett resta rivé sur la porte.

– Elle va guérir. (Un sourire illumina ses yeux.) Le médecin vient de dire qu'elle irait bien.

Il mit ses mains sur sa nuque et entrelaça ses doigts. Quand il jeta un coup d'œil sur Kylie, il souriait encore.

– Oui, j'ai été élevé en foyer. Pourquoi ? Tu penses que c'est pour cela que je suis un méchant ? Parce que j'ai été élevé à la dure ?

En entendant l'humour et le soulagement dans sa voix, elle sourit. Elle savait que s'il n'avait pas été à ce point soulagé par l'annonce du médecin, il aurait sûrement été énervé que Kylie soit au courant. Puis elle comprit :

– Non, je suis en train de penser que c'est peut-être pour ça que c'est si dur d'avouer à Holiday ce que tu ressens. De reconnaître que tu l'aimes. Et je crois qu'elle a vraiment besoin de l'entendre.

Ses sourcils s'arquèrent.

– Ce n'est pas moi, celui qui repousse l'autre.

– Mais tu ne lui as pas dit non plus ce que tu éprouvais. Et fais-moi confiance là-dessus, une femme a besoin d'entendre ça.

Quelques minutes s'écoulèrent en silence ; elle se doutait que Burnett réfléchissait à ses propos ; et c'était agréable. Mais ensuite, le vampire reposa les yeux sur elle, remplis d'interrogations.

– Comment Hayden Yates était-il au courant pour Collin Warren ?

Kylie choisit soigneusement ses mots. Elle ne lui avait pas raconté que Hayden était un caméléon, et ne savait pas si elle devait le faire.

– Quand je suis allée dans son bungalow, il était sorti courir. Je l'ai accusé d'être impliqué dans tout cela. Il l'a nié. Il m'a dit qu'il avait vu Collin rôder dans le coin, et qu'il avait l'air louche.

Burnett digéra ses propos.

– Collin a toujours été socialement inadapté, mais personne n'a jamais vu le mal en lui jusqu'à présent. (Burnett marqua de nouveau une pause.) Comment t'es-tu retrouvée avec le téléphone de Hayden ?

– J'ai oublié le mien quand je suis partie. Alors… j'ai confisqué le sien.

Elle haussa les épaules.

– Savais-tu qu'il m'avait laissé un message prétextant une urgence familiale, et qu'il devait s'absenter quelques jours ?

Kylie tâcha de ne pas montrer sa déception.

– Non, je l'ignorais.

– Crois-tu qu'il soit toujours suspect ? demanda Burnett. Si oui, je le ramène tout de suite ici, et de force.

– Non, répondit honnêtement Kylie. J'avais tort. Il n'avait rien à voir avec Holiday. Il lui a même sauvé la vie.

Burnett la scruta.

– Et tu ne trouves pas cela louche, son départ précipité ?

– Peut-être un peu, concéda Kylie, pour ne pas être prise en flagrant délit de mensonge. Mais je suis sûre qu'il n'a aucun rapport avec l'enlèvement de Holiday.

– Je me demande tout de même quand il rentrera, dit Burnett.

Moi aussi. Kylie secoua la tête. *S'il revient.* Son cœur se serra.

Puis elle repensa au portable, toujours rangé dans sa poche. Hayden Yates devait travailler pour son grand-père. Et si tel était le cas, il était sûrement en contact avec lui. Cela signifiait qu'elle devait avoir le numéro de son grand-père dans son téléphone.

À condition qu'il n'ait pas encore changé de numéro.

Une demi-heure plus tard, après que Burnett fut allé voir Holiday, Kylie entra dans la chambre. Holiday, dont les cheveux roux l'étaient encore plus sur les draps blancs, était pâle, mais vivante. Le bleu sur sa gorge était encore là.

Elle se toucha la gorge et fit signe à Kylie de lui donner l'eau sur sa table de nuit.

– Tu m'as ranimée, dit Holiday, d'une voix douloureusement irritée.

– Mais je ne t'ai pas complètement guérie. (Kylie avait mal à la gorge d'entendre son amie parler.) Veux-tu que je voie si je peux...

Holiday secoua la tête.

– Je crois que tu en as assez fait comme cela. Tu as l'air épuisée.

Kylie était exténuée, mais pas au point de ne pas pouvoir essayer.

– Je pourrais...

– Non, je guérirai. (Holiday eut l'air inquiète.) Tu n'as pas cessé de luire.

– Je sais. Mais ça va partir, n'est-ce pas ?

Holiday opina, mais elle ne semblait pas sûre d'elle. Puis elle fit signe à Kylie de s'asseoir dans le fauteuil à côté du lit.

– Il faut que j'aille voir Hannah avant qu'elle ne passe de l'autre côté. Quand je mourais, tout s'est ralenti et elle est venue me voir. Nous avons parlé. Nous avons essayé de réparer nos torts. (Des larmes firent briller les yeux verts de Holiday.) Rien de tout cela ne serait arrivé si tu n'avais pas été là. Merci. Je connais le prix que tu as dû payer, et je te promets de vivre ma vie de sorte qu'elle ne te coûte pas le moindre morceau de ton âme.

Kylie lui serra la main.

– Je ne crois pas que tu l'aies jamais vécue autrement.

– Je pourrais mieux faire, dit Holiday en déglutissant. Rien de tel que mourir pour te montrer comment vivre.

Kylie sourit.

– J'espère que dans ce message, tu parles de Burnett ?

Holiday se fendit d'un grand sourire.

– Cet idiot de vampire vient de me demander de l'épouser. Ici, maintenant ? Comme si c'était comme ça que je voulais qu'on me demande ma main. Juste après ma mort !

La joie s'enroula autour du cœur de Kylie.

– Et tu as répondu ?

Holiday sirota une gorgée d'eau.

– Je lui ai demandé si nous ne pouvions pas vivre simplement dans le péché.

Kylie fronça les sourcils, puis elle vit autre chose dans les yeux de son amie.

– Et ?

– Il m'a dit que ce ne serait pas un bon exemple pour nos élèves. Alors… j'ai accepté de l'épouser. (Elle mit une main sur son front.) Mon Dieu, dans quoi est-ce que je m'embarque ? Ce n'est pas un homme facile à vivre !

– Je t'entends ! cria Burnett depuis l'autre pièce, un rire perceptible dans sa voix.

Holiday leva les yeux au ciel.

Kylie serra sa main plus fort.

– Il t'aime, murmura-t-elle.

– Oui, c'est ce qu'il a dit.

Elle s'enfonça davantage dans l'oreiller, l'air épuisée, mais heureuse.

Une sensation de justice envahit la poitrine de Kylie. Elle avait réussi. Ou du moins, elle y avait contribué. Burnett et Holiday sortaient enfin ensemble.

Elle ne put s'empêcher de se demander si Lucas et elle auraient la même chance.

Holiday regarda fixement le plafond une seconde.

– J'ai également vu ta grand-mère, Kylie.

– Nana ? Qu'a-t-elle dit ?

– Non, pas Nana, l'autre, Heidi.

Kylie décela quelque chose de presque triste dans les yeux de son amie.

– Qu'a-t-elle dit ?

– Juste de te passer le bonjour, soupira Holiday.

Quelque chose lui indiqua qu'il n'y avait pas que cela. Que lui cachait-elle ? Elle faillit lui demander, mais quand les paupières de Holiday se refermèrent tout doucement, elle comprit que ce n'était pas le moment d'insister. Plus tard, songea-t-elle, et elle toucha le téléphone de Hayden dans sa poche. Plus tard.

Ce ne fut qu'après le déjeuner que Kylie put s'esquiver dans sa chambre. Elle sortit le portable de Hayden de sa poche et chercha le numéro de son grand-père. Malheureusement, il n'y avait pas de noms répertoriés. Juste des numéros. Trois avaient été appelés le plus souvent. Kylie s'assit sur le bord de son lit et tenta le premier.

Elle retint son souffle pendant qu'il sonnait.

Une femme répondit.

– Il était temps ! fit la voix.

– Qui est-ce ? demanda Kylie, qui ne savait pas trop comment aborder l'appel.

– C'est… Casey. Et vous, qui êtes-vous ?

– Je…

– Que faites-vous avec le portable de Hayden ?

– Je…

– Le salaud ! Il m'a promis qu'il ne fréquentait personne d'autre ! Dis-lui d'aller en enfer ! Ce n'était pas un bon coup, de toute façon, tu dois être au courant, j'imagine !

La ligne fut coupée.

– Oh, oh…

Kylie envisagea de rappeler pour essayer de s'expliquer, mais que dirait-elle ? Je ne suis pas sa fiancée, juste quelqu'un qui lui a piqué son téléphone après l'avoir accusé d'être un tueur en série. Cela risquerait de compliquer encore plus les choses. Mieux valait le laisser gérer cela tout seul.

– Désolée, Hayden, marmonna-t-elle.

Avant que Kylie ne compose le numéro suivant, le téléphone bipa : un texto. Elle envisagea de le lire, se disant qu'il provenait peut-être de sa petite copine énervée. Puis elle constata qu'il ne venait pas de ce numéro. Elle avait beau s'immiscer dans sa vie privée, après avoir volé son portable, qu'est-ce qu'un péché de plus pouvait faire ?

Il lui fallut une seconde pour trouver comment fonctionnait le portable et afficher le message.

Mais elle fut tellement contente d'y arriver !

Chapitre 37

Le message n'était pas pour Hayden. Il était de lui : « Tu réponds à mes textos ? » Hayden.

Kylie lui répondit. « Seulement parce que j'espérais que c'était soit toi, soit mon… »

Elle marqua une pause. Devrait-elle lui faire savoir qu'elle supposait qu'il était avec son grand-père ? Elle ne voyait pas l'intérêt de jouer les idiotes… « Mon grand-père. » Elle pianota sur le téléphone en attendant la réponse.

L'appareil bipa. « Qu'as-tu dit aux autres ? »

Elle décida de se montrer honnête.

« Uniquement que tu as sauvé la vie de Holiday. Tu peux revenir. »

Elle attendit sa réponse. Comme il ne le faisait pas rapidement, elle écrivit : « Désolée de t'avoir soupçonné. »

Il répondit : « Si tu faisais ce qu'il fallait et que tu venais t'installer chez toi, je ne serais pas obligé de revenir. »

Kylie réfléchit.

« Shadow Falls, c'est chez moi. »

À peine avait-elle fini de taper ces mots que son reflet dans le miroir de la coiffeuse attira son attention. Elle n'avait pas encore fini de luire. Combien de temps pourrait-elle continuer à croire que sa place était ici alors que tout montrait qu'elle était différente ? Différente même de tous les autres surnaturels.

Sa poitrine se gonfla de nouveau à l'idée de partir. Elle la rejetait. Mais qu'allait-il se passer dans deux semaines, quand sa mère était censée venir la chercher pour le week-end des parents ? Comment expliquerait-elle qu'elle brillait plus qu'une ampoule de cinquante watts ?

Le téléphone bipa encore.

« C'est risqué pour toi de rester là. »

« Holiday et Burnett ne laisseront pas l'URF faire quoi que ce soit. »

« Il n'y a pas que l'URF. Tu avais raison dans ce que tu as dit à ton grand-père. Il y a un gang escroc clandestin après toi. »

Ravalant le nœud dans sa gorge, elle écrivit : « Y a-t-il le numéro de mon grand-père dans ce téléphone ? »

Il lui fallut quelques minutes pour répondre. Mais il le fit. « Oui. »

Elle tapa : « Merci. » Puis appuya sur « envoyer. » Se souvenant, elle envoya un autre message : « Appelle ta petite amie. Elle est peut-être énervée à cause de moi. »

Son grand-père répondit au deuxième numéro qu'elle composa. Et il ne s'encombra pas de formalités. Hayden lui avait manifestement dit qu'elle appellerait.

– Je l'ai envoyé parce que je m'inquiétais pour ta sécurité, expliqua son grand-père, dont la voix était plus basse d'une octave que celle de son père.

– Je ne suis pas en colère, dit Kylie. Mais j'aurais bien voulu que l'on me prévienne.

– Tu dois venir avec nous, Kylie. C'est risqué. Tu avais

raison à propos du gang clandestin. Je ne fais pas confiance à l'URF. Comment peux-tu lui faire confiance pour te protéger des autres ?

– Arrête, dit Kylie. Tu ne comprends pas ce que tu me demandes. Des larmes emplirent ses yeux. Je… Ici, je suis chez moi. Burnett n'est pas comme les agents de l'URF de tes souvenirs. Et Holiday… elle m'a adoptée. Ils m'ont protégée tous les deux. (Sa gorge se serra.) Des gens sont morts ici en me sauvant la vie. Ces personnes à qui tu ne fais pas confiance sont ma famille.

Sa voix tremblait, et elle essuya des larmes sur ses joues.

– Nous sommes ta famille.

– Je ne peux pas partir.

Une longue pause s'ensuivit.

– Je renverrai Hayden si tu me donnes ta parole que tu n'as rien dit aux autres.

– Je n'ai rien dit à personne. (Le silence se fit de nouveau, puis elle lâcha :) Je luis. Comment arrêter cela ?

– Tu luis ? fit-il, et il marqua une pause comme s'il réfléchissait. Tu as le don de guérir ?

– Oui.

– Je suppose que tu t'en es servi ?

– J'ai… ressuscité quelqu'un.

Il ne parla pas pendant quelques secondes.

– En effet, tes dons sont fantastiques.

– Mais comment est-ce que j'arrête ça ?

Elle ne recherchait pas les compliments.

– Tu dois libérer l'énergie que tu as aspirée en toi pour achever la guérison.

– Comment ?

– Méditation.

– Je ne suis pas bonne en méditation.

Elle se mordit la lèvre.

– Alors, tu ferais mieux d'apprendre. Et vite. (Il soupira.) Kylie, si d'autres gangs découvrent combien tu es douée, tu seras une denrée rare pour eux. Soit ils voudront que tu travailles pour eux, soit que tu meures. Et il n'y aura pas qu'un seul gang pour te pourchasser.

Sa mise en garde l'interpella. *Super.* Exactement ce qu'il lui fallait.

– Je vais renvoyer Hayden, déclara-t-il. Mais pense soigneusement à cela, mon enfant. Je mérite de faire la connaissance de ma seule petite-fille.

Lundi matin, Kylie était assise au réfectoire, et tout le monde la dévisageait. Elle ne luisait plus. Son ampoule interne avait claqué pendant la nuit.

Elle était restée dans sa chambre tout le week-end, où elle avait médité et dormi. À l'évidence, ramener quelqu'un à la vie vous épuisait. Holiday et Burnett étaient venus la voir avec des petits plats, des câlins et la nouvelle que les corps de toutes les filles avaient été restitués à leurs familles. Burnett et Holiday rayonnaient à présent, mais c'était un rayonnement naturel. Ils étaient amoureux.

Cela ne faisait que renforcer son manque de Lucas.

Derek avait appelé deux fois pour dire qu'il pensait à elle. Lucas, non. Elle ne savait même pas s'il était au courant de ce qui s'était passé. Toutefois son silence était difficile à supporter.

Helen et Jonathon étaient passés la voir. Et Miranda, Perry et Della avaient pris de ses nouvelles presque toutes les heures. Même pendant la nuit, ils avaient entrouvert la porte pour la regarder. Bien sûr, ce pouvait être parce qu'elle était vraiment cool, à briller dans le noir. Ils auraient même pu vendre des billets aux autres résidents, pour un dollar le coup d'œil ! Mais non, ils ne feraient jamais cela. Ils étaient ses amis.

Kylie regarda fixement ses œufs baveux et fronça les sourcils quand elle sentit tous les yeux du réfectoire rivés sur elle.

Non, pour l'instant, luire n'était pas le problème. C'était sa configuration. Elle avait encore changé. Elle était enfin un loup-garou. Et Lucas n'était pas là pour en profiter. Socks non plus. Son chat n'était pas sorti de sous le lit de toute la matinée. Il faisait connaître ses préférences. Aussi clairement que les autres lycanthropes ici au camp. Pas un seul n'était passé lui dire bonjour, ou lui dire d'aller en enfer.

– Tu restes là ? demanda Della.

– Comme une pro, répondit Kylie, et elle leva les yeux pour voir Hayden Yates entrer dans le réfectoire.

Son cœur exécuta une petite danse. Il était de retour. Le soulagement de savoir qu'elle n'était pas complètement seule la submergea.

Nous sommes ta famille. Les paroles de son grand-père résonnèrent en elle.

– Tu mens toujours aussi mal, observa Della.

Kylie détourna les yeux de Hayden Yates avant que quiconque ne devine les secrets qu'ils partageaient.

Della avait raison. Elle avait menti. Elle n'était pas pro du tout. Elle était perdue, terrorisée et inquiète. Elle avait peut-être cessé de luire, mais ensuite ? Que ferait-elle de bizarre qui la pousserait à appeler son grand-père ou à aller voir Hayden pour qu'ils l'aident ? Et si sa place était réellement à Shadow Falls, pourquoi la présence de Hayden lui apportait-elle tant de réconfort ?

– Allez, c'est parti ! annonça Chris, le responsable de « Une heure pour faire connaissance », après le petit déjeuner. Kylie se tenait dehors à côté de Della. Elle réprima le besoin de s'éventer. Il faudrait qu'elle s'habitue à l'augmentation soudaine de sa température corporelle.

– Et la première sur notre liste de noms n'est autre que notre tout nouveau loup-garou !

Le regard de Chris se posa brusquement sur Kylie.

Elle retint son souffle. Les premiers noms que l'on annonçait étaient en général ceux qui avaient payé Chris en pintes de sang pour être tirés au sort. Déglutissant, elle posa les yeux sur Derek. Mais celui-ci fixa Chris, inquiet.

– Kylie, tu as le plaisir de profiter de la compagnie de Fredericka.

Oh, super. Le loup-garou lui avait sauvé la vie uniquement pour la tuer ultérieurement.

– Je peux te suivre, si tu veux, murmura Della, les yeux brillants.

Kylie secoua la tête, lasse d'être tout le temps sous la protection de quelqu'un d'autre.

– Non.

Fredericka s'approcha.

– Tu veux aller jusqu'au lac ?

– Bien sûr, répondit Kylie.

Pourquoi pas ? Ce serait cool de mourir au lac.

– Je te vois plus tard.

Le ton de Della était rempli de toutes sortes de mises en garde contre Fredericka.

Quand elles se mirent en route, ni Kylie ni Fredericka ne parla. Kylie écouta, mais étonnamment, elle n'entendit presque pas le bruit de leurs pas. L'aptitude à avancer en silence devait faire partie du processus d'être un loup-garou. Elle réfléchit dans sa tête à ce que Fredericka voulait vraiment.

Ou en tout cas, jusqu'à ce que son ami le geai bleu arrive, chante et effectue une petite danse juste pour elles.

Fredericka se rembrunit. Kylie chassa l'oiseau.

– Va-t'en !

Quand elles continuèrent, Kylie réfléchit un peu. Elle ne croyait pas que le loup-garou tienne réellement à la tuer. Mais bon, n'avait-elle pas déjà essayé une fois ? Mettre un lion dans sa chambre plusieurs mois auparavant n'avait pas vraiment été un acte de gentillesse. Mais si la fille envisageait vraiment de l'assassiner, aurait-elle informé tout le camp qu'elles se trouvaient ensemble ?

Puis une autre pensée l'envahit brusquement. Fredericka lui en voulait-elle de ne pas l'avoir remerciée pour lui avoir sauvé la vie ?

Elle avait l'intention de le faire. Vraiment. Mais elle avait dépensé toute son énergie à ne pas luire ce week-end. Quoi qu'il en soit, c'était la première chose qu'elle aurait faite ce matin. Était-il trop tard ?

Mieux vaut tard que jamais.

– Burnett m'a dit que tu m'avais sauvé la vie. Je devrais te remercier.

Les cheveux bruns de Fredericka étaient détachés sur ses épaules. Elle mesurait au moins sept centimètres de plus qu'elle, et pesait sûrement plus de dix kilos de plus. Mais Kylie n'avait pas réellement peur.

– Je l'ai probablement fait plus pour Holiday que pour toi, déclara le loup-garou.

Probablement ?

– C'est ce que je m'étais dit, mais merci quand même.

Fredericka hocha la tête et se tut pendant quelques minutes. Kylie détestait les silences tendus.

– As-tu donné du sang à Chris pour qu'il nous tire au sort toutes les deux ?

Le lycanthrope opina.

– Deux litres. Il a dit qu'il risquerait d'avoir des problèmes parce que nous étions des ennemies. J'ai dû payer plus.

– Ça fait beaucoup de sang, observa Kylie, qui ne voyait pas ce qu'elle pouvait ajouter.

Puis le sang lui fit penser à ce qu'elle avait ressenti quand elle avait cru qu'elle avait tué Collin Warren. Fredericka avait dû éprouver la même chose, non ? Sa gratitude envers elle s'intensifia brusquement.

– Je suis désolée… que tu aies dû… assa… le faire.

– Ce n'était rien. (Elle jeta un coup d'œil sur Kylie.) Ce n'était pas la première fois que je tuais.

Kylie ne pouvait pas le jurer, mais quelque chose lui dit que si elle avait pu entendre les pulsations de la fille, elles lui auraient raconté une tout autre histoire.

– Tout de même, ça ne doit pas être facile, insista Kylie.

– Je m'en suis remise, rétorqua-t-elle sèchement, mais son ton indiquait le contraire.

Et je suis toujours désolée.

Un nouveau silence plana dans l'air. Fredericka finit par reprendre la parole.

– Tu as eu tort d'ordonner à ta mouffette de me faire pipi dessus.

– Je n'ai rien demandé du tout, répondit Kylie, honnête. C'est toi qui l'as attaquée.

– Quand même, ce n'était pas sympa, ajouta-t-elle, et elle grogna.

– Mettre un lion dans ma chambre non plus.

Ça y était. Kylie lui avait tendu la perche.

– J'imagine.

Fredericka détourna les yeux, mais pas assez vite.

Kylie y discerna la vérité.

– Ce n'était pas toi ! (Elle secoua la tête.) Pourquoi as-tu menti en disant que tu l'avais fait ?

Elle ne répondit pas tout de suite.

– J'ai entendu dire que tu pensais que c'était moi. Je me suis dit : « Pourquoi ne pas la laisser croire ça ? » Je ne t'aimais pas.

– Et maintenant ? s'enquit Kylie, qui se demandait toujours pourquoi le lycanthrope avait payé trois pintes de sang pour passer une heure avec elle.

– Je ne t'aime toujours pas, dit-elle d'un ton neutre. Mais après avoir vu ce que tu as fait pour Holiday, je ne te déteste plus autant.

– Eh bien ! voici un compliment que je vais déguster,

répliqua-t-elle, laissant un peu d'humour filtrer dans sa voix.

Fredericka ne réagit pas.

Elles arrivèrent au lac, et la fille contempla l'eau.

– J'aime Lucas, avoua-t-elle.

Kylie inspira et essaya de trouver comment jouer ses cartes à présent.

L'honnêteté lui semblait la meilleure solution.

– Moi aussi.

Le loup-garou regarda Kylie. Une douleur immense emplit les yeux de la fille.

– Je sais, c'est pour ça que je tenais à te parler. Si je ne t'aime pas, je l'aime encore moins, elle. Et au moins, je sais que tu comptes beaucoup pour lui. Même avant que tu ne débarques ici, il m'avait parlé de toi. J'étais jalouse déjà à l'époque.

Kylie secoua la tête, tâchant de comprendre où Fredericka voulait en venir.

– Je ne te suis pas.

– Je parle de Monique. Je sais qu'il t'a raconté qu'il s'en sortirait sans problème. Mais je n'en suis pas sûre ; à mon avis, tu ne devrais pas le laisser faire.

– Je ne te suis toujours pas, déclara Kylie, mais elle avait déjà le sentiment qu'elle n'aimerait pas ce que le lycanthrope avait à déclarer.

Fredericka se contenta de la dévisager.

– Merde ! Il ne t'a rien dit ? Il m'a dit qu'il l'avait fait et que tu comprenais. Ce sale type m'a menti !

L'inquiétude monta en Kylie.

– Menti à quel sujet ?

– La cérémonie de fiançailles de Lucas a lieu ce soir.

Les paroles de Fredericka rebondirent dans sa tête.

– De *quoi* ? Il se… marie ?

– Se fiance, mais avec les loups, une fois que tu es fiancé, c'est écrit dans la pierre. Il croit qu'il pourra s'en défaire, mais pas moi. On ne change pas d'avis comme ça. Et c'est une vraie garce. S'il va jusqu'au bout, il devra se la coltiner le reste de sa vie.

– Non ! (Le déni traversa Kylie à toute vitesse, et la colère monta en elle.) Tu mens. Tu veux juste faire des histoires. Tu ferais n'importe quoi pour que l'on rompe, Lucas et moi.

– Saleté, grommela Fredericka. J'essaie de t'aider et voilà comment tu me remercies ? Oui, j'ai tout fait pour vous séparer. Ça n'a pas marché. Mais je ne mens pas. (Elle sortit une enveloppe de sa poche. Petite, comme un faire-part.) Si tu ne me crois pas, va voir par toi-même. (Elle s'éloigna, puis se retourna.) Veille simplement à conserver ta configuration de loup-garou, sinon on t'arrachera le cœur sans même te poser de questions.

Kylie ne voulait pas le croire. Plus que tout au monde, elle souhaitait que ce soit une combine de Fredericka pour s'interposer entre Lucas et elle. Pourtant, elle avait raison sur une chose : Kylie devait aller voir par elle-même.

La cérémonie se tenait dans un parc public, à huit kilomètres environ. En loup-garou, Kylie pouvait s'y rendre en courant très vite. Toute la journée, elle se demanda si elle devait en parler à Holiday et à Burnett, puis décida qu'elle préférait implorer leur pardon plutôt que leur autorisation. Et à ce propos… elle jura que si Fredericka mentait, elle ne lui pardonnerait jamais, ne lui ferait plus jamais confiance.

Mais si elle ne mentait pas… Kylie ne savait pas si elle pourrait ne plus en vouloir à Lucas un jour.

La cérémonie était censée avoir lieu à minuit. Ce qui facilitait sa fuite.

Elle sortit de sa chambre sur la pointe des pieds. Della ouvrit la porte de la sienne d'un coup.

Plus facile de s'enfuir, mais pas simple.

– Où vas-tu ? demanda-t-elle d'un ton sec, en jaugeant son amie de la tête aux pieds. Et toute chic en plus ?

Kylie ne savait pas ce que l'on était censé porter pour des fiançailles, mais sa robe et ses chaussures noires devraient faire l'affaire.

– Je dois aller quelque part, répondit-elle, disant plus ou moins la vérité.

Elle n'avait pas parlé de ça à Della ni à Miranda. Au début, Kylie pensait que c'était parce que cela faisait trop mal. Puis parce qu'elles auraient essayé de la dissuader d'y aller. Pour l'heure, c'était parce qu'elle s'inquiétait de ce qu'elles pourraient dire. *Je te l'avais bien dit !*

Ces derniers temps, elles n'avaient pas été « pro-Lucas ».

Kylie n'était pas encore totalement convaincue. Pourtant, à l'évidence, elle l'était suffisamment pour sortir furtivement de Shadow Falls afin de connaître la vérité. Mais comment pourrait-elle ne pas être méfiante ? Lucas ne lui disait jamais rien. Et ce que ça pouvait faire mal !

– Tu retrouves ton grand-père ? demanda Della en examinant son amie avec incrédulité.

– Non.

Elle se renfrogna.

– Tu te comportes bizarrement depuis que tu es partie avec Fredericka.

– Il faut que j'y aille.

– Je t'accompagne ?

– Non, l'implora Kylie.

Elle devait faire cela toute seule.

Della bomba la poitrine.

– Alors, dis-moi où tu vas.

– Tu n'es plus mon escorte !

Della prit un air menaçant.

– Non, juste ton amie.

L'émotion sincère dans la voix de la vamp toucha Kylie en plein cœur.

– Écoute, je vais essayer de retrouver Lucas.

C'était la vérité – plus ou moins.

– Je croyais que tu n'avais pas eu de nouvelles.

– Fredericka m'a dit où il était.

Della fit la grimace.

– Tu fais confiance à cette…

– Pas vraiment, mais j'y vais de toute façon, et en tant qu'amie, je te demande de ne pas m'en empêcher.

– Ça ne me plaît pas.

Kylie marqua une pause, tâchant de trouver le moyen de pousser Della à comprendre.

– Je n'aime pas que tu travailles pour l'URF, mais je respecte tes souhaits.

Della se renfrogna.

– Mais je ne fais pas ça toute seule.

D'accord, elle s'en allait avec Steve, même si cela ne la réjouissait pas, mais là n'était pas le problème. Convaincre Della de la laisser partir, voilà ce qui comptait. À tort ou à raison, découvrir la vérité sur Lucas une fois pour toutes était capital pour elle. Elle avait avoué l'aimer, à présent il fallait qu'elle sache si elle lui avait bêtement donné son cœur.

Il fallut du temps, mais Della finit par capituler.

Et dix minutes plus tard, lorsque Kylie sauta par-dessus la clôture, laissant Shadow Falls derrière elle, elle savait que Burnett risquait d'accourir d'une minute à l'autre.

C'était un autre risque. Cependant, comme elle pensait que plusieurs loups-garous assisteraient à la cérémonie de ce soir – à condition qu'il y en ait vraiment une –, elle espérait que Burnett en déduirait qu'elle y participait elle aussi. Elle était *comme eux*, se rappela-t-elle.

Quand Kylie courut, elle ressentit un étrange pouvoir la traverser. Différent de la force liée au fait d'être vampire. La façon dont ses jambes avançaient lui paraissait moins humaine. Le pouvoir d'un loup, supposa-t-elle.

Sa poitrine se serra, lorsqu'elle se souvint que Lucas lui avait confié qu'il voulait s'enfuir avec elle sous forme de loup. *Je vous en prie, faites que Fredericka ait tort.*

Tâchant de ne pas briser toutes les promesses faites à Burnett, Kylie évita les bois tant qu'elle le put. Mais en se rapprochant du parc, elle se dit qu'elle n'aurait pas d'autre option. Alors qu'elle galopait avec agilité, son regard ne cessait de se poser sur la lune. Elle sentait qu'elle l'appelait, comme de l'eau interpelle une personne restée trop longtemps au soleil.

Quand elle passa la lisière des arbres, l'obscurité se fit plus intense. On ne voyait plus la lune à travers le feuillage épais. L'air nocturne était chaud, presque trop. Elle sentit une sorte de danger lui piquer la peau.

L'ignorant, elle continua de courir. Elle ne s'arrêta pas. Pas même lorsqu'elle s'aperçut qu'elle n'était pas seule.

Chapitre 38

Le froid finit par amoindrir la vitesse de Kylie, et elle jeta un œil par-dessus son épaule pour voir qui était le fantôme qui gardait le rythme à son côté.

L'esprit, une femme, celle qui était apparue dans la salle de classe avant la vision, avançait à grandes enjambées. Sa robe blanche flottait autour d'elle, et ses longs cheveux bruns dansaient au vent.

Kylie étant concentrée sur l'esprit, ses pieds se prirent dans une racine, et elle dégringola et atterrit durement sur la tête.

Se relevant à l'aide de ses bras, elle respira l'odeur de terre humide et fixa l'esprit qui se dressait au-dessus d'elle.

– Qui êtes-vous ?

– *Je ne suis pas importante, toi si.* (Elle tendit les mains, et immédiatement une longue épée ensanglantée apparut.) *Tu dois le tuer.*

Kylie se redressa d'un coup et examina les mains sanguinolentes du fantôme, du liquide rouge coula sur l'épée, puis tomba goutte à goutte par terre. Une goutte à la fois, tout doucement.

Pour la première fois, Kylie comprit la signification d'un symbole relié au monde spirituel. Ce fantôme avait du sang sur les mains. Et à présent, il voulait que Kylie respecte ses volontés.

Se redressant complètement, l'adolescente dit dans sa tête : *Je ne sais pas ce qu'on t'a raconté, mais je n'ai tué personne. Et j'aimerais autant que ça ne change pas.*

Elle regarda fixement Kylie avec des yeux gris et morts, totalement dépourvus d'émotion, d'âme. La peur grimpa à toute allure le long de sa colonne. Cet esprit dégageait quelque chose de différent des autres. Quelque chose d'effrayant.

– *Alors, tu mourras à ton tour,* déclara le fantôme, comme si cela n'avait aucune importance.

Sans prévenir, l'esprit disparut. Mais l'endroit où il s'était tenu était recouvert de glace. De glace noire, très noire.

– Tu n'aurais pas pu me dire ça en premier ? marmonna Kylie, puis elle soupira. Non ! (Elle serra ses poings.) Je refuse de penser à ça maintenant !

Son cœur martela sa poitrine, et elle se mit à courir – vers Lucas, ou plutôt, vers la vérité sur Lucas.

Elle se souvint de la dernière fois qu'il l'avait embrassée, quand il l'avait tenue dans ses bras, et qu'elle s'était sentie tellement aimée. Fredericka mentait. Elle mentait forcément.

Quelques minutes plus tard, elle sentit les autres autour d'elle.

D'autres loups.

Elle ignorait comment elle le savait, mais elle le savait. Ne souhaitant pas attirer l'attention sur elle, elle cessa de courir et se mit à marcher. Dans l'espoir de cacher qu'elle était tout ébouriffée, elle ôta l'élastique à son poignet et attacha ses cheveux.

Quand elle se rapprocha du parc, elle perçut des voix. Heureuses. Elle crut identifier celle de Will. Elle s'arrêta à côté d'un arbre, afin de ne pas le croiser, ni les autres résidents de Shadow Falls. La dernière chose qu'elle désirait, c'était bien qu'on la reconnaisse.

Ce ne fut que lorsque Kylie n'entendit plus personne autour d'elle qu'elle continua. Quand elle quitta la rangée d'arbres, elle vit la foule, debout en rangs. Une centaine de loups-garous, au moins, étaient rassemblés. Quelques-uns, au fond, se retournèrent et la regardèrent. Dieu merci, ils n'étaient pas de Shadow Falls !

La mise en garde de Fredericka résonna dans ses oreilles. *Veille à garder ta configuration de loup-garou, sinon on t'arrachera le cœur avant même de poser des questions.*

Elle sentit quelques spectateurs vérifier sa configuration, et elle pria pour l'avoir conservée. Son souffle resta coincé dans ses poumons jusqu'à ce qu'ils se retournent, comme s'ils étaient satisfaits qu'elle soit des leurs.

Kylie n'avait pas le sentiment d'être à sa place, en revanche. Elle avait mal au cœur de savoir que Fredericka ne lui avait pas menti : elle faillit partir, mais s'en empêcha. Si ça se trouvait, Lucas n'avait rien à voir avec cela. Si ça se trouvait, Fredericka l'avait envoyée ici dans l'espoir qu'elle voie toute cette foule et gobe ce mensonge.

Elle se raidit, avança et se mélangea au dernier rang. À l'évidence, les loups-garous n'avaient pas besoin de s'asseoir, car il n'y avait aucun siège. Elle ne pouvait pas voir ce qui se passait devant, mais cela signifiait que ceux qui y étaient ne pouvaient pas la voir non plus.

Quelqu'un prit brusquement la parole, souhaita la bienvenue à tout le monde. Kylie eut mal au cœur quand elle reconnut la voix de baryton.

Pas Lucas, son père.

Sa poitrine la brûla quand elle imagina Lucas se fiancer à une autre.

– Ce soir, je vous présente mon fils et sa future épouse, annonça le père de Lucas. Vous serez les témoins de leurs vœux et de leurs promesses.

Kylie ferma les yeux. Alors qu'un sentiment de trahison envahissait sa poitrine, la musique emplit l'air nocturne. La musique lente, semblable à une cloche, ne ressemblait à rien de ce que Kylie avait jamais entendu.

Une jeune femme brune aux cheveux relevés en chignon décoré de fleurs, et en longue robe de soirée, rejoignit la cérémonie. Les invités s'extasièrent à grand renfort de *aaah* et de *oooh* devant sa beauté. Même Kylie ne pouvait le nier.

Devant elle, la foule bougea, et elle reconnut le père de Lucas. À côté de lui, se tenait… Lucas. L'air trépida dans ses poumons. Il portait un smoking gris foncé qui seyait parfaitement à son corps musclé. Des larmes lui piquèrent les yeux, quand elle le vit prendre les mains de sa future épouse.

La foule bougea de nouveau, et elle ne vit plus rien, mais elle pouvait encore entendre. Des paroles étaient échangées.

Des vœux.

Des promesses.

Lucas Parker donnait son âme à Monique. Son âme.

Le bruit de la voix de Lucas s'enfonça en Kylie comme un couteau émoussé. Elle voulait courir, s'échapper, mais partir maintenant attirerait l'attention.

Elle attendit. Retint son souffle et continua à regarder droit devant elle. La foule bougea, et la vue s'ouvrit de nouveau. Pas un seul bruit n'emplit la nuit lorsque Lucas prit la fille dans ses bras et l'embrassa. L'embrassa comme il avait embrassé Kylie.

Son souffle s'entrecoupa. La colère et la trahison l'envahirent.

Elle se retourna d'un coup pour s'enfuir, sans se rendre

compte qu'un autre rang s'était constitué derrière elle, et percuta quelqu'un.

– Désolée, marmonna-t-elle.

– Kylie ?

Elle entendit quelqu'un dire son nom derrière elle.

Elle essaya de filer comme une flèche, mais d'un seul coup, la foule sembla l'envelopper quand tout le monde se mit à applaudir, à acclamer le baiser.

– Excusez-moi, dit-elle, en se frayant un chemin à travers une autre rangée de loups-garous.

– Kylie ?

Elle entendit de nouveau son nom. Et cette fois, elle jeta un coup d'œil derrière elle et vit Clara s'approcher.

Elle traversa la foule à toute allure, pour se retrouver parmi un autre groupe de lycanthropes très serré. Elle regarda une autre fois derrière elle. Lucas tenait la jeune femme dans ses bras. Il avait l'air heureux. Sincèrement heureux.

Plus que tout, Kylie avait envie de disparaître, de se volatiliser. Puis elle se souvint qu'elle savait le faire. Elle le souhaita très fort, de tout son cœur. Clara traversa la foule à toute vitesse et s'arrêta à côté d'elle. La fille regarda autour d'elle… et pile à travers Kylie.

– As-tu vu la blonde qui était là il y a une seconde ? demanda Clara.

Kylie inspira, puis partit. À présent, n'étant plus qu'un petit brin dans l'air, elle déguerpit à toute allure.

Elle ne se retourna pas. Elle en était bien incapable.

Elle pleurait quand elle entra dans les bois. Pleurait quand elle en sortit.

Peut-être était-ce le destin, se dit-elle. Parce qu'à présent, elle savait ce qui lui restait à faire.

Quand elle sauta par-dessus le portail pour rentrer à Shadow Falls, elle ne se rendit pas dans son bungalow, mais chez Hayden. Elle ne sut pas si elle était visible tant qu'il n'avait pas ouvert la porte et qu'il ne l'avait pas regardée fixement. Elle, pas *à travers* elle.

– Que s'est-il passé ? demanda-t-il d'un air insistant.

– Demain. (Elle fit sortir de force les mots de sa gorge serrée.) Demain, je partirai.

Il passa une main dans ses cheveux ébouriffés, du sommeil plein les yeux.

– Nous pourrions y aller tout de suite, ce serait plus simple.

– Non. (Elle secoua la tête.) Il faut que je dise au revoir.

Il fronça les sourcils.

– On ne te laissera pas partir.

Elle respira un bon coup, déterminée.

– Personne ne peut m'arrêter.

Quand elle arriva à son bungalow et qu'elle vit qui l'attendait sur la terrasse, son cœur s'arrêta

Elle allait s'enfuir, mais se rendit compte que cela ne servirait à rien.

Il portait toujours le smoking, mais il avait déboutonné la chemise, et le nœud papillon avait disparu. Quand ses yeux bleus croisèrent les siens, ils étaient pleins de regret.

Elle gravit les marches, et il scruta chacun de ses mouvements. Il pouvait sûrement deviner qu'elle avait pleuré, mais elle refusait de le faire devant lui.

– Va-t'en Lucas, fit-elle. Tu loupes ta petite fête.

– Ne dis pas ça, grommela-t-il. Je t'ai expliqué que je n'avais pas le choix, que ça ne voulait rien dire. Ça ne veut rien dire.

– Eh bien, ça aurait dû avoir de l'importance.

Tu lui as donné ton âme.

Elle le chassa d'un geste.

– J'en ai assez de tout ça, tu comprends ?

– Kylie, dès que j'aurai intégré le conseil, j'annulerai les fiançailles. Il fallait que je fasse ça pour que mon père me donne son aval pour le poste. Tu as dit que tu comprenais.

Elle se mordit la lèvre.

– Depuis combien de temps la vois-tu ?

Il ferma les yeux.

– Papa a planifié cela depuis quelques mois. Il l'a amenée ici, mais je n'ai pas…

– Arrête ! (Elle secoua la tête.) De tout ce que tu pouvais me cacher, je n'aurais jamais imaginé ça.

– Essaie de te mettre à ma place, l'implora-t-il.

– C'est bien ce que je fais, dit-elle, et il y avait même une certaine vérité dans ses propos. Tu as fait ce que tu devais. Même si c'est difficile, je le comprends.

Lucas était à sa place au milieu de sa meute, des gens comme lui.

Et elle aussi, des gens comme elle.

Il essaya de la toucher. Elle recula. Elle ne pouvait pas le laisser l'effleurer. Cela faisait trop mal. Elle tendit la main.

– Non.

Il secoua la tête.

– Je t'en prie, pas ça ! Merde alors ! (Il donna un coup de poing dans le vide, ferma les yeux, et quand il les rouvrit, il la regarda. Sans détour.) Je t'aime.

Voilà, il le lui disait. Maintenant !

Elle leva le menton.

– Je crois que tu as juré ton amour et donné ton âme à Monique ce soir.

Elle le contourna comme une flèche, entra dans le bungalow et lui ferma la porte au nez. Puis, adossée au battant froid, elle s'entoura de ses bras. Son cœur était gonflé, irrité.

Ne tombe jamais amoureuse, princesse. Cela fait tellement mal. Les paroles de son beau-père chuchotèrent à son cœur brisé. Comme il avait raison !

Quand elle entendit Lucas partir, son souffle s'entrecoupa.

– Ce n'est qu'un pauvre loup pourri, lança Della d'une voix tonitruante.

Kylie leva les yeux. Miranda se tenait à côté de Della dans la cuisine. Avaient-elles tout entendu ? D'autres larmes emplirent ses yeux.

– Assieds-toi. (Miranda tira une chaise.) Je vais te chercher de la glace.

– Non, pas maintenant.

Kylie n'avait pas la force de s'expliquer, ni même de parler.

– Demain.

Elle se rendit dans sa chambre. Socks la regarda de sous le lit, puis disparut. Même son chat la trahissait. Il ne manquait plus que ça. Kylie se laissa tomber sur le matelas et s'endormit en pleurant.

Mais elle ne dormit pas longtemps. À quatre heures du matin, elle alla frapper à la porte de Miranda.

– Il faut que je te parle.

Della s'était déjà levée et, debout près de la table de la cuisine, elle fixait Kylie d'un air méfiant, encore endormi.

Quand Miranda sortit, en pantoufles canards, elle dégagea un rideau de cheveux de son visage.

– Quelle heure est-il ?

– Tôt, répondit Kylie. Je suis désolée, mais je dois vous parler à toutes les deux.

Sois brève, s'était-elle dit toute la nuit. *Sois brève.*

Elle avait essayé de s'en dissuader, en vain. Quitter Shadow Falls était la chose à faire. Mais cela ne semblait pas toujours juste. Venir à Shadow Falls ne lui avait pas paru indiqué, et pourtant cela avait été un pas vers la vérité. Ce n'était qu'un autre pas – un pas obligatoire.

Un jour, Kylie espérait qu'elle pourrait faire ses choix selon ce qu'elle désirait, et non par obligation. Mais ce moment n'était pas encore arrivé.

– Non, dit Della.

– Non quoi ? fit Miranda.

– Elle va nous annoncer qu'elle s'en va.

Les yeux de Della étaient emplis d'émotion.

– Non, ce n'est pas possible, rétorqua Miranda.

Sois brève, songea de nouveau Kylie.

– Della a raison, acquiesça-t-elle. Je dois partir vivre un peu avec mon grand-père. Pas pour toujours. Je reviendrai.

Miranda la fixa, incrédule.

– Tu ne peux pas faire ça. Que va dire ta mère ?

– Je n'y ai pas réfléchi. Mais je le ferai. J'aimerais juste que vous compreniez, les filles, et que vous ne m'en vouliez pas. Et… (Des larmes emplirent ses yeux.) Et prenez soin de Socks, parce qu'il ne veut pas… partir avec moi.

– Tu nous quittes, dit Miranda. Tu ne peux pas nous abandonner. Nous sommes colocs. Des meilleures amies.

Della resta plantée sur place, stoïque, des larmes brillant dans ses yeux foncés, et elle essuya toute goutte qui glissait de ses cils.

Kylie alla d'abord étreindre Miranda. La sorcière se mit à pleurer, et Kylie eut si mal au cœur qu'elle avait du mal à respirer. Quand elle se tourna vers Della, celle-ci leva une main. La colère étincelait dans ses yeux.

– Oh non ! hurla-t-elle. Tu nous quittes ! Je ne fais pas de câlins aux personnes qui me laissent tomber.

La vamp retourna dans sa chambre comme un ouragan. Kylie sentit la porte claquer jusqu'à son âme, et cela lui fit sacrément mal.

Elle entra dans sa chambre, prit sa valise et partit, parce que cela devenait de plus en plus difficile. Intérieurement, elle se sentait à vif. Tôt ou tard, cela cesserait de faire mal, se dit-elle.

Derek se tenait devant son bungalow. On aurait dit qu'il venait de se réveiller, qu'il s'était habillé sans réfléchir et avait accouru ici. Son jean n'était pas boutonné, sa chemise non plus.

Elle ignorait comment il le savait, mais il savait. Elle le vit dans ses yeux verts.

– Pourquoi ? demanda-t-il quand elle avança vers lui.

– Parce que je dois essayer de comprendre certaines choses.

– Mais tu en as déjà compris beaucoup depuis que tu es ici !

– Je sais. Mais il est temps de faire le pas suivant.

Il n'essaya pas de l'en dissuader. Il ne dit rien quand ils se rendirent au bureau. Mais elle sentait qu'il lisait chacune de ses émotions. Une fois qu'ils y arrivèrent, elle reposa les yeux sur lui. Pour une raison quelconque, elle se souvint de la première fois qu'elle l'avait vu. Assis au fond du bus, pas très heureux d'être là.

Elle laissa tomber sa valise et le serra dans ses bras. Très fort. Ils partageaient quelque chose de spécial. Elle ne savait pas ce que c'était, ni s'ils auraient dû aller plus loin, mais elle savait qu'il comptait beaucoup pour elle. Et que ce serait toujours probablement le cas.

Il lui toucha la joue. Il ne dit rien, mais son effleurement était tellement éloquent ! Il l'aimait encore.

Elle ramassa sa valise et monta sur la terrasse. Elle la laissa près de la porte, puis se tourna vers la sortie. Elle avait appelé Hayden pour lui demander de l'y retrouver à quatre heures et demie. Elle pensait qu'il était déjà là. Il n'avait pas l'air du genre à arriver en retard.

– Holiday ! cria Kylie en entrant.

– Au bureau ! cria celle-ci en retour. Je viens de te servir un café.

Kylie s'approcha de la porte. Holiday était assise à sa

table, ses cheveux roux détachés. Elle avait l'air heureuse. Son amour pour Burnett lui allait à merveille.

– Tu es tombée du lit, une fois de plus, observa-t-elle.

Deux tasses de café attendaient sur la table. Avait-elle deviné qu'elle viendrait ? Kylie s'assit dans le fauteuil.

– Comment…

– Lucas est passé tard hier soir, avoua la directrice.

Kylie déglutit. *Sois brève.* Elle n'avait pas envie de parler de lui pour l'instant.

– Je vais devoir aller vivre avec mon grand-père pour un moment. Jusqu'à ce que je trouve qui je suis.

Le désespoir envahit les yeux de Holiday.

– Tu ne peux pas…

Une boule d'émotion se forma dans la gorge de Kylie.

– Il faut que j'arrive à comprendre tout ça.

– Nous pourrions y parvenir ensemble, déclara Holiday.

Mais son expression n'était que tristesse et acceptation. Et cela ne lui ressemblait pas de capituler si vite. À moins que…

Kylie se souvint que quand elle était morte, elle avait parlé avec Heidi, sa grand-mère.

– Elle t'a dit que je devais y aller, pas vrai ? (Comme la confusion envahit le regard de Holiday, Kylie s'expliqua :) Heidi, elle t'en a parlé ?

– Non, pas… (Elle marqua une pause.) Elle a déclaré que je ne devrais pas t'empêcher de faire tes propres choix.

– Et c'est mon choix. (Ce que cela faisait mal de le formuler !) Je reviendrai. Tu le sais très bien.

Holiday colla ses paumes ouvertes sur le bureau.

– Et que vais-je raconter à tes parents ?

Kylie marqua une pause.

– Je trouverai quelque chose. Et je t'appellerai.

Holiday expira.

– Burnett sera fou de rage !

– Je le sais. C'est pour cela que j'espérais que tu le lui

dirais, je ne crois pas être en mesure de l'affronter tout de suite.

– Je n'aime pas ça.

La voix de la directrice était extrêmement tendue.

Des larmes emplirent les yeux de Kylie, et elle se leva.

– Della a refusé de me dire au revoir. Ne me dis pas que tu vas faire pareil !

Holiday se redressa d'un coup.

– Je vais te serrer dans mes bras pour Della et moi. Et pour Burnett.

Leur étreinte dura de longues secondes.

– Je t'aime, dit Holiday, et je veux un coup de fil de ta part ce soir. Et tous les jours. Tous les matins, et tous les soirs.

Kylie opina.

– Merci de ne pas me disputer pour ça.

Holiday mit une main de chaque côté du visage de son amie.

– Ce n'est pourtant pas l'envie qui me manque !

– Mais tu sais que je n'ai pas le choix ? demanda Kylie, qui ne supportait pas d'avoir besoin qu'on le lui confirme encore.

Pourquoi faire ce qu'il fallait lui semblait-il si difficile ?

Holiday inspira.

– Je ne sais pas si c'est le bon choix, mais je ne t'en empêcherai pas. (Elle se rembrunit.) Mais je vais te dire une chose. Si c'est à cause de Lucas…

Kylie inspira.

– Ce n'est pas seulement à cause de lui.

Et c'était vrai. Il n'était que la goutte d'eau qui avait fait déborder le vase.

Holiday soupira.

– Parfois, lorsque nous souffrons, nous faisons des choix que l'on ne ferait pas en temps normal.

Kylie secoua la tête.

– Tu te souviens quand mon père m'a expliqué que nous devions trouver la solution ensemble ? Je crois que par « nous », il faisait allusion aux caméléons.

Holiday fronça les sourcils.

– Tu ne sais pas ce qu'il voulait dire. Tu croyais qu'il te disait que tu allais mourir. Peut-être que si tu te rendais aux cascades, tu pourrais…

– Non, c'est bon, rétorqua Kylie, et en partie elle le croyait.

Holiday soupira, le souffle tremblant.

– Alors, je vais devoir te laisser partir, bien que je ne sois pas d'accord.

Elles s'étreignirent de nouveau. *Sois brève.* Kylie s'en alla.

Le geai bleu descendit en piqué. D'autres larmes emplirent les yeux de l'adolescente.

– File, dit-elle à l'oiseau. Il est temps de quitter le nid. Pour nous deux.

En se retournant, elle remarqua Hayden qui l'attendait près du portail. Elle ramassa sa valise, la même que celle qu'elle avait apportée à Shadow Falls en juin. Elle ne se trouvait qu'à quelques mètres de la sortie lorsqu'un brusque coup de vent, un coup de vent familier la croisa à toute allure, avant de s'arrêter.

Les bras de Della la serrèrent bien fort.

– Promets-moi que tu ramèneras vite tes fesses de loup ici. Promets-le ! Tu as intérêt !

Des larmes emplirent les yeux de Kylie, et elle serra son amie très fort, comme seules le faisaient les véritables amies.

– Je le promets, répondit-elle. Je te le promets.

C'était une promesse qu'elle avait l'intention de tenir. Della, une autre adepte du « soyons brèves », fila comme l'éclair. Kylie regarda une dernière fois derrière elle. Elle vit une Miranda, qui pleurait avec Perry, courir le long du chemin de la clairière ; elle s'arrêta et agita la main. Kylie savait que celle-ci avait poussé Della à venir. Comme ses colocs allaient lui manquer !

Puis son regard se posa sur la terrasse du bureau. Holiday s'y tenait, mais pas seule. Burnett était à son côté. Même de loin, elle discerna sa désapprobation, mais elle vit aussi son bras tendrement enveloppé autour de la taille de son amie. Une chaleur envahit sa poitrine, elle avait légèrement contribué à ce que cela se produise. Et quelque part, elle sentait que cela avait fait partie de son destin.

Soudain, elle vit Derek, près du bureau. Il croisa son regard et sourit.

Si elle n'avait pas souffert autant, elle lui aurait rendu son sourire. Avant de tourner les talons, elle sentit une autre présence, sans la voir. Quelque part, derrière la première rangée d'arbres, un certain loup-garou aux yeux bleus l'observait. Il souffrait, mais elle aussi.

Elle se tourna vers le portail. Hayden s'était rapproché.

– Tu es prête ? demanda-t-il.

Non, répondit son cœur, mais sa tête dit oui. Elle ignorait ce qui l'attendait chez son grand-père, mais rien, jamais, ne remplacerait Shadow Falls.

– C'est dur de dire au revoir, observa Hayden.

– Je reviendrai, l'assura Kylie. Je le jure.

Et elle voulait y croire plus que tout.

Remerciements

Si souvent, dans notre vie, nous passons beaucoup de temps à reprendre les autres quand ils se trompent, de la serveuse de restaurant à l'épicier. Nous oublions de leur signaler quand ils font bien les choses. Voilà pourquoi j'aimerais lever mon chapeau pour une organisation et un groupe d'individus qui ne se sont pas trompés.

Je remercie Romance Writers of America, pour m'avoir montré comment gravir les échelons dans ce métier. Rosa Brand, pour son amitié et ses vidéos géniales. Faye Hughes, et Kathleen Adey, pour m'avoir aidée à aller jusqu'au bout. Merci pour tout ce que vous avez fait toutes les deux. À tous mes camarades d'écriture, dont le soutien est essentiel pour transformer ce métier solitaire en un groupe de pairs avec qui rire et pleurer, et avec qui nous constituons une source d'inspiration mutuelle. Un merci particulier à une autre copine d'écriture, Sarah Muller, pour l'heure de marche, de bavardage et de rires que nous partageons chaque jour. À Pete Hunt et à Ginger Curtis, mes parents. Vous n'avez pas dû souvent vous tromper, parce que je n'ai pas trop mal tourné. Enfin, je ne suis pas parfaite, mais vous avez dû m'élever correctement. À mes enfants, qui n'ont pas trop mal tourné non plus. Je suis fière de vous deux. Et au moment où j'écris ces lignes, c'est bientôt la fête des Pères, alors merci à toi, Jason, mon gendre, d'être un super papa pour ma petite-fille adorée. Et un grand, grand merci aux fans qui ont recommandé cette série. Et ma reconnaissance va aux lecteurs qui ont pris le temps de m'écrire pour me dire que mes livres les touchaient quelque part. Grâce à ces e-mails, ma joie d'écrire reste intacte, même quand les délais me paraissent insurmontables. Merci à chacun d'entre vous de ne pas vous tromper.

Composition PCA
44400 – Rezé

Impression réalisée par Corlet Imprimeur
14110 Condé-sur-Noireau
pour le compte des Éditions Michel Lafon

IMPRIM'VERT® PEFC 10-31-1510

Imprimé en France

Dépôt légal : mars 2014
N° d'imprimeur : 163223
ISBN : 978-2-7499-1882-2
LAF 1710